Sebastien de Castell

STURMBOGEN

SEBASTIEN DE CASTELL

STURMBOGEN

GREATCOATS

Aus dem kanadischen Englisch
von Andreas Decker

PIPER
München Berlin Zürich

Von Sebastien de Castell liegen bei Piper vor:
Blutrecht
Hochverrat
Sturmbogen

Die kanadische Originalausgabe erschien 2015
unter dem Titel »Knight's Shadow« bei Quercus, England.

MIX
Papier aus verantwortungsvollen Quellen
FSC® C083411
FSC
www.fsc.org

ISBN 978-3-492-70323-9

Karte: Sebastien de Castell
Satz: Tobias Wantzen, Bremen
Druck und Bindung: CPI books GmbH, Leck
Printed in Germany

INHALT

WAS BISHER GESCHAH …

Einst sorgten die Greatcoats von Tristia für Gerechtigkeit – reisende Magistrate und Duellkämpfer, die ihren Namen den besonderen Ledermänteln verdankten, die ihnen als Uniform und Schutz dienten. Intrigen führten zur Auflösung des Ordens.

Hundert Jahre später leidet das Land unter der Willkür der Herzöge. Nachdem Aline, die Frau des Bauern Falcio val Mond, von den Schergen eines Herzogs ermordet wurde, führt Falcio einen blindwütigen Rachefeldzug gegen den Adel und will den jungen König Paelis töten. Aber die beiden ungleichen Männer schließen einen Pakt, um den alten Idealen und dem Gesetz des Königs neue Geltung zu verschaffen. Sie gründen die Greatcoats erneut. Falcio val Mond wird ihr Anführer.

Aber die Herzöge verbünden sich gegen den König. Paelis stirbt durch ihre Hand, und die nun verfemten Greatcoats werden in alle Winde zerstreut, jeder von ihnen ausgestattet mit einem letzten, geheimen Befehl ihres Königs.

Falcio und seine treuen Kameraden, der Fechter Kest und der Bogenschütze Brasti, spüren Paelis' Tochter und Thronerbin auf, die der König zu Ehren von Falcios ermordeter Frau Aline nannte. Unterstützt von der geheimnisvollen Schneiderin, der Mutter von König Paelis, machen sie die Intrigen der grausamen Herzogin Patriana zunichte. Nach Patrianas Tod greift deren Tochter Trin nach der Krone und schreckt dabei vor keiner Schandtat zurück.

Nachdem die Schneiderin erste Scharmützel gewonnen hat, müssen die von ihr mobilisierten Kämpfer, die sie ebenfalls Greatcoats nennt und deren Herkunft unklar ist, im Kampf gegen Trin den Rückzug antreten. Falcio wurde vergiftet; ihn erwartet ein langsamer, schleichender Tod. Nach seinem siegreichen Duell mit Caveil, dem Heiligen der Schwerter, wird Kest der neue Heilige, aber seine neu gewonnenen übermenschlichen Fähigkeiten drohen ihn von innen heraus zu verbrennen. Dariana, eine der neuen Greatcoats, die die Schneiderin den Männern an die Seite gestellt hat, verfolgt ihre eigenen Pläne.

Falcio kämpft noch immer darum, die junge Aline auf den Thron zu bringen. Unterstützung sucht er bei Isault, dem Herzog von Aramor. Einen unerwarteten Helfer findet er in Shuran, dem Ritteroberst des Herzogs. Obwohl die Ritter von Tristia im Dienst ihrer Herren ihre einstigen Ideale schon lange vergessen haben und nicht besser als eine Mörderbande sind, erweist sich Shuran als klug und ehrenvoll.

Aber die Greatcoats können nicht verhindern, dass Isault und seine Familie ermordet werden. Kurz darauf sterben im benachbarten Herzogtum Luth Herzog Roset und seine Familie. Aber wer sind die Mörder? Sind es die Dashini, ein Orden legendärer Meuchelmörder? Oder abtrünnige Greatcoats im Auftrag ihres toten Königs? Falcio und seine Getreuen wollen weiteres Blutvergießen verhindern, aber sie kommen zu spät. Ritter haben das Dorf Carefal, das gegen den Herzog rebelliert, dem Erdboden gleichgemacht und sämtliche Bewohner erschlagen.

Falcio val Mond und seine Getreuen nehmen die Verfolgung auf, um weiteres Morden zu verhindern. Es wird ein Rennen gegen die Zeit …

PROLOG

Im Herzen von Schloss Aramor gibt es eine kleine Privatbibliothek, die als das Königliche Athenäum bekannt ist. (Oder auch als »dieser komische kleine runde Raum, in den der König gern adlige Damen zu führen pflegte, um ihnen zu zeigen, wie schlau er doch war«, wie Brasti es gerne beschrieb). Nicht lange, nachdem die Herzöge dem König den Kopf abgetrennt hatten, plünderten sie die meisten seiner Bücher – vermutlich weil auch sie niedere Adlige und edle Damen mit ihrer Brillanz beeindrucken wollten. Aber wenn man nur lange genug in dem von den Herzögen zurückgelassenen Müll kramt und den Staub und die Spinnweben beseitigt, stößt man mit etwas Glück auf ein wenig beeindruckendes Buch mit dem Titel *Über die Tugenden der Ritter.*

Nun sollte man eigentlich annehmen, dass jedes der aufgeblasenen herzoglichen Arschlöcher den Wunsch verspürt, dieses Buch stolz auf dem Kaminsims zu präsentieren. Welcher Adlige schwafelt schließlich nicht selbstgerecht und ausführlich über die Ehre und Loyalität seiner Ritter? (Ganz zu schweigen von dem Geld, das sie ihn kosten). Sollte ein Buch mit dem verheißungsvollen Titel *Über die Tugenden der Ritter* da nicht von allen Herzögen heiß begehrt und umkämpft sein?

Allerdings ist der Einband dieses speziellen Bandes ziemlich abgenutzt. Die Farben sind verblichen, und der nicht besonders angenehme Duft von verschimmeltem Leder überdeckt den Gestank der stockfleckigen Seiten.

Hätte einer der Herzöge das Buch in die Hand genommen, wäre ihm vermutlich der Name des Verfassers aufgefallen: Arlan Hemensis, und selbst die flüchtigste Nachforschung hätte ergeben, dass Arlan ein ehemaliger Schreiber im Haushalt eines unbedeutenden Adligen gewesen war, der aufgrund eines Disputes mit einem herzoglichen Ritter die meisten seiner späteren Jahre im Kerker verbracht hatte. Der fragliche Ritter hatte sich über die beharrliche Weigerung des alten Mannes geärgert, für einen neuen Wappenrock zu zahlen, nachdem das Blut von Veren Hemensis, dem einzigen Sohn von Arlan, den alten unwiderruflich versaut hatte. Der Wappenrock war während des Duells zwischen dem Ritter und dem jungen Veren mit Blut beschmiert worden. Der Junge war gerade mal siebeneinhalb Jahre gewesen und hatte es für ein Spiel gehalten, den Ritter zum Duell herauszufordern. Aber das hatte nicht den geringsten Unterschied gemacht. Schließlich ist das Duell eine der heiligen Pflichten der herzoglichen Ritter.

Als man Arlan schließlich im Alter von siebenundsechzig Jahren aus dem Kerker entließ, lebte er gerade noch lange genug, um sein kleines Buch zu schreiben.

Oberflächlich betrachtet preist das Buch die Ehre und Effektivität der Ritterschaft, obwohl das genauere Studium in den Gedanken der eher zynisch veranlagten Leser möglicherweise ein paar Fragen aufwirft. Meine Lieblingspassage ist die letzte, in der Folgendes steht:

> Ein wahrer Ritter ist so großartig, dass – sollte er auf dem Schlachtfeld niedergeschlagen werden und seine Rüstung von, sagen wir, einem Dutzend Pfeilen durchbohrt und der Helm so hart getroffen worden sein, dass der Stahl, der einst den Kopf des Ritters beschützte, ihn nun zerquetscht hat und das Gehirn aus seinem Kopf tropfen ließ … Selbst wenn es sich so verhalten sollte, verehrter Leser, ist ein wahrer Ritter so großartig, dass das laute Klirren seiner Rüstung, wenn der zerschlagene Körper zu Boden kracht, trotz allem einen so edlen

und gehaltvollen Ton macht, dass man jedem verzeihen möge, der ihn immer wieder hören möchte.

Natürlich muss man festhalten, dass die Geschichte den Tod von tausend Bauern vermutlich nicht zur Kenntnis nehmen würde, aber sollten diese erbärmlichen Schurken ihre Höhergestellten angreifen und durch Zufall einen Ritter zu Fall bringen, wirft seine in Stahl gehüllte Leiche in der Tat einen sehr langen Schatten.

1

DIE HEILIGE DER GNADE

In bitterem Schweigen ritten wir, fünf verzweifelte, erschöpfte Greatcoats, den nördlichen Dörfern von Luth entgegen und jagten vierzig herzoglichen Rittern hinterher. Trotz der schweren Rüstungen, die sie mit sich herumschleppten, hatten sie Kest zufolge einen ganzen Tag Vorsprung. Immer wenn mich der Schlaf zu übermannen drohte, stellte ich mir die Männer, die wir verfolgten, als grinsende Schakale vor, die mit Begeisterung unschuldige Dorfbewohner in Stücke rissen. Tatsächlich war das Massaker vermutlich recht methodisch und leidenschaftslos erfolgt. Schließlich handelte es sich hier um Ritter: Männer, die nur Befehle befolgten – oh, und nicht zu vergessen das Diktat ihrer Ehre oder was sie dafür hielten. Ich würde jeden Einzelnen von ihnen töten.

Unsere Feinde bemühten sich nicht, ihre Spuren zu verwischen. Jeder Hufabdruck war wie ein in den Staub eingeprägtes Grinsen, das uns zur Verfolgung aufforderte. Jeder Blick zurück schien mir die Toten von Carefal zu zeigen – die Männer, Frauen und Kinder starrten mich mit toten Augen an und formten mit ihren toten Lippen unablässig die Worte *Feigling* und *Verräter*, als würde mich das zu größerer Schnelligkeit anspornen. Aber wir ritten bereits so schnell, wie es die Pferde und die raue Straße erlaubten. Und wir konnten nicht das Risiko eingehen, dass die Tiere vor Erschöpfung tot zusammenbrachen.

Dariana und Kest übernahmen abwechselnd die Spitze und hielten nach Anzeichen dafür Ausschau, dass die Ritter von ihrer nördlichen Route abwichen. An diesem ersten Tag sagte Brasti kein Wort, und er sah uns auch nicht in die Augen. Am Ende war es Valiana, die zu ihm durchdrang. Sie ignorierte einfach sein Schweigen und ritt neben ihm, ohne auch nur ein Wort zu sagen. Am nächsten Tag tat sie das Gleiche, und nach ein paar Stunden glaubte ich ihn etwas murmeln zu hören – ich konnte es nicht verstehen, aber was auch immer es gewesen war, sie reagierte nicht darauf. Ich hielt mich fern, aber nach einer Weile konnte ich Brasti sprechen hören. Dann wütete er und schluchzte. Und noch immer hörte Valiana einfach nur zu. Als er endlich schwieg, machte sie nicht den Versuch, seine Probleme zu lösen oder seine Ansichten zu korrigieren oder ihm zu sagen, dass er ein Narr war.

»Sprich weiter«, sagte sie.

Ich wollte mich zu ihnen gesellen, etwas Schlaues oder Witziges sagen, das unseren Brasti zur Rückkehr zwingen würde, das – wenn auch nur reflexartig – den lachenden, arroganten Bastard zurückholte, der für gewöhnlich den Rest von uns bei geistiger Gesundheit hielt. Aber ich war mir ziemlich sicher, dass jedes Wort aus meinem Mund die Dinge nur verschlimmern konnte, also hielt ich den Blick auf die Straße gerichtet und dachte nach.

Jemand ermordete mein Land.

Hier kann es unmöglich nur darum gehen, die Ordnung zu bewahren, dachte ich. *Irgendwie müssen die Morde an Isault und Roset und ihren Familien mit den Aufständen in den Dörfern in Verbindung stehen.*

Es wäre nicht schwergefallen, das alles Trin anzulasten. Sie verfügte über die bösartige Verdorbenheit, so etwas zu befehlen und sich am Ergebnis zu berauschen. Aber wenn sie in der Region einen derartigen Einfluss hatte, warum hatte sie dann nicht schon längst die Kontrolle über das ganze Land übernommen? Und wenn sie Tristia in einen Bürgerkrieg mit all seinem Chaos trieb, worüber wollte sie dann noch herrschen?

Ich verfluchte jeden einzelnen Heiligen.

Ich brauchte mehr Informationen. Ich musste mit jemandem darüber reden, musste die vielen sich widersprechenden Worte und Bilder aus meinem Kopf bekommen und sehen, was eine andere Person darüber dachte. Valiana hatte ihr ganzes Leben an Trins Seite verbracht und wusste mehr über sie und ihre Art als sonst jemand, aber ihre Aufmerksamkeit war auf Brasti gerichtet. In der kommenden Schlacht würde ich ihn dringend brauchen, also ließ ich sie in Ruhe.

»Weißt du, eigentlich wollte ich sie hassen.«

Ich blickte zur Seite. Dariana ritt neben mir.

»Natürlich hatte ich von Valiana gehört«, fuhr sie fort. »Es hieß, sie sei ein hochnäsiges Miststück – die ach so mächtige Tochter der verfluchten Herzogin Patriana, die ihr ganzes Leben lang davon ausging, eines Tages Königin zu sein. Selbst als das mit Trin ans Licht kam, dachte ich mir: ›Achtung. Jetzt wird sich diese Valiana zur betrogenen Heiligen stilisieren‹. Aber das tat sie nicht.«

»Nein«, erwiderte ich. »Das tat sie nicht.«

»Man drückt ihr einen Mantel und ein Schwert in die Hand, und sie … Weißt du eigentlich, dass sie nicht einmal wütend ist? Natürlich will sie Trin tot sehen, aber auch das hauptsächlich nur, weil Trin Aline umbringen will.« Sie warf einen Blick zurück auf Valiana. »Wie soll man das verstehen? Da entreißt man ihr sämtliche Privilegien des Adels, und sie wird …«

»Edel?«

Dariana schnaubte. »Vielleicht.« Sie schwieg ein paar Sekunden lang. »Sie sollte völlig außer sich vor Zorn sein! Sie sollte versuchen, jeden umzubringen, der ihr je …«

Dariana verstummte. Schweigend ritten wir ein paar Minuten lang weiter. »Es stimmt, was Nile über dich sagte, oder? Du bist die Tochter von Shanilla, dem Kompass des Königs«, sagte ich dann.

Dariana kniff die Augen zusammen. »Spielt das eine Rolle?«

»Ich bin ihr nur ein paarmal begegnet.« Ich rief mir die kleine, rothaarige Frau mit den dunkelgrünen Augen zurück ins Gedächtnis. »Der König ernannte sie zur Greatcoat, als ich gerade in Domaris für Gerechtigkeit sorgte, also standen wir uns nicht besonders nahe, aber ich kannte sie gut genug, um sie zu respektieren.«

»Und, erkennst du viel von ihr in mir?«, wollte sie wissen.

»Ich …« Shanilla war eine der besten Magistrate der Greatcoats gewesen. Ihre meisterhafte Beherrschung der Wechselfälle des Gesetzes kam niemandem gleich – nicht einmal Kest. Auch als Fechterin war sie nicht schlecht, obwohl darin sicher nicht ihre größte Stärke gelegen hatte. »Du ähnelst ihr ein bisschen, um die Augen. Aber nein, ich kann mir kaum zwei unterschiedlichere Menschen vorstellen.«

Dariana lächelte. Es war kein fröhliches, glückliches Lächeln. »Gut.«

In ihrem angespannten Ausdruck glaubte ich eine Zerbrechlichkeit zu spüren, was mir das Gefühl gab, irgendwie eine Verbindung zu ihr aufgenommen zu haben. Shanilla hatte nie versucht, sich jemanden zum Feind zu machen – für gewöhnlich hatte sie sich alle Mühe gegeben, jeden Konflikt zu vermeiden. Und doch hatte sich ein Herzog oder Markgraf oder Lord genug darüber geärgert, wie sie in einem Fall entschieden oder zur Durchsetzung des Urteils seinen Champion besiegt hatte, dass er ihr eines Nachts kaum eine Meile von der Sicherheit Schloss Aramors entfernt zwei Dashini auf den Hals gehetzt hatte, um sie zu ermorden. »Als sie starb, warst du noch sehr jung, richtig?«

Dariana nickte.

»Wie alt warst du, vierzehn, fünfzehn?«

Wieder nickte sie, ohne genaue Angaben zu machen.

Ich dachte an Valiana und wie sie es geschafft hatte, zu Brasti durchzudringen. Vielleicht gelang mir bei Dari das Gleiche. »Es ist in Ordnung, darüber zu reden«, sagte ich so sanft, wie ich konnte.

»Darf ich dir eine Frage stellen, Falcio?«

»Natürlich.«

»Deine Frau ist vor ungefähr fünfzehn Jahren gestorben, ist das richtig?«

»Ja.«

»Hättest du etwas dagegen, mir jede Einzelheit des Tages zu beschreiben, an dem sie starb? Und vielleicht auch von den folgenden Tagen? Hat sie deinen Namen geschrien, als sie ermordet wurde?«

Meine Hände verkrampften sich um die Zügel. »Warum solltest du ...«

Dariana lehnte sich näher zu mir. »Sie wurde doch auch vergewaltigt? Hast du dir genau vorgestellt, was sie mit ihr gemacht haben? Jede Entwürdigung und Schändung ihres Körpers? Hast du dir die Gesichter jedes einzelnen Mannes vorgestellt, als er ...«

»Hör auf!«, rief ich. »Was bei allen Höllen stimmt nicht mit dir?«

»Es tut mir leid«, sagte sie. »Ich nehme an, die Erinnerungen erfüllen dich nur mit Schmerz.«

»Sie bringen mir jeden Tag Schmerz, verflucht.«

Dariana lehnte sich so nahe heran, dass unsere Gesichter nur noch ein kleines Stück voneinander entfernt waren. »Gut. Denk an deine Frau, wenn du unbedingt alte Wunden wieder aufreißen willst. Und lass meine verdammt noch mal in Ruhe.«

Sie trieb ihr Pferd an und ritt ein paar Meter voraus.

Ein paar Minuten später lenkte Kest sein Tier an meine Seite. »Ich glaube nicht, dass sie dich mag.«

»Wir haben uns nur unterhalten.«

»Nein, du verstehst nicht. Wenn sie dich ansieht, liegt

Zorn in ihrem Blick, vielleicht sogar Hass. Das habe ich nicht zum ersten Mal beobachtet.«

»Glaubst du, sie will mir schaden?«

»Ich weiß es nicht, aber ich würde sie im Auge behalten.«

Ich dachte an all die Kämpfe zurück, die wir ausgefochten hatten, von Trins Kundschaftern in Pulnam zu den luthanischen Rittern in dem Gasthaus vor wenigen Tagen. »Sie hatte viele Gelegenheiten, mich zu töten«, sagte ich. Ich erinnerte mich an den Morgen, an dem ich mit ihrem Messer am Hals aus meiner Lähmung erwacht war. »Sie hätte es auch tun können, als wir allein waren.«

»Das stimmt«, meinte Kest. »Trotzdem.«

»Ich weiß. Sie hasst mich. Das ist im Augenblick nichts Besonderes. Alle werden besser über mich denken, wenn ich tot bin.«

Eine normale Person hätte das vielleicht eine Weile nachwirken lassen, bevor sie darauf antwortete, aber Kest verschwendet nie gern Zeit. »Wie fühlst du dich?« Sein Blick bohrte sich in mein Gesicht, als könnte er durch meine Haut sehen.

»Gut, schätze ich. Ich glaube, ich bin etwas langsamer als gewöhnlich. Meine Gedanken schweifen öfter ab. Meistens wache ich mit einer solchen Angst auf, dass ich mich vollpinkeln würde, was die Lähmung aber wohl verhindert.«

Kest nickte. »Dann ist es ja nicht so schlimm.«

Ich musste kichern. »Ach, alles hat auch seine guten Seiten, selbst der Tod durch Lähmung. Zum Beispiel muss ich mir keine Sorgen darüber machen, alt zu werden und Falten zu bekommen.«

Er tat so, als würde er mich voller Ernst von Kopf bis Fuß mustern. »Du würdest bestimmt einen schönen Leichnam abgeben, Falcio.«

»Das liegt an der Lähmung. Ich bekomme jeden Tag viel Schönheitsschlaf.«

»Angeblich sind Schlaflosigkeit und Schlafwandeln ein weitverbreitetes Leiden.«

»Damit habe ich kein Problem.« Ich hob ein imaginäres Glas in die Luft. »Auf Herzogin Patriana und die vielen unerwarteten Vorzüge einer Neatha-Vergiftung.«

Er hob ebenfalls ein imaginäres Glas. »Die sie immerhin zuerst umgebracht hat.«

Wir lachten beide und ignorierten, wie seltsam es doch war, die Gewalt hinter sich zu lassen, nur um zur nächsten Gewalt zu eilen, von einem Massaker in die Schlacht zu reiten. Und dabei nur einen kurzen Augenblick des Trostes durch die Gesellschaft der anderen vergönnt zu bekommen, um das Muster zu brechen. Aber wenn die kleinen Momente des Glücks die Dunkelheit durchbrechen, versucht man sein Bestes, sie nicht zu ruinieren. Darum wartete ich ein paar Minuten, bevor ich Kest eine Frage stellte, vor der ich mich schon seit Tagen drückte. »Was glaubst du, wie lange ich noch habe?«

Sein Blick flackerte in meine Richtung und richtete sich dann wieder auf die Straße. »Ich bin kein Heiler. Ich weiß nicht …«

»Komm schon«, sagte ich. »Du hast mal den Unterschied berechnet, wie lange es dauert, ein Schwert im Regen zu ziehen und im Trockenen. Wenn ein Mann uns auch nur schief ansieht, berechnest du die Chancen. Willst du mir ernsthaft erzählen, du hast nicht versucht auszurechnen, wann mich das Neatha umbringt?«

»Es ist … Ich kenne nicht alle Faktoren. Sicherlich hält die Lähmung jeden Morgen länger an, und je länger du gelähmt bist, umso flacher wird offenbar deine Atmung. Manchmal scheint sich deine Kehle zu verkrampfen, als könnte sie sich nicht weit genug öffnen …«

»Wie lange?«

Kest sah mich an und holte tief und gequält Luft, als würde der Gedanke an meine Symptome seine Atmung beeinflussen. »Sechs Tage, würde ich sagen. Es könnten auch sieben sein.« Wieder blickte er nach vorn, wie er es immer tut, wenn er nicht wirklich von dem überzeugt ist, was er gleich sagen wird. »Es könnte eine Medizin geben, die etwas dagegen ausrichtet. Das Gift könnte auch endlich aus deinem Körper verschwinden. Es könnte besser werden, falls …«

»Schon gut«, sagte ich. »Sechs Tage.«

»Vielleicht auch sieben.«

Ich nickte. »In dieser Zeit muss ich herausfinden, wer zwei Herzöge und ihre Familien ermordet hat und warum in Carefal zweihundert Bauern gestorben sind.«

»Möglicherweise hat das gar nichts miteinander zu tun«, sagte Kest. »Wer auch immer diese Ritter sind, die Carefal massakriert haben, ich bezweifle, dass es Dashini sind.«

»Sie könnten für dieselben Leute arbeiten«, hielt ich dagegen, obwohl sich die Worte schon falsch in meinen Ohren anhörten, als ich sie aussprach. »Aber nein. Das ergibt irgendwie keinen Sinn.«

»Warum?«

»Die Dashini sind präzise. Schnell und tödlich wie eine Stilettklinge. Ein Werkzeug für den Fall, dass Verstohlenheit erforderlich ist – wie ein Flüstern im Dunkeln.«

Kest lächelte merkwürdig. »Ein Flüstern im Dunkeln? Schreibst du in deiner Freizeit jetzt Verse?«

»Die verfluchten Bardatti färben auf mich ab!«, beklagte ich mich. »Hör einfach zu. Ritter sind nichts anderes als Zorn und nackte Gewalt – eine von einem starken Arm geschwungene Keule. Ihr Einsatz ist eine klare Ansage. Etwas, das man von den Dächern ruft.«

»Also sind die Bauern zwischen der scharfen Klinge der Dashini und dem schweren Hammer der Ritter gefangen.«

»Und wer redet jetzt wie ein Bardatti?«, zog ich ihn auf. »Aber da steckt mehr dahinter. Jemand hat die Dorfbewohner bewaffnet, und zwar nicht nur einmal, sondern *zweimal.* Das erste Mal, bevor wir überhaupt von Carefals Existenz erfuhren, und dann bewaffnete sie jemand erneut, nachdem wir ihre Stahlwaffen konfisziert hatten.«

»Jemand will das Land unbedingt in einen Bürgerkrieg stürzen«, sagte Kest.

Ich schüttelte den Kopf. »Nein. Darauf steuert es bereits zu. Und zwar seit Jahren. Jemand will es beschleunigen.«

»Trin ist noch immer die beste Verdächtige.«

»Aber warum? Sie will Tristia *beherrschen,* nicht auf einem hübschen Thron sitzen und zusehen, wie sich das Land selbst zerfleischt.«

»Sie ist verrückt.«

»Sie *ist* verrückt. Aber nicht dumm.« Ich warf wieder einen Blick auf die Fährte der Männer, die wir verfolgten. »Kest, jemand führt dieses Land ins Chaos. Jemand will es brennen sehen.«

Jeder Stunde, die wir in den nächsten beiden Tagen ritten, wohnte ihr eigenes Gift inne: Sie machte müde und unvorsichtig. Ich verbrachte so viel Zeit mit dem Versuch, nicht einzuschlafen, dass ich Schlaglöcher übersah, aus dem Halbschlaf hochfuhr und hektisch nach dem Hals des armen Pferdes griff, um nicht aus dem Sattel zu fallen. Die Zeit wurde dehnbar. Zuerst schrumpfte sie und ein halber Tag verschwand in einem Blinzeln, dann zog sie sich auf unverzeihliche Weise in die Länge, während mein Verstand die Bilder der Schreckenstaten heraufbeschwor, die die Ritter anrichten würden, die das Massaker in Carefal verübt hatten.

»Dort vorn steht jemand«, sagte Brasti und riss mich aus meinen Gedanken.

Wir zügelten die Pferde. Ich beschattete meine Augen gegen die Sonne. »Wie viele?«

»Nur eine Person. Eine Frau!«

»Trägt sie eine Waffe?« Ich zog ein Rapier und spähte mit zusammengekniffenen Augen in die Richtung, in die Brasti zeigte. Ich beneidete ihn um seine Sehkraft, obwohl sie lediglich angemessen war – ein kurzsichtiger Bogenschütze würde nicht viel im Kampf taugen.

»Wie kommst du nur zurecht, wo du so kurzsichtig bist?«

»Indem ich die Leute ersteche, die sich darüber beschweren. Beantworte die Frage.«

Er beugte sich auf dem Pferd ein Stück vor und spähte die Straße hinunter. »Ich kann keine Waffen sehen. Sie steht einfach nur da. Ihr Haar ist blond, fast weiß. Sie trägt ein weißes Kleid, das … ich kann es schwer beschreiben, es wogt um sie herum wie durchsichtige Vorhänge in der Abendbrise.«

»Bei allen Heiligen, verwandelt sich denn jeder in einen Bardatti?«, sagte ich, aber dann fiel mir plötzlich wieder die kleine Kirche auf der Straße nach Pulnam ein, wo Trin ein unschuldiges Mädchen als Folterinstrument benutzt hatte, um uns zu quälen. »Brasti, ist da etwas …«

Aber er war mir voraus und schüttelte den Kopf. »Nein. Es ist nichts an ihrem Kopf befestigt.«

Ich trieb mein Pferd zu einem langsamen Schritttempo an. Man musste keinen Ärger schaffen, wo keiner gebraucht wurde. Ein paar Augenblicke später konnte ich sie besser sehen. Aus der Ferne hatte sie das weißblonde Haar wie eine alte Frau aussehen lassen, aber jetzt wurde ersichtlich, dass sie jünger als wir war, vielleicht zwanzig oder fünfundzwanzig Jahre alt.

»Halt«, sagte Kest.

Brasti und ich zügelten die Pferde.

»Was ist? Was siehst du?«, fragte ich.

Dariana schlug ein Zeichen in die Luft. »Ist sie eine Hexe?«

»Nein«, sagte Kest. Er stieg aus dem Sattel.

»Was dann?«, wollte ich wissen.

»Sie ist nicht wegen dir gekommen«, erwiderte Kest. Dann ging er langsam, beinahe schon misstrauisch, auf sie zu. »Sie ist wegen mir gekommen.«

Nachdem er den halben Weg zwischen uns und der Frau zurückgelegt hatte, fragte Valiana: »Was meint er damit, ›Sie ist wegen mir gekommen‹?«

»Keine Ahnung.« Ich wandte mich Brasti zu. »Mach deinen Bogen bereit.«

Er stieg ab, zog *Ausschweifung*, den längsten seiner drei Bögen, vom Sattel, stellte den Köcher auf den Boden und lehnte ihn an sein Bein. Er nahm ein paar Pfeile und verteilte sie an jeden von uns. »Wenn ich einen Pfeil brauche, sage ich euren Namen. Ihr legt ihn mir in die geöffnete Hand, die Befiederung mir zugewandt und die schwarze Feder nach links gerichtet.«

»Sonst noch was, *Meisterschütze?*«, fragte Dariana.

»Ja. Stell dich nicht vor mich.«

Kest hatte die Frau mittlerweile erreicht und sprach mit ihr. Durch die Entfernung konnte ich nichts verstehen, aber irgendwie wirken die beiden vertraut miteinander, beinahe schon intim. »Ist es möglich, dass Kest sie kennt?«

Brasti schnaubte. »Eine Frau? Wie würde ihm das beim Fechten helfen?«

Die Frau schüttelte den Kopf, und Kest wurde aufgeregter – er bewegte die Hände, wie er es immer tat, wenn er einen Kampf erklärte oder einen Angriff plante. Die Frau blieb völlig reglos, so ruhig, als würde sie am Strand auftreffende Wellen beobachten.

Nach ein paar Minuten verstummte Kest, und die Frau sprach. Das tat sie eine Weile. Nach einiger Zeit erweckte es den Anschein, als würde Kest am ganzen Leib zittern.

»Was tut sie da?« Ich zog das zweite Rapier. »Brasti, schieß ihr einen Pfeil ins Bein. Etwas stimmt nicht mit Kest.«

Ich setzte mich in Bewegung, aber Brastis Hand hielt mich zurück. »Warte«, sagte er, »ich glaube nicht, dass sie ihm etwas antut.«

»Was ist dann mit ihm?«

»Er weint.«

»Kest? *Weint?*« Ich konnte mich nicht daran erinnern, Kest jemals weinen gesehen zu haben. Zumindest nicht seit wir zehn gewesen waren, und auch dann nur wegen Dingen, die Zehnjährige zum Weinen brachten: in den Fluss fallen, von einem Älteren und Stärkeren verprügelt werden. Nichts davon war seit vielen Jahren passiert.

»Er kommt zurück«, sagte Brasti.

Kest ging ganz langsam, als würde er dem Boden unter seinen Füßen nicht trauen.

»Was ist geschehen?« Ich griff nach seiner Schulter. »Hat sie dir etwas angetan?«

»Nein, nichts.« Seine Augen waren gerötet, aber er machte sich nicht die Mühe, die Tränen abzuwischen. »Sie will mit dir reden.«

»Mit wem?«, fragte Dariana.

»Falcio. Sie sagt, sie muss mit Falcio reden.«

Ich setzte mich in Bewegung, ich wollte wirklich wissen, was hier eigentlich los war, aber Kest griff nach meinem Handgelenk. »Lass deine Rapiere hier.«

»Warum?«

Kest streckte die Hände aus und wartete. Aus irgendeinem Grund konnte ich es ihm nicht verweigern. »Warum?«, wiederholte ich die Frage, als ich ihm die Waffen reichte.

»Weil du manchmal wütend wirst. Ich will nicht, dass du etwas Dummes anstellst.«

»Von mir aus.« Absurderweise verletzte mich die Feststellung.

Ich ging zu der Frau, die mich nie direkt anblickte, sondern immer an mir vorbei zu sehen schien. Vielleicht beobachtete sie ja noch immer Kest.

»Hallo«, sagte ich, als ich sie erreichte.

Sie wandte mir ihre Aufmerksamkeit zu und lächelte. Ihre Schönheit zwang mich beinahe in die Knie.

Greatcoats knien vor niemandem, ermahnte ich mich.

»Hallo, Falcio.« Sie streckte die Hand aus, also nahm ich sie und beugte mich vor, um sie zu küssen.

»Danke, dass du deine Rapiere zurückgelassen hast. Ich weiß, dass du es verabscheust, sie nicht bei dir zu haben.«

Ich ließ ihre Hand los. »Ein Mann in meinem Handwerk wird ständig mit Gelegenheiten konfrontiert, bei denen er ihr Fehlen bedauert.«

»Vielleicht. Aber ein Mann, der überall Waffen trägt, macht solche Gelegenheiten oft unausweichlich.«

Toll, als hätte ich nicht bereits genug Probleme mit Dichtern, jetzt habe ich es auch noch mit einer Philosophin zu tun. »Ich bin nicht gekommen, um mit dir zu tanzen. Wolltest du mich deshalb sprechen?«

Sie musterte mich mit großer Sanftmut. »Sie hätten dir an diesem Tag nicht geholfen, weißt du. Selbst wenn du sie gehabt hättest, als diese Männer kamen. Selbst wenn du die Waffen und Fertigkeiten gehabt hättest, über die du nun verfügst. Aline wäre trotzdem gestorben, und du mit ihr.«

»Sag nicht ...«

»Du musst mir nicht drohen, Falcio val Mond.«

»Ich wollte nicht ...«

Sie hob die Hand. »›Sag nicht noch einmal ihren Namen‹, wolltest du sagen. ›Wiederhole ihn noch zweimal, und du wirst sehen, was du davon hast‹. Du bedrohst Menschen viel zu oft, Falcio, und beinahe immer wegen der falschen Dinge.«

»Du scheinst mich zu gut zu kennen.«

»Und du kennst mich nicht gut genug.« Dieses Mal lag ein energischer Unterton in ihrer Stimme.

Wieder musterte ich ihre Züge, blickte hinter die Schönheit, die mich zu überwältigen drohte, bemerkte die Form ihrer Nase und ihrer Lippen. Eine Frau konnte sich das Haar färben, aber sie konnte nicht ihr Gesicht verändern. Doch je intensiver ich die Frau in dem weißen Kleid betrachtete, umso sicherer wurde ich mir, sie noch nie zuvor gesehen zu haben. »Wir sind uns noch nie zuvor begegnet.«

»Das ist richtig«, sagte sie. »Aber ich habe dich schon oft gerufen.«

»Wann denn? Und wenn wir uns noch nie begegnet sind, welche Antwort hättest du dir erhoffen sollen?«

Sie schloss die Augen und strich die Fingerspitzen aneinander. Augenblicklich verschwanden Frau und Straße aus meiner Sicht, um durch Schlachten und Duelle ersetzt zu werden – verzweifelte und wütende Kämpfe. Ich erkannte die Gegner. Es waren Männer, die ich getötet hatte.

»In der Hitze des Kampfes«, hörte ich ihre Stimme wie aus der Ferne sagen. »Immer rief ich nach dir, wenn der Sieg feststand, aber bevor der Todesstoß geführt wurde.«

Ich fühlte den letzten Stoß, mit dem mein Rapier in den Bauch meines Gegners eindrang, wie die Klinge seinen Hals durchtrennte. »Warum zeigt Ihr mir diese Dinge?«

»Ich sagte, du kennst mich nicht. Ich wollte dir den Grund dafür zeigen.«

»Weil ich meine Kämpfe gewinne?« Ich war verwirrt und mehr als nur etwas gereizt, aber ich wusste, dass das hier wichtig war – was auch immer dahintersteckte.

Sie öffnete wieder die Augen. Jetzt lag Zorn in ihrem Blick. »Weil du mich ignorierst, wenn ich nach dir rufe.«

»Ich …« Ich wollte sagen, dass ich dieses Spiel leid war. Es war nicht das erste Mal, dass ich Magie erlebte. Ich hasste sie. Die Frau wollte, dass ich ihr die Frage stellte, sie bat, mir zu verraten, wer sie war. Das gefiel mir sogar noch weniger als Magie. *Sie ist nicht wegen dir gekommen,* hatte Kest gesagt. *Sie ist wegen mir gekommen.* Also wer würde wegen Kest kommen und nicht wegen mir? Das war der erste Hinweis. *Ich weiß,* was *du bist, jetzt muss ich nur noch wissen, wer du bist.* »Ich soll Mitleid mit den Männern haben, die mich töten wollten?«

»Am Ende brauchen wir alle etwas Mitgefühl.«

»Oder vielleicht auch Gnade?«, schlug ich vor.

Sie lächelte. »Ich war oft der Ansicht, dass Gnade praktischer ist als Mitgefühl.«

»Dann kenne ich Euch, meine Lady«, sagte ich.

»Ach ja? Wie heiße ich denn?«

»Euer Name ist Birgid.«

Sie machte einen Knicks. »Ich bin in der Tat Birgid. Ein ganz gewöhnlicher Name, trotzdem eine beeindruckende Mutmaßung. Beherrschst du auch noch andere Tricks, Falcio?«

»Der zweite Teils Eures Namens ist weniger gewöhnlich, meine Lady.«

»Dann sprich ihn aus und zeige der Welt, wie weise du bist.«

»Die heilige Birgid, die Flüsse weint. Ihr seid die Heilige der Gnade, zumindest behauptet man das.«

Sie lachte. »Ach, es stimmt, was ich hörte. Du bist in der Tat ein schlauer Mann, Falcio, Erster Kantor der Greatcoats.«

Ich verspürte eine Regung in der Brust, als wäre mein Herz plötzlich voller Lachen, voller Trauer und Erwartung. Voller Bedauern. »Hört auf damit«, sagte ich unwirsch.

»Ich kann nicht verhindern, dich zu rühren, Falcio. Mut wird stets von Mitgefühl angezogen. Du hast mich erkannt, und das bringt es einfach mit sich.« Sie berührte meine Wange. »Ich bedaure, dass ich dich nicht überzeugen kann, wenn es am dringendsten nötig ist.«

»Und warum müsst Ihr mich von etwas überzeugen?«

Sie ignorierte die Frage. »Weißt du, wo wir sind?«

Wir standen an einer Kreuzung. Die Hauptstraße führte nach Norden, schmale Seitenstraßen bogen nach Osten und Westen ab. »Mittlerweile sind wir im Herzogtum Rijou.«

»Das sind wir in der Tat.« Sie zeigte nach Osten. »Weißt du, was an dieser Straße liegt? Vielleicht ein Ritt von sechzig Meilen?«

»Nichts, das eine Rolle spielen würde, denn die Spuren der Männer, die wir verfolgen, führen weiter nach Norden.«

»Dort gibt es eine Stadt. Sie ist klein, aber ganz idyllisch gelegen. Ich glaube, sie begann als Kaufmannslager für die Leute, die auf die Erlaubnis warteten, die Stadt Rijou betreten zu dürfen.« Sie sah mich mit diesen Augen an, die so jung aussahen und einem doch das Gefühl vermittelten, uralt zu sein. »Angeblich ein hübscher Ort für einen Besuch.«

Plötzlich erschien ein Gesicht vor meinem inneren Auge. Dunkles Haar und rote Lippen, die zum Lächeln und Küssen geschaffen waren. *Ethalia.* »Die Stadt ist Merisaw«, sagte ich. »Ihr sprecht von Merisaw.«

Sie nickte.

»Seid Ihr deshalb hier?«

»Ich kam wegen Kest, nicht wegen dir. Und dennoch, ist es nicht seltsam, dass dich deine Jagd ausgerechnet an diesen Ort führt, an diese Kreuzung? Glaubst du, dass die Götter zu dir sprechen?«

»Nein«, erwiderte ich. »Die Götter sprechen nur zu den wirklich Frommen oder wirklich Reichen.«

»Und die Heiligen?« Ein kleines Lächeln umspielte ihre Mundwinkel.

»Ich habe keine große Erfahrung mit Heiligen, meine Lady, aber mein Instinkt verrät mir, dass sie so ähnlich wie Götter handeln, wenn auch vermutlich zu einem geringeren Preis.«

»Du glaubst, ich würde dich in Ethalias Richtung drängen? Keine Angst, Falcio. Mir wäre lieber, du hältst dich weit von Ethalia fern.«

»Ihr kennt sie?«

»Sie ist ein Kind der Gnade«, erklärte Birgid. »Und sie liebt dich. Aber Gnade wird immer von der Gewalt übermannt.«

»Eine ziemlich zynische Betrachtungsweise von der Heiligen der Gnade«, sagte ich.

»Eine Frau, die versucht hat, die Gewalt mit der Gnade zu vermählen und gescheitert ist. Das Kind dieser Vereinigung ist wieder nur Gewalt.«

Man konnte sich nicht dagegen wehren, von ihr beeinflusst zu werden. Sie war so schön wie die Erinnerung an einen perfekten Kuss. Wenn sie sprach, war es, als kämen in einem die besten Instinkte zum Vorschein. Aber ich hatte aus Erfahrung gelernt, meinen Instinkten nicht immer zu vertrauen. »Ich weiß zu schätzen, dass Ihr Euch die Zeit nehmt, mir zu sagen, was für ein Dreckskerl ich bin, heilige Birgid, aber ich versuche einen Krieg zu verhindern. Wenn es Euch also nichts ausmacht, sagt mir, was Ihr mir zu sagen habt, und dann macht schleunigst den Weg frei.«

»Ich habe es dir bereits gesagt, ich bin nicht wegen dir gekommen.« Sie berührte wieder meine Wange. »Aber selbst ich werde von Mut angezogen. Ich wollte dich persönlich kennenlernen.«

»Ihr seid wegen Kest hier!« Ich lenkte das Gespräch auf ein Thema, das mir etwas weniger unbehaglich war. Wenn auch nicht viel. »Warum?«

Sie nahm die Hand zurück. »Du brauchst mich nicht zu fürchten.«

»Diese Behauptung hat mich noch nie besonders beruhigt. Beantwortet die Frage.«

Kaum merklich flackerte Ärger in ihrer Miene auf, aber vermutlich nicht wegen meiner Grobheit, sondern weil sie irgendwie wusste, dass ich damit nur ihr heiliges Getue brechen wollte. »Ich bin wegen Kest gekommen, weil seine Heiligkeit noch neu ist. Es gibt Dinge, die er wissen muss, Dinge, die ein Heiliger lernen muss. Caveil hätte ihn einweihen müssen, aber ihre Beziehung war notwendigerweise nicht besonders freundlich. Es gibt einen Ort – eine Zuflucht in der Nähe von Aramor. Die Priester dort sind vertrauenswürdig. Kest könnte dort eine Atempause von seinen Trieben finden.«

»Seine Triebe? Ihr meint dieses Heiligenfieber, was auch immer das ist? Er braucht keinen Zufluchtsort. Er hat das Fieber unter Kontrolle.«

»Das hat er nicht. Unterdrückt er es, verbrennt ihn das Fieber von innen. Lässt er ihm freie Bahn, wird es stärker. Die Rote Glut wird ihn lebendig verschlingen.« Sie setzte sich in Bewegung, schlug aber den Weg nach Westen ein und nicht nach Osten. »Begleite mich. Was ich dir sagen muss, wird nicht viel Zeit in Anspruch nehmen.«

Ich schloss mich ihr an, schwieg aber, denn ich war noch immer entschlossen, mich keinesfalls zwingen zu lassen, um Antworten zu betteln. Ich war es leid, von Leuten Antworten zu erflehen.

Offensichtlich spürte sie mein Zögern. »Sehr gut, Falcio. Sollte mich jemals jemand danach fragen, werde ich auf jeden Fall sagen, dass du unsere Unterhaltung stoisch hingenommen hast. Du musst Folgendes wissen. Kest griff wegen dir zum Schwert.«

»Wegen mir?« Ich blieb stehen. »Weil wir Freunde waren?«

»Ja. Aber diese simple Erklärung ist nicht die ganze Geschichte.«

»Was dann?«

»Als Kest jung war, besuchte ihn eine Frau. Sie verriet ihm deine Zukunft.«

Wieder schien sie auf eine Frage zu warten. Das wurde langweilig. Wieder spielte ich nicht mit.

»Sie hat ihm gesagt, dass du von der Hand des Heiligen der Schwerter sterben würdest.«

»Was?«

Ich dachte an diesen Tag vor über zwanzig Jahren zurück, an dem Kest an meine Tür gekommen war und mir gesagt hatte, dass er das Schwert ergreifen würde. Den Grund dafür hatte er mir nie genannt, und ich hatte nie gefragt, weil ich immer gespürt hatte, dass er es mir nicht erzählen würde. »Dann …«

»Sie hat ihm gesagt, dass der Heilige der Schwerter sich immer mit einem Gegner duellieren muss, der ihn schlagen könnte. Das ist unser Fluch, musst du verstehen. Wir müssen immer die ehrlichste Verkörperung dessen sein, was wir repräsentieren. Wir können dem widerstehen, wir können versuchen, es zu kontrollieren, aber am Ende wird der Zwang unseren Willen stets überwältigen.«

»Also müsst Ihr stets die gnädigste Person auf der Welt sein?«

»So ähnlich.«

»Was passiert, wenn jemand kommt, der zu einer noch größeren Gnade fähig ist?«

»An diesem Tag werde ich sehr glücklich sein.«

Ich blickte zu Kest herüber, der neben Brasti stand und die Straße herunterblickte. »Also hat er sich zum größten Schwertkämpfer auf der Welt gemacht, nur damit ich nicht gegen Caveil kämpfen musste.«

»Ja«, sagte sie. »Er hat immer dafür gesorgt, dass er besser war als du.« In ihrem Blick lag Trauer.

»Aber es hat doch funktioniert, oder nicht? Er hat Caveil besiegt.«

»Das hat er. Und jetzt ist er der Heilige der Schwerter.«

»Also?«

Wieder streckte sie die Hand aus, um meine Wange zu berühren. »Und im Augenblick bist du, Falcio val Mond, der zweitbeste Schwertkämpfer auf der Welt.«

»Ich …« Ich entzog mich ihr. »Ihr spielt mit mir, meine Lady. Es gibt viele Männer, die schneller als ich sind, stärker und bedeutend geschickter.«

»Ich sagte nicht der Schnellste, auch nicht der Stärkste oder Geschickteste. Ich sagte ›der Beste‹. Schließlich bist du der Einzige, der ihn jemals in einem Kampf besiegt hat, nicht wahr?«

»Es war ein Turnier«, erwiderte ich. »Ich habe betrogen.«

»Gibt es da nicht ein altes Sprichwort unter Fechtern? Die entscheidendsten Kämpfe …«

»Gewinnt man nicht durch Geschick«, beendete ich den Satz etwas ärgerlich, weil ich mich nicht davon hatte abhalten können.

»Sieh ihn dir an«, sagte Birgid. »In jeder Sekunde, die er in deiner Nähe verbringt, tobt ein Krieg in ihm. Wie lange wird er das wohl durchhalten, was glaubst du?«

Ich sah zu ihm zurück. Mit gesenktem Kopf stand er sechs Meter von uns entfernt, und als ich mich auf ihn konzentrierte, konnte ich förmlich die rote Hitze spüren, die er verströmte. Bereitete ich ihm wirklich eine Art Hölle, die für Heilige reserviert war, die ihre besten Freunde nicht abschlachten wollten? Ich wollte zu ihm laufen und ihm befehlen, hier zu verschwinden, zurück nach Aramor zu reiten und eine hübsche kleine Kirche zu finden, in der er sich verbarrikadieren konnte. Aber dann wandten sich meine Gedanken Aline zu, der die Wochen des Terrors und abgrundtiefer Erschöpfung die Kräfte geraubt hatten, bis ihr Gesicht hager und ihr Haar dünn geworden waren. Ich dachte an die Leichen, die man in Carefal zu großen Haufen aufgeschichtet hatte.

»Er hält noch eine Weile durch«, sagte ich. »Ich brauche ihn. Das Land braucht ihn.«

So etwas wie Frustration zeigte sich auf Birgids unnatürlich jungen Zügen, nein, etwas viel Schlichteres als Frustration. »Für wen hältst du dich, dass du für ein ganzes Land sprichst?«, fragte sie etwas schnippisch.

Etwas an ihrem Ton trieb mich zu weit. Unbedachter Zorn erfüllte mein Inneres. »Ich? Ich bin niemand. Ich bin nur ein Mann mit einem Schwert in der Hand und Gift in den Adern und viel zu vielen Feinden, die auf meinen Kopf aus sind. Aber ich *bemühe* mich, heilige Birgid. Während Ihr dort steht und die Welt mit Eurem nutzlosen Glanz erfüllt, gebe ich mein Leben, um sie zu retten. Wer ich bin? Lady, ich bin ein *Greatcoat.* Wer bei allen Höllen seid Ihr?«

Ich hatte schon Herzöge und Ritter und alle Arten von Schurken niedergestarrt, aber in die Augen der heiligen Birgid zu blicken war, als würde man in eine endlose Wüste der Einsamkeit blicken. Mich überkam ein so mächtiges Gefühl der Verlorenheit, dass meine Knie nachzugeben drohten.

»Auf die Knie, Mann der Gewalt«, sagte die heilige Birgid. Ihre Stimme war noch immer ruhig, und doch kam sie mir wie eine Welle vor, die mich unter sich begrub. »Betrachte mich nicht mit deinen blinden Augen. Betrachte stattdessen den Boden, auf dem du deinem Ende begegnen wirst, wenn du deinen Weg nicht änderst.«

Nein, dachte ich. *Ich knie nicht. Nicht vor einer von deiner Sorte.* Wann hatten die Götter oder die Heiligen jemals jemand anderem als den Reichen und Mächtigen dieses Landes geholfen? Ich konzentrierte mich auf die Straße unter meinen Füßen und zwang mich dazu, aufrecht stehen zu bleiben. *Wenn du willst, kannst du mich töten, Heilige, aber ich beuge mich dir nicht.*

Das umfassende Gefühl von Leere wurde immer stärker in mir, bis ich mich so substanzlos fühlte, dass ich mich auf die Steinchen am Boden konzentrieren musste, nur um mich daran zu erinnern, dass ich überhaupt existierte. Ich starrte die Abdrücke im Boden an, die zerbrochenen Zweige und Muster aus Staub und gefallenen Blättern, die über die Straße wehten.

Die Muster waren *falsch.*

Die Spuren hatten ausgesehen, als führten sie nach Norden, aber jemand hatte Blätter auf die Straße gefegt. Ich blickte nach links und entdeckte erst jetzt die verwischten Spuren, die nach Westen führten. *Die Ritter haben uns doch hereingelegt.* Sie hatten ihre Verfolgung so einfach gemacht, dass ich ihre falschen Spuren auf der Kreuzung nicht bemerkt hatte. Ich hätte uns nach Norden geführt, während die verfluchten Ritter in anderer Richtung unterwegs waren. Was gab es im Westen? Garniol würde sich etwa zehn Meilen westlich von hier befinden – ein kleines Dorf, etwas größer als Carefal, dennoch mit kaum mehr als ein paar Hundert Einwohnern. Die Ritter hatten es geschafft, Carefal zu zerstören, nun waren sie bereit, ihre Taktik bei einem größeren Ziel auszuprobieren.

Plötzlich lösten sich der Druck und die Leere in meinem Inneren auf. Ich hob den Kopf und sah wieder die heilige Birgid, die Flüsse weint, an. In ihrem Blick lag eine tiefe Traurigkeit, und ich begriff, was gerade passiert war. Uns direkt helfen durfte sie nicht, also hatte sie mich zornig genug gemacht, um sich mit ihrer Macht gegen mich zu wenden – anscheinend hatten die Götter nichts dagegen, wenn Heilige Menschen töteten. Nur ihnen helfen sollten sie nicht. »Es steht uns nicht zu, uns einzumischen«, sagte sie. Plötzlich erschien sie mir viel jünger, so als wäre sie ein Kind, das im Angesicht seiner zornigen Eltern nur noch zu flüstern wagt.

»Wenn sich die Götter dann besser fühlen, in einer oder zwei Wochen bin ich tot. Das weiß ich aus einer guten Quelle.«

Die heilige Birgid drehte sich um und ging. »Du sprichst zu unbedacht, Falcio val Mond. Manche Tode sind schlimmer als andere. Der, der dich erwartet, ist der schlimmste von allen.«

2

GARNIOL

Mein Pferd zeigte die ersten Anzeichen von Erschöpfung, als die kurvenreiche Straße schließlich den Hügel über dem Dorf Garniol erreichte. »Es kann nicht jeder Ungeheuer sein«, sagte ich und hatte Verständnis für den traurigen Zustand des Tieres. Es hatte mir in den vergangenen Wochen gut gedient, aber ich wünschte, Ungeheuer zu reiten. Sie war nie ermüdet – vor allem nicht bei einer Verfolgung. Es nagte an mir, dass Aline sie fortgeschickt hatte. Zwischen diesen beiden gebrochenen Kreaturen hatte es eine seltsame Art von Sympathie gegeben, und irgendwie hatte ich wohl gehofft, dass die eine dabei helfen würde, die andere zu heilen.

»Komm schon, alter Mann«, sagte Dariana. Ganz egal, welche Mühe ich mir auch gab, meine Symptome vor den anderen zu verbergen, Dariana bemerkte sie immer und musste sie unweigerlich kommentieren.

»Hör auf, ihn zu verspotten«, sagte Valiana. »Falcio ist nicht alt. Er kämpft gegen ein Gift, das jeden anderen schon längst getötet hätte.«

»Es ist alles in Ordnung«, sagte ich. Einerseits ärgerte mich, dass ein achtzehnjähriges Mädchen das Bedürfnis verspürte, mich zu verteidigen, andererseits besagte »kämpfen«, dass es hier um einen Kampf ging, den man gewinnen konnte – als müsste ich mich nur mehr anstrengen, um den unausweichlichen Tod zu vermeiden.

Heilige Birgid, wenn ich schon sterben muss, dann bitte nicht in einem beschissenen kleinen Dorf wie Garniol. In meiner Karriere als Greatcoat war ich hier zweimal gewesen. Ich hatte es als einen kleinen und schlichten Ort in Erinnerung, größer als die meisten Dörfer in der Umgebung, aber immer noch kleiner als eine richtige Stadt, was erst recht dafür sorgte, dass seine Bewohner arm, engstirnig und selbstgerecht waren. Es ging nicht darum, dass sie nicht viel für Greatcoats übrig hatten – sie hielten es für unnötig, irgendwelche Verbindungen zu den Nachbarsiedlungen zu schmieden. Vielleicht hatten die Ritter, die wir verfolgten, es darum als Ziel erwählt.

»Ich sehe kein Feuer«, sagte Kest. »Alles sieht ruhig aus.«

»Aber auch nur, weil du blind bist«, entgegnete Brasti, der in seinen Steigbügeln stand und mit einer Hand die Augen beschattete, während er das Dorf musterte.

Aus dieser Entfernung konnte ich Häusergruppen und kleine Straßen ausmachen, von denen die meisten zu einem großen zentral gelegenen Platz führten. Die Menschen kamen mir wie verschwommene Ameisen vor. Aber etwas funkelte im Licht der Sonne.

»Was siehst du?«, fragte ich Brasti.

»Ich sehe fünfundzwanzig, nein, dreißig Ritter in Plattenrüstungen. Dort sind verstreute Gruppen Dorfbewohner. Die Ritter bewegen sich in Formation. Sie haben große Drachenschilde.« Er beugte sich so weit auf seinem Pferd vor, dass ich die Befürchtung hatte, er würde gleich vornüberstürzen. »*Verflucht.* Die dämlichen Dorfbewohner wissen nicht, wie man kämpft. Die Ritter haben noch nicht angegriffen, sie treiben die Bauern auf die eine Seite des Platzes.«

»Wie lange, bevor der Kampf losgeht?«

»So, wie die sich bewegen? Ich würde sagen, wir haben vielleicht noch zehn Minuten, bis Blut fließt.«

»Womit kämpfen die Bewohner?«

»Soweit ich das sagen kann, hauptsächlich mit Feldwerkzeugen. Aber es gibt relativ viele Schwerter. Vielleicht ein paar Speere, ein paar Männer haben Jagdbögen. Bei allen Höllen. Warum kämpfen sie nicht gemeinsam? Die Bogenschützen schießen direkt auf die verdammten Schilde der Ritter.«

»Es sind Narren«, sagte Dariana beinahe spöttisch. »Zieh kein Schwert, wenn du nicht damit umgehen kannst.«

Ich widerstand dem Drang, sie mit einem Tritt aus dem Sattel zu befördern. »Ich bezweifle, dass die Männer und Frauen dort unten das im Moment für einen nützlichen Rat halten würden.«

»Es sind Bauern«, erwiderte Valiana. »Die meisten haben vor dem heutigen Tag vermutlich noch nie ein Schwert in der Hand gehabt.«

Wo bekommen diese Leute nur Schwerter aus Stahl her? Ich bezweifelte, dass sich einer von ihnen geschmiedete Waffen leisten konnte.

Dariana griff nach Valianas Arm. »Sympathisiere mit ihnen, so viel du willst, mein hübsches Vögelchen. Aber wenn wir dort unten auf diese Ritter stoßen, werden sie uns im Handumdrehen töten, und die Dorfbewohner sterben trotzdem.«

»Aber im Gasthaus haben wir die Soldaten geschlagen!«

»Das waren nur halb so viele Männer, denen Tische und Stühle und Stützpfeiler im Weg standen. Das ist eine Schlachtformation in voller Rüstung mit langen Drachenschilden. Fünf von uns werden ihre Reihe nicht aufbrechen.«

In Darianas Worten lag eine gnadenlose Wahrheit. Aber Valiana hatte auch recht. Wir mussten handeln.

Brasti wandte sich mir zu. Sein Blick war finster und seine Stimme so hart, wie ich sie noch nie zuvor gehört hatte. »Sag uns, was zu tun ist«, sagte er.

»Was …?«

Anklagend richtete er den Finger auf mich. »Darin bist du doch angeblich so gut, Falcio. Darum folgen wir dir. Diese Menschen werden getötet werden, jeder einzelne von ihnen.

Ich sehe dort unten Kinder. Ich … ich weiß nicht, wie man vorgehen soll.« Seine Stimme brach. »Du musst mir sagen, was zu tun ist.«

Ich warf Kest einen Blick zu. Er schüttelte den Kopf. »Wir müssen ihre Reihe brechen. Fünf sind zu wenig, und selbst Brastis Pfeile werden ihre Schilde nicht durchbohren. Wir müssen diese Formation auflösen, und selbst wenn es zehn von uns gäbe, bezweifle ich, dass wir es mit im Kampf unerfahrenen Dorfbewohnern schaffen würden, die im Weg stehen.«

Ich teilte Brastis Hass auf die Ritter. *Ihr liebt das, nicht wahr, ihr Feiglinge in eurer Eisenhaut.*

Es gab fünfmal so viele Bauern wie Angreifer, also würden die Ritter das als ehrenhaften Sieg betrachten, obwohl die Dörfler nicht die geringste Chance hatten. Sie konnten in der Unterzahl dort stehen und wissen, dass man ihre Gegner niemals darauf gedrillt hatte, ihre Reihe zu durchbrechen. Bei allen Höllen. Wenn man weiß, was man zu tun hat, ist es ganz einfach, eine Reihe mit einer Übermacht aufzubrechen.

Ich wandte mich an die anderen. »Hört zu. Wir gehen dort runter, und die erste Versuchung besteht darin, ein paar der Ritter zu erledigen. Lasst es. Auf diese Weise erreichen wir gar nichts.«

»Was sollen wir denn sonst machen?«, wollte Dariana wissen.

»Wir fangen an der vordersten Reihe an, direkt in der Nähe der Dorfbewohner. Ich will, dass du dich an die mit den längsten Waffen wendest. Speere, alte Hellebarden, Mistgabeln. Was immer sie gerade haben.«

Sie starrte mich ungläubig an. »Ich soll sie dazu bringen, selbst eine Reihe zu bilden?«

»Ja. Bring die mit Schwertern dazu, sich hinter ihnen aufzustellen. Wenn die Ritter gegen die Speere vorrücken, lass die Schwertkämpfer dazwischen nach vorn laufen, um in den Öffnungen zuzuschlagen.«

»Die Hälfte von ihnen wird getötet werden!«, sagte Valiana.

»Die Hälfte ist besser als sie alle.« Selbst in meinen eigenen Ohren klang meine Stimme grimmig und kalt. Dariana sah aus, als wollte sie Einwände erheben. »Halt den Mund und tu, was ich dir sage, oder jedes zusätzliche verlorene Leben lastet auf deiner Seele.«

»Schön, bring sie dazu, sich in einer Reihe aufzustellen und schick die mit Schwertern gegen die Öffnungen. Sonst noch etwas, General val Mond?«

Ich ignorierte ihren Sarkasmus. »Befiehl den Bogenschützen, auf den Seitenwegen zur südlichen Dorfseite zu laufen.« Ich wandte mich Brasti zu. »Geh zum Südende und befehle den verfluchten Schützen, ihre Pfeile zu sparen, bis wir eine Öffnung geschaffen haben.«

»Was ist mit mir?«, fragte Valiana.

»Die Kinder«, sagte ich. »Schaff sie so weit wie möglich nach Westen.« Als ich ihren Gesichtsausdruck sah, hob ich die Hand. »Ich weiß, dass du kämpfen kannst. Die Kinder werden außer sich vor Furcht sein, und sie werden eher deinem Gesicht vertrauen als meinem.«

Sie nickte. Innerlich stieß ich einen Seufzer der Erleichterung aus. *Wenigstens kann sie Logik folgen, wenn es bei Befehlen hapert.*

»Soll ich die anderen Schwertkämpfer zusammenziehen?«, fragte Kest.

»Nein. Das mache ich. Wenn diese Ritter schlau sind, wird sich eine kleine Gruppe absetzen, wenn wir die Frontreihe stürmen, und die Dorfbewohner von der Flanke angreifen. Sie werden versuchen, so viel Furcht und Panik zu verbreiten wie sie können. Du musst sie beschäftigen. Kest, wenn du gegen sie kämpfst …«

Ich hasste mich für das, was ich nun sagen würde.

»Was ist?«, fragte er.

Einen kurzen Augenblick lang dachte ich an Ethalia und

wie ich nicht mal vor einer Stunde eine ganz andere Straße hätte wählen können. Ein anderer Falcio val Mond hätte Frieden und Trost und ein paar letzte Tage der Liebe finden können. Stattdessen hatte ich wieder das Blutvergießen gewählt. Ich hatte mich von der Straße abgewandt, die zu Freude und nicht zu Gewalt führte. Eine Straße, die Kest Frieden und kein Feuer gebracht hätte. *Die Rote Glut wird Kest lebendig verschlingen,* hatte Birgid gesagt.

Ich hasste mich für meine nächsten Worte. »Kest, wenn du gegen sie kämpfst ... lass der Roten Glut freien Lauf.«

Einen Augenblick lang weiteten sich seine Augen, als ihm klar wurde, was ich da von ihm verlangte, dann nickte er schnell und ging zurück zu seinem Pferd, um den Sattelgurt zu überprüfen. Aber Kest war nicht der Einzige, der in sich eine Rote Glut fühlte.

Ich wandte ich mich den anderen zu. *Keine Ansprachen. Keine Versprechen.*

»Für Carefal«, sagte ich und trieb mein Pferd direkt auf die steile Straße nach unten zum Dorf zu.

In dem Augenblick, in dem wir das Dorf erreichten, teilten wir uns auf und kümmerten uns um unsere Aufgaben. Dariana ging nach rechts, damit sie sich um die Hauptgruppe der Ritter schleichen konnte, während Brasti sich aufmachte, die in alle Richtungen verteilten Bogenschützen zu sammeln. Die meisten Dorfbewohner drängten sich in kleinen, planlosen Gruppen zusammen. Die Waffen in den zitternden Händen konnten nichts gegen die unaufhaltsame Maschine aus dreißig Rittern mit Schilden und Kriegsschwertern ausrichten, die in Militärformation vorrückten.

Die Ritter trugen schwarze Wappenröcke. *Für sie ist das Krieg. Sie führen Krieg gegen das eigene Volk.*

Ich sprang aus dem Sattel. »Ihr da«, rief ich einer Gruppe aus drei Frauen und zwei Männer zu, die zusammengeduckt in der Nähe standen. Einer der Männer hielt einen langen

Sauspieß. »Du gehst auf die andere Seite zu den anderen Speerkämpfern.« Zwei der Frauen hielten Bögen in den Händen, primitiv hergestellte Jagdwaffen mit schwachen, durchhängenden Sehnen, mit denen sich aber durchaus arbeiten ließ. Ich zeigte auf einen schmalen Pfad zwischen armseligen kleinen Häusern links von mir. »Ihr beiden geht da lang. Dort findet ihr einen Mann mit roten Haaren und Bart, der wie ich gekleidet ist. Er sagt euch, was zu tun ist.«

»Und wer bist du, dass wir auf dich hören sollten?«, wollte eine der Frauen wissen und zielte mit einem Pfeil auf meine Brust. Sie hatte langes hellblondes Haar und ein breites Gesicht.

»Kannst du überhaupt mit dem Ding umgehen?«, fragte ich.

»Was glaubst du denn?« Sie zog die Sehne zurück. Ich riss den Mantelärmel vors Gesicht, während sie sich umdrehte und den Pfeil auf die dreißig Meter entfernten Ritter abschoss. Er bohrte sich in einen Schild. »Ich schieße mit dem Bogen, seit ich ein kleines Mädchen war. Ich …«

Ich machte einen großen Schritt auf sie zu und nahm ihr den Bogen ab, bevor sie den nächsten Pfeil einhaken konnte. »Wenn du so verdammt gut schießen kannst, warum verschwendest du dann deine verfluchten Pfeile dafür, diese Drachenschilde zu dekorieren? Du hast gefragt, wer ich bin. Ich bin Falcio val Mond, der Erste Kantor der königlichen Greatcoats.«

Sie spuckte auf den Boden. »Noch nie von dir gehört. Hier erinnert sich keiner mehr an die Greatcoats, nicht dass sie je was für uns getan hätten.«

Ich lächelte und warf ihr den Bogen wieder zu. »Nun, von dir habe ich auch noch nie gehört, Schwester. Also wie wäre es, wenn du tust, was ich dir sage, und vielleicht erinnern sich ja eines Tages die Menschen dann an deinen und meinen Namen.«

Die andere Frau, deren Haar genauso blond war, auch

wenn die Falten auf ihrer Stirn verkündeten, dass sie älter war, sagte: »Komm schon, Pol, was wir hier machen funktioniert nicht. Versuchen wir es also.«

»Von mir aus«, lautete die Antwort.

Das übrig gebliebene Paar musste mindestens an die sechzig sein; da konnte von kampffähigem Alter kaum die Rede sein. »Was sollen wir tun?«, fragte die Frau.

Ich warf einen Blick auf ihre Waffen. Kleine Küchenmesser, die außer zum Kartoffelschälen zu nichts zu gebrauchen waren. »Geht und sagt jedem, den ihr seht, genau das, was ich euch gerade gesagt habe. Speere und Mistgabeln nach Osten. Bogenschützen nach Süden. Seht ihr jemanden, der wie ich gekleidet ist, dann tut ihr, was er sagt.«

Der Mann trat vor. »Mein Enkelsohn, Erid, er ist gerade zwölf. Könntest du …«

»Nein.« Besser sie begriffen, wie der Krieg aussah, denn er war gerade an ihre Schwelle getreten. »Ihr wollt, dass der Junge lebt? Dann lasst uns diese verfluchten Ritter aufhalten.« Ich drehte mich um und ließ sie dort stehen, dann rannte ich auf die nächste Gruppe ein Stück die Straße hinunter zu.

Selbst in diesem kleinen Dorf dauerte es eine Weile, so viele Leute zusammenzukriegen, wie wir konnten. Die Hälfte, die wir zu einer Formation aufstellen konnten, zerstörten die eigenen Reihen, bevor wir die Ritter angreifen konnten. Einige rannten verrückt vor Angst los, andere von sinnloser Wut erfasst, weil sie die Leichen ihrer Freunde und Familien betrachten mussten, die bereits auf den Straßen des Dorfes lagen.

»Es ist fast so weit«, sagte Kest und trat hinter mich. »Den Rittern ist klar geworden, was wir tun. Sie werden stürmen.«

»Haltet die Linie, verflucht!«, hörte ich Dariana von der gegenüberliegenden Seite des Platzes brüllen. »Ihr haltet diese Ritter für Furcht einflößend? Das sind *nur Männer.* Die werden euch *nur* töten. Ich hingegen schleife eure beschissenen Ärsche aus dem Dorf und verfüttere euch Stück für Stück an eure eigenen, von den Heiligen verdammten Schweine!«

»Sie hat eine ungewöhnliche Methode, ihre Truppen zu motivieren«, meinte Kest.

»Solange sie sie nur unter Kontrolle hält.«

»Falcio!«, rief Valiana. Ich brauchte einen Augenblick, um sie ungefähr dreißig Schritte entfernt in einem der Seitenwege zu entdecken. Sie hatte eine Gruppe Kinder um sich herum versammelt.

Ich rannte zu ihr. »Sind das alle?« Die meisten schienen zwischen zehn und dreizehn Jahre alt zu sein. »Wo stecken die Kleinen?«

Einer der Jungen meldete sich zu Wort. »Meine Mami unterrichtet die Kleinen an Ackertagen. Dort oben hat sie ein kleines Klassenzimmer.« Er zeigte auf eine zweistöckige Scheune mit Flachdach.

»Soll ich dort rüber?«, fragte Valiana.

»Nein. Schaff die hier aus dem Dorf. Um die anderen kümmere ich mich, sobald es sicher ist.«

Ich suchte nach einem weiteren hohen Gebäude, auf das ich klettern konnte, und entdeckte einen kleinen Wasserturm mit einer heruntergekommenen Leiter, die vom Boden zu seiner Spitze führte. Ich rannte darauf zu und wäre beinahe gestürzt, als ich auf dem feuchten Boden ausrutschte. Ein Leck im Turm hatte einen kleinen Fluss im Gras erschaffen. Ich stieg auf der Leiter ungefähr fünfundzwanzig Fuß in die Höhe und betrachtete die Szene unter mir. Auf der einen Seite standen Dariana und die Männer und Frauen mit den längeren Waffen und den Bauernwerkzeugen. Mit einer Kombination aus Motivation und blankem Terror war es ihr gelungen, sie dazu zu bringen, eine Formation einzuhalten. Die Ritter warteten auf das Zeichen ihres Befehlshabers zum Angriff.

Im Süden brüllte Brasti Befehle und ignorierte meine dabei offensichtlich. Statt alle Bogenschützen zu versammeln, hatte er sie in Paare eingeteilt – die zwischen den Gebäuden standen. Als Strategie war das sinnvoll, wie ich zugeben musste, da es den Rittern schwerer fallen würde, sich mit ihren großen Schilden gegenseitig zu decken. Andererseits würde das Brasti unmöglich machen, seine Bogenschützen zu kontrollieren; er würde sich einfach darauf verlassen müssen, dass sie seinen Befehlen, wann und wie sie schießen sollten, gehorchten.

Auf der Ostseite des Dorfes stand Kest der Ritterformation gegenüber. Sein Kriegsschwert war gezogen und steckte mit der Spitze im Boden, während er beide Hände auf den Knauf gelegt hatte. Er sah aus, als würde er sich auf die Waffe stützen.

Einen Augenblick lang fragte ich mich, wie es sich für ihn anfühlen musste, wenn die Rote Glut an seinem Inneren nagte. Dann richtete ich die Aufmerksamkeit wieder auf die Ritter. Ich musste mich um meine eigene Arbeit kümmern.

»Ich rufe den Hauptmann der Ritter«, brüllte ich.

Einer der Ritter, der genau in der Mitte der Formation stand, klappte das Visier seines Helmes nach oben und schaute zu mir hinauf. »Was sehe ich denn da? Dort oben auf dem Wasserturm nistet ja ein merkwürdiges kleines braunes Vögelchen und zwitschert mir zu.«

Er sprach mit der sorgfältigen Wortwahl eines Edelmannes, war vermutlich der zweite Sohn eines Lords oder eines Markgrafen. Das machte ihn mir nicht sympathischer. »Und mir antwortet eine schwarze Krähe, wo ich doch den hellgelben Wappenrock von Luth sehen sollte. Oder müsste das das Grün von Aramor sein? Vielleicht das Scharlachrot von Rijou? Ich sehe Ritter in schwarzen Wappenröcken ohne dem Gesetz entsprechende Befehle, die gegen ihr eigenes Volk Krieg führen. Das sehe ich, Ritterhauptmann.«

»Es spielt keine Rolle, was ein kleines braunes Vögelchen so sieht«, erwiderte er. »Wenn man ihm ordentlich die Flügel stutzt, bevor es sein Lied jemand anderem zwitschert. Gibt es eine Melodie, die du mir gern vorsingen würdest?«

Ich holte tief Luft und hoffte, dass die anderen in der Lage sein würden, ihre Leute unter Kontrolle zu halten. »Nur das hier, Hauptmann. Wir ergeben uns.«

Kurze Stille trat ein, als die Ritter zu ihrem Befehlshaber blickten.

»Ihr ergebt euch?«, fragte der Hauptmann.

»Ganz und gar. Wir bitten einfach nur um Gnade. Diese Menschen wollen nichts weiter, als dass man ihr Leben verschont.«

Der Hauptmann brüllte vor Lachen. »Gnade? Für Hunde, die nach ihren Herren schnappen und sie beißen? Die einzige Gnade, die diese Banditen erleben werden, wird die Faust des Gottes Krieg sein, die auf ihre erbärmlichen Seelen einschlägt. Sie haben Waffen aus Stahl, diese Bauern, die sie in einem offensichtlichen Gesetzesverstoß gegen ihre Höhergestellten erheben.«

»Und dafür werden sie bezahlen. Aber sie haben euch nicht angegriffen, und die Strafe für den Besitz einer Waffe aus Stahl ist nur ein Bußgeld oder Gefängnis, aber nicht der Tod. Ich wiederhole, Ritterhauptmann, wir ergeben uns. Diese Menschen sind …«

»Sie sind Tiere«, erwiderte der Hauptmann. »Und heute stirbt von ihnen jeder Mann, jede Frau und jedes Schweinekind.«

»Ich wiederhole es nun zum dritten Mal, Ritter, wir ergeben uns und bitten um Gnade.« In allen alten Märchen musste man diese Dinge dreimal aussprechen. Ich hielt es für das Beste, mich an die Tradition zu halten. Ein paar der Ritter erschienen unsicher. Die meisten jedoch nicht. Das war gut so. Ich würde mich mit dem zufriedengeben, was ich kriegen konnte. Wenn selbst nur ein paar von ihnen anfingen, die Ehre ihres Befehlshabers in Zweifel zu ziehen, konnten wir ihr Zögern zu unserem Vorteil nutzen.

»Wenn es dir Spaß macht, kannst du auch tausendmal kapitulieren.« Der Hauptmann lachte. »Es wird keinen Unterschied machen. Noch in hundert Jahren werden Bauern, die schlau genug sind, um zu wissen, wer ihre Höhergestellten sind, den Namen Garniol nur in einem furchterfüllten Flüstern aussprechen.«

»Na schön«, sagte ich. »Ich dachte mir, frag einfach mal.«

Falls der Hauptmann von meiner lässigen Erwiderung überrascht war, ließ er es sich nicht anmerken. Stattdessen wandte er sich seinen Männern zu. »Könnte jemand mit einer Armbrust diesen braunen Vogel für mich erlegen?«

Zwei der Männer legten die Schwerter ab und lösten die Lederriemen, die ihre Armbrüste auf dem Rücken hielten.

»Bevor du schießt, solltest du noch etwas wissen«, sagte ich.

»Ach? Willst du mir noch ein Lied singen?«

»In der Tat«, erwiderte ich. »Tatsächlich ist es ein Lied über Ritter. Über die Tatsache, dass die Ritter von Tristia einst einem Kodex folgten. Sie lebten, kämpften und starben mit Regeln, die tausend Jahre lang nicht gebrochen wurden. Wie viele von euch, die sich hinter euren großen Schilden verstecken, während ihr euch darauf vorbereitet, denen die Kehle durchzuschneiden, die ihr beschützen solltet, nahmen einst Rüstung und Schild, weil sie von diesen besseren Männern träumten? Von diesem besseren Kodex? Wie viele von euch schworen, eines Tages als Helden zu sterben?« Ich blickte auf sie herunter und stellte mir ihre Gesichter vor – waren sie junge ernsthafte Männer, die hier ihre erste Schlacht erfahren sollten? Oder graubärtige Veteranen, die einfach nur ihre Befehle befolgten?

»Nun?«, rief ich. »Sagt mir, fühlt ihr euch heute wie Helden? Glaubt ihr, die Ritter, von denen ihr in den Liedern gehört habt, würden euch Bruder nennen? Oder würden sie euch stattdessen mit ihren Fehdehandschuhen schlagen und euch befehlen, sich ihnen auf dem Duellplatz zu stellen? Nein, jetzt, wo ich so darüber nachdenke, glaube ich nicht, dass sie sich auf ein Duell mit euch einlassen würden. Ich glaube nicht, dass sie euch für würdig genug erachten würden.«

Die Ritter in ihren Stahlpanzern rasten vor Zorn. Da war eine ungeheure Wut in ihnen, von der das meiste natürlich auf mich gerichtet war, aber ich musste glauben, dass einige von ihnen im Inneren zumindest eine Ahnung davon hatten, wie tief sie doch gefallen waren. Ehrlich gesagt interessierte mich nicht, was von alldem zutraf. Wichtig war nur, dass in so einem Kampf jeder Funken Verwirrung, den ich in einem Feind säen konnte, sein Gewicht in Gold wert war. Jetzt musste ich nur darauf warten, dass ein Mann mit seiner Armbrust auf mich schoss.

Einer der Ritter verließ mit einer Armbrust in der Hand die Formation. Er nahm den Helm ab, hob die Waffe und zielte auf mich. Natürlich bestand stets eine gute Chance, dass er mich verfehlte oder die Knochenplatten in meinem Mantel verhinderten, dass sich der Bolzen in mein Fleisch bohrte, aber ich hatte beim Würfeln noch nie auf mein Glück vertraut.

»Brasti!«

Auf einem der Dächer an der Straße außerhalb des Hauptplatzes erhob sich Brasti, zielte mit seinem Bogen und schoss. Einen Augenblick später stürzte der Ritter zu Boden. Ein Pfeil ragte hinten aus seinem Hals.

Die Ritter brüllten vor Wut, aber das taten auch die Dorfbewohner in ihren Reihen.

»Dariana!«, rief ich.

»Vorwärts!«, schrie sie ihre Truppen an, ihre Bauern und Viehzüchter, ihre bartlosen Jungen und jungen Mädchen in Sommerkleidern, die alle Waffen hielten, in deren Benutzung man sie nie unterrichtet hatte. Auf ihren Befehl rückten sie mit Speeren und Hellebarden und alten kaputten Mistgabeln vor und bewegten sich einen Schritt nach dem anderen auf das ungewisse Schicksal zu, das sie in den Händen abgehärteter Soldaten in Plattenrüstungen erwartete.

Auch die Ritter rückten in ihrer Formation vor, drückten die großen Schilde gegen Speerspitzen und zwangen die Bauern mühelos zurück. Wieder gab Dariana einen Befehl, und einige der Leute in der ersten Reihe stemmten die Enden ihrer Waffen gegen den Boden und erschwerten das Vorrücken der Ritter. Kleinere Männer mit Schwertern, Hacken und Rechen eilten nach vorn und zerrten an den Schilden. Einige von ihnen starben, aber ein paar von ihnen gelang es, die Deckung der Ritter zur Seite zu ziehen.

»Bogenschützen!«, rief Brasti. Aus den Gassen und von den Dächern um den Platz flogen Pfeile. Die meisten trafen die Schilde, aber ein paar kamen durch. Ich stieß den angehaltenen Atem aus. Wir mussten nicht jedes Manöver gewinnen – wir mussten nur ein paar von ihnen töten.

Während die Ritter weiter vorrückten und kämpften, mussten sie dabei über ihre gefallenen Kameraden steigen. Ich beobachtete, wie der Hauptmann beinahe nach hinten gestürzt wäre, als er auf einen seiner Toten trat. Er schrie vor Zorn. Für seine Soldaten hätte das ein leichter Kampf sein sollen. Bauern? Viehzüchter? Halbwüchsige Mädchen? Selbst ein ausgebildeter Ritter hätte in der Lage sein müssen, ein Dutzend solcher halbherziger Gegner mühelos niederzumachen. Aber es war kein Dutzend. Es waren mehr als hundert. Und jedes Mal, wenn es einem dieser kleinen Mädchen gelang, einem Ritter einen Treffer zuzufügen, selbst wenn sie Momente später starben, wurden die Männer in den Rüstungen wütender und nervöser.

Bei allen Heiligen, was stimmt nur nicht mit mir? Werde ich so kalt, dass ich die Leichen von Kindern lediglich von einer Liste abhake?

Ich stürzte mich in den Kampf.

Der Hauptmann begriff endlich, dass seine Männer riskierten überwältigt zu werden, und er gab fünf seiner Ritter den Befehl, aus der Formation auszuscheren, um die Speere der Dorfbewohner zu umgehen und Dariana anzugreifen.

Richtig, ziele auf den Anführer. Soldaten denken doch alle gleich, nicht wahr?

Kest, der die ganze Zeit so still wie eine Statue dagestanden hatte, hob plötzlich die Klinge hoch in die Luft. Er eilte los und führte sie in einem Bogen nach unten, der den Nordwind selbst mit sich zu bringen schien. Sie krachte auf die Oberkante eines Schildes und trennte ihn beinahe in zwei Hälften. Ohne auch nur innezuhalten verwandelte Kest den Hieb in einen Stoß direkt in die Halsberge des Ritters. Den eisernen Schutz konnte er nicht durchbohren, aber er beulte ihn so tief nach innen ein, dass dem Mann der Atem abgeschnürt wurde und er rückwärts gegen seine Kameraden stolperte.

Zwei weitere Ritter stoben auseinander, um Kest einzukreisen. Ein Pfeil schoss aus dem Himmel und traf einen von ihnen im Rücken.

»Nein!«, schrie Kest mit vor Zorn und Fieber gerötetem Gesicht. »Nein! Der nächste Mann, der einen angreift, der mir gehört, tritt mir auf dem Feld gegenüber, wenn das hier vorbei ist!« Er schwang die Klinge wie eine Keule und trieb sie in seine Gegner, während er sich duckte, um ihren Angriffen zu entgehen.

»Falcio!«, rief Dariana. Ein Blick zurück verriet mir, dass ihre Reihe auseinanderbrach. Sie hatte fast sieben Minuten standgehalten. Von der feindlichen Formation waren nur noch zwölf Ritter übrig, aber sie waren besser organisiert, und die Männer und Frauen aus dem Dorf verloren die Nerven.

»Verteilt euch!«, rief ich zurück, und in dem Moment, in dem sie den Befehl gab, lösten sich die Dorfbewohner vom Feind und rannten los, wobei viele von ihnen einfach die Waffen fallen ließen, weil sie sie auf ihrer Flucht behinderten. Ein paar Sekunden später stand allein Dariana da. Lächelnd legte sie eine Hand auf die Hüfte, blinzelte den Rittern zu, dann drehte sie sich um und rannte in eine der Seitenstraßen.

Den Angreifern fehlte nun eine Reihe, gegen die sie anstürmen konnten, und sie konnten entweder an Ort und Stelle stehen bleiben und sich gegenseitig mit ihren Schilden decken, aber nichts weiter zum Kampf beitragen, oder auseinandergehen und sich Gegner suchen. Sie entschieden sich für das Letztere.

Gut. Wenn alle vom Platz bleiben, können unsere Bogenschützen nach Belieben schießen.

Aus den Schatten betraten zwei Gestalten den Platz. *Toll, warum ignoriert jeder meine Befehle? Warum wollen alle, dass ich mir einen brillanten Plan einfallen lasse, wenn sie ihn doch nicht befolgen wollen?* Mit seinem Langbogen *Ausschweifung* in der Hand trat Brasti mit einem Jungen von vielleicht zwölf Jahren im Schlepptau auf die Ritter zu. Der Junge hielt einen Köcher in der einen und einen Pfeil in der anderen Hand.

»Brasti, was machst du?«, rief ich.

Falls er mich gehört hatte, ließ er es sich nicht anmerken. »Schluss mit den Rüstungen«, sagte er und ließ einen Pfeil von der Sehne schnellen. Er bohrte sich direkt in den Harnisch eines der Ritter auf dem Platz. Der Junge zog den nächsten Pfeil aus dem Köcher und gab ihn Brasti, während sich der nächste Ritter in Bewegung setzte. In einer einzigen anmutigen Bewegung hakte Brasti den Pfeil ein, zog die Sehne durch und schoss. Und der Ritter stürzte zu Boden.

»Schluss mit den Rüstungen«, wiederholte er.

Die noch verbliebenen Ritter machten einen letzten Versuch, ihren Schildwall wiederherzustellen, um Brastis Angriffe abzuwehren, aber noch während sie damit beschäftigt waren, rannte Dariana aus einer der Gassen, stieß einem Soldaten die Schwertspitze von hinten ins Knie und floh wieder, bevor sie reagieren konnten. Mit einem Aufschrei stürzte der Verletzte zu Boden, rammte dabei einen seiner Kameraden und erschuf eine Öffnung im Schildwall.

»Schluss mit den Rüstungen«, sagte Brasti ein drittes Mal und erschoss einen der wenigen noch lebenden Ritter.

Der Rest wartete nicht darauf, von einem Verrückten mit Langbogen abgeschossen zu werden. Während sie sich verteilten, stürmte ich mit finsteren Blicken auf den Platz. Früher oder später würde jedem die fürchterlich simple Lösung für das Problem einfallen, das er bot, also entschied ich mich, Brastis Flanke zu schützen. Und tatsächlich waren zwei Ritter und der Hauptmann selbst herumgeschlichen, um sich hinter Brasti und den Jungen mit seinen Pfeilen zu setzen. Anscheinend war der Hauptmann nicht völlig verblendet; sein eigentliches Ziel war der Junge. Wenn sie ihn töteten, würden Brastis Pfeile zu Boden fallen, dann konnten ihn die Ritter überwältigen, bevor er auch nur einen aufgehoben hatte.

Ich hatte sie gerade erreicht, als ein Kriegsschwert in die Höhe fuhr und auf den Kopf des Jungen herabsauste. Mit gekreuzten Rapieren sprang ich auf ihn zu, landete hart auf den Knien und brachte die Klingen gerade noch rechtzeitig genug in die Höhe, um das volle Gewicht des Kriegsschwertes mit ihnen zusammenprallen zu fühlen. Die Ritterwaffe verharrte kaum einen Zoll vom Kopf des Jungen entfernt – aber weder er noch Brasti schienen das überhaupt wahrzunehmen.

»Schluss mit den Rüstungen«, hörte ich Brasti wieder sagen, als er den nächsten Pfeil auf den Platz schickte.

»Schluss mit den Rittern«, antwortete der Junge und reichte ihm den nächsten zweieinhalb Fuß langen Pfeil mit Stahlspitze.

Der Hauptmann gab ein Brüllen von sich und griff mich an.

Ich lag noch immer auf den Knien und kippte nach vorn, während sich sein Schwert von meinen Klingen löste. *Auf deine Füße, verdammt,* befahl ich mir. Plötzlich erfüllte ein rotes Schimmern meinen linken Blickwinkel, als Kest vor mich sprang. Er schlug ein Schwert meiner Angreifer zur Seite und parierte das andere.

Der Anblick des blutroten Heiligen der Schwerter ließ den Hauptmann seine Position noch einmal überdenken. *So viel zur Ehre,* dachte ich noch, weil er die Schulter des Ritters vor ihm packte und ihn in Kests Richtung stieß, bevor er loslief. Ich kam auf die Beine, um bei dem Kampf gegen die beiden verbliebenen Gegner zu helfen. »Verschwinde von hier und halte dich bloß von mir fern, Falcio«, fauchte Kest zwischen zusammengebissenen Zähnen.

Ich rannte zurück zur Platzmitte. Dank Kests getriebener Schwertkunst und Darianas kompromisslosem Befehl über die Dorfbewohner waren die Ritter am Ende. Vor mir ging eine kleine Gruppe auf einen einzelnen Gegner los, und rechts von mir zog Dariana gerade ihre Klinge aus dem Hals eines Gegners. Plötzlich standen dort nur noch zwei Männer in Rüstung.

»Wir ergeben uns!«, rief einer von ihnen, dann ließen sie beide die Waffen fallen und fielen auf die Knie. »Wir ergeben uns!«

Brasti ging auf die beiden Männer zu. Als hätten es die Götter selbst so gewollt, hatte er nur noch zwei Pfeile übrig. Einer davon war eingespannt, während der Junge den anderen in der Hand hielt. »Schluss mit den Rüstungen«, sagte er. »Schluss mit den Rittern.«

»Wir ergeben uns!«, wiederholten die besiegten Männer.

In diesem Augenblick verspürte ich ein schreckliches Verlangen. Ich wollte zusehen, wie Brasti den Arm nach hinten zog, auf den nur wenige Fuß von ihm entfernt knienden Mann zielte und dann seinen langen Pfeil mit der Wucht eines Sturmwindes durch die Brust des Ritters schoss. Ich wollte mich daran *erinnern.* Ich wollte diesen Augenblick immer wieder und wieder erleben, während diese Männer für das starben, was sie angerichtet hatten.

»Habt ihr gesagt, wir ergeben uns?«, fragte Brasti. »Habt ihr das gesagt?«

»Bitte!«, flehte einer der Ritter. Er war ein noch jüngerer

Mann, vielleicht gerade etwas über zwanzig. Er schluchzte nicht. Ich wollte ihn schluchzen sehen.

»Deine Rüstung«, sagte Brasti.

»Bitte!«

»Zieht die Rüstung aus.«

Beide Ritter fingen an, Teile ihrer Rüstung abzunehmen, von den Klammern an den Schultern zu den Schnallen an den Seiten der Harnische. Es ist gar nicht so einfach, eine Rüstung abzulegen. Wenn man den Tod in Form eines dreißig Zoll langen Pfeiles mit scharfem Stahl an der Spitze entgegenblickt, ist es sogar noch schwerer.

Nach wenigen Sekunden mussten sich die beiden Ritter gegenseitig helfen.

Zu langsam, dachte ich, und plötzlich hatte ich das Gefühl, endlich das Heiligenfieber zu verstehen, das Kest erfüllte. *Komm schon,* drängte ich Brasti stumm. *Erschieß sie!*

Aber da war noch eine andere Stimme in mir, kaum lauter als ein Flüstern. *Immer rief ich nach dir,* sagte sie. *Immer wenn der Sieg feststand, aber bevor der Todesstoß geführt wurde.*

Nein, dachte ich. *Nein. Das hier ist* richtig *so. Das ist Gerechtigkeit.*

Aber das war es nicht.

Es war Rache, schlicht und ergreifend.

Zugegeben, eine vortreffliche, rechtschaffene Rache, aber trotzdem nur Rache. Keine Gerechtigkeit.

Wozu einen Prozess führen, wenn keine Tatsachen festgestellt und keine mildernden Umstände in Betracht gezogen werden müssen? Was spielt es für eine Rolle, ob die Klinge jetzt oder nach dem Urteil fällt?

Weil das Gesetz nur dann von Bedeutung ist, wenn wir es höher als uns selbst halten, dachte ich, und plötzlich lastete der Mantel schwer auf meinen Schultern.

Die Ritter waren nicht einmal zur Hälfte damit fertig, ihrer Rüstung abzunehmen, als Brasti die Sehne durchzog.

»Brasti«, sagte ich. Meine Stimme war leise. Ich brauchte nicht zu schreien, denn irgendwo tief im Inneren wartete er darauf, dass ich dem ein Ende bereitete. »Es ist genug.«

Zuerst war ich mir nicht sicher, was er tun würde. Hatte er gewollt, dass ich ihm befahl, es nicht zu tun, nur damit er den Pfeil trotzdem abschießen und mir zeigen konnte, dass er meine Befehle nicht länger befolgte? Die beiden Ritter lösten noch immer mit fliegenden Fingern Schnallen und zerrten sich Rüstungsteile vom Körper. Die Dorfbewohner hatten angefangen, sich um uns herum zu versammeln. Über hundert von ihnen drängten sich immer näher zusammen und warteten darauf, dass der Pfeil losraste.

»Brasti«, sagte ich. »Hör auf.«

Mit einer langsamen, beinahe unmerklichen Bewegung richtete sich Brastis Bogen in Richtung Boden, die Spannung der Sehne ließ nach, bis der Pfeil lose zwischen seinen Fingern baumelte.

Einer der Dorfbewohner brüllte: »Töte sie!«

»Sie bekommen einen Prozess«, sagte Brasti.

Ein Mann mit einem blutigen Arm, der noch immer verzweifelt eine kleine Axt umklammert hielt, trat vor. »Warum? Warum sollten sie nach dem, was sie getan haben, einen Prozess bekommen?«

»Ich weiß es nicht«, sagte Brasti den Blick auf mich gerichtet. »Es ist eben so.«

In der Menge kam Unruhe auf, bittere Schreie der Wut mischten sich in das Stöhnen und Schluchzen der Verletzten. Ich ignorierte sie alle. Stattdessen suchte ich nach Dariana. »Wo ist Kest?«

Sie zeigte in Richtung Hügel auf ein Feld. »Er ging los, nachdem der Kampf zu Ende war.«

Jemand fehlte. Ich blickte mich um. Überall lagen tote Ritter und Dorfbewohner auf dem Boden. Dreißig Ritter waren in Garniol eingefallen, um es zu zerstören, und nur noch diese beiden waren übrig. »Valiana?«

»Sie ist mit den älteren Kindern auf der anderen Dorfseite.«

Wieder betrachtete ich die Leichen der Ritter in ihren schwarzen Wappenröcken. Erst dann wurde mir bewusst, dass tatsächlich jemand fehlte. »Der Hauptmann!«, sagte ich. »Ich sah ihn fliehen. Hast du ihn getötet?«

Dariana schüttelte den Kopf. Ich fluchte und rief: »Geh und finde Kest. Sag ihm, er soll ...«

»Feiglinge!«, brüllte eine Stimme.

Zuerst glaubte ich, es wäre jemand aus der Menge gewesen, aber dann hörte ich eine Frau schreien und folgte dem Laut. Am anderen Ende des Platzes fiel etwas von der zweistöckigen Scheune. Erst als es auf dem harten Boden aufschlug, sah ich, dass es sich um eine junge Frau handelte. Das Brechen ihres Genicks hallte über den Platz.

Oh ihr Götter, lasst es nicht sie sein. Ich befahl ihr, nicht dorthin zu gehen. Ich rannte auf die Frau zu und sah mit einer Erleichterung, die mich beschämte, dass es sich nicht um Valiana handelte. Oben auf dem Dach des zweistöckigen Gebäudes stand der Ritterhauptmann. Er hielt mehrere Seile, deren Enden er sich hastig um Arme und Oberkörper und eines sogar ums Bein geschlungen hatte. Das andere Ende eines jeden Seils war um ein Kind gebunden. Kleine Jungen und Mädchen versuchten schluchzend daran zu ziehen, aber der Hauptmann riss sie wieder zu sich heran. *Er hat die Kinder zu einem Schild gemacht. Nein. Zu einer Rüstung. Er benutzt sie als Rüstung.*

»Feiglinge!«, rief der Hauptmann erneut, und jetzt wurde klar, dass er seine beiden Männer meinte. »Legt die Rüstung wieder an und kämpft! Ritter weichen nicht zurück.«

Der jüngere der beiden Männer antwortete ihm. »Sir Learis, hört auf, das ist nicht ...«

»Schweigt! Wir sind gekommen, um dieses Dorf zu befrieden, und das werden wir auch tun. Wir müssen ihnen unsere Entschlossenheit zeigen, Sir Vezier.« Seine Stimme hob sich, als würde er einer Gruppe unaufmerksamer Schüler eine Lektion erteilen. »Die Bauern müssen begreifen, dass das nicht enden wird, bevor sie vor uns knien.«

Brasti spannte den Bogen. »Du bist ein toter Mann.«

»Bin ich das?« Der Hauptmann trat vor und zog die Kinder näher heran. »Welches von denen hier wird deinen Pfeil zu spüren bekommen, wenn du versuchst mich zu treffen?« Er riss an einem Seil und ließ ein kleines Mädchen in die Tiefe stürzen, wo es hin- und herbaumelte.

»Eila!«, rief ein Mann. »Bitte! Nein!«

»Komm schon!«, rief der Hauptmann. Er zog das Mädchen wieder aufs Dach. »Schieß schon, Bogenschütze. Vielleicht erwischst du mich ja, ohne die Kinder zu treffen. Komm schon. Zeig, was du kannst.«

Brasti zog den Arm zurück, aber ich hielt ihn zurück. »Nicht. Er hat die Kinder an sich gefesselt und steht absichtlich am Dachrand. Wenn du schießt, besteht trotz allem die Möglichkeit, dass er vom Dach stürzt und die Kinder mit sich in den Tod reißt.«

»Ein schlaues kleines braunes Vögelchen. Schlau genug um zu wissen, dass die kleinen Entlein nicht fliegen werden.« Der Hauptmann starrte die Menge an. »Und jetzt auf die Knie«, befahl er.

»Tut es«, sagte ich.

Die Männer und Frauen von Garniol knieten nieder. Ein paar von ihnen, größtenteils junge Männer, wollten sich trotzig nicht beugen, aber andere zogen sie nach unten. Brasti und ich knieten ebenfalls. Dariana zögerte, schloss sich aber dann an.

»Gut«, sagte der Hauptmann. »Sehr gut. Gehorsame Hunde. Seht Ihr das, Sir Vezier? Sir Orn? Das ist die Macht eines wahrhaftigen Befehls. Mehr als hundert von ihnen, und sie verneigen sich vor einem rechtschaffenen Ritter.«

»Was willst du?«, fragte ich.

Der Hauptmann ignorierte mich. Stattdessen wandte er

sich wieder an seine Männer. »Sir Vezier, Sir Orn. Ihr werdet jetzt Eure Schwerter nehmen. Ihr werdet an diesem jaulenden Rudel von Mischlingen entlanggehen, von einem Hund zum anderen, und ihnen die Köpfe abschlagen.«

Der Mann grinste breit, als wäre er wirklich davon überzeugt, dass diese Menschen einfach dort knien bleiben und ihr Leben aufgeben würden, obwohl sie genau wussten, dass das ihrer Kinder mit Sicherheit folgen würde.

Der ältere der beiden Ritter blickte sich unsicher um, stand dann auf. Der jüngere – Sir Vezier – packte ihn bei der Schulter. »Nein, Hauptmann«, sagte er. »Das werden wir nicht … das ist eines Ritters unwürdig.«

»Nein? Nichtsnutziger Junge. Habt Ihr Angst, sie würden sich gegen Euch wehren? Einen Ritter? Dann verdient Ihr die Bezeichnung nicht. Sir Orn, Ihr nehmt jetzt Euer Schwert und tut, was ich Euch befehle. Ihr werdet mit Sir Vezier anfangen.«

Dieses Mal blieb der ältere Mann, wo er war, den Blick fest auf den Boden vor ihm gerichtet.

»Anscheinend haben wir uns festgefahren, Hauptmann«, rief ich.

»Wirklich? Nun gut. Wollen wir doch mal sehen, wie lange das dauert. Warte nur ab, dann wirst du wahren Mut erleben können, dann kannst du sehen, dass ein wahrer Sohn des Krieges nicht zurückweicht, wenn das Feuer kommt.«

»Was will er nur?«, fragte Brasti.

»Ich weiß es nicht.«

Ritter waren schlechte Verlierer, wenn es um Schlachten ging, aber dieser Mann hatte vor Wut den Verstand verloren. Hätte er die Kinder einfach vom Dach werfen wollen, hätte er es mittlerweile getan. Aber das schien ihm nicht zu reichen. Er wollte, dass wir zusahen, um …

Sollen die Götter verdammt sein, dachte ich, als ich es sah. Aus den mit Schlagläden verschlossenen Fenstern der Scheune drang Rauch. »Er hat in der Scheune ein Feuer entzündet«, sagte ich. »Er will sich zusammen mit den Kindern verbrennen.«

Eine Frau schoss in die Höhe und wollte durch die Menge nach vorn laufen. »Nein!«, rief ein Mann, und andere packten sie, bevor sie in das brennende Gebäude laufen konnte.

»Kommt schon«, rief der Hauptmann und brüllte vor Lachen. »Wer gesellt sich zu mir?«

Scheiße. Wir konnten ihn nicht töten, wir konnten aber auch nicht warten, dass ihn das Feuer erreichte. »Ich«, sagte ich leise.

»Bist du verrückt?«, wollte Dariana wissen. »Du kannst da nicht rein. Du wirst bei lebendigem Leibe verbrennen.«

Ich klappte den Kragen meines Mantels hoch und schloss die Riemen. Vermutlich sah ich aus wie ein Straßenräuber, der eine Kutsche überfallen wollte. »Das Leder und die Knochen des Mantels werden mich vor der Hitze beschützen, und die Seide im Kragen wird einen Teil des Rauchs aufhalten.«

»Und was bei allen Höllen willst du auf dem Dach machen?«, fragte Brasti. »Willst du ihn überwältigen, springt er einfach! Und selbst wenn du es bis zum Dach schaffst, kommst du niemals durch das Feuer wieder runter.«

»Der Wasserturm hat eine Leiter«, sagte ich. »Dariana und du holen sie.«

»Falcio, du hast keinen Plan! Du wirst völlig umsonst sterben.«

Ich lächelte. Man muss immer lächeln, wenn man starr vor Angst ist. »Brasti, ich habe immer einen Plan. Manchmal ist er nur nicht besonders gut.« Ich stand auf. »Andererseits hätte ich nichts gegen ein Wunder einzuwenden, also solltest du diese beschissene Leiter lieber bereit halten.«

Das Erdgeschoss der Scheune fühlte sich seltsam friedlich an. Die Flammen waren noch klein genug, dass es aussah, als hätte jemand für ein romantisches Abendessen Kohlenbecken entzündet. Aber brennende Heuballen qualmten bereits, es lag schon dichter Rauch in der Luft.

Ich rannte die Stufen zum ersten Stock hinauf. Durch den sich ausbreitenden Rauch konnte man kaum weiter als zwei Fuß sehen. Ohne ihr Schluchzen hätte ich nie erfahren, dass dort ein Mädchen war.

Die Kleine hatte dunkelbraunes Haar und hockte zusammengesunken in der Ecke, das Gesicht zwischen den Knien begraben. Sie trug ein einfaches blaues Kleid.

»Lauf nach unten und aus der Scheune«, sagte ich mit leiser Stimme. »Mach schon!«

Sie weinte und streckte die Arme nach mir aus.

»Ich kann nicht mit dir gehen. Ich muss nach oben. Bitte, lauf einfach die Stufen hinunter und dann nach draußen.«

Sie schüttelte den Kopf und weinte nur noch lauter, streckte die Arme weiterhin nach mir aus. Ich fing an, unkontrolliert zu husten. *Verflucht. Als wäre das nicht ohnehin schon schwierig genug gewesen.* Ich legte einen Arm um das Kind und hob es hoch. »Jetzt musst du ganz tapfer sein«, sagte ich. »Du bleibst bei mir, aber du wirst nicht weinen, einverstanden?«

Ich setzte den Fuß auf die erste Stufe zum Dach.

Das Gesicht des Mädchens drückte sich in mein Haar. »Ich hab Angst«, sagte es kaum verständlich.

»Das weiß ich, mein Liebling. Aber jetzt ist nicht der Augenblick, um Angst zu haben. Jetzt muss man tapfer sein. Wie heißt du?«, fragte ich, als wir die Hälfte der Treppe hinaufgestiegen waren.

Die Kleine zögerte, dann sagte sie: »Das sag ich nicht. Papa sagt, Fremden soll man nicht vertrauen.«

»Guter Rat«, sagte ich.

Wir erreichten den Durchgang, und ich betrat leise das Holzdach. Ich wollte es nicht riskieren, den Verrückten zu erschrecken, also sagte ich: »Hier bin ich.«

Er drehte sich um und zog die Kinder mit sich. »Aha, mein

kleines braunes Vögelchen. Und wie ich sehe, hast du mein vermisstes Entchen gefunden. Wie nett von dir.«

Ich setzte die Kleine ab. Sie umklammerte mein Bein. Sanft löste ich ihre Finger. »Jetzt ist es an der Zeit, mutig zu sein«, erinnerte ich sie.

Der Hauptmann schnaubte höhnisch. »Mut? Ohne Ehre ist Mut doch nichts anderes als die Regungen eines Hundes. Das Tier kennt keine Ehre. Ob ängstlich oder wütend, es tut einfach das, was ihm sein primitiver Instinkt befiehlt.«

»Ich habe es langsam ernsthaft satt, mir von Männern, die Kinder umbringen wollen, Vorträge über Ehre anhören zu müssen«, sagte ich.

Die Miene des Hauptmanns wurde grimmig. »Und ich habe es satt, zusehen zu müssen, wie dieses Land der minderwertigen Natur jener zum Opfer fällt, der die Ehre fehlt. Der König war ein Tyrann, die Herzöge haben in ihrer Verpflichtung ihren eigenen Rittern gegenüber versagt, und die Bauern und Stadtbewohner gehorchen uns nicht, obwohl es unser von den Göttern verliehenes Recht ist. Allein die kostbare Handvoll von uns hält die Stärke dieses Landes aufrecht.«

»Also handelt ihr in Missachtung des Gesetzes, in Missachtung selbst eurer eigenen Herzöge?«

»Einige von uns sind zu dem Schluss gekommen, dass die Herzöge falsche Herrscher sind«, sagte er. »Es ist Zeit für eine Veränderung.«

Nun, zumindest darauf konnten wir uns einigen. Der Hauptmann sah mich an, als wollte er mich herausfordern, mit ihm zu debattieren. *Bei allen Heiligen, er glaubt das tatsächlich von mir! Er glaubt, wir würden hier herumstehen und uns über den Willen der Götter und Heiligen und die Natur der Ehre unterhalten. Tut mir leid, Ritter, ich habe dringendere Sorgen.*

Ich musterte die Kinder, die schluchzend an ihn gefesselt waren und so viel Angst hatten, dass sich einige von ihnen tatsächlich an ihm festklammerten. Er hatte sie Entchen genannt, als würde er das Spiel spielen, das wir alle als Kinder gespielt hatten. Aber dann wurde mir bewusst, dass das so nicht stimmte. Dieses Spiel spielten nur *arme* Kinder. Ein reicher Ritter würde es nie gelernt haben. Um Entchen zu spielen, brauchte man weder Spielzeug noch Bälle. Einfach nur eine Gruppe Kinder.

»Was sehe ich da?«, sagte ich fröhlich. »Was haben wir da heute für eine prächtige Entchenschar! Sollen wir spielen und herausfinden, wer das schönste Entchen von allen ist?« Die Kinder schienen meine Gegenwart kaum zu bemerken, und meine Frage hatten sie erst recht nicht mitbekommen. »Kommt schon«, sagte ich und gab mir alle Mühe, es klingen zu lassen, als würden sie das beste Spiel aller Zeiten verpassen. »Wenn ich mich fürchte, spiele ich immer gern Entchen.«

»Willst du mich verhöhnen?«, Der Ritter riss an einem Seil, was einen Jungen nur lauter schreien ließ.

»Um dich kümmere ich mich gleich, Hauptmann.« Ich richtete den Blick wieder auf die Jungen und Mädchen. Es waren insgesamt sieben Kinder, gerade genug, hoffte ich.

»Kommt schon, ihr kennt doch alle die Regeln, oder nicht?«

»Ich will Entchen spielen«, sagte da das kleine Mädchen, das ich aus dem ersten Stock mit nach oben genommen hatte. Ich warf einen Blick auf ihr Gesicht und sah die weit aufgerissenen Augen und die zusammengezogenen Augenbrauen. Sie hatte schreckliche Angst, gab sich aber alle Mühe, tapfer zu sein.

»Nun, brave Entchen folgen immer ihrer Mama, richtig? Wenn die Mama befiehlt ›Ausschwärmen‹, schwärmen sie aus, wisst ihr noch? Und wenn sie ›Schlummern‹ befiehlt, dann legen sie sich auf den Bauch und schließen die Augen, richtig? Und keiner will das letzte Entchen sein, das ausschwärmt oder schlummert, denn das hat das Spiel verloren! Wollt ihr spielen?«

Der Hauptmann der Ritter sah mich an und stieß ein Lachen aus, das so bedrohlich klang, dass die Kinder wieder lauter weinten und schrien. »Du willst sie beruhigen? Ihnen die Angst nehmen, bevor sie sterben? Du bist weich, Trattari, so wie der Rest dieses Landes. Was soll …«

»Ausschwärmen!«, rief ich.

Augenblicklich rannten die sieben Kinder auf mich zu. Beinahe sofort spannten sich die Seile. »Ausschwärmen!«, wiederholte ich und gab mir alle Mühe, meine Stimme vergnügt und ruhig zu halten, als würden wir einfach nur ein Spiel spielen. »Der Letzte, der ausschwärmt, hat verloren!«

Der Hauptmann begriff erst, als die Kinder auf mich zurannten. Vergeblich versuchte er sich von einigen Seilen zu befreien; eines löste sich, dann noch eines, aber dann war es zu spät, den Schwung der Kinder aufzuhalten, und er stolperte und stürzte nach vorn.

»Schlummern!«, rief ich. Die Kinder ließen sich aufs Dach fallen und schlossen die Augen. »Nun schlaft, meine Entchen!«, rief ich. Aber da war ich bereits in Bewegung, sprang mit einem Satz über ihre kleinen Körper hinweg und zog dabei einen Dolch aus dem Mantel. Ich landete auf dem Rücken des Ritterhauptmanns, der gerade wieder hochkommen wollte. Mit aller Kraft rammte ich ihm die Klinge von hinten in den Nacken, bis zum Heft hinauf in seinen Schädel, dann drehte ich sie ruckartig, obwohl das gar nicht mehr nötig war – der Verrückte war tot.

Einen Augenblick lang trat eine herrliche Stille ein. Dann verrieten mir das sanfte Rauschen des Windes und das Prasseln der Flammen unter mir, dass die Welt nicht zum Stillstand gekommen war. Meine rechte Hand zitterte, und ich wurde mir undeutlich bewusst, dass ich noch immer versuchte, das Messer noch tiefer in den Schädel des Mannes zu schieben. Mit einer größeren Anstrengung, als ich für erforderlich gehalten hätte, hörte ich damit auf und zog die Klinge langsam wieder zurück. Schnell warf ich den Wappenrock über die Wunde und das herausfließende Blut. Ich zerschnitt jedes der Seile, die die Kinder an den Mann fesselten, dann trat ich an den Dachrand.

Brasti und Dariana warteten unten mit der Leiter.

»Ausschwärmen«, sagte ich.

Die Kinder sprangen in die Höhe und rannten auf mich zu. Plötzlich musste ich mich gegen sie stemmen, um nicht vom Dach gestürzt zu werden. *Das wäre wirklich ein schreckliches Ende für diese Geschichte gewesen.*

»Kommt jetzt«, sagte ich, als sich Brastis Kopf über den Dachrand schob. »Wir haben hier eine neue Entenmama, und er trägt euch jetzt einen nach dem anderen nach unten.«

»Entenmama?«, fragte Brasti, als ich ihm eines der Mädchen gab.

Ein kleiner Junge von vielleicht fünf Jahren trat an die Leiche des Hauptmanns heran. »Du sollst doch nicht weiterschlafen«, sagte er. »Du bist nicht ausgeschwärmt. Du hast das Spiel verloren.«

3

DIE ABREISE

Minuten, nachdem wir das letzte Kind vom Dach geholt hatten, flammte die Scheune wie ein Scheiterhaufen auf. Dorfbewohner rannten los, um Gräben zu graben und Wasser zu holen, um ein Ausbreiten des Brandes zu verhindern, aber ich hatte keine große Hoffnung, dass sie die Gebäude auf beiden Seiten retten konnten. Auf den Straßen lagen überall Menschen, die meisten davon tot, aber ein paar lebten noch und brauchten Hilfe von denen, die sich darin auskannten. Und natürlich war da noch immer eine große Wut, die möglicherweise außer Kontrolle geriet.

»Zurück!«, schrie eine junge Stimme. Ich drehte mich um. Die Quelle des Aufruhrs befand sich in der Mitte des Platzes. Sir Orn, der ältere der beiden übrig gebliebenen Ritter, lag mit durchschnittener Kehle am Boden. Zwei stämmige junge Männer, von denen einer ein blutiges Schwert in der Hand hielt, versuchten an einer kleinen Gestalt vorbeizukommen, die mit einem Pfeil herumfuchtelte und sie aufhalten wollte. Sie hatten es auf Sir Vezier abgesehen. Ihnen im Weg stand der Junge, der für Brasti den Köcher gehalten hatte.

»Er bekommt einen Prozess«, rief der Junge. »Das hat der Bogenschütze gesagt. Er bekommt einen Prozess.«

»Verschwinde«, sagte einer der Männer. Er griff nach dem Jungen. In der nächsten Sekunde zog er die nun blutende Hand zurück. »Du kleiner Bastard!« Er hob das Schwert.

Ich rannte los, aber ich wusste bereits, dass ich zu langsam war.

Ich werde es nicht schaffen.

Sir Vezier stellte sich vor den Jungen. Der größte Teil der Rüstung war abgelegt, aber er hatte noch immer seine Panzerhandschuhe und hätte den unbeholfenen Stoß abwehren können. Stattdessen breitete er die Arme aus und schloss die Augen, als sich die Klinge in seinen Bauch bohrte.

Einen Augenblick lang stand der Ritter noch so da, zum Teil von dem Schwert in seinem Leib aufrechtgehalten. Der stämmige junge Mann, der die Waffe hielt, riss die Augen weit auf, dann kippte Sir Veziers Körper ihm entgegen. Angewidert stieß er den Ritter zurück, und die Klinge rutschte aus dessen Bauch.

Ich rannte zu Sir Vezier und kniete nieder, um die Wunde zu untersuchen. Der Junge, der versucht hatte, ihn zu beschützen, sagte: »Ich hole die Heilerin. Sie macht ihn wieder gesund. Es muss einen Prozess geben, das hat der Bogenschütze gesagt.«

Ich wusste, dass die Heilerin nicht kommen würde. Andere Menschen brauchten ihre Hilfe, und sie würde keine Zeit für einen Mann haben, der gekommen war, um ihre Nachbarn umzubringen.

»Schon gut«, sagte Sir Vezier. Aus seinem Mundwinkel rann Blut.

»Warum?«, wollte ich wissen. »Warum seid ihr hergekommen?«

»Befehle. Ein Ritter befolgt seine Befehle. Wir glaubten …« Er packte meinen Arm. »Es gibt noch mehr von uns. Hunderte.«

»Zu welchem Zweck? Wer führt die Schwarzen Wappenröcke? Trin?«

»Nein«, sagte Sir Vezier. »Die Herzöge haben uns im Stich gelassen – sie alle. Sie behandeln uns wie Diener … und das Land wird jedes Jahr schlimmer. Es muss Ordnung geben. Wir mussten den Leuten zeigen, dass es Ordnung geben kann.«

Mir kam ein schrecklicher Gedanke. »Sir Vezier, wohin wolltet ihr als Nächstes?«, fragte ich. »Was war euer nächstes Ziel?« Seine Augen waren geschlossen, also drückte ich ihm hart die Schulter. »Was war das nächste Ziel? Noch ein Dorf? Wie Garniol? Wie Carefal?«

Er wollte sprechen, schüttelte aber nur den Kopf und spuckte mehr Blut. »Rijou. Der Ritterhauptmann sagte, wir würden danach nach Rijou gehen.«

»Welches Dorf?«

»Rijou selbst. Die Hauptstadt.«

Wie bei allen Höllen konnten sie hoffen, die Hauptstadt von Rijou zu übernehmen? Herzog Jillard hatte die sicherste Stadt auf der Welt, und sein Palast war eine Festung, die noch besser als Schloss Aramor geschützt war.

Sir Vezier streckte mir eine Hand entgegen, als erwartete er, dass ich sie ergriff. Ich tat es nicht. Er packte meinen Arm. »Was sollten wir denn machen?«, fragte er. »Es muss doch eine Ordnung gegeben, nicht wahr?« Sein Griff wurde schlaff, seine Hand rutschte von meinem Arm. Blut floss aus der Wunde in seinem Bauch und aus seinem Mund, und Sir Vezier starb.

Der junge Mann, der ihn getötet hatte, stand noch immer hinter mir. Er wandte sich ein paar Leuten zu, die in der Nähe standen und nicht mit dem Feuer beschäftigt waren. »Ich … ich habe es getan«, sagte er. »Ich habe einen der Bastarde getötet.«

Seine Worte und der Stolz, der sich langsam auf seinem Gesicht abzeichnete, schnitten mir ins Herz. Ich hatte kein Mitleid für Sir Vezier, darum ging es nicht. Er hatte an diesem Angriff teilgenommen, und vermutlich auch an dem Massaker in Carefal. Ich war froh, dass er den Jungen gerettet hatte, aber wie viele hatte er getötet, bevor er den Wahnsinn in dem Mann erkannt hatte, dem er so weit gefolgt war?

Nein, mir machte der Gedanke zu schaffen, diesem jungen Bauern zusehen zu müssen, wie er mit hocherhobenem Kinn herumlief und sich für einen Helden hielt. Er war bereit gewesen, einen Jungen zu töten, der einen wehrlosen Mann beschützen wollte. Ich fragte mich, wie sich seine Geschichte nach ein paar Abenden und ein paar Bechern Bier verändern würde. Ich fragte mich, ob die anderen Bauern, die verzweifelt versuchen würden, ihre eigenen Geschichten auszuschmücken, ihm glauben würden.

»Es ist nicht ihre Schuld«, sagte eine Stimme hinter mir. Es war Valiana. Ihr Haar war zerzaust, ihr Gesicht war schmutzig, und sie hatte einen Schnitt an der Wange. Die Kinder, die sie beschützt hatte, standen ein Stück entfernt.

»Was ist nicht ihre Schuld?«

»Sie wissen nicht, wie sie du sein können.«

»Ich will nicht, dass sie wie ich sind«, entgegnete ich. »Ich bin kein …«

»Doch!« Sie kniete neben mir nieder. Legte eine Hand auf meine Brust. »Bist du. Hör auf, darauf zu beharren, dass an dir nichts Besonderes ist. Das lässt den Rest von uns sich wertlos fühlen.«

Ich dachte an das, was Dariana mir zu sagen versucht hatte. Brasti auch. Vermutlich hatte mich jeder gewarnt. »Du musst dich nicht umbringen lassen, um wie ich zu sein, Valiana. Tatsächlich habe ich mich bis jetzt noch nie umbringen lassen.«

»Du hast es nur oft genug versucht.«

»Das ist nicht …«

Sie hielt die Hand hoch. »Ich weiß. Ich versuche nicht, den Tod zu finden, ich verspreche es. Aber ich will dafür sorgen, dass mein Leben eine Bedeutung hat. Ich will … ich weiß nicht. Tapfer sein. Ironisch.« Sie grinste trotzig. »Und du bist da das einzige Beispiel, das ich auf dieser schrecklichen Welt habe. Also ob es dir nun gefällt oder nicht, ich werde dem Namen alle Ehre machen, den du mir gabst.« Sie beugte sich vor und umarmte mich fest. »Ich bin Valiana val Mond, verflucht noch mal. Ich werde dafür sorgen, dass das etwas zählt.«

Ich erwiderte die Umarmung. Wir müssen einen seltsamen Anblick geboten haben, wie wir dort knieten und uns über der Leiche eines toten Ritters umarmten. »Nun, dann sind wir vermutlich alle im Arsch, oder?«, sagte ich.

Plötzlich holte mich die Belastung der vergangenen Tage ein. Das Entsetzen, das mich den Kampf und das Feuer und den verrückten Ritter, der dazu bereit gewesen war, diese Kinder mit in seine eigene Hölle zu zerren, hatte überstehen lassen, überwältigte schließlich mein Bedürfnis, so zu tun, als wäre ich stark genug, um das alles abzuschütteln. Ich fühlte Tränen auf den Wangen, die in die Risse meiner aufgesprungenen Lippen rannen. Das Salz brannte. Ich wollte etwas sagen, aber es kam als Schluchzen heraus.

Bei allen Heiligen, ich bin nicht besser als diese Kinder oben auf dem Dach, die vor Angst gelähmt und fast wahnsinnig waren. Ich hatte die letzten Jahre damit verbracht, meinen eigenen Tod zu jagen, und nun kam er dank des Neathas und der Lähmung, die jeden Tag schlimmer wurde. »Ich will nicht sterben«, sagte ich.

Diese Nacht schliefen wir in Garniol in den Betten von Männern und Frauen, die während der Schlacht gestorben waren. Ob man uns diese Unterkünfte allein aus praktischen Gründen zugeteilt hatte oder zur Erinnerung, dass wir dreiundvierzig Dorfbewohner nicht hatten retten können, vermochte ich nicht genau zu sagen.

Ich erwachte mit der gleichen Lähmung und Taubheit wie an den Tagen zuvor. Ich konnte weder die Finger bewegen noch etwas auf der Haut spüren. Meine Augen wollten sich nicht öffnen, und die Welt bestand nur aus einem grenzenlosen Grau. Zuerst war das beinahe eine angenehme Überraschung. Für gewöhnlich ist der Morgen nach einer Schlacht eine endlose Reihe aus Schnitten, Prellungen und Schmerzen. Aber das Neatha verhinderte, dass ich etwas davon spürte, und einen kurzen Augenblick lang erlebte ich eine tiefe Ruhe. Dann fühlte ich das Brennen in meiner Brust – eine Art Leere in meinen Lungen. *Ich atme nicht.* Es konnte nicht die Rede davon sein, dass meine Lunge nicht arbeitete – der Teil des Verstandes, der ihr befahl, Luft zu schöpfen, war einfach nicht für mich da.

Atme, befahl ich mir, obwohl ich keine Ahnung hatte, was man tun musste, um sich dazu zu zwingen. *Atme.* Es erschien eine so einfache Sache zu sein, aber auch nur, weil wir nie über die dazu nötigen Schritte nachdenken müssen.

Obwohl meine Augen noch immer geschlossen waren, sah ich kleine Lichter aufblitzen. *Nein,* versuchte ich zu rufen. *Nicht heute. Ich bin noch nicht bereit. Bitte.*

Etwas drückte auf meine Brust und verschwand. Machte ich etwas richtig? *Atmet. Ihr arbeitet für mich, ihr blöden Lungen. Atmet.*

Ich vernahm ein lautes Geräusch, als würde jemand Stahl über einen Steinboden schleifen. Im nächsten Augenblick schmeckte ich Luft, die wie eine Flut in mich eindrang. Der Laut war meine Kehle gewesen, die sich öffnete und nun Luft in meine Lungen sog. Meine Augen flogen auf. Brasti stand über mir. Er hatte beide Hände auf meiner Brust liegen.

»Bei allen Heiligen, Falcio! Du hast plötzlich aufgehört zu atmen. Es war, als wollte sich deine Brust bewegen, ohne es zu können. Ich habe versucht, sie nach unten und oben zu drücken, aber … bist du in Ordnung?«

Ich nickte schwach.

Schwerfällig ließ er sich auf den Stuhl an meinem Bett fallen. Ich war überrascht ihn zu sehen. Normalerweise beobachteten mich Kest oder Valiana am Morgen.

»Kest?«, fragte ich.

Brasti sah unangenehm berührt aus. »Er ist hier. Ich

meine, im Dorf. Er versucht noch immer … Ich weiß nicht, was er versucht. Es hat etwas mit seinem verfluchten roten Glühen zu tun.«

»Die anderen?«, ächzte ich.

»Valiana ist mit Dariana draußen auf dem Feld. Üben fechten, ist das zu glauben? Ich hätte eigentlich damit gerechnet, dass sie nach gestern eine Pause machen, aber Valiana sagte, sie hätte den Angriff eines Ritters falsch eingeschätzt und darum einen Schnitt an der Wange davongetragen. Jetzt lässt sie sich von Dari alle möglichen Finten zeigen.«

Ich war erstaunt, dass Valiana ganz allein geschafft hatte, einen Ritter zu töten, während sie die Kinder beschützte. Sie hatte es mir gegenüber nicht einmal erwähnt.

»Willst du etwas trinken?«, fragte Brasti.

»Gleich.« Ich strengte mich an, dass das Wort verständlich herauskam. »In ein paar Minuten.«

Brasti setzte sich wieder auf den Stuhl und hob etwas vom Boden auf. Ich drehte den Kopf und sah zu, wie er eine dicke Eisennadel zur Schulter seines Greatcoats führte. Zuerst glaubte ich, er würde einen Riss flicken, aber die Nadel hatte keinen Faden. Er öffnete eine Naht.

»Was machst du da?« *Schon besser,* dachte ich, denn ich klang wie ein Mann, der nur halb betrunken war.

»Nun trage ich seit fünfzehn Jahren einen Greatcoat. Der verdammte rechte Ärmel ist mir beim Schießen immer im Weg. Diese von den Göttern verdammten Nähte zu lösen ist übrigens, als wollte man Erz aus einem Stein pulen.«

Ich hatte noch nie erlebt, dass er danebenschoss, also fragte ich mich, welchen Einfluss der Ärmel wohl haben konnte. An einem unserer Mäntel die Nähte zu lösen, fühlte sich wie eine Entweihung an. Das störte mich.

»Hör auf, mich so anzusehen«, sagte er. »Ich will nur einen Ärmel lösen. Der Rest verleiht mir mehr als genug Schutz.«

Das kribbelnde Gefühl in Armen und Beinen verriet mir, dass das Leben in sie zurückkehrte, also riskierte ich, mich in eine sitzende Position aufzurichten. Das Resultat war unbeholfen, aber letztlich erfolgreich. Als Brasti sah, dass ich keine Hilfe brauchte, richtete er die Aufmerksamkeit wieder auf den Mantelärmel.

»Warum bist du …«

»Ich war im Irrtum«, sagte er plötzlich. »In Carefal. Ich war … Ich weiß nicht, was ich war. Aber ich ließ es an dir aus. Das war falsch von mir.«

»Schon in Ordnung.«

»Nein, das ist es nicht. Was du gestern getan hast …« Er schüttelte den Kopf. »Als wir oben auf diesem Hügel standen, dachte ich: ›Das ist es. Diese Menschen werden alle sterben. Der verfluchte Gott des Krieges selbst könnte aus den Feuern der Erde emporsteigen, und er würde uns nur sagen, dass wir im Arsch sind.‹ Aber du hast einen Weg gefunden. Du gabst uns unsere Befehle, und du hast uns nach unten geführt, und wider Erwarten haben wir den größten Teil der Dorfbevölkerung gerettet.«

Nicht genug, wollte ich erwidern, aber er ließ mich nicht zu Wort kommen.

»Selbst als dieser verrückte Ritter dort oben mit den Kindern stand. Ich konnte mich einfach nicht zu einem Schuss überwinden. Ich hatte zu viel Angst, ein Kind zu treffen oder den Ritter vom Dach stürzen zu lassen und sie alle mit in den Tod zu reißen. Aber du, du bist einfach dort reingestürmt, und als du oben warst, hattest du einen *Plan.*« Er hielt inne und schnitt eine Grimasse, während die Nadel in seinen Händen an den Nähten riss, die den Mantelärmel hielten. Schließlich hörte er auf, legte den Mantel auf den Schoß und sah mich wieder an. »Diese vielen Jahre habe ich mir immer gesagt, dass du und der König und eure kleinen Gespräche über Strategie und Taktik … Ich habe mir gesagt, dass das alles Scheiße ist. Dass es am Ende allein auf den Instinkt ankommt. Ich habe einen guten Instinkt, Falcio, das weiß ich. Aber mein Instinkt befahl mir, einfach in das Dorf zu galoppieren und so viele Ritter zu töten, wie ich schaffen würde. Hätte ich das getan, wären jetzt alle Dorfbewohner tot.« Er schaute auf den Ärmel auf seinem Schoß. »Du … Ich weiß nicht, Falcio. Ich wünschte, ich könnte wie du denken.«

»Aber das könntest du.«

»Nicht«, erwiderte er. »Ich beschwere mich nicht, wirklich nicht. Bevor ich zum Magistrat wurde, verbrachte ich den größten Teil meines Lebens als Wilderer. Mein Instinkt hat mir bei beidem gut gedient. Ich bin Bogenschütze. Und ganz egal, was auch alle glauben, ich bin mit dem Bogen so gut wie Kest mit seinem Schwert und du mit deinen cleveren Plänen. Ich neide dir dein Talent nicht.« Er lächelte. »Der Junge gestern? Der mir die Pfeile reichte? Er kam heute Morgen zu mir. Er und sieben andere Kinder, und sie hatten fünf Erwachsene dabei. Einige von ihnen besaßen schon einen Bogen, andere hatten sie von den Toten. Alle wollten sie, dass ich ihnen zeige, wie man richtig schießt. Ist das zu glauben? Ich fragte sie, ob sie nicht lieber von Kest fechten lernen wollten, aber sie schüttelten nur den Kopf. ›Warum sollte ich lernen wollen, wie man mit einem blöden Schwert kämpft?‹, meinte einer von ihnen.«

Ich lächelte. Brastis größte Stunde. Endlich teilten andere Leute seine Ansicht, dass ein Bogen besser als ein Schwert ist.

»Ich gehe, Falcio«, sagte er und legte Mantel und Nadel zur Seite.

Ich lächelte, verstand aber nicht. Ich versuchte aufzustehen. »Wir müssen nach Rijou, Brasti.« Ich bemühte mich um eine deutliche Aussprache, obwohl sich Lippen und Zunge noch immer seltsam anfühlten. »Dort geht es weiter. Ich kenne den Grund dafür nicht, aber …«

Sanft drückte mich Brasti zurück auf die Bettkante. »*Du* musst nach Rijou gehen. So wie Kest, Valiana und Dari. Kest bereitet schon die Pferde vor, und ich bete, dass die Götter, die es noch nicht auf uns abgesehen haben, euch dabei helfen, euer Ziel zu erreichen. Ganz egal, wie es auch aussieht. Aber ich bleibe hier, bei diesen Menschen. Und sollte ich auch nur eine Woche in Garniol haben, kann ich den Dorfbewohnern genug beibringen, um einen Angriff abzuwehren.«

»Du …« Konnte ich ihm wirklich befehlen, diesen Leuten nicht dabei zu helfen, sich selbst zu beschützen? Natürlich nicht. »In Ordnung, Brasti. Verbringe hier eine Woche, unterrichte diese Leute. Dann kommst du nach Rijou. Wir hinterlassen eine Nachrichten bei …«

»Nein«, unterbrach er mich. »Nein. Nachdem ich hier fertig bin, ziehe ich zum nächsten Dorf. Dann die nächste Stadt. In dieser Gegend gibt es überall Jagdbögen. Diese Leute wissen nur nicht, wie man sie im Kampf einsetzt. Hier gibt es einen Mann, der mit einem Schmiedeofen umgehen kann. Ich werde ihn die Rüstungen der toten Ritter einsammeln lassen. Weißt du, was wir damit machen? Wir schmelzen sie ein und schmieden daraus Pfeilspitzen aus Stahl. Aus einer Rüstung kann ich genug Pfeilspitzen herstellen, um hundert Ritter zu erschießen. Stell dir nur vor, was ich mit dreißig Rüstungen alles anfangen kann.«

»Brastis Gesetz«, flüsterte ich.

Er nickte. »Ich weiß, dass das nicht die Antwort ist. Ich weiß, dass viele andere Dinge getan werden müssen. Du erledigst das, du, Kest und Valiana. Aber pass auf Dariana auf. Sie ist erstaunlich, aber sie ist auch völlig wahnsinnig. Und um aller Heiligen willen, sollte sie mal nachts zu dir kommen, dann lass bloß die Finger …«

»Bitte«, sagte ich. »Bitte pflanze mir nicht diese Vorstellung in den Kopf.«

Er lachte. »Der arme alte heilige Falcio.« Er riss eine letzte Naht aus der rechten Schulter seines Mantels und zog den Ärmel ab. Dann stand er auf und schlüpfte hinein. Es sah seltsam aus, ein Mantel, dem ein Ärmel fehlte. Aber an ihm erschien es irgendwie richtig.

»Du bist ein Bastard«, sagte ich.

Brasti sah mich verletzt an. »Nenn mich nicht so, Falcio. So hat mich der König immer genannt. ›Brasti, der Bastard‹. Ich glaube, ich bin seinen Erwartungen niemals gerecht geworden.«

Mit wackeligen Beinen stand ich auf. »Der König hat dich geliebt, Brasti.«

Er erwiderte meinen Blick. »Nein, hat er nicht. Es wird Zeit, dass du aufhörst, das zu glauben. Es ist Zeit, dass du nicht länger dieser Vorstellung anhängst, der König sei diese Vaterfigur gewesen, die alle geliebt hätte. Er war nur zwei Jahre älter als der Rest von uns. Seine Scheiße stank genau wie die aller anderen. Er trank zu viel, hat bei vielen Gelegenheiten gelogen und die Hälfte der adeligen Damen dieses Landes gefickt. Er war ein großer Mann, Falcio. Aber er war nur ein Mann.« Er hielt kurz inne. »Aber dich liebte er tatsächlich, Falcio. Er bewunderte Kest. Er hatte auch etwas für viele der anderen übrig. Nile, Parrick, Quillata … so gut wie für jeden. Aber nicht für mich. Für ihn war ich ›Brasti, der Bastard‹. Nur irgendein Wilderer, bei dem du beharrlich darauf bestanden hast, dass ihn ein König zu einem Greatcoat macht. Damit kann ich leben. Und du solltest das auch.«

»Bei allen Höllen, Brasti, er war ein komplizierter Mann.« Ich wollte es *erklären.* »Er war dürr und unbeholfen, und er wollte die Welt retten. Und du, du bist ansehnlich und hast Selbstvertrauen, und …«

»Hör auf, ihn zu entschuldigen. Ich weiß, er war ein brillanter Mann, aber was nutzt das, wenn man niemandem seinen Plan verrät? Du und er wollten die Welt retten, ich weiß. Aber ich habe keine Ahnung, wie das gehen soll. Also werde ich die Zeit, die mir in diesem Misthaufen von Land noch bleibt, stattdessen mit dem Versuch verbringen, seine Menschen zu retten.«

Kurz wandte sich Brasti von mir ab, um seine Satteltaschen aufzuheben. Ein Teil von mir wollte ihn in der Hoffnung, Kest und ich könnten ihn davon überzeugen, sein Vorhaben zu ändern, mit dem Rapierknauf niederschlagen. Aber natürlich hatte er bereits mit Kest gesprochen. Sein Tonfall, seine Haltung, wie er sämtliche meiner Einwände durchdacht hatte. Er hatte sich bereits von allen anderen verabschiedet.

Er drehte sich um und umarmte mich grob. Als er sich von mir löste, hielt er mich bei den Schultern fest und schenkte mir ein durchtriebenes Grinsen. »Also gut«, sagte er. »Ich werde jetzt lächeln, und du lächelst auch, und dann schließen wir beide die Augen, und …«

»Bei allen Höllen, mach, dass du rauskommst, Brasti Gutbogen«, sagte ich und bemühte mich, Heiterkeit aus meinem Blick und die schreckliche Traurigkeit aus meiner Stimme rauszuhalten.

Die letzten Überreste der morgendlichen Lähmung ließen mich steif und mit Taubheitsgefühlen zurück, trotzdem konnte ich wieder im Sattel sitzen. Kest, Valiana, Dariana und ich ritten langsam durch das Dorf und erinnerten uns daran, dass das ein Sieg gegen den Unbekannten war, der unser Land zerstören wollte. Noch immer lag Rauch von dem gestrigen Brand in der Luft, und das Blut war noch nicht im Boden verschwunden. Siege waren nicht ganz so hübsch, wie ich sie in Erinnerung hatte.

Drei Tage lang reisten wir auf einer der schmalen Straßen, die nach Nordosten führten, und stießen schließlich auf eine der größeren Handelsstraßen, die von Pertine nach Rijou führten. Staubige Pfade verwandelten sich in Pflasterstraßen und gelegentliche grüne Felder in üppige Obstplantagen mit Apfelbäumen, von denen einige über zweihundert Jahre alt waren. Ihre Blätter standen gerade im Begriff, sich rot und golden zu verfärben. Wie alles andere im Herzogtum Rijou täuschte die Schönheit der Landschaft.

Der größte Teil der Reise verlief schweigend. Es war nicht so, dass wir keine Lust hatten, uns zu unterhalten, aber wir hatten uns daran gewöhnt, dass Brasti stets den Anstoß gab. Jeder von uns fühlte seine Abwesenheit auf eigene Weise. Brasti war eitel und leichtsinnig, und für einen Magistrat hatte er einen erstaunlichen Hang zu kleinen Diebstählen. Aber er konnte auch mutig sein, wenn es der Augenblick verlangte, und er stand treu zu seinen Freunden, und zwar über jede Vernunft hinaus. Er hatte es nie geschafft, sich so gut in den Gesetzen auszukennen wie Kest und ich, aber seine Urteile waren für alle beteiligten Parteien nachvollziehbar gewesen, und sie hatten genauso gut standgehalten wie die unseren. Vielleicht, weil er so auf die Menschen fixiert war, die in diesen kleinen Städten und Dörfern lebten. *Du willst die Welt retten, Falcio. Ich will ihre Menschen retten.* Natürlich befolgten die Gegner seiner Urteile sie hauptsächlich deswegen, weil er mit Bogen und Pfeil genauso tödlich wie Kest mit seinem Schwert war. In meiner Vorstellung sah er mich mit vorgetäuschter Empörung an. *Falcio, das ist so, als würde man einen Troubadour mit der Bemerkung loben, dass er seine Instrumente so gut beherrscht wie ein anderer Mann furzt.*

Einen Augenblick lang lachte ich leise und bemerkte erst dann, dass ich jedes Gespür für die Zeit verloren hatte. Ich ließ die Zügel los, damit ich meine Hände strecken konnte. Meine Finger wurden langsam taub. Zu früh, dachte ich, während ich mit reiner Willenskraft das Gefühl zurückholen wollte. Viel zu früh.

Kest trieb sein Pferd an meine Seite. »Alles in Ordnung?«

»Ich fange nicht wegen Brasti an zu weinen, falls dich das beunruhigt.«

»Du weißt, dass das nicht der Fall ist.«

»Mir geht es gut«, sagte ich. »Heute ist es nicht so schlimm wie gestern.«

Kest starrte mich an, als wollte er durch einen Vorhang sehen.

»Lass es«, sagte ich.

Eine Weile ritten wir weiter, bis mir einfiel, ihm eine Frage zu stellen. »Hast du eigentlich herausfinden können, wo die Dorfbewohner ihre Waffen herbekamen?«

»Nein. Alle haben behauptet, es seien Familienerbstücke. Sie haben uns dreist belogen, wenn man bedenkt, dass die Schwerter und Speerspitzen offensichtlich alle vom selben Waffenschmied stammten. Ich glaube, sie wussten, dass wir den Carefalern befohlen hatten, ihre Waffen abzugeben.«

Ich ließ mein Pferd langsamer gehen, bis Valiana zu uns aufgeschlossen hatte. »Was ist mit dir? Hast du versucht, die Kinder zu befragen?«

Sie verdrehte die Augen. »Jedes Mal, wenn ich mit einem von ihnen sprach, gingen die Eltern dazwischen. Wenn es mir tatsächlich mal gelang, danach zu fragen, schienen die Kinder völlig verblüfft zu sein. Ich glaube nicht, dass sie über die Waffen Bescheid wussten.«

Beim heiligen Deneph, der die Götter betrügt! Wie viele andere Dörfer und Städte wurden mit brandneuen Schwertern und Speeren beliefert? Und was würde aus ihnen, sobald es andere Gruppen dieser verrückten umherstreifenden Ritter in Schwarz herausfanden?

Valianas Pferd wollte in die andere Richtung, aber sie zog an den Zügeln, um es zu kontrollieren. »Falcio, warum verfolgen wir nicht weitere dieser Ritter? Sollen wir wirklich alles riskieren, um Herzog Jillard zu retten?«

Seit unserem Aufbruch aus Garniol hatte ich mir dieselbe Frage gestellt. Rijou war der letzte Ort auf der Welt, zu dem ich gehen wollte. Falls es jemals einen Herzog gegeben hatte, der es verdient hätte gestürzt zu werden, dann Jillard. Nur dass es nicht allein um ihn ging, nicht mehr. Jemand rottete ganze Herzogfamilien aus. Jemand bewaffnete Bauern mit guten Waffen aus Stahl, und jemand anders schickte abtrünnige Ritter in schwarzen Wappenröcken los, um sie zu massakrieren. Der Plan hatte eine gewisse Brillanz – zur gleichen Zeit die Macht des Adels und den Willen des Volkes zu schwächen, aber Tristia zerfiel dabei.

»Falcio?«, fragte Valiana, und mir wurde bewusst, dass ich ihr nicht geantwortet hatte.

»Wir müssen Jillard retten«, erwiderte ich. »Nicht, weil er es verdient hätte, sondern weil ihn jemand aus den falschen Gründen tot sehen will.«

»Aber wer?«, wollte Kest wissen. »Das so perfekt zu planen, damit das alles funktioniert …«

Ich hörte, wie Dariana hinter uns schnaubte. »Ihr eingebildeten Greatcoats mit eurem hochgestochenen Gerede und euren Verschwörungen. Bestimmt ist es die verfluchte Trin.«

Ich *wollte*, dass es Trin war. Sie verfügte über den dazu nötigen Verstand und hatte nicht den geringsten Anstand, der sie davon abgehalten hätte, Chaos anzurichten. Aber Trin war auch selbstsüchtig, und dieser ganze Wahnsinn würde den so von ihr begehrten Thron mindestens eine Generation lang wertlos machen.

»Es ist nicht Trin«, sagte ich. »Zumindest nicht allein.«

»Nun, wenn sie es nicht ist, ist dann der wahrscheinlichste Kandidat nicht der Mann, dem du zur Hilfe eilst?«, fragte Dariana.

»Wäre es Jillard …« Aber dann verstummte ich. Herzog Jillard von Rijou war dafür bekannt, sein Territorium vergrößern zu wollen, und es fiel nicht schwer, sich vorzustellen, dass er nach Möglichkeiten suchte, Luth und selbst Aramor zu annektieren. Aber jeder Herzog, der so etwas versucht hätte, würde mit seinem Leben spielen, sobald es die anderen Herzogtümer herausfanden und sich zusammenschlossen, um ihn zu stürzen. Nein, es war auch nicht Jillard. Tatsächlich war ich mir sogar völlig sicher, dass er das nächste Ziel sein würde. Rijou stellte das Zentrum von Tristia dar, und es war das einzige Herzogtum mit genug Geld und Macht, um das Land während einer Krise zusammenzuhalten. Falls jemand Tristia wirklich brennen sehen und es in Chaos und Bürgerkrieg stürzen wollte, entzündete man dort den Funken. Rijou war das nächste Ziel.

Mir fiel auf, dass Kest und Valiana mich anstarrten. »Was ist?«

»Du hast etwas gesagt und bist dann einfach in Gedanken versunken«, sagte Valiana.

»Vielleicht verliert er zusammen mit seinen Körperfunktionen auch den Verstand«, schlug Dariana hinter mir vor.

»Geht es dir gut?«, fragte Valiana.

»Würden bitte alle aufhören, mir diese Frage zu stellen?«

»Ich habe das noch nie gefragt«, sagte Dariana. »Aber ich habe eine andere Frage.«

»Was denn?«

»Wenn du so entschlossen bist, dass wir nach Rijou gehen, hast du doch bestimmt schon ausgeknobelt, wie wir in die Stadt kommen?«

Die Frage ist berechtigt. Rijou hat die am sorgfältig bewachten Tore und Mauern des ganzen Landes – wie gerade ich wissen sollte.

Sie zeigte auf mich. »Und wenn man den Geschichten der Troubadoure glauben will, hast du Herzog Jillard öffentlich gedemütigt; der übrigens schon davor entschlossen war, dich tot zu sehen.«

»Worauf willst du hinaus?«, fragte ich.

»Wie sollen wir durch die Tore kommen? Und selbst wenn uns das gelingt, wie sollen wir in den Palast kommen, ohne verhaftet und gehängt zu werden, bevor wir Gelegenheit hatten, unser Kommen zu erklären?«

Seit Garniol hatte ich über diese Frage nachgegrübelt, und tatsächlich war mir eine Möglichkeit eingefallen, wie wir in Rijou reinkamen.

Die Heiligen mögen mir vergeben. Ich werde ihr das Herz brechen.

4
HEIMKEHR

Wir erreichten Merisaw eine Stunde vor Sonnenuntergang. Die Stadt lag auf einem kleinen Hügel, ein paar Meilen von der Hauptstadt Rijou entfernt, der dunklen Fäulnis im Herzen von Tristia. Dort würde ich als eine meiner letzten Handlungen in diesem Leben den verzweifelten Versuch unternehmen, das Leben des Mannes zu retten, der mich eingekerkert und gefoltert hatte, der Aline ermorden wollte und vermutlich in diesem Augenblick plante, uns zu verraten.

Beim heiligen Zaghev, der für Tränen singt, es muss doch eine bessere Weise geben, wie ich mein Leben wegwerfen kann …

»Dort vorn ist jemand.« Kest zeigte auf das ungefähr dreihundert Meter entfernte Stadttor. »Vermutlich handelt es sich um den Torwächter.«

»Merisaw ist eine friedliche Stadt«, meinte Valiana. »Das Tor ist vor Sonnenuntergang nicht bewacht.«

Ich beschattete die Augen vor der späten Nachmittagssonne. »Hält er eine Keule? Das sieht von hier so merkwürdig aus.«

»Es ist eine Frau«, sagte Kest. »Sie hält Blumen.«

Einen Augenblick lang hatte ich eine Vision der heiligen Birgid, die mit frischen Gänseblümchen auf mich wartete, damit sie mich erneut rügen konnte. Aber als wir näher kamen, sah ich dunkles Haar und glatte weiße Haut. Sie hatte blaue Augen, die meinen Blick selbst aus dieser Entfernung einfingen. Das erste Mal hatte ich sie in einem langen weißen Kleid aus irgendeinem durchsichtigen Stoff gesehen, der im Mondlicht schimmerte. Heute trug sie ein einfaches rotes Kleid und trug eine einzige gelbe Blume im Haar, die zu denen in ihrer Hand passte.

In der Nacht, in der sie mich in Rijou gerettet hatte, war ihr Lächeln weise und geheimnisvoll gewesen, aber jetzt war es das schlichte Lächeln einer Frau, die beim Anblick eines Mannes von Freude erfüllt wird. Es war Ethalia.

Hundert Meter von ihr entfernt zügelte ich mein Pferd und stieg ab. *Birgid, die Flüsse weint, wenn du wirklich die Heilige der Gnade bist, lass sie sich abwenden und gehen. Lass sie in die Stadt laufen und vor mir die Tür versperren. Lass sie von ihren Nachbarn die Lüge verbreiten, sie sei vor Tagen abgereist. Oder noch besser, schick einen großen, starken und hübschen Mann, der in diesem Augenblick mit einem Picknickkorb und einem Krug Wein aus dem Tor gerannt kommt. Lass sie sich zu ihm umdrehen, wenn sie ihn hört, und die Blumen lachend in die Luft werfen, während sie ihm um den Hals fällt und mit Küssen übersät. Lass das alles nur meine Einbildung gewesen sein. Lass es einfach nur eine Nacht der Freundlichkeit von einer Frau gewesen sein, die einen Fremden in verzweifelter Not gesehen hat.*

Ethalia rannte auf mich zu, und ich fluchte. *Sei verdammt, heilige Birgid. Du und alle anderen Heiligen und die Götter sollen verdammt sein. König Paelis mit deinen kindischen Träumen, du sollst verdammt sein. Du willst, dass ich ihr das Herz breche? Die Hoffnung in ihrem Blick verrate? In Verrat üben können sich auch zwei. Ich schwöre, wenn sie mich bittet, das alles zu vergessen und mit ihr zu kommen – wenn sie mich auch nur einmal darum bittet, gehe ich und lasse diese Welt, die du uns hinterlassen hast, in den verzweifelten Untergang stürzen, den sie so sehr verdient hat.*

Als sie sich näherte, verspürte ich kurz Erleichterung, weil ihr Lächeln immer strahlender wurde. Jetzt wusste ich, was geschehen würde. Sie würde meinen Namen sagen und mir mitteilen, dass sie jeden Tag auf mich gewartet hatte. Ich würde meine Pflicht tun. Ich würde ihr sagen, warum ich gekommen war – dass ich die Stunden und Minuten, die möglicherweise uns gehört hätten, gegen den vergeblichen Versuch eingetauscht hatte, einen Mann zu retten, der keine Rettung verdiente. Sie würde zornig werden. Natürlich würde sie das. Welcher Narr würde so etwas tun? Sie würde mir eine Chance geben, genau eine. Komm mit mir, würde sie sagen. Komm und sei glücklich, ganz egal, wie kurz es auch sein wird.

Und ich würde gehen.

Zu allen Höllen mit deinen Träumen, Paelis.

Aber als Ethalia näher kam, erkannte sie den Ausdruck auf meinem Gesicht. Ihr Blick fiel auf Kest und die anderen hinter mir. Ihr Schritt wurde langsamer, und das Lächeln verblasste. Ihr Blick veränderte sich. Da war Nervosität und schließlich Trauer, als hätte sie auf einen Schlag den ganzen Weg gesehen, den ich seit unserer letzten Begegnung zurückgelegt hatte.

Kaum einen Fuß von mir entfernt blieb sie stehen, und doch waren wir nie weiter voneinander getrennt gewesen. »Ethalia, ich …«

Sie schüttelte den Kopf, damit ich verstummte; so blieben wir ein paar Augenblicke lang stehen, bis sie schließlich tief Luft holte. »Nun gut. So viel gehört mir. Dazu habe ich das Recht.« Sie machte den letzten Schritt und legte die Hand in meinen Nacken. Mein Kopf beugte sich ein Stück nach vorn, und sie küsste mich. Ich legte die Arme um sie und hatte das Gefühl, die Einsamkeit und Trauer meines ganzen Lebens wären mir genommen worden. Mir waren die Qualen egal, die ich erlitten hatte, genau wie der Tod, den ich erlebt hatte. Das Neatha, das mich von innen auffraß, war mir genauso egal wie die Gewalt, die das Land verschlang. Allein sie war wichtig, und dieser Augenblick und dieser Kuss.

So viel gehört mir.

Wir verharrten so eine Minute oder mehr, dann löste sie sich von mir. »Ich bin der Freund in der dunklen Stunde. Ich bin der Windhauch in der brennenden Sonne. Ich bin das freiwillig gegebene Wasser und der liebevoll geteilte Wein. Ich bin die Ruhe nach der Schlacht und die Heilung nach der geschlagenen Wunde. Ich bin der Freund in der dunklen Stunde«, wiederholte sie, »und ich bin für dich gekommen, Falcio val Mond.«

Das war der formale Gruß ihres Ordens und nicht die Worte, die man dem Geliebten sagte. Einen Augenblick lang noch hielt sie meinen Blick fest, dann wandte sie sich den anderen zu, die ein Stück Abstand gehalten hatten, begrüßte sie. »Willkommen in Merisaw«, sagte sie. »Ich bin Ethalia, eine Schwester des Gnädigen Lichts.«

Dariana schnaubte. »Eine Hure? Dein grandioser Plan, uns nach Rijou reinzubringen, ist eine …«

»Halt den Mund«, sagte Kest ernst.

»Frieden, Schwertkämpfer«, sagte Ethalia. »Dein Zorn schadet mir mehr als ihre Worte.«

»Vergib mir«, sagte er und trat zurück.

Ethalia ging zu ihm. Suchend blickte sie ihm in die Augen. »Wenn ich könnte, würde ich dir helfen, Heiliger der Schwerter, wegen der Liebe, die du Falcio entgegenbringst, und um deiner selbst willen. Aber ich kann nicht. Du solltest diesen Ort jetzt verlassen und dich in die Zuflucht in Aramor begeben. Jetzt bist du nur noch Zunder und Funken.«

»Ich harre aus.«

»Jeder mit Augen kann deine Willenskraft sehen. Sie reicht nicht aus.«

»Trotzdem harre ich aus, meine Dame.«

Ethalia lächelte und berührte seine Wange. Sie zuckte zusammen, als würde sie sich verbrennen, und nahm die Hand schließlich wieder weg.

»Ich danke dir für den Versuch«, sagte Kest.

Ethalia wandte sich Valiana zu und machte einen Knicks. »Meine Lady. Wir sind uns bereits begegnet, obwohl ich bezweifle, dass Ihr Euch an mich erinnert.«

»Verzeih mir«, sagte Valiana. »Ich … Damals waren so viele Menschen um mich, und ich war nicht die Frau, die ich jetzt bin, und diese Anrede stimmt nicht mehr.«

»Alles wendet sich zum Besseren, findest du nicht? Eine Greatcoat. Die Erste seit dem Tod des Königs.«

»Da bist du falsch informiert, *Hure.*« Dariana sah Kest an, als sie das Wort betonte. »Es gibt hundert weitere.«

Ethalias Ausdruck war weder bedrohlich noch ängstlich. Sie betrachtete Dariana, wie man vielleicht ein wütendes Kind betrachtet hätte. »Und doch ist das nicht ganz dasselbe, findest du nicht?«

»Das siehst du richtig.«

»Meine …« Ich unterbrach mich. Ich hatte sie »Meine Dame« nennen wollen, als wäre sie eine Fremde. *Nein. Nein. Selbst wenn wir unsere Leben getrennt leben müssen, weiß ich doch, dass es sie gab, dass sie real war, und dass sie in einem anderen Leben mein hätte sein können. Mein gewesen wäre.* »Ethalia, wir müssen nach Rijou.«

»Ich weiß«, erwiderte sie. »Aber Rijou ist seit deinem letzten Besuch ein noch gefährlicherer Ort geworden. Ich ließ die Stadt hinter mir, genau wie viele meines Ordens.«

»Aber du kannst uns reinbringen?«

»Das kann ich.« Sie seufzte. »Ein paar meiner Schwestern sind geblieben, und einige der Torwächter sind meinem Orden … dankbar. Wie bald muss es sein? Du könntest die Nacht in Merisaw verbringen und am Morgen …«

»Heute Nacht«, sagte ich. »Es muss heute Nacht sein.«

Ihr Ausdruck war nicht zu deuten. »Wie du möchtest. Kommt. Ich treffe die nötigen Vorbereitungen.« Sie geleitete uns nach Merisaw hinein, und auf dem Weg nahm sie meine Hand.

So viel gehört mir.

In dieser Nacht führte uns ein absurd hübscher junger Mann im kostbaren roten Brokat eines Adligen durch das erste und zweite Tor in die Stadt Rijou. Er nannte sich Erastian, was ein Deckname sein musste, es sei denn, er wäre tatsächlich der Heilige der romantischen Liebe gewesen. Er bohrte oft in der Nase und blieb gelegentlich stehen, um blaues und weißes Pulver zu schnupfen, bevor er in ein Seidentuch schneuzte. Also ging ich davon aus, dass es das Erstere war.

Was auch immer Erastian mit Ethalia oder den Schwestern des Gnädigen Lichts verband, behielt er für sich. Ich sorgte mich um die Konsequenzen, die das für die Schwestern haben würde, falls man ihre Beteiligung entdeckte. Ich hatte mir alle Mühe gegeben, Ethalia davon zu überzeugen, die Gegend zu verlassen und nach Süden zu der kleinen Insel vor der Küste von Baern zu gehen, von der sie erzählt hatte. Sie hatte sich geweigert.

»Das dritte Tor müsst ihr allein bezwingen«, unterbrach Erastian meine Gedanken. »Ich habe eine Botschaft geschickt, und die Männer dort werden euch ohne Fragen durchlassen. Aber ich will dort nicht gesehen werden, jedenfalls nicht von allen.«

»Danke.« Ich streckte die Hand aus. Er nickte höflich und tat so, als hätte er die Geste nicht gesehen, drehte sich um und ging zurück zu den Toren hinter uns.

»Was glaubst du, wer er ist?«, fragte Valiana.

»Keine Ahnung«, erwiderte ich. »Ich glaube nicht, dass er wollte, dass wir das wissen.«

»Dann wollen wir hoffen, dass er uns nicht verraten hat«, meinte Kest trocken.

Langsam durchschritten wir das letzte Tor, das in die Stadt führte, und ich war auf beinahe schon absurde Weise froh, dass uns niemand mit Säure aus den Rohren im Torbogen besprühte oder uns durch die kleinen Löcher in den Wänden mit Armbrustbolzen beschoss.

»Und jetzt?«, fragte Dariana. Sie konnte ihre Überraschung nicht verbergen, dass wir so weit gekommen waren. »Wir müssen noch immer in den Palast kommen, oder?«

»Ich weiß«, entgegnete ich. »Ich habe einen Plan.«

Sie blickte mich an, als wäre sie fest davon überzeugt, dass ich log. Aber ich hatte einen Plan. Schließlich gibt es immer zwei Möglichkeiten, in den Herzogspalast von Rijou zu kommen. Die eine besteht darin, eingeladen zu werden. Die andere, sich verhaften zu lassen.

Es dauerte nicht lange, einen von Shiballes vielen Spionen zu finden. Rijou ist von ihnen durchsetzt wie ein fauler Apfel mit Würmern. Trotz ihrer korrupten Natur blicken sie auf Greatcoats herab. Glücklicherweise hatten wir Valiana.

Für den Preis eines viel zu teuren Kleides, Mantel, Schuhe und einer Kupfertiara, die mit der vorstellbar dünnsten Weißgoldschicht überzogen war, hatte sie sich schnell von einem von der Reise zerlumpten Trattari in die Tochter eines Markgrafen verwandelt, die gerade aus dem Herzogtum Baern eingetroffen war. Die Sorge, ob sie noch immer die Rolle der arroganten Adligen spielen konnte, wurde schnell durch die Mühelosigkeit ausgeräumt, mit der sie einen von Shiballes Zuträgern einschüchterte.

»Vergebung, meine Lady, ich schwöre, ich habe es nicht so gemeint.«

»Steh vom Boden auf«, sagte Valiana. »Und solltest du noch einmal versuchen, meine Füße mit deinen dreckigen Lippen zu berühren, hast du gleich keine Zähne mehr.«

»Natürlich, natürlich«, stammelte er und stand wieder auf. »Aber ich muss ehrlich sein, meine Lady. Worum Ihr da bittet, ist nur unter großen Schwierigkeiten und mit viel Geld zu arrangieren, selbst für einen Mann wie Thesian.«

Wie sich herausstellte, war ein Mann wie Thesian fett, glatzköpfig und roch nach vielen Duftölen. Zwar verstand ich nichts von der Kunst des Parfümierens, aber diese besondere Mischung war bestimmt nicht klug.

»Ich fürchte, wir haben im Augenblick nicht viel Geld dabei.« Valiana warf fünf der Goldstücke, die mir die Schneiderin gegeben hatte, auf Thesians Tisch. Natürlich war das eine fürstliche Summe.

Thesian musterte uns, als versuchte er zu entscheiden, wen wir auf dem Weg zu seinem kleinen Laden ausgeraubt hatten. »Ich habe Verständnis für Eure Notlage, meine Lady.« Er hielt kurz inne, und ich vermochte förmlich zu sehen, wie die kleinen Rädchen der Gier seine Furcht zu Pulver zermahlten. »Und selbst hiermit« – er nahm jede Münze zwischen den dicken Zeigefinger und den Daumen, um sie zu reiben – »kann ich die Sicherheit Eurer Person nicht garantieren. Nicht, wenn es um ein Treffen mit Shiballe geht, dem Berater des Herzogs. Shiballe ist nicht immer … kooperativ.«

»Aber du wirst doch alles tun, was in deiner beträchtlichen Macht liegt, um ihn dazu zu überreden, uns gerecht zu behandeln, oder?« Sie legte zwei weitere Münzen auf den Tisch.

»Natürlich. Natürlich. Thesian ist Shiballe immer ein guter Freund gewesen, meine Lady. Ein großartiger Freund. Wir sind wie eine Familie. Tatsächlich sogar stehen wir uns näher als eine Familie.«

Das Letztere glaubte ich gern.

Thesian schob die Münzen in einen kleinen roten Beutel, der an seinem Gürtel hing. »Falls ich fragen darf, wie habt Ihr mich gefunden? Männer wie ich sind doch schwierig zu finden, oder?«

»Geradezu unmöglich«, erwiderte Valiana. Tatsächlich hatten wir buchstäblich einen Häuserblock weit gehen müssen, bevor wir einen Rauschgifthändler gefunden hatten. »Aber wir waren hartnäckig und haben auf die Heiligen vertraut.«

Thesian lächelte. »Und die Heiligen haben Eure Gebete erhört.« Er beendete die Arbeit an dem Dokument, das er angefertigt hatte. »Seid Ihr Euch sicher, den richtigen Ort für Euer Treffen ausgewählt zu haben? Falls, und ich sage nicht, dass es wahrscheinlich ist, denn Thesian ist, wie alle wissen, ein enger Freund von Shiballe, aber falls es Missverständnisse geben sollte, könnten dort mühelos hundert Ritter erscheinen, und die Flucht würde Euch schwerfallen.«

Heimliche Treffen unterliegen in Rijou einem Protokoll. Man führt Verhandlungen, setzt Bedingungen fest, und schließlich treffen sich beide Parteien an einem gemeinsam festgelegten Ort. In diesem Fall hatte ich den Teyar Rijou gewählt, den Stein von Rijou, wo ich beim letzten Mal einen ziemlich schlechten Eindruck auf Herzog Jillards Männer gemacht hatte und erst recht auf Shiballe. Es handelte sich um einen weitläufigen offenen Platz, der ihm falls gewünscht eine Machtdemonstration ermöglichte, obwohl eine solche Tat eindeutig gegen die hastig getroffenen Vereinbarungen unseres Treffens verstoßen würde.

»Es wäre unerfreulich, falls es zu Missverständnissen kommen würde«, sagte Valiana energisch. »Ich gehe davon aus, dass dein Einfluss die Chancen einer solch unglücklichen Verwirrung senkt.«

»Natürlich«, erwiderte Thesian. »Ich werde höchstpersönlich in die Kirche laufen und mit wohlüberlegten Worten zu den Heiligen beten, damit sie Euch gewogen sind.«

Er hielt Valiana die Hand hin, um den Handel zu besiegeln. Ohne auch nur zu zögern drehte sie sich zu mir um. »Trattari, du wirst dem Mann für mich die Hand schütteln. Ich gedenke nicht, die eben erst vollendete Arbeit meiner Maniküre aufs Spiel zu setzen.«

Im ersten Augenblick glaubte ich, sie wollte mir einen albernen Streich spielen, aber dann wurde mir klar, dass Thesian bei der Berührung ihrer Hand sofort ihre Schwielen gespürt hätte – kaum das Zeichen einer Adligen. *Schlau.* War sie schon immer so clever gewesen?

Ich schüttelte Thesian die Hand, ein unerfreulicheres Gefühl als erwartet, dann verließen wir das Hinterzimmer seines Ladens und schlugen die Richtung zum Teyar Rijou ein.

»Das ist doch sehr gut gelaufen«, sagte Kest zu Valiana.

»Ja«, gab Dariana ihren Senf dazu. »Du gibst wirklich ein überzeugendes arrogantes Miststück ab.«

»Alte Gewohnheiten.« Sie schenkte uns ein Grinsen. »Jetzt wollen wir eine Gasse finden, in der ich aus diesen albernen Klamotten rauskomme. Ich will Shiballe nicht ohne meinen Greatcoat und Schwert gegenübertreten.«

»Vertrauen wir wirklich dieser fetten Made unser Leben an?«, fragte Dariana. »Die für die andere fette Made Shiballe arbeitet? Der Falcio umbringen wollte? Sorgt sich denn keiner, dass er uns einfach verrät?«

»Ja«, sagte ich. »Ich vertraue der fetten Made unser Leben an, und ja, natürlich verrät er uns.«

Eine Stunde später standen wir in der Mitte von Teyar Rijou, und Shiballe stand vor uns. Die dicken weichen Hände hatte er in die fetten Hüften gestemmt, und auf seinen Lippen lag ein auf schon obszöne Weise selbstzufriedenes Grinsen. Wir waren von hundert Rittern umzingelt, die die Schwerter gezogen hatten.

Also hatte mein Plan funktioniert.

Es gab zwei mögliche Wahrheiten, die in meinem Kopf miteinander rangen. Die erste besagte, dass mein König immer der Mann gewesen war, für den ich ihn gehalten hatte, ein brillanter Stratege, der die Zukunft vorhersehen konnte, indem er in die Vergangenheit blickte. Ein Mann, der die Greatcoats erschaffen und sie genau dort platziert hatte, wo sie sein mussten, wenn das Land sie am dringendsten brauchte. Dieser Mann hatte Dara in Aramor eingeschleust und Nile in Luth, um die Herzöge vor den Attentaten zu bewahren, die Paelis irgendwie vorhergesehen hatte.

Die andere Möglichkeit bestand darin, dass der König ein kleiner Tyrann gewesen war, der sich allein für sein Geschlecht interessiert und die Spielfiguren so aufgestellt hatte, dass sie, sobald man einen seiner Erben entdeckte, jeden vernichteten, der sich ihnen in den Weg stellte.

Und dieser Augenblick, in dem uns die hundert Ritter des Herzogs einkreisten, würde mir endlich zeigen, welcher König nun der echte war; welchem Mann ich gedient hatte.

»Ich weiß, dass du da bist«, rief ich den Männern mit den Rüstungen und den gezogenen Klingen zu und drehte mich dabei um, während ich vergeblich versuchte, jedes Augenpaar zu erkennen. »Unter deinem Helm kann ich dich nicht erkennen, aber ich weiß, dass du da bist.«

»Welcher Wahnsinn hat dich denn ergriffen, Trattari?«, fragte Shiballe.

»Du hältst den Mund«, sagte ich. »Ich habe zu tun.«

»Ich habe dich ...«

»Es ist Zeit!« Ich verlieh meiner Stimme so viel Autorität, wie mir möglich war. »Welchen Auftrag auch immer du hast, was auch immer du hier zu tun glaubst, der Herzog wird ermordet werden. Es sei denn, ich helfe ihm, und das gelingt mir nicht, wenn mein Kopf eine Pike schmückt.«

Shiballe fing an zu lachen. Kest und Dariana griffen nach ihren Waffen. »Lasst das«, sagte ich.

»Ich glaube, wir halten einen Wettkampf ab«, verkündete Shiballe. »Ich lasse dir von einem meiner Köche Stücke aus dem Leib schneiden, und der Mann, der die größte Menge von gebratenem Trattari essen kann, ohne kotzen zu müssen, gewinnt einen Beutel Gold. Oh, und deinen verrotteten alten Mantel. Den kriegt der Gewinner dazu. Vielleicht kann er ihn sich ja als Trophäe an die Wand hängen.«

Das ließ ein paar der Ritter lachen. Shiballe blies sich auf, machte sich bereit, sich vor seinem Publikum zu produzieren.

Mir lief die Zeit davon. »Na gut«, sagte ich und ließ Frustration in meine Stimme schleichen. »Normalerweise kehre ich meinen Rang nicht hervor, aber du fängst an, mich wirklich sauer zu machen.« Ich hielt inne und blickte kurz zu Boden. *Das sind jetzt nur du und ich, du dürre Entschuldigung von König.*

Ich hob den Kopf und sprach.

»Mein Name ist Falcio val Mond, der Erste Kantor der Magistrate des Königs. Hiermit befehle ich dem Greatcoat, der sich in eure Reihen geschlichen hat, sich zu zeigen und Bericht zu erstatten. Das ist ein Befehl.« Ich hätte es dabei belassen sollen, fügte aber wie ein Narr hinzu: »Das ist mein Ernst.«

Shiballe schüttelte sich förmlich vor Lachen aus, als ihm klar wurde, was ich da gesagt hatte. »Du bist wirklich unbezahlbar, Trattari.« Er gab dem Hauptmann ein Zeichen. »Sir Jairn, verhaftet diese Narren.«

Der Hauptmann der Ritter trat vor. Er war ein großer Mann, der viel Rüstung brauchte, um seine Schultern und seine Fassbrust zu bedecken. Er baute sich vor mir auf, als erwarte er irgendeine Aktion von mir.

»Sir Jairn?«, fragte Shiballe.

Der Ritter nahm den Helm ab. Darunter kam ein noch immer junges Gesicht mit blonden Haaren und einem kurzen Bart zum Vorschein. Da war die Narbe, die er vor Jahren bei einem Duell in einem Dorf in Aramor davongetragen hatte. »Parrick Edran meldet sich zur Stelle, Erster Kantor.« Er drehte sich um und starrte angewidert auf Shiballe herunter. »Ich würde es sehr zu schätzen wissen, wenn dein erster Befehl lautet, diese Made zu töten. Aber ich glaube, zuerst sollten wir zum Herzog gehen.«

5

EINE UNGEWÖHNLICHE ALLIANZ

Shiballe wollte Parrick – oder Sir Jairn, wie er sich heutzutage nannte – von den anderen Rittern in Gewahrsam nehmen lassen, was die Dinge zuerst komplizierte. Viele dieser Männer hatten mit »Sir Jairn« gedient, einem Mann, der die Truppe bei Dutzenden Grenzscharmützeln angeführt hatte, und zwar an vorderster Front, und der dabei sein Leben an der Seite seiner Kameraden aufs Spiel gesetzt hatte.

Außerdem wurde Shiballe größtenteils als hinterhältiger Ränkeschmied verachtet, der Intrigen in den Schatten schmiedete, während ehrliche Ritter auf dem Feld kämpften und bluteten. Darüber hinaus glaubten Ritter an die Befehlskette – ich bin mir ziemlich sicher, dass sie die mit der Muttermilch aufnehmen –, und Shiballe war trotz seines finsteren Einflusses am Hof kein Teil dieser Kette.

Am Ende ergab sich Parrick dem Sergeanten unter seinem Kommando, einem Mann namens Sir Coratisimo. Sie einigten sich darauf, mögliche Fragen von Kerkerhaft und Hinrichtung im Palast zu klären, nachdem der Herzog Gelegenheit gehabt hatte, die Bedeutung dieser Enthüllung zu ergründen. Nominell gesehen stand Parrick nun unter Arrest, aber trotz Shiballes energischem Protest legte ihm niemand Handschellen an.

»Es ist ein beschissenes Durcheinander, Erster Kantor«, sagte Parrick, als wir durch die breiten Marmorkorridore des herzoglichen Palastes marschierten. »Es gibt Berichte über Aufruhr im ganzen Herzogtum, selbst jenseits der Grenzen. Es gibt auch interne Komplikationen. Unser Anführer, der Ritteroberst von Rijou, brach gestern mit zweihundert Rittern auf, um die Ostgrenze zu patrouillieren.«

»Was geschieht an der Ostgrenze?«

»Nichts. Soweit ich das sagen kann, ist er gegen den ausdrücklichen Befehl des Herzogs gegangen. Ich glaube, hier findet eine Art Aufstand statt.«

»Was ist mit dem Norden?«, fragte ich. »Ist Trin durchgebrochen?«

»Herzogin Trin hat ihre Truppen im Süden von Domaris zusammengezogen, aber sie wird noch immer von den Resten von Herzog Hadiermos Streitkräften mit hinterhältigen Angriffen bedrängt«, berichtete er grinsend. »Die Männer des Herzogs haben sich zu kleineren Gruppen formiert und im ganzen Land verteilt, und jetzt töten sie mit einfallsreichen Methoden so viele von Trins Männern, wie sie können. Wer hätte gedacht, dass Herzog Hadiermo ein Gespür für Taktik hat? Ich hielt ihn immer für einen Narren.«

Aber die Schneiderin hatte doch damit gerechnet, dass Hadiermos Truppen aufgaben … »Ich bezweifle, dass er dafür verantwortlich ist«, erwiderte ich. »Vermutlich werden diese Abteilungen von den Greatcoats der Schneiderin angeführt.«

Parrick runzelte die Stirn. »Ich habe Gerüchte gehört, dass die Schneiderin neue Greatcoats versammelt hat. Wie sind sie?«

»So wie sie.« Ich zeigte auf Dariana. »Ausgezeichnete Kämpfer ohne Gewissen.«

Dariana lächelte. »Also wenn du mir weiterhin so schmeichelst, Falcio, wird er noch annehmen, dass du auf mich scharf bist.«

Parrick musterte sie. »Ich weiß nicht, was ich von diesen *neuen* Greatcoats halten soll. War die Schneiderin denn der Ansicht, dass mit dem Rest von uns etwas nicht stimmt?«

»Nur dass ihr euch als völlig nutzlos erwiesen habt«, sagte Dariana hinter ihm. »Was meiner Meinung nach eine recht großzügige Einschätzung ist, da du doch anscheinend die letzten fünf Jahre damit verbracht hast, einen der Männer zu beschützen, die deinen König ermordet haben.«

Parrick sah betroffen aus, und ich wusste, dass mehr dahintersteckte als nur den König im Stich gelassen zu haben. Das hatten wir alle. Aber jetzt ganz nüchtern mit ihm zu sprechen, so als hätte er nicht tatenlos zugesehen, wie man … aber nein, damit konnte ich mich jetzt wirklich nicht auseinandersetzen. »Parrick, was hat der König dir gesagt, als er dir deine Befehle gab?«

Parrick fiel es schwer, meinen Blick zu erwidern. Wie so vielen anderen Greatcoats hatte ihm der König befohlen, seine letzte Mission geheim zu halten.

»Jetzt hör aber auf«, sagte ich. »Es weiterhin geheim zu halten macht doch keinen Sinn mehr.«

»Aber es war doch nur das«, entgegnete Parrick. »Der König befahl mir, mich den Rittern von Rijou anzuschließen und das Leben des Herzogs zu beschützen. Das war's. Es gab keine weiteren Informationen mehr. Er nahm mir den Schwur ab, das unter welchen Umständen auch immer zu tun. Ich hätte mein Versprechen beinahe gebrochen, als ich dich hier vor einigen Monaten sah, Falcio … und dann erneut, als der Herzog mit fünfhundert Männern nach Pulnam zog. Er befahl mir hierzubleiben und für Ordnung zu sorgen. Wäre das nicht der Fall gewesen, weiß ich nicht, was ich getan hätte.«

»Belassen wir es im Augenblick dabei«, sagte ich.

»Wir sind da.« Parrick zeigte mit blasser Miene auf den Eingang zum Thronsaal von Rijou. »Ich hoffe, du hast einen verdammt guten Grund für deine Anwesenheit und dass du mich dazu gezwungen hast, meine Tarnung aufzugeben. Ich bin mir ziemlich sicher, dass man mich hinrichten wird, weil ich mich bei den herzoglichen Rittern von Rijou eingeschlichen habe.«

»Tatsächlich habe ich sogar einen ausgezeichneten Grund«, sagte ich. »Ich bin gekommen, um Herzog Jillard davor zu warnen, dass ihn jemand umbringen will.«

Parrick sah mich an, als wäre ich gerade nackt in einen Ballsaal getreten. »Falcio … bei allen Heiligen, das ist alles, was du hast? Jemand hat bereits versucht, den Herzog zu töten. Wir haben den Bastard vor drei Tagen erwischt.«

Ich warf einen Blick auf die zwanzig Ritter hinter uns und den hämisch grinsenden Shiballe, dann richtete ich die Aufmerksamkeit auf den Thronsaal eines Mannes, der geschworen hatte, mich tot zu sehen, und der jetzt nicht mehr den geringsten Grund hatte, mich am Leben zu lassen.

Jillard, Herzog von Rijou, war weniger hübsch als vielmehr gut gepflegt. Wie die meisten wohlhabenden Adligen konnte er es sich leisten, sich in Form zu halten, die neueste Mode zu tragen und dafür zu sorgen, dass sein schwarzes Haar und der kurze Bart stets mit den besten importierten Ölen gut frisiert waren. An diesem Tag trug er kostbaren purpurfarbenen Brokat mit silbernen und schwarzen Streifen, und er saß über uns auf dem Thron von Rijou, als wollte er ein Urteil fällen. Vermutlich hatte er auch genau das vor.

»Nun, da ich dich jetzt in meiner Gewalt habe, Falcio val Mond, was soll ich mit dir machen?« Jillard spielte mit einem protzigen roten und goldenen Ring, den er ununterbrochen um den Finger schob. Für einen Mann, der uns mit einer einzigen Geste hätte hinrichten lassen können, fand ich das ein seltsames, beinahe schon nervöses Verhalten. »Du bringst immer so viele Komplikationen an meine Tür.« Er beugte sich vor und musterte Valiana. »Und du hast sogar das Mädchen mitgebracht, das Patriana als meine Tochter ausgeben wollte. In diesem zerlumpten Mantel siehst du ziemlich gewöhnlich aus, meine Liebe. Soll ich dir von Shiballe ein schönes Kleid bringen lassen?«

Valiana verneigte sich andeutungsweise und sprach ihn

trotz allem mit dem ihm zustehenden Respekt an. »Euer Gnaden, so ist es bequemer.«

»In der nahen Zukunft könntest du diesen Mantel ziemlich tödlich finden«, meinte der Herzog.

Bevor ich mich zu Wort melden konnte, kam mir Parrick zuvor. »Euer Gnaden, Ihr müsst Falcio zuhören, er …«

»Schweigt, Sir Jairn. Oder heißt es *Parrick?* Wer auch immer du bist, du hast mir ja vielleicht bei mehr als einer Gelegenheit das Leben gerettet, aber jetzt bin ich gezwungen, mich nach dem Grund zu fragen. In deinen Lungen fließt nur Atem statt Blut, weil ich mich noch nicht entschieden habe, ob ich dich als Verräter köpfen oder als Spion hängen lasse.«

»Bei allem nötigen Respekt, Euer Gnaden«, sagte ich, »ich verstehe wirklich nicht, wie Ihr Parrick beschuldigen könnt, Spion zu sein.«

»Nein? Shiballe hat mir gesagt, dass er seit fast fünf Jahren in der Tarnung eines Ritters in meinem Heim herumschleicht.«

»Ja, Euer Gnaden, aber der König ist *vor* Parricks Eintreffen gestorben. Also gab es niemanden mehr, für den er spionieren konnte, wenn Ihr versteht, was ich meine.«

»Und du hältst das jetzt für den richtigen Augenblick, dein Geschick in Debatten zu zeigen?« Jillard lächelte. Es war kein hübsches Lächeln. Und doch entdeckte ich hinter dem selbstgefälligen Ausdruck ein leichtes Zucken – ein winziges Anzeichen von Unbehagen, vielleicht sogar von Furcht.

Shiballe erhob sich. »Euer Gnaden, erlaubt mir, meine persönlichen Wächter zu rufen, damit sie sich um diesen Verräter kümmern.«

»Kniet«, erwiderte der Herzog. »Ich glaube, im Augenblick gefallt Ihr mir auf Knien besser, Shiballe. Ich bin mir nicht sicher, was ich Euch bezahle, aber meiner Meinung nach hätte die Entdeckung, dass einer meiner Ritterhauptmänner in Wahrheit ein Trattari ist, in Eurem Lohn mit inbegriffen sein müssen.«

Der fette Wurm gehorchte augenblicklich und ließ sich zu Boden fallen, was mir gefiel.

»Nun«, fuhr der Herzog fort, ohne Parrick aus den Augen zu lassen. »Bis vor einer Stunde warst du einer meiner besten Ritter. Aber warum sollte ich dir jetzt noch trotz deiner vergangenen Verdienste vertrauen, wo ich doch weiß, dass du ein Verräter bist?«

Ein Schatten huschte über Parricks Miene. »War ich vor drei Jahren ein Verräter, als ich Euch das Leben rettete, als der Botschafter aus Avares ein Messer in Euren Hals rammen wollte? War ich ein Verräter, als ich verhinderte, dass Ihr in diese Schlucht stürztet, weil sich Euer Pferd ein Bein brach?« Parrick sah mich schuldbewusst an. »War ich ein Verräter, als ich danebenstand und zusah, wie Ihr …«

Jillard schoss von seinem Thron in die Höhe. »Und das alles hast du getan, weil dir ein toter Tyrann den Befehl dazu erteilte!«, brüllte er. »*Niemals* aus Loyalität zu mir!«

Die Erinnerungen an meinem letzten Aufenthalt in Rijou ließen plötzlich glühenden Zorn in mir emporschießen, und nur Kests Berührung hielt mich davon ab, mein Rapier zu ziehen. Wie konnte Parrick nur einem Mann wie Jillard dienen? Jeden Tag an seiner Seite stehen, während der Herzog eine willkürliche Grausamkeit nach der anderen verrichtete? Wie hatte König Paelis Parrick nur *jemals* einen derartigen Befehl geben können, und wie hatte er ihn nur ausführen können?

Und doch sind es Parricks Taten, die uns jetzt retten werden.

»Euer Gnaden, ich glaube, ich kann euch einen überwältigenden Grund liefern, Parrick zu vertrauen«, sagte ich.

Der Herzog setzte sich wieder, ohne den Blick von Parrick zu nehmen. »Wirklich? Du glaubst, ausgerechnet du kannst mich von der Loyalität dieses Trattari überzeugen?«

Ich wählte die nächsten Worte sehr sorgfältig. »Als ich das letzte Mal hier in Eurem Palast war, habt Ihr mich in den Kerker werfen lassen. Ihr habt Euren Männern befohlen, mich zu schlagen. Ihr habt Patriana … Ihr habt sie mir und Aline Dinge antun lassen.« Ich wandte mich Parrick zu und fühlte mich wegen dem, was ich jetzt sagen würde, beinahe schuldig. Aber auch nur beinahe. »Du warst doch die ganze Zeit über hier. Als mich die Männer des Herzogs in Ketten reinschleiften? Als sie mich in den Kerker schleppten und folterten? Du warst hier, in diesem Palast.«

Patrick war aschfahl. »Bei allen Heiligen, Falcio, es tut mir leid. Ich weiß, dass du mich verabscheuen musst, und ich kann es dir nicht verdenken. Aber du musst mir glauben. Der König ließ mich schwören … Er ließ mich schwören, dass, ganz egal wessen ich auch Zeuge werden würde, ganz egal, was auch immer der Herzog tun würde … Falcio, ich würde niemals …«

Mit einem Blick brachte ich ihn zum verstummen. Ich war nicht bereit, ihm zu vergeben. Noch nicht. »Wenn dieser Mann Euch hätte verraten wollen, Herzog Jillard, dann hätte er es doch sicherlich dann getan?«

Jillard griff nach seinem Weinpokal und ließ den Inhalt kreisen, als wollte er die Antwort losschütteln. »Ich nehme an, das stimmt«, sagte er schließlich. »Am Ende wurde ich von vielen meiner Untertanen verraten, einschließlich meines eigenen Folterknechts.« Jillard beugte sich vor und musterte mich. »Du musst wissen, dass wir ihn am nächsten Tag erwischt haben.«

»Er hatte nichts mit meiner Flucht zu tun«, sagte ich zu schnell, um überzeugend zu sein.

»Also bitte«, sagte Jillard. »Er öffnete die Tür und ließ dich aus der Zelle. Das gab er sogar zu und wiederholte dann auf Übelkeit erregende Weise die Gesetze des Königs – von denen er übrigens keines richtig hinbekam, wie ich erwähnen sollte. Das sagte er mir direkt ins Gesicht, und dann auch noch voller Stolz. Nachdem wir ihn auf die Streckbank gebunden hatten, war das mit dem Stolz allerdings weniger ausgeprägt.«

»Gegen Ende rief er häufig deinen Namen«, sagte Shiballe hinter mir, als spürte er eine Gelegenheit, sich wieder beim Herzog einschmeicheln zu können. »Ich nehme an, viele andere taten im Laufe der Jahre das Gleiche.«

»Falcio«, warnte Kest.

»Mir geht es gut«, erwiderte ich. Wieder war meine Hand in die Nähe des Rapiergriffs gewandert. »Ihr seid ein Narr, Euer Gnaden, Euch mit kleinlichen Rachespielchen aufzuhalten, während das Land um Euch herum zerbricht.«

»Mein Folterknecht hat mich *verraten!*« Jillard schlug mit der Faust auf die Thronlehne. Schnell gewann er die Beherrschung zurück und richtete die Aufmerksamkeit wieder auf Parrick. »Aber du nicht. Du hättest Falcio befreien können, wenn du gewollt hättest. Tatsächlich wäre es überraschend leicht gewesen, ohne sich dabei erwischen zu lassen.«

Parrick sah aus, als müsse er sich gleich übergeben.

»Nun gut«, sagte Jillard schließlich. Wieder drehte er unablässig an seinem Ring. »Ich will zugeben, dass ich einen gewissen Grund habe, Parrick zu vertrauen. Aber du, Falcio val Mond, warum sollte ich dir glauben? Nachdem mich meine Männer in Pulnam so im Stich ließen, hast du mir meine Freiheit zugestanden. Für sich genommen war das eine nötige politische Entscheidung deinerseits. Das bringt uns nicht auf dieselbe Seite.«

Darauf hatte ich gewartet. Ich warf einen Blick auf meine Greatcoats, auf die alten und die neuen. Ich hoffte, sie nicht unter dem schweren Steinfundament von Jillards Palast zum Tode zu verurteilen. »Ich stehe nicht auf Eurer Seite, Euer Gnaden. Wie könnte ich das? Ihr seid ein Ungeheuer. Ihr habt den Mord an der Familie Tiarren und an zahllosen anderen befohlen. Und das hauptsächlich aus nichtigen Gründen. Ihr habt mir jeden Mörder, den Ihr finden konntet, auf den Hals gehetzt – und was noch schlimmer ist, auch der Erbin des Königs. Und selbst, als Ihr das Ganath Kalila verloren habt, wolltet Ihr Eure eigenen Gesetze brechen, um Alines Leben zu beenden. Ihr seid ein Monstrum, Herzog Jillard, und ich habe vor, dafür zu sorgen, dass Euer Kopf von Eurem Hals getrennt wird.«

Dem Herzog schien etwas unbehaglich zumute zu sein. »Nun, das vereinfacht die Dinge, nicht wahr?«

»Aber nicht heute. Nicht jetzt. Euer Tod wäre der letzte Strohhalm, der das Rückgrat des Landes bräche. Wenn derjenige, der Isault und Roset ermorden ließ, Euch erwischt, dann werden Bürgerkrieg und Eure Tochter Trin das ganze Land in die tausend Höllen treiben, die sie dafür geplant hat.«

Jillard lachte, und dieses Mal klang es sogar ehrlich. »Trin? Das hat dich vor mir auf die Knie gebracht? Du verblüffst mich, Trattari. Trin hat die Armee ihrer Mutter und einen kleinen Teil ihrer Durchtriebenheit. Zweifellos wird sie sich damit amüsieren, im Norden Generalin zu spielen.« Er beugte sich wieder vor. »Aber falls sie herkommt? Falls sie es wagt, Männer an die Grenze von Rijou zu führen? Dann werden ihr meine Soldaten die Höflichkeit erweisen, die ich ihrer unbetrauerten Mutter vor so langer Zeit hätte erweisen sollen.«

»Für einen Mann, der gerade seinen Ritteroberst und zweihundert seiner Ritter verloren hat, sprecht Ihr sehr kühn, Euer Gnaden«, sagte Kest. Er hörte sich ernsthaft interessiert an. »Wer wird Eure Soldaten anführen, wenn Trins Streitkräfte kommen?«

Jillard lehnte sich wieder auf seinen Thron zurück und winkte ab. »Sich mit kleinlichem Verrat auseinanderzusetzen ist der Preis meiner Stellung. Außerdem hast du dieses Problem für mich gelöst, du und deine Trattari-Kameraden.«

»Wie denn das?«, fragte ich.

»Hat nicht eine deiner eigenen Greatcoats, ich glaube, eine Frau namens Dara, den Herzog von Aramor ermordet? Isault stand meinem Vorschlag, die Grenzen von gemeinsamen Truppen bewachen zu lassen, nie aufgeschlossen gegenüber, aber der neue herzogliche Verwalter Shuran wird meine Unterstützung brauchen, wenn er die Adligen unter Kontrolle halten will, Die planen bereits jetzt, Aramor in kleine Stücke zu zerbrechen, die gerade groß genug für ihre Macht sind. Ich habe Bevollmächtigte ausgeschickt, um für tausend seiner besten Ritter zu verhandeln.«

Jillards arrogantem Ton fehlte die Überzeugung. Seine Prahlerei verbarg etwas. »Ihr scheint an alles gedacht zu haben. Warum fürchtet Ihr Euch dann so, Euer Gnaden?«

»Fürchten? Du glaubst, ich *fürchte* mich, Trattari?« Er lachte. »Wovor? Einem Attentäter? Meine Ritter einschließlich Sir Jairn – vergebt mir, *Greatcoat* Parrick hier – haben den Meuchelmörder bereits erwischt. Ich muss allerdings zugeben, dass es durchaus erschreckend ist, dass meine Beziehung mit den Dashini abgekühlt ist, seit ich zwei von ihnen bei der Jagd auf dich in den Tod schickte.«

Ich wandte mich Parrick zu. »Ihr habt einen Dashini gefangen genommen? *Lebendig?* Wie?«

»Mit viel Glück und dem Leben von zehn Rittern. Falcio, wenn ich sage, dass ihn schlichtweg das Gewicht der Toten in Rüstungen auf ihm lange genug behinderte, um ihn mit meinem Schwertknauf bewusstlos zu schlagen, dann ist das mein voller Ernst.« Mein skeptischer Ausdruck blieb ihm nicht verborgen. »Ich hieb mit meinem Schwertknauf auf seinen Schädel ein.«

»Und ihr habt ihn in diesem Augenblick unten in eurem Kerker eingesperrt?«

»Natürlich«, sagte Shiballe. »Wo du gleich landen …«

Habe ich dich, arroganter Bastard.

»Das glaube ich kaum«, sagte ich.

»Was meinst du denn damit?«, fragte Jillard.

Die Tatsache, dass er überhaupt diese Frage gestellt hatte, zeigte mir, dass ich genau richtiglag. »Wenn ihr den Attentäter gefangen genommen habt und alles in bester Ordnung ist, warum habt ihr uns dann nicht einfach eingesperrt?

Wozu dann diese Scharade? Ich glaube, der Grund dafür ist ganz einfach. Ihr fürchtet Euch sehr wohl, Euer Gnaden. Ich glaube, Ihr wisst, dass ein weiterer Angriff erfolgt.«

Jillard stand auf und stieg von seinem Thron herunter. Er warf Shiballe einen Blick zu, dann sah er mich an. »Warum verrätst du mir dann nicht einfach, wie mich diese Attentäter umbringen wollen, wo doch der erste versagt hat? Sieh dich um, Falcio val Mond. Ich beherrsche die am besten bewaffnete Stadt auf der Welt. Wir stehen in einem Palast, der einem ganzen Heer standhalten könnte. Fünftausend Männer könnten meine Tore belagern, und ihr einziger Erfolg wäre zu hungern.«

Natürlich hatte er da recht. Von allen Herzögen Tristias würde Jillard am schwersten zu töten sein. Aber wenn der Plan darin bestand, das Land ins Chaos zu stürzen, musste er das nächste Ziel sein, und wenn ihn jemand tot sehen wollte, würde er sich nicht mit einem Attentäter begnügen. Den ganzen Weg von Garniol hatte ich mich gefragt, wie ihn die Mörder wohl erwischen würden. Für mich gab es da nur eine Antwort. »Euer Sohn«, sagte ich. »Tommer. Sie werden eine Möglichkeit finden, ihn zu entführen, und Euch dann zwingen, zu ihm zu kommen. Bei dieser Gelegenheit töten sie Euch dann.«

Die Miene des Herzogs erstarrte. Ich vermochte die Anspannung förmlich zu spüren, die von ihm ausging. Und da war noch etwas anderes. Verzweiflung.

Er verbirgt noch mehr. Etwas ist bereits geschehen.

»Und Tommer«, sagte er. Jetzt hörte ich erst recht, wie gespielt seine Leichtigkeit war. »Bei deiner hypothetischen Entführung, was geschieht mit ihm, sobald ich gezwungen werde, mich zu ergeben?«

Ich musste an Isaults Familie denken. Seine Frau, seine beiden Söhne und ein kleines Mädchen, das Bilder von Hundewelpen in der Hoffnung malte, sein Vater würde ihm dann einen schenkte. »Es tut mir leid, Euer Gnaden. Ihn werden sie auch umbringen. Wenn ich recht habe. Ich weiß, dass Ihr mir nicht glauben wollt, aber …«

»Ich glaube dir«, sagte Jillard kaum lauter als mit einem Flüstern. »Ich glaube alles.« Seine Schultern sackten nach unten, die Luft schien aus seinem Körper zu weichen. Als würde man einem Schauspieler beim Verlassen der Bühne zusehen, zu erschöpft, um seine Rolle weiter zu verkörpern.

»Sie haben Tommer schon, nicht wahr?«

Jillard teilte einen Blick mit Shiballe, dann wandte er sich wieder mir zu. »Ja, verflucht. Ich glaube dir nur aus einem Grund – der Grund, wegen dem du nicht bereits schon vom Ast des Apfelbaumes vor dem Fenster meines Gemachs baumelst. Vor zwei Tagen wurde mein Sohn, das Einzige, das ich auf dieser Welt liebe, entführt.«

Parricks Gesicht wurde so rot, dass ich glaubte, er würde sich auf der Stelle auf den Herzog stürzen. »Warum haben die Ritter das nicht erfahren?«, verlangte er zu wissen. »Wir sollten nach ihm suchen! Verdammt, er ist ein Junge von elf Jahren, er kann doch nicht …«

»Ihr habt das nicht erfahren«, erwiderte Jillard, »weil wir ganz genau wissen, wo er ist.«

»Wo?«, fragte Parrick. »Ich hole meine Männer.«

»Tommer sitzt genau fünfzig Fuß unter uns, und die Klinge des Attentäters liegt an seinem Hals, dazu bereit, ihn zu durchschneiden.«

»Er ist hier?«, fragte ich. »*In Eurem eigenen Kerker?* Wie denn das?«

»Tommer wollte den Dashini mit eigenen Augen sehen. Er hatte die Geschichten gehört. Einen leibhaftig zu sehen wäre ein großartiges Abenteuer gewesen. Natürlich schlug ich ihm das ab. Für den Unteren Kerker gibt es genau zwei Schlüssel. Den einen hat der diensthabende Wächter, der andere liegt in einem Kästchen in meinem Gemach. Tommer schlich sich rein und stahl den Schlüssel.«

»Was ist mit seiner persönlichen Leibgarde?«, wollte Parrick wissen. Er klang wütend. »Die Ritter hätten ihn nicht aus den Augen lassen dürfen!«

»Das haben sie auch nicht. Soweit ich es verstanden habe, überzeugte er sie davon, ihn zu begleiten. Er ist ein guter Junge, aber er gehorcht nicht immer.« Die Stimme des Herzogs versagte, und mir wurde klar, wie sehr er litt. Ich verabscheute Jillard, aber mir war auch klar, dass Tommer der einzige Mensch war, der ihm etwas bedeutete.

Ich erinnerte mich auch daran, was Tommers Ungehorsam Bal Armidor gekostet hatte, den Troubadour, den er so liebte. War Tommer tief in seinem Inneren wirklich so abgestumpft, dass er das Leben seiner Ritter riskieren würde? Er kannte doch den Preis des Zorns seines Vaters.

»Diese verfluchten Narren!«, stieß Parrick hervor. »Ich schlage sie halb tot, wenn ich sie ...« Er blickte Jillard an, dann mich und dann den Boden, denn zweifellos erkannte er, wie seltsam sein Ausbruch war, wenn man seine Situation bedachte.

»Ich glaube, sie wurden bereits auf ihren Fehler aufmerksam gemacht«, sagte der Herzog.

»Was ist passiert?«, fragte ich.

»Der Attentäter überwältigte die Ritter, meine Folterknechte und die anderen Wächter im Unteren Kerker. Dem Gestank dort unten nach zu urteilen hat er eine Menge von ihnen getötet. Einmal täglich schickt er uns den ziemlich blutverschmierten Sir Toujean, um uns Forderungen zu stellen. Aber Sir Toujean kann nicht lange bleiben, da er ein sehr langes Seil um den Hals gebunden hat.«

»Und wie lauten seine Forderungen?«

»Ich hätte ›Forderung‹ sagen sollen, Einzahl. Ich soll ihm gegenübertreten.«

»Das ist alles? Wann?«

»Wenn es mir passt.« Jillard sah entsetzt aus. »Er sagte, dass Tommer ... er sagte, mein Sohn würde eine gewisse Zahl von Tagen überleben.«

»Warum habt Ihr den Unteren Kerker nicht stürmen lassen?«

»Weil wir abgesehen von der Tatsache, dass er gedroht hat, ihn zu töten, falls wir das versuchen sollten, dort nicht reinkönnen, Trattari. Wie ich dir schon beim letzten Mal sagte, als ich das Vergnügen deiner Gesellschaft hatte, ist dieser Palast das sicherste Gebäude von ganz Tristia. Sein Kerker ist sehr … weitläufig. Die Wände bestehen aus fünf Fuß dickem Stein, und die einzige Tür besteht aus fast zwei Fuß verstärktem Eisen. Ihre Angeln sind oben und unten tief im Felsen versenkt. Es gibt nur zwei Schlüssel, nicht mehr, die jetzt beide in der Hand des Schurken sind. Der Untere Kerker sollte ausbruchsicher sein. Anscheinend haben wir ihn dabei auch uneinnehmbar gemacht.«

6

DIE SCHWARZE TÜR

Am meisten hasse ich am Herzogspalast von Rijou den derzeitigen Besitzer. Aber der Architekt kommt direkt danach, genau wie die vielen Bauherren, die in den vergangenen zweihundert Jahren daran weitergebaut haben. Es ist einfach die Art und Weise, wie sie sich ein einfallsreiches Detail nach dem anderen haben einfallen lassen, um den Palast in das perfekte Abbild herzoglicher Macht zu verwandeln. Von dem gewaltigen, im Zentrum gelegenen Ballsaal mit den drei Ebenen, die geschickt so gestaltet sind, dass sich die geladenen Gäste kleiner und unwichtiger vorkommen, je tiefer sie nach unten verbannt werden, zu den Zimmern und Korridoren, die stetig schmaler werden und deren Decke niedriger ist, je weiter sie von den Gemächern des Herzogs entfernt sind. Ganz besonders gefallen mir die nicht versperrten Lagerräume mit Lebensmitteln und sonstigen Vorräten in der ersten Kelleretage, wo sich auch die Dienstbotenquartiere befinden – warum schlecht behandelte Mägde und Diener mit einem das Wasser im Mund zusammenlaufenden Delikatessen und leicht zu stehlenden Gebrauchsgütern in Versuchung führen? Weil keiner von Jillards Dienern jemals verzweifelt – oder dumm genug – wäre, die Konsequenzen zu riskieren, nicht wenn es eine architektonische Erinnerung an die Weisheit der Selbstbeherrschung in Form eines gewaltigen Eisentores am Ende dieses Korridors gibt, hinter dem eine Treppe ungefähr zwanzig Fuß nach unten zur ersten Etage von Jillards Kerker führt. Und sollte das nicht ausreichen, die unterbezahlte und schlecht ernährte Dienerschaft unter Kontrolle zu halten, dringen gerade genug Geräusche in die Dienstbotenquartiere, um sie Tag und Nacht nicht gerade subtil daran zu erinnern, was mit ihnen passieren würde, sollte man sie beim Stehlen erwischen.

Rijou vae aurut et phaba, lautet ein altes Sprichwort. *Rijou wird von Geld und Angst bewegt.*

So gegen Mitternacht stiegen acht von uns diese Stufen hinunter. Ich hatte darauf bestanden, Kest, Dari und Valiana mitzunehmen. Jillard hatte entschieden, sich von Shiballe und zwei Rittern begleiten zu lassen. Einer davon war Parrick. Das fand ich zugleich seltsam und irgendwie traurig. Trotz seiner großen Macht fiel Jillard kein vertrauenswürdigerer Mann als der ein, der ihn seit fünf Jahren getäuscht hatte. Andererseits waren die Menschen von Rijou schon immer ein pragmatischer Haufen gewesen. So wie sich das angehört hatte, verdankte Jillard Parrick mehrmals sein Leben.

Parrick hatte die Rüstung ausgezogen und trug seinen Greatcoat. Sowohl Jillard wie auch ich starrten ihn an, und mir wurde klar, dass keiner von uns beiden darüber erfreut war.

»Verflucht, er gehört mir«, sagte Parrick. »Ich habe ihn mir doppelt verdient, und der Mann, der etwas anderes behauptet, kann gern versuchen, ihn mir abzunehmen.«

Der Herzog und ich tauschten nur einen kurzen Blick. »Trag, was immer du willst«, sagte Jillard schließlich. »Befreie nur meinen Sohn.«

Der andere Ritter in unserer Begleitung – Sir Istan mit dem mausgrauen Haar und den schwachen Handgelenken – war der einzige Mann, dem Shiballe die Nachricht über Entführung des Herzogssohns ansonsten anvertraut hatte. Lag das daran, dass Sir Istan so grün war, dass er vermutlich kaum ambitionierte Bekannte innerhalb der Ritterschaft hatte? Er war ein nervöser junger Mann, der die Stufen mit langsamen, unbeholfenen, klirrenden Schritten hinunterstieg und die ganze Zeit so aussah, so als wäre er der festen Überzeugung, den Kerker nach Betreten nie wieder verlassen zu können. Vor gar nicht so langer Zeit war ich Jillards Gnade fünf Tage lang ausgeliefert gewesen – *waren es wirklich nur fünf Tage gewesen?* –, und ich konnte die Furcht des jungen Ritters völlig verstehen.

Und wenn das alles nur ein komplizierter Trick ist? Die Morde, die Geschichte von dem Attentäter … wenn das alles nur eine List ist, um mich zurück in Jillards kleine Hölle zu locken? Nein, sicherlich nicht. Sogar für mich war das extrem paranoid, aber ich hatte die Erfahrung gemacht, dass die Mächtigen von Rijou durchaus dazu in der Lage waren, für selbst das kleinlichste Ziel die Welt in Brand zu setzen.

Ich werde es wohl herausfinden, auf die eine oder andere Weise, dachte ich, als Shiballe uns am Ende der Treppe anhalten ließ.

»Wir gehen durch den Hauptkorridor«, verkündete er in seinem schrillen, herrischen Tonfall. »Dann biegen wir in einen schmaleren, der uns zu einer schwarzen Eisentür bringt. Dahinter liegt die Treppe zum unteren Stockwerk. Die schwarze Tür ist der einzige Weg hinunter, und wie der Herzog bereits erklärte, kann sie nicht gestürmt werden.« Er blickte mich an, ohne sich die Mühe zu machen, seine tiefe Abneigung gegen mich zu verbergen. »Darf ich fragen, wie du an dieser Tür vorbeikommen willst?«

Natürlich hatte ich nicht die geringste Ahnung. Würde ich nicht durch diese Tür kommen, würde Tommer sterben. Dann kam Jillard an die Reihe, und sobald das Herzogsgeschlecht von Rijou ausgelöscht war, würde das Herzogtum zerfallen, und bevor wir überhaupt wussten, wie uns geschah, würde Tristia im Chaos des Bürgerkrieges versunken sein.

»Ach, das ist ganz einfach«, erwiderte ich. »Ich werde anklopfen.«

Shiballe schnaubte und führte uns durch den breiten Gang aus Stein, der den Hauptdurchgang auf der ersten Kerkeretage bildete. Von ihm zweigten kleinere Gänge ab, die von kleinen Bronzekohlenbecken an der Decke erhellt wurden.

»Wie viele Zellen gibt es hier?«, wollte Dariana wissen und spähte in einen der Gänge.

»Auf dieser Etage? Einhundert. Jede kann zwischen drei und zehn Gefangene aufnehmen, was davon abhängt, wie bequem wir es ihnen machen wollen.«

»Ihr könnt *tausend* Gefangene einsperren?« Sie klang ungläubig. »Aus welchem Grund könntet ihr so viele Menschen einsperren wollen?«

Shiballe blickte wieder zu mir zurück und lächelte. »Aufruhr.«

Beim Laut unserer durch den Gang hallenden Schritte regten sich die Gefangenen in ihren Zellen. »Bitte, ihr Herren, das ist ein Irrtum! Ich wollte niemals …!« Die erste Stimme verstummte, als wir vorbeigingen, und wurde von der des nächsten Gefangenen ersetzt und vom übernächsten.

»Wie viele Männer haltet Ihr im Augenblick hier gefangen?«, fragte Kest den Herzog.

»Nicht sehr viele. Ich schätze, es sind im Moment weniger als fünfzig, dazu kommen noch vielleicht zwanzig Frauen und kaum mehr als fünf oder sechs Kinder.«

»Ihr habt *Kinder* in Euren Kerker gesperrt?« Valiana schien kurz davorzustehen, das Schwert zu ziehen.

Herzog Jillard sah sie mit einem Ausdruck irgendwo zwischen Heiterkeit und ehrlichem Unverständnis an. »Es erschien grausam, sie von ihren Eltern zu trennen.«

Ich ging langsamer, und Kest setzte sich wortlos an meine Seite. Ich bedeutete den anderen weiterzugehen, und als sie ein kleines Stück voraus waren, wandte ich mich ihm zu und murmelte: »Wenn wir Tommer hier lebend rausbekommen und irgendwie den Bürgerkrieg verhindern, dann Trins Thronbesteigung, und sollte ich durch ein Wunder nicht bald sterben … dann kehren du und ich an diesen Ort zurück, Kest. Wir reißen diesen Palast Stein für Stein ein.«

Kest musterte Wände und Decke. »Er scheint aus mehreren tausend Tonnen Felsen geschlagen zu sein, Falcio. Das könnte schwierig werden.«

Ich zog ein Wurfmesser und kratzte einen Strich in die Steinwand neben uns. »Wir finden einen Weg.«

»Der Mensch muss frei sein, so lautet das Erste Gesetz«, zitierte Kest das Gesetz des Königs. »Gilt das auch für Kriminelle?«

»Nein. Aber so wie ich Jillard kenne, und ich kenne ihn nicht besonders *gut,* aber es reicht mir trotzdem, gibt es hier bestimmt viele, deren Strafe nicht dem Verbrechen entspricht.«

Eine leise, grollende Stimme hallte durch den Kerker. »Das Erste Gesetz sein Freiheit.«

Ich blickte mich um und versuchte zu bestimmen, wo das herkam.

»Komm schon«, sagte Kest. »Da wiederholt nur jemand, was ich gerade gesagt habe.«

»Das Erste Gesetz sein Freiheit«, sang die Stimme tonlos. »Ohne Freiheit … können Herz nicht dienen. Kann Göttern nicht dienen. Können König nicht dienen. Scheiß auf den König. Können *Herz* nicht dienen. Herz sein wichtig. Götter … Götter unwichtig. Herz wichtig. Mensch muss frei sein.«

Ich riss die Augen auf. Diese Stimme kannte ich. *Gegen Ende rief er oft deinen Namen,* hatte Shiballe gesagt. Dieses verlogene kleine Ungeheuer.

Ich ging auf die Abzweigung zu, wo die Worte meiner Meinung nach hergekommen waren. »Kest, hilf mir diese Stimme zu finden.«

Wir rannten kurze Gänge entlang, vorbei an großen und kleinen Zellen, mit komplizierten Folterinstrumenten oder auch nur mit dem Gestank von Scheiße und Pisse und menschlichem Leiden. Die Echos lockten uns in alle Richtungen.

»Wonach suche ich?«, fragte Kest.

»Einem hässlichen Grobian mit kurz geschorenem grauem Haar. Folge einfach der Stimme.«

»Viertes Gesetz sein, kein Kind verletzen«, sang und summte die Stimme. »Kind zu klein, zu dumm. Nicht begreifen. Kann Kind nicht in Gefängnis stecken. Kann Kind keine Buße zahlen lassen. Kann kein Kind verletzen. Viertes Gesetz.«

»Falcio!«, hörte ich Kest rufen. Ich rannte in den Gang, den er genommen hatte, und fand ihn vor einer sieben Fuß großen Zelle mit Gitterstäben vom Boden bis zur Decke und einer kleinen Tür für Wächter. Darin war ein Mann an die Wand gekettet. Er hatte blasse, fleckige Haut, kleine Augen und dicke Lippen. Seine großen Hände waren auf halber Höhe an die Wand gefesselt, was es ihm unmöglich machte, sich richtig hinsetzen zu können. Ich erinnerte mich an diese Hände und die kräftigen Finger, deren Knöchel mich so oft getroffen hatten, dass ich bezweifelt hatte, ob überhaupt noch Gefühl in ihnen steckte. Diese Hände hatten mich während meiner Zeit als Jillards Gefangener Stunde für Stunde und Tag für Tag blutig geschlagen. Aber sie hatten mich auch vom Boden meiner Zelle gehoben und an dem Korridor vorbei die Stufen hinauf aus dem Kerker getragen. Er war mein Folterknecht und mein Befreier gewesen. Seinen Namen kannte ich nicht, ich hatte ihn einfach nur Ugh genannt.

»Fünfte Gesetz sein … Scheiße. Was sein Fünftes Gesetz? Gut, gut. Erstes Gesetz. Erstes Gesetz sein Freiheit. Mensch nicht frei, wie soll Mensch Herzem dienen? Wie können …«

»Ugh!«, rief ich.

Er schaute auf, sein Blick klärte sich langsam. »Wer du? Du kommen und wieder schlagen, eh? Gut, gut. Kommen und schlagen mich. Brich deine Hände, du beschissenes Mädchen.«

»Ugh, ich bin's. Falcio.«

Wieder versuchte er sich zu konzentrieren. »Falcio wer?« Sein Blick fiel auf meinen Mantel. »Greatcoat. Verfluchter Greatcoat, eh? Du wieder hier? Dämlicher Scheißkerl. Harter Bursche. Hart wie der beschissene verrückte Gaul. Ich schmeißen Leben für dich weg und du kommen zurück. Hätte den beschissenen Gaul befreien sollen.«

»Ich bin frei, Ugh. Sieh her.« Ich hielt die Arme hoch, damit er sehen konnte, dass ich keine Ketten trug. »Ich bin kein Gefangener. Warum bei allen Höllen bist du eingesperrt?«

»Kackritter mich erwischt. Bringen mich zurück. Ist wohl Gesetz, kein Folterknecht dürfen dummen Greatcoat befreien. Wie Erstes Gesetz von König nur andersrum, eh?« Er lachte heiser.

»Falcio, da kommt jemand«, warnte Kest.

Ich sah den an die Wand geketteten Ugh an, der mich mit seinem breiten Gesicht anstarrte. »Ich komme wieder«, versprach ich. »Ich hole dich dort raus. Ich schwöre es.«

»Schwören? Verfluchter Greatcoat. Du machen Versprechungen. Scheiße. Alles Scheiße. Kommen zurück, bleiben weg. Egal. Nur …«

»Was?«

»Fünftes Gesetz des Königs. Ich vergessen. Jedes Mal ich es vergessen.«

Ich legte die Hände auf die Gitterstäbe. Ugh hatte mich die Gesetze während meiner Gefangenschaft immer wieder aufsagen hören. Während meiner Folterung hatten die Gesetze meinen Verstand zusammengehalten, und die Gesetze hatten ihn irgendwie gegen sämtliche Vernunft dazu veranlasst, seine Meinung zu ändern. »Das Fünfte Gesetz besagt, dass kein Mensch grundlos bestraft werden soll, ohne vorher eines Verbrechens für schuldig befunden zu werden, das eine solche Strafe rechtfertigt«, sagte ich leise. Dann fügte ich viel lauter hinzu: »Kein Mensch soll gefoltert werden.«

Ugh grinste. »Ah. Ja. Fünftes Gesetz. Keine Folter. Ich

mich wieder erinnern. Komisch, ich immer vergessen das, eh?«

»Ich komme zurück«, versprach ich.

»Schön, schön. Du kommen zurück. Dämlicher harter Greatcoat. Kommst vermutlich in Ketten zurück.«

Die anderen warteten am Ende des großen Ganges auf uns. »Hast du jemanden gefunden, den du kennst?«, fragte Shiballe mit einem hämischen Grinsen.

Ich wollte ihn bewusstlos schlagen, aber seine Grausamkeit war nur eine weitere sinnlose Ablenkung – eine von Dutzenden –, die zwischen mir und demjenigen standen, der für dieses ganze Chaos die Fäden zog.

»Bring uns zu der Tür«, erwiderte ich nur.

Shiballe führte uns in einen engen Gang von beinahe hundert Fuß Länge, der vor der schwarzen Eisentür endete. Zwar mochte sie zwei Fuß dick sein, dafür war sie keine sechs Fuß hoch und würde jemanden von Parricks Größe zwingen, sie geduckt zu passieren. Die Tür musste mindestens eine Tonne wiegen. Sie wies einen ungefähr sechs Zoll hohen und zwei Zoll breiten Schlitz mit drei Eisenstäben auf, der etwa einen Fuß von der oberen Kante entfernt war. Ich konnte eine primitive Treppe ausmachen, die in die Tiefen der zweiten Etage führte. Außerdem präsentierte sich einem die erstaunliche Breite der Tür. Man hätte genauso gut versuchen können, den Palast von seinem Fundament zu heben, als durch diese Tür zu brechen.

Sir Istan drückte das Gesicht gegen den Schlitz. »Dahinter ist es wie … wie der Rachen eines Ungeheuers aus Fabelzeiten. Der Felsen ist schwarz und rot wie das Innere eines …«

»Das reicht, Sir Istan«, meinte der Herzog. Er wandte sich mir zu. »Wir sind hier, und du hast die Tür gesehen. Hast du nun einen Plan?«

Sorgfältig betrachtete ich jede Einzelheit der Tür, von der Vorderseite bis zu den Rändern, wo sie mit dem Stein abschlossen. »Es gibt keine Türangeln«, sagte ich. »Wie öffnet sie sich?«

»Ein sechs Zoll breiter Stab verläuft durch die linke Seite und ist oben und unten im Felsen versenkt. Wird aufgeschlossen, dreht sie sich um den Stab.«

Ich suchte nach der Stelle, an der der Stab durch die Tür führte, entdeckte aber nicht den geringsten Hinweis darauf. Allerdings bezweifelte ich ohnehin, dass er eine Schwäche in der Konstruktion darstellte. Der Stein über der Tür war voller Vorsprünge, die winzige Simse bildeten, aber es handelte sich um bearbeiteten Felsen und nicht etwa um einzelne gemauerte Blöcke, die sich möglicherweise herauslösen ließen.

»Warum nicht einfach einen Rammbock nehmen?«, fragte Dariana. »Damit bringt man Schlossmauern zum Einsturz.«

»Genau das ist ja der Punkt«, sagte Jillard. »Die Tür selbst ist stärker als der Felsen. Selbst wenn wir einen Rammbock hätten, der stark genug dafür wäre *und* zusammen mit den dafür nötigen Männern in diesen Gang passen würde, erforderte es Tage, diese Tür zu beschädigen. Aber dabei würde die Decke einstürzen und alle unter sich begraben, den Gang für alle Ewigkeit blockieren und meinen Sohn für immer in der Tiefe einsperren.«

»Knackt das Schloss«, schlug ich vor. »Es gibt Spezialisten, die selbst die kompliziertesten Riegel aufbrechen können. Bestimmt gibt es in Rijou genug davon.«

»Dieses Schloss ist äußerst kompliziert. Hätten wir einen der Schlüssel, könnte einer dieser ›Spezialisten‹ möglicherweise einen Weg finden, dieses Schloss zu knacken.«

Ich starrte das Schloss an. Auf den ersten Blick unterschied es sich nicht von anderen.

»Wenn du mir nicht glaubst, kannst du dich gern mit diesen Spezialisten beraten. Auf dem Hinweg sind wir an einigen ihrer Zellen vorbeigekommen.«

»Ihr habt sie eingesperrt?«, fragte Kest.

»Sie haben versagt. Und davon abgesehen, wenn sie ihr Handwerk wirklich beherrschen, dann finden sie auch bestimmt einen Weg hier hinaus.«

»Ich verstehe das nicht«, sagte Valiana. »Was passiert, wenn der diensthabende Wächter den Schlüssel verliert? Weckt man Euch dann, damit man die Gefangenen dort unten versorgen können?«

»Verliert ein Wächter den Schlüssel«, erwiderte Jillard, »verliert er damit auch sein Leben. Wir hängen ihn ein paar Wochen lang neben der Tür auf, damit seine Nachfolger besser aufpassen.«

»Ihr wisst in der Tat, wie man Loyalität erzeugt«, meinte ich.

»Ich weiß, wie man für Disziplin sorgt.«

»Wartet.« Dariana ignorierte seine finstere Miene. »Wenn Ihr einen Wächter bestraft habt, weil er den Schlüssel verloren hat, bedeutet das dann nicht, dass dieser Schlüssel irgendwo sein muss?«

Jillard schüttelte den Kopf. »Beide Male, als der Schlüssel verloren ging, befahlen wir den anderen Wächtern, ihn zu finden oder das Schicksal ihres Kameraden zu teilen. Seltsamerweise war er bei beiden Gelegenheiten bald wieder da.«

Bei allen Heiligen, wie schafft es ein Mann wie Jillard sich nur an der Macht zu halten, selbst an einem so korrupten Ort wie Rijou?

»Schwer vorzustellen, warum Euch Euer Ritteroberst mit zweihundert Rittern gerade im Stich gelassen hat«, sagte ich. Wie ertrugen es die Wächter nur, dass ein kleiner Fehler oder sogar ein zerbrochenes Glied der Kette, die ihre Schlüssel hielt, nicht nur ihnen den Tod bringen konnte, sondern auch ihren Kameraden?

»Was ist mit Säure?«, fragte Valiana. »Herzogin Patriana kannte viele …«

Jillard hob die Hand. »Ich weiß über ihre Experimente auf diesem Gebiet Bescheid. Das könnte in der Tat funktionieren, aber es würde Wochen oder vielleicht sogar Monate brauchen, um durch die Tür und dann durch die Bolzen zu kommen, die im Felsen versenkt sind.«

»Nun«, sagte ich. »Damit bleibt nur ein Weg hinein übrig.«

Jillard ließ meinen Blick nicht los.

Du verfluchter Bastard kannst mich so lange finster anstarren, wie du willst, dachte ich. *Du bist derjenige, der zuließ, dass dein eigener Sohn entführt wurde.*

Schließlich senkte der Herzog den Blick und trat von der Tür weg. »Also gut. Tu es.«

Ich hob die Hand und klopfte an der Eisentür.

Der Laut hallte durch den Gang und auf der anderen Seite die Stufen hinunter. Nach ein paar Augenblicken klopfte ich erneut, dann noch einmal.

Zu acht standen wir in dem engen Gang und warteten. Mehrere Minuten vergingen, und mit jeder verstrichenen Sekunde verlor Jillards Gesicht vor Furcht immer mehr Farbe. *Er liebt Tommer wirklich. Er ist ein Ungeheuer und ein Tyrann, aber der Gedanke, sein Kind zu verlieren, lässt ihn vor Furcht zittern. Dabei kommt ihm keinen Augenblick lang in den Sinn, dass er das Leben von so vielen Eltern und Kindern vernichtet hat. Welch seltsame Geschöpfe diese Welt doch erschafft.*

Dariana grinste höhnisch. »Sieht so aus, als wäre niemand zu Hau…«

Kest hob die Hand, um sie zum Schweigen zu bringen.

»Ich höre es auch«, sagte Valiana.

Ich neigte den Kopf dem Schlitz in der Tür entgegen. Da ertönte ein leises, kaum hörbares Schlurfen. Es wurde lauter, und bald vernahm ich Schritte auf der Treppe. Dann gab es auch noch einen anderen Laut. Jemand weinte. Ich spähte durch die schmale Öffnung. Ein Mann kam die Treppe herauf, und jeder Schritt schien eine gewaltige Anstrengung für ihn zu sein. Bis zur Taille nackt, war er so blutverschmiert, dass es aussah, als hätte ihn jemand in ein Fass damit getaucht. Seiner gequälten Miene und dem Entsetzen in seinem Blick nach zu urteilen, handelte es sich vermutlich um sein Blut, das die schmerzhaften Schnitte verdeckte, aus denen es sickerte.

Als er die letzte Stufe erklomm, wurde sein Kopf einen Augenblick lang nach hinten gerissen, was ihn um ein Haar die Treppe herunterstürzen lassen hätte. Da erst konnte ich das Seil um seinen Hals ausmachen, das nach unten in die Dunkelheit führte.

Herzog Jillard zog mich ein Stück zur Seite, damit auch er durch den Schlitz blicken konnte. »Sir Toujean«, sagte er.

»Euer Gnaden … vergebt mir! *Vergebt mir!*«

Wieder spannte sich das Seil, und aus der Tiefe drang ein leises Flüstern, dessen Worte ich nicht verstehen konnte, Sir Toujean aber anscheinend schon.

»Er will wissen, ob Ihr seine Einladung in Betracht gezogen habt. Er sagt …« Wieder ertönte das zischelnde Flüstern. »So langsam macht er sich Sorgen, dass Tommer … Oh, Ihr Götter, vergebt mir, Euer Gnaden …« Wieder spannte sich das Seil, und Sir Toujean hustete erstickt. »Er sagt, Tommer gehe es gar nicht gut. Sie benutzen … sie benutzen irgendein Pulver, Euer Gnaden. Sie pusten es ihm ins Gesicht, und der Junge, er …« Sir Toujean fing an zu schluchzen.

»Pulver?«, fragte Sir Istan verwirrt.

»Dashinipulver«, erklärte ich. »Sie blasen es ihren Opfern ins Gesicht. Ist man nicht daran gewöhnt, treibt es einen vor Furcht in den Wahnsinn. Selbst ein starker Kämpfer verliert die Beherrschung, was es dem Dashini erleichtert, ihn zu töten.«

»Er gibt Tommer das Pulver immer wieder, Herr«, sagte Toujean zu mir. »Morgens und abends bläst er es ihm ins Gesicht. Tommer … Ich glaube nicht, dass er es noch lange erträgt.«

Bei allen Heiligen. Ein elfjähriger Junge, und man setzt ihn immer wieder dem Dashinipulver aus? Man bringt ihn allein mit Furcht um.

»Sir Toujean, sagt ihm, dass ich ihm alles gebe!«, stieß der Herzog hervor. »Egal was, wenn er nur …«

Toujeans Stimme wurde lauter, beinahe schon ärgerlich. »Er will nichts, Euer Gnaden! Er will nur *Euch!*«

»Wie?«, fragte ich.

Der Blick des Ritters konzentrierte sich plötzlich durch den Schlitz auf mich. »Was meint Ihr?«

»Wie? Wie soll der Herzog ihm gegenübertreten?« Wenn der Attentäter Jillard wollte, musste er irgendwann diese Tür öffnen. Das war möglicherweise unsere Gelegenheit.

»Er sagt, der Herzog muss dort stehen, wo er jetzt steht, auf der anderen Seite der Tür, und zwei Männer müssen ihn stützen. Dann …« Er hielt inne. »Dann muss der Herzog ein Messer nehmen, sich die Kehle durchschneiden und sein Blut durch den Spalt unter der Tür durchfließen lassen. Es gibt siebenundzwanzig Stufen. Ist das Blut unten am Boden angelangt, wird der Junge freigelassen.«

Siebenundzwanzig Stufen, von denen jede einen Fuß nach unten führt. Wie viel Blut konnte ein Mensch verlieren und trotzdem überleben? Ich warf Kest einen Blick zu. Er schüttelte den Kopf.

»Wie will der Meuchelmörder dann entkommen?«, fragte Kest.

Sir Toujeans Blick flatterte hin und her. »Ich glaube nicht, dass er das will. Er sagt, er habe eine einfache Mission zu erfüllen, nämlich den Herzog von Rijou zu töten, und dass er nicht entkommen muss, um seine Mission zu beenden.«

Es gibt keine perfektere Falle des Feindes als diejenige, in der man freiwillig sein Leben gibt. Ohne den fehlenden Schlüssel war der Kampf nicht zu gewinnen.

Ich wandte mich Jillard zu. »Bettelt«, flüsterte ich.

»Was?«

»Bettelt«, wiederholte ich. »Schreit so laut Ihr könnt nach Gnade, wie ein Mann, der vor Trauer verrückt geworden ist. Bettelt um Gnade für Tommer. Jetzt sofort.«

Jillard sah mich an und drückte die Lippen aufeinander, aber dann öffnete er den Mund und fing an zu brüllen. »Gnade! Gnade für meinen Sohn! Bitte, ich bitte Euch, er ist doch nur ein Junge, den keine Verantwortung für meine Verbrechen trifft. Ich gebe Euch alles! Was auch immer Ihr wollt, aber lasst ihn mich wieder in den Armen halten!«

Während der Herzog schrie und jammerte, drückte ich das Gesicht gegen die Eisenstäbe. »Toujean!«, flüsterte ich energisch. »Es gibt zwei Schlüssel. *Zwei.* Den einen stahl Tommer, den anderen hatte der diensthabende Wächter.«

»Der Wächter ist tot«, erwiderte er. »Ich glaube … ich glaube, der Meuchelmörder hat beide Schlüssel in seinem Besitz.«

»Dann musst du eine Möglichkeit finden, ihm einen davon zu stehlen.«

»Aber das kann ich nicht«, stöhnte Sir Toujean. »Er … er … das kann ich nicht! Verstehst du denn nicht? Er ist kein Mensch, er ist ein …«

»Toujean, hör mir zu. Als kleiner Junge hast du doch davon geträumt, ein Held zu sein, oder nicht?« Ich wartete, aber es kam keine Antwort. Da waren nur Jillards ohrenbetäubendes Flehen und Sir Toujeans Stöhnen zu hören. »*Antworte mir!* Hast du davon geträumt, ein Held zu sein?«

»Ich … das habe ich. Ich wollte ein Ritter wie die in den …«

»Das hat nichts mit der Realität zu tun, Toujean. Das war nur eine Geschichte. Das hier ist real. Hier ist der Held gefordert. Hier pumpt das Herz des Helden Blut und Eisen und unnachgiebigen, verrückten Trotz durch seine Adern. *Du* bist der Stahl, Toujean, nicht deine Rüstung oder dein Schwert. Du. Deine Ehre ist gefordert. Der Junge, der du einst warst, befiehlt dir, der Held zu sein, zu dem du werden musst. Besorg mir einen dieser Schlüssel!«

Wieder schrie der Ritter auf, ein Mittelding aus Klagelaut und Lachen. Das Seil spannte sich, dann wurde Toujean langsam einen Schritt nach dem anderen nach unten in die Dunkelheit gezogen.

Herzog Jillard fing an zu schwanken. Parrick stützte ihn. »Euer Gnaden?«

»Mir … mir geht es gut«, sagte er. »Es war nur das lange Brüllen.« Er wandte sich mir zu. »Dieses Pulver … Ich habe davon gehört. Wie fühlt sich das an? Was muss mein Sohn da durchmachen?«

Ein Junge? Gefangen und allein? *Es ist wie hundert Höllen,* dachte ich. *Tommer durchlebt hundert Höllen.*

7

IN DER TIEFE

Stunden später saß ich vor der schwarzen Tür, die zwischen mir und Tommer stand, auf dem staubigen Steinboden. Abgesehen davon, dass er genau wie ich den Troubadour Bal Armidor geliebt und eine Münze aufgehoben und mir und Aline damit das Leben gerettet hatte, als ich am Stein von Rijou nach Geschworenen verlangt hatte, wusste ich nur wenig über den Jungen.

Ich kann dich nicht aufbrechen, sagte ich in Gedanken zu der Tür. *Ich kann dich nicht schmelzen oder aufbohren oder eintreten. Wie kann etwas so Kleines wie ein Schlüssel dein Untergang sein?*

Herzog Jillard saß ein paar Fuß von mir entfernt und beobachtete mich. Die anderen hatten sich in den größeren Gang zurückgezogen, um stetig komplizierter werdende und sinnlose Rettungspläne für Tommer zu diskutieren.

»Es ist hoffnungslos, oder?«, fragte der Herzog. »Ich habe für meine Feinde ein ausbruchsicheres Gefängnis gebaut, und jetzt haben sie meine Seele darin eingesperrt.«

Es gibt eine Möglichkeit. Es muss sie geben.

Die Wachglocke hallte durch den Kerker, und ihre Lautstärke veränderte sich mit jedem Schlag leicht, bis der Laut zu einem unheimlichen Chor wurde.

»Vier Uhr morgens«, sagte Jillard. »Was meinst du, wie lange noch, bevor der Attentäter Tommer wieder mit diesem höllischen Pulver quält?« Im Blick des Herzogs lag tiefe Qual, in die sich die Erkenntnis mischte, dass er für alle diese Ereignisse verantwortlich war. Er richtete den Blick auf den schmalen Schlitz in der Eisentür. »Am ersten Tag von Tommers Gefangennahme holte ich einen Magier. Er war teuer. Gerüchten zufolge wirkte er den Zauber, der die Schlossmauern von Neville einstürzen ließ.«

»Und was hat er gesagt?«

Jillard lachte heiser. »Wenn er für mich die Palastmauern einreißen sollte, könnte er das für den richtigen Lohn bewerkstelligen.«

»Aber nicht diese Tür?«

»Eisen«, antwortete der Herzog. »Eisen ist das Problem. Es schwächt die Mächte, die der Magier ruft, und zerreißt sie.«

»Wie funktioniert das?«, fragte ich, ohne mit einer Antwort zu rechnen. Ich hasse Magie.

»Wer weiß das schon?«, sagte Jillard. »Diese Magier und Zauberer sprechen in Rätseln und Reimen. Es gibt Augenblicke, in denen ich Magie und ihre Betreiber hasse. Ich hätte den arroganten Bastard einsperren lassen sollen. Aber verärgere einen Magier, und du hast sie alle verärgert.«

Das machte wohl irgendwie Sinn. In Tristia gab es nur wenige Männer, die echte Magie wirken konnten. Und die hatten zweifellos vor langer Zeit die Notwendigkeit erkannt, aufeinander aufzupassen. Zu schade, dass die Kerkerwächter nicht klug genug waren, das Gleiche zu tun.

Moment mal … Und wenn sie doch so schlau gewesen waren? Ich wandte mich dem Herzog zu. »Die anderen Türwächter – wie viele gibt es?«

»Insgesamt vier.«

»Einer ist unten im Kerker? Vermutlich tot?«

»Das behauptet zumindest Sir Toujean, ja.«

Ich stand auf. »Ich muss mit den anderen drei sprechen.«

»Warum?« Jillard stand ebenfalls auf. »Ich habe dir doch bereits schon gesagt, dass sie …«

»Weil Ihr behauptet habt, jeden Wächter hingerichtet zu haben, der den Schlüssel verlor, und dass Ihr gedroht habt, die anderen ebenfalls sterben zu lassen, falls sie ihn nicht wiederfinden.«

»Ich verstehe nicht …«

»Beide Male haben sie den verlorenen Schlüssel wiedergefunden. Wie groß ist wohl die Wahrscheinlichkeit, dass bei zwei verschiedenen Gelegenheiten etwas so Kleines wie ein Schlüssel verloren geht und dann so schnell wieder gefunden wird?«

Jillard starrte mich an, als hätte ich gerade nicht zwei und zwei zusammenzählen können. »Da die Wächter den Schlüssel ja gefunden haben, gehe ich davon aus, dass die Wahrscheinlichkeit dafür recht hoch ist.«

»Aber genau darum geht es doch – sie haben ihn *nicht* gefunden. Eure Wächter wussten, dass sie sterben müssen, falls ein Schlüssel verloren geht und nicht wiedergefunden wird, also trafen sie Vorkehrungen, um einander zu beschützen.«

Jillard kniff die Augen zusammen. »Wie?«

Er konnte es einfach nicht begreifen. Trotz seines grausamen und verschlagenen Verstandes blieb ihm die offensichtliche Antwort verborgen. »Sie haben einen weiteren Schlüssel machen lassen.«

Ein paar Minuten später schwabbelten Shiballes Wangen, während er den Kopf schüttelte. »Euer Gnaden, ich bedaure, ich kann Euch die Türwächter nicht bringen. Als sie mitbekamen, dass Tommer in die Gewalt des Gefangenen geriet, sind sie vor zwei Tagen aus der Stadt geflohen.«

»Unmöglich! Dafür lasse ich sie zu Tode peitschen! Ich werde ihre Familien …«

»Ihr bedroht zu viele Menschen«, meinte ich. »Den Tod hierfür und den Tod dafür. Eure Wächter haben sich einfach die Wahrscheinlichkeit ausgerechnet.«

Jillards Miene zeigte nur einen Augenblick lang Trotz, bevor sie in sich zusammenfiel. »Dann ist uns dieser Weg verschlossen. Mein Sohn wird für die Kurzsichtigkeit seines Vaters leiden und sterben.«

Ich teilte die Verzweiflung des Herzogs. Falls es tatsächlich einen dritten Schlüssel gab, hatten vermutlich nur die Türwächter darüber Bescheid gewusst. Sollte man den Dashini in hundert Höllen verdammen, weil er bereit war, ein Kind zu foltern und zu töten. *Viertes Gesetz sein, kein Kind verletzen.* Ughs unbeholfene Wiedergabe des Vierten Gesetzes des Königs erklang wieder in meinem Kopf.

Ugh.

Ich packte Shiballe am Arm. »Gib mir den Schlüssel für die Zellen auf dieser Etage. Sofort.«

»Mit Sicherheit nicht!«, erwiderte Shiballe empört. Er gab sich alle Mühe, sich aus meinem Griff zu lösen.

»Wenn du glaubst, man könnte das Schloss damit irgendwie öffnen, verschwendest du …«, sagte der Herzog.

»Darum geht es nicht. Ich habe eine andere Idee. Befehlt Shiballe, mir den Schlüssel zu geben.«

»Niemals! Ein Trattari mit den Schlüsseln zu Rijous …«

»Tut, was er Euch befiehlt«, sagte der Herzog.

»Euer Gnaden, das ist ein Trick! Egal, welche Lügen er Euch auch erzählt hat, er wird nur die Gefangenen befreien und die Verwirrung nutzen, um aus dem Palast zu fliehen.«

»Und wenn er das tut?«, fragte Jillard. »Wird Wasser nicht länger zu Boden fließen, wenn man es aus einem Krug gießt? Wird der Tag nicht länger der Nacht weichen? Wird Tommer nicht genauso schnell sterben? Gebt ihm den Schlüssel, Shiballe.«

Shiballe griff in sein Gewand und holte eine Kette mit vielen Schlüsseln hervor. Einen Augenblick lang fummelte er daran herum, dann löste er endlich einen davon und gab ihn mir.

»Den für die Ketten in der Zelle brauche ich auch«, verlangte ich.

Wieder warf Shiballe dem Herzog einen Blick zu, dann schaute er mich an. Leider ist Hass im Blick leicht zu erkennen. Zögernd nahm er einen zweiten, kleineren Schlüssel von dem Ring und gab ihn mir.

»Wartet hier«, sagte ich.

Ich rannte zu Ughs Zelle, dicht gefolgt von den anderen. Bei meiner Ankunft hörte ich Ugh murmeln. »Viertes Gesetz sein, Kind nicht verantwortlich. Kind zu dumm. Kennt Unterschied nicht. Fünftes Gesetz sein … Scheiße. Fünftes Gesetz sein …«

Ich öffnete die Zellentür. Ugh hob den Kopf. »Hallo, verfluchter harter Greatcoat. Du kommen zurück? Leisten mir Gesellschaft? Viel Platz. Was ist noch mal das Fünfte Gesetz?«

Ich kniete nieder und schloss die Fesseln auf, die seine Hände an die Wand ketteten. »Das Fünfte Gesetz besagt, dass kein Mensch grundlos bestraft werden soll«, antwortete ich.

Er rieb sich die Gelenke. »Richtig, richtig. Beschissenes Fünftes Gesetz immer ein Problem für mich sein.«

Ich legte ihm die Hand auf die Schulter. »Der Schlüssel für die schwarze Tür. Wo ist er?«

Ughs Blick konzentrierte sich auf mich. »Für schwarze Tür geben es nur zwei Schlüssel. Einer gehören Türwächter. Der andere dem Herzog. Frag die Türwächter. Der bringen dich vermutlich nicht gleich um, wenn du fragen.« Er entdeckte Herzog Jillard zusammen mit den anderen vor der Zelle stehen. »Ah. Zu spät, wie es scheint.« Ugh machte Anstalten, die Hände wieder in die Ketten zu stecken.

»Nein!« Ich griff nach seinen Händen, um ihn davon abzuhalten, sich selbst zu fesseln. »Der *andere* Schlüssel.«

»Welche andere Schlüssel?«

»Den, den die Wächter für den Fall haben, dass sie den Türschlüssel verlieren.«

Einen kurzen, kaum merklichen Moment kniff Ugh die Augen zusammen. *Er weiß Bescheid,* dachte ich.

»Geben keinen anderen Schlüssel«, sagte er entschieden. »Zwei Schlüssel. Einer Herzog. Einer Türwächter.«

»Es gibt noch einen Schlüssel.« Sanft legte ich ihm die Hand auf die Schulter. »Es ist schon in Ordnung. Du wirst nicht bestraft.« Ich warf dem Herzog einen Blick zu, um das klarzustellen. »Sag es uns bitte.«

Ugh schüttelte den Kopf. »Selbst wenn da sein anderer Schlüssel, Türwächter reden nicht mit rauem Burschen wie mir. Nennen uns Hunde.«

»Aber einige Hunde beobachten alles ganz genau, nicht wahr?« sagte ich. »Einige Hunde sind immer ganz aufmerksam für den Fall, dass sie eines Tages etwas vielleicht wissen müssen.«

Ugh blickte wieder zum Herzog. »Nein. Hunde sitzen in Ecke und halten Klappe. Wenn Hund aufstehen, Herr tritt. Und stehen wieder auf, Herr ihn töten.«

»Das wird hier nicht passieren. Ich lasse es nicht zu.«

»Manchmal Hund entscheiden, dass Tod besser sein«, sagte Ugh. »Dem Hund sein egal, was danach mit Herr passieren.«

»Es geht nicht um ihn. Es ist Tommer. Er ist im Unteren Kerker gefangen.«

Ughs Miene wurde weicher. »Das sein kein Ort für Jungen. Ort für … Hässlichkeit.«

»Das ist richtig. Das ist kein Ort für einen Jungen. Wir müssen ihn dort rausholen, Ugh. Du und ich müssen ihn dort rausholen. Auf der Stelle. Wir brauchen den Schlüssel.«

Ugh schnaubte nur. »Du reden mit mir wie mit verfluchtem Gaul, eh? Wie du mit verrücktem verfluchtem Gaul reden. Verrückte Vieh sein voller Narben und Hass, und du lassen es wie Menschen denken. Wie Menschen, der besser als ich sein. Was du sagen? Du sagen, kleines Mädchen in Käfig mit Pferd sein kleines Pferd. Du sagen Dam haf fal … so ähnlich.«

»Dan'ha vath fallatu.« *Ich gehöre zu deiner Herde.*

»Du mich für Pferd halten? Du glauben, Junge sein wie ich? Er zu meiner Herde gehören? Er reich. Vater reich. Ich haben nichts. Er sehen gut aus, ich sein hässlich.«

»Er hat Angst«, sagte ich. »Er ist in der Dunkelheit.«

Ganz langsam füllten sich Ughs Augen mit Tränen. »Scheißpferd. Scheißpferd trampeln kleines Mädchen nicht tot, nur weil du sagen Damhaf falato. Scheißpferd sein besser als ich.«

»Das Pferd ist nicht besser als du.«

»Du es wiederholen«, bat Ugh. »Sag Damhaf ...«

»Dan'ha vath fallatu.«

Der stämmige Mann stand mühsam vom Boden auf, und seine Beine zitterten, als er stand. »Scheißpferd. Pferd sein nicht besser als ich. Ich holen verfluchten kleinen Jungen. Und du erzählen es Pferd, eh? Erzählen Pferd, dass ich kleinen Jungen gerettet.« Ein paar Schritte lang stolperte er, dann drängte er sich an den anderen vorbei in den Gang. »Kommen schon«, sagte er. »Wir holen jetzt kleinen Jungen.«

Wir folgten Ugh in den Hauptkorridor und dann weiter in andere Gänge. Manchmal war ich davon überzeugt, dass wir im Kreis gegangen waren und befürchtete beinahe schon, dass wir uns verirrt hatten. Schließlich ging er einen engen Korridor bis zum Ende. »Hier«, behauptete er. »Hier er sein.«

Wir standen vor der schwarzen Tür.

»Du verfluchter Hund«, stieß Shiballe hervor. »Du wertloses Stück Scheiße. Wir wissen doch, wo die Tür ist, du Narr! Du hast unsere Zeit für nichts und wieder nichts verschwendet.«

»Ihr bereits wissen?«, fragte Ugh.

»Natürlich ist sie uns bekannt«, knurrte Shiballe.

Ugh sah mich fragend an. Ich nickte.

»Wenn ihr alle schon wissen, warum ihr dann noch verflucht stehen hier?« Er stellte sich auf die knorrigen Zehenspitzen und griff nach einem der kleinen Felsvorsprünge über dem Türrand. Dann wandte er sich wieder mir zu, streckte die fleischige Faust aus und öffnete sie. Auf seiner Handfläche lag ein Schlüssel. Aus Eisen geschmiedet war er ungefähr sechs Zoll lang und wies einen Bart aus zwanzig verschiedenen Zähnen unterschiedlicher Länge und Form auf. »Dummes Volk. Damhaf falato. Wir holen jetzt Jungen, gut?«

8

IM UNTEREN KERKER

Langsam stiegen wir zum Unteren Kerker hinab, und das schwache Licht unserer Laternen erhellte den Staub und das getrocknete Blut, das sich Erzadern gleich über die Oberfläche der siebenundzwanzig Stufen zog.

»Der Weg wird schmaler, je tiefer wir kommen«, bemerkte Kest. »Falls uns ein Hinterhalt erwartet, werden wir ihm nur schwer entgehen können.«

Ich sparte mir die Erwiderung. Mir setzte der Geruch zu. Manchmal versuchen Geschichtenerzähler ihr Publikum mit der Beschwörung des Geruchs der Verzweiflung in Angst und Schrecken zu versetzen. Das ist beileibe keine poetische Ausschmückung. Furcht hat tatsächlich einen Geruch. Mischte man Schweiß, Scheiße und Blut mit abgestandener Luft und feuchten Mauern, dann hatte man *wie durch Magie!*, wie es vielleicht ein Zauberkünstler ausgedrückt hätte, den echten Geruch menschlicher Verzweiflung. Genau das begrüßte uns am unteren Ende der Treppe.

Dariana schob sich an mir vorbei und spähte in einen der finsteren, gewundenen Gänge. »Bei allen Höllen, was für ein Ort ist das denn?«

»Höllen sein genau das richtige verdammte Wort, Frau«, erwiderte Ugh.

Ich wollte etwas Schlagfertiges erwidern, aber mir fiel nichts ein. Ich habe einige Zeit in Kerkern verbracht, aber dieser Ort … Ich konnte mir nicht einmal vorstellen, wie man hier jemals wieder rauskommen sollte.

Shiballe bemerkte mein Unbehagen und lächelte. »Die Gänge zweigen wie ein Gartenlabyrinth in alle möglichen Richtungen ab«, sagte er stolz. »Gelänge es jemandem, aus seiner Zelle auszubrechen, hätte er große Probleme, den Weg zur Treppe zu finden. Viele Gänge enden in einer Sackgasse, und die Schatten verbergen manchmal Fallgruben. Wenn wir einen Mann hier unten einsperren, Trattari, kommt er *niemals* wieder ans Tageslicht.«

»Es sei denn, er entscheidet sich einfach, hier unten die Kontrolle zu übernehmen«, meinte Dariana. »Und was machst du dann, du fetter Wurm?«

Herzog Jillard betrachtete die scheinbar endlosen grauen Mauern des Kerkers mit weit aufgerissenen Augen, als hätte er den Ort, an dem seine Befehle ausgeführt wurden, noch nie zuvor gesehen. »Es war nicht mein …«

»Haltet den Mund«, flüsterte ich, während ich mich bemühte, meine Furcht abzuschütteln. Verflucht. Das musste jetzt alles schnell gehen. Wir mussten herausbekommen, wo Tommer und der Attentäter steckten, bevor man uns entdeckte. »Wir müssen uns aufteilen.« Ich wandte mich an den Herzog. »Ihr müsst zurückgehen, Euer Gnaden. Sollte Euch der Meuchelmörder sehen, wird er versuchen, Euch so schnell wie möglich umzubringen, bevor er Tommer ersticht.«

Jillard, der Herzog von Rijou, warf Ugh einen Blick zu. »Glaubst du ernsthaft, ich würde zulassen, dass diese … *Kreatur* … ihr Leben für meinen Sohn riskiert, während ich mich oben in meinem Gemach verstecke?«

»Fick dich«, sagte Ugh freundlich.

Shiballe spuckte aus. »Unverschämter Hund. Wenn das hier vorbei ist, lass ich dir die Zunge aus dem Mund reißen!«

Ugh streckte die Hand aus und legte sie oben auf Shiballes fetten Kopf. Dann drückte er ganz langsam. »Ich sein vielleicht Hund«, meinte er. »Aber ich sein verfluchter harter

Bursche. Verfluchter starker Kerl.« Shiballe riss die Augen auf, als sich Ughs Finger immer härter in die Haut seines Schädels gruben. »Vielleicht brauchen Junge jetzt ja harten Burschen, eh? Nicht fetten Wurm, der am Boden kriechen.«

»Schluss damit, ihr alle«, sagte Valiana. Ihr Gesicht war so weiß wie ein Laken, aber ihre Stimme war hart. »Ugh, lass los. Tommer ist hier unten. Wir müssen ihn finden, nicht uns streiten.«

Ugh ließ Shiballes Kopf grinsend los. »Hübsches Mädchen. Du Hure? Ich mögen Huren. Huren immer nett zu mir.«

Bei der heiligen Iphilia, die sich selbst das Herz rausschneidet, das sind die Helden, die du mir geschickt hast, um den Jungen zu retten?

»Gehen wir«, sagte ich. »Kest, du nimmst Sir Istan und Ugh. Valiana, du nimmst Parrick. Ich gehe mit dem Herzog.«

»Du überlässt mir den Wurm?«, sagte Dariana. Angewidert betrachtete sie Shiballe.

»Er kennt diese Etage besser als alle anderen. Falls es dir hilft, es ist nicht unbedingt wichtig, dass er lebendig zurückkommt.«

Sie grinste. Shiballe nicht.

»Und wenn wir etwas finden?«, fragte Valiana.

»Wenn ihr Tommer findet, versucht einer, ihn zu befreien, während der andere Wache steht.«

»Und wenn wir den Attentäter finden?« Dieses Mal gelang es ihr nicht ganz, das Zittern aus der Stimme herauszuhalten.

»Dann schreit ihr, so laut ihr könnt. Der Rest von uns folgt dem Laut. Tut alles, was in eurer Macht steht, um ihn in Schach zu halten. Wenn er ein Dashini ist, versucht ihn ja nicht anzugreifen wie einen normalen Gegner. Das ist er nicht. Das wäre wie der Kampf mit jemandem, der mit einer drei Fuß langen Stahlzunge versehenen Schlange auf einen einschlägt. Bleibt ihm vom Leib, egal wie, und um aller Heiligen willen, atmet nichts von dem Pulver ein.«

»Noch etwas«, sagte Kest. »Wenn wir den Attentäter finden, tretet zurück und lasst mich durch.«

»Warum?«, wollte Sir Istan wissen. Auf seinem jungen Gesicht spiegelte sich Erleichterung.

»Weil er mir gehört. Mir allein und sonst niemandem.« Kest sah mich an. »Ich brauche das.«

Ich konnte sehen, wie das rote Glühen anfing, seine Haut zu verfärben. Ich nickte. »Also gut. Irgendwo in dieser Hölle ist ein Mann, der sein Leben im Schatten verbringt und mit dem Tod tanzt. Er kennt keine Furcht.« Ich zog ein Rapier. »Wir werden ihm beibringen, was das ist.«

Ich hatte schon zahlreiche Mörder verfolgt. Keine Familie, die gerade einen geliebten Menschen verloren hat, hat viel von dem gefällten Urteil, wenn der Mörder aus seinem Dorf geflohen ist. Und die nächste Familie, auf die der Mörder stößt, hat noch weniger davon. Ich kann nicht behaupten, dass ich der Beste darin bin. Brasti ist besser. Genau wie ein paar andere Greatcoats. Quillata konnte einen Mann noch Wochen nach seiner Flucht erfolgreich aufspüren. Aber von denen war keiner hier.

»Trattari, bist du blind?« Jillard sah zu, wie ich mich kniete. »Die Spuren sind überall!«

»Sprecht leise«, flüsterte ich. Hoffentlich waren die anderen besser darin, sich lautlos durch den Kerker zu bewegen. »Die Spuren sind das Problem.«

Normalerweise besteht die Schwierigkeit einer Verfolgung darin, dass man sie über viele Meilen durchführen muss – verzweifelt nach der geringsten Spur des Verfolgten Ausschau hält. Hier in den Eingeweiden von Jillards Kerker hatte ich genau das andere Problem. Auf dem unebenen Boden des Labyrinths waren *überall* Spuren im Staub und Dreck zu sehen.

Dass wir uns so langsam voranbewegten, war auch nicht hilfreich. Stellenweise war der Steinboden voller Unebenheiten, was einen leicht stolpern ließ. Dann wurde er wieder glatt und rutschig, bevor sich unvermittelt eine mannsgroße Grube mit Pfählen am Grund öffnete. Selbst mit Jillards Laterne schienen uns die Schatten verschlingen zu wollen. Am Ende blieb uns nichts anderes übrig, als sich vorsichtig zu bewegen und nicht zu viele Irrwege einzuschlagen.

Zu langsam, verflucht. Wir sind zu langsam.

Hätte es lebende Gefangene auf dieser Etage gegeben, hätten wir vielleicht Informationen im Austausch für Gnade oder sogar Freilassung bekommen. Aber wir entdeckten nur Tote. Jillard schien sie gar nicht wahrzunehmen.

»Wartet«, sagte ich, blieb stehen und schaute zu, wie Blut auf dem Boden einer Zelle langsam durch die Spalten des unebenen Felsens sickerte und schließlich auf das Blut aus der gegenüberliegenden Zelle traf. »Lasst Ihr Gefangene in ihren Zellen hinrichten?«

»Müssen wir Zeit mit so etwas verschwenden? Mein Sohn ist irgendwo hier unten, und der Attentäter auch.«

»Antwortet mir einfach.«

Jillard stützte sich mit der Hand gegen die grob behauene Wand. Er sah erschöpft aus. »Falls dein Herz wegen der Männer in diesen Zellen bricht, solltest du es für die aufsparen, die das mehr verdient haben. Auf dieser Kerkeretage befinden sich nur Kreaturen, die kein Mitleid verdient haben.«

»Irgendwann brauchen wir alle etwas Mitgefühl«, sagte ich. *Toll. Jetzt zitiere ich schon die Ermahnung der heiligen Birgid.* Ich verdrängte den Gedanken. »Aber darum geht es nicht. Wie werden die Gefangenen hingerichtet?«

Jillard hob eine Braue. »Auf wie viele Möglichkeiten kann man sterben? Meine Magistrate sorgen dafür, dass die Strafe dem Verbrechen entspricht. In Rijou zahlt ein Mann seine Schulden mit der Münze, die er vorher ausgeteilt hat.«

»Dann haben wir ein Problem.« Ich zeigte in eine Zelle.

Jillard spähte an den Gitterstäben vorbei. »Der Mann scheint wirklich tot zu sein. Und?«

»Seht Euch das Blut auf dem Boden an. In diesem schlechten Licht ist das schwer zu erkennen, aber man hat ihm die Kehle durchgeschnitten.«

Jillard zuckte mit den Schultern. »Dann nehme ich an, er wurde …«

»Es geht nicht um ihn allein. Jede Leiche, die ich hier unten sah, hatte eine durchtrennte Kehle.«

Der Herzog runzelte die Stirn. »Aber warum sollte …«

»Weil tote Männer nicht verraten können, was sie gesehen haben«, rief eine Stimme ein Stück weiter den Gang entlang. »Oder *wen* sie gesehen haben, was vielleicht sogar noch wichtiger ist.«

Reflexartig hob ich das Rapier in die Fechtstellung und baute mich vor dem Herzog auf. Hätte ich nur darüber nachgedacht, hätte ich ihn als Schild benutzt.

Ich spähte in die vor uns liegende Finsternis. Meine Augen hatten Probleme, in den Schatten Anzeichen von Bewegung zu erkennen. Da war nichts.

»Wer ist da? Wer wagt es, den Herzog von …«, rief Jillard.

»Haltet den Mund, Ihr Narr«, sagte ich. »Verratet nichts, *Euer Gnaden.*«

»Ein guter Rat«, erwiderte die Stimme. »Aber ich bezweifle, dass der Herzog oft auf kluge Ratschläge hört, wenn man die Situation bedenkt, in der er heute steckt.«

Ich bewegte mich ein paar verstohlene Schritte und konzentrierte mich auf die Schatten vor uns und die Abzweigung, wo der Feind lauern konnte.

»Es wird wärmer«, sagte die Stimme.

Die unmittelbare Nähe des Lautes störte mich. *Er ist direkt neben mir.* Ich fuhr herum. In der mir gegenüberliegenden Zelle saß ein Mann – ein *nackter* Mann. Er hockte ganz hinten in dem dunklen Raum mit untergeschlagenen Beinen auf dem kalten Steinboden. Das fehlende Licht erschwerte es, seine Züge zu erkennen, aber er musste Mitte zwanzig sein, und er war glatt rasiert. Seine Blöße hob hervor, dass er schlank, aber muskulös war. Er machte einen völlig unscheinbaren Eindruck – nur mit dem Unterschied, dass alles an ihm entspannt war, das nicht entspannt hätte sein dürfen. Der Wahnsinn um ihn herum hatte nicht die geringsten Auswirkungen auf ihn, er fürchtete sich nicht vor dem, was jedem normalen Mann Angst eingejagt hätte. Er hob die Hand und winkte mir zu. Die anmutige Art seiner Bewegung, die so *normal,* so simpel war, verriet mir, wer er war. Oder vielmehr, was er war.

Dashini.

9

DAS VERHÖR

»Sollte ich dich überrascht haben, entschuldige ich mich dafür«, sagte der Mann in der Zelle ohne jeden Funken Ironie. »Das war unhöflich von mir.«

Mein Blick glitt zur Gittertür der Zelle, und kurz durchströmte mich Erleichterung, dass sie abgeschlossen war. Der Riegel war vorgelegt.

Jillard trat neben mich und entdeckte den Gefangenen. »Wer bist du?«, wollte er wissen.

»Ihr erkennt mich nicht? Aber natürlich, wie solltet Ihr auch, ich trug meine zeremonielle Tracht, als ich Euch besuchen wollte. Egal. In meinem Herzen bin ich ein Mann, genau wie Ihr. Vielleicht nicht ganz genauso wie Ihr. Vielleicht eher wie Falcio.«

»Du kennst mich?«, fragte ich.

»Wie könnte ich das nicht? Du hast zwei meiner Brüder getötet. Das hat noch keiner zuvor geschafft. Du bist bei uns eine Legende, Falcio. Eine Geschichte, die immer wieder erzählt wird wie ein Wasserfall, der auf den Felsen in der Tiefe trifft.«

Den Dashini meinen Namen sagen zu hören war Furcht einflößend genug, um in mir das Bedürfnis zu wecken, meine Reaktion mit falschem Mut zu überspielen. »Lass mich wissen, wenn ihr meine Gedenkstatue fertiggestellt habt. Vielleicht könnte sie ja etwas größer sein?«

Der Mann in der Zelle lachte. »Ich schätze deinen Sinn für Humor. Selbst an einem so dunklen Ort wie hier bringt er Helligkeit. Aber sie wollen dir keine Statue errichten, Falcio, sondern etwas viel Größeres. Etwas, an das sich die Welt noch in hundert Jahren erinnert.«

»Du sagst *sie*, als würdest du jemand anderen meinen.«

Der Ausdruck des Mannes veränderte sich nicht, aber ich spürte etwas in seiner Reglosigkeit, eine Art Zögern. »Mittlerweile stelle ich die Weisheit gewisser Vereinbarungen infrage, die getroffen wurden.«

»Was für Vereinbarungen? Mit wem? Hast du …«

»Schluss damit!«, unterbrach uns Jillard. »Wer ist dieser Mann? Warum ist er hier?«

»Er ist der Attentäter«, sagte ich. »Das ist der Mann, der gekommen ist, um Euch zu töten.«

Ungläubig starrte der Herzog in die Zelle. Anscheinend hatte er keine Gelegenheit gehabt, den Mann zu verhören, nachdem Parrick und seine Ritter ihn überwältigt hatten. Er zog prüfend an der Zellentür. »Er ist eingesperrt. Wie ist das möglich?«

»Tretet von der Zelle zurück.« Ich zog ihn bis zur gegenüberliegenden Wand. »Wenn Ihr überleben wollt, haltet Ihr Euch von diesen Gitterstäben fern. Ihr wart dem Tod noch nie so nahe wie in diesem Augenblick.«

Der Dashini breitete die Arme aus. »Was für ein vorsichtiger Mann. Seht mich doch an. Ich bin allein. Man hat mir meine Kleidung weggenommen. Meine Klingen sind weg. Mein Pulver ist weg. Ich bin nackt.« Er beugte sich nur um Haaresbreite in seiner sitzenden Position vor. »Hilflos.«

»Darin stimmen wir überein«, sagte Jillard. Er wandte sich mir zu. »Töte ihn. Durchbohr mit deiner Klinge sein Herz. Auf der Stelle!«

Ich wandte den Blick nicht von dem Dashini. »Er ist viel zu weit entfernt. Wenn ich bei dem Versuch den Arm durch das Gitter strecke, entwaffnet er mich.«

»Verflucht, dann wirf eben ein Messer nach ihm!«

»Dann hat er ein Messer. Er ist ein Dashini, Euer Gnaden. Selbst wenn ich ihn treffen sollte, wird er einfach nur die Klinge aus dem Körper ziehen und sie in Euren Hals schleudern, bevor auch nur ein Tropfen seines Blutes aus der Wunde getropft ist.«

Jillard wurde wütender. »Dann holen wir eben Armbrustschützen. Die werden ihn …«

»Seid still«, sagte ich.

Der Dashini und ich hatten uns die ganze Zeit gegenseitig nicht aus den Augen gelassen. Er erschien entspannt, sogar gleichgültig, aber ich wusste, dass er im Geist Dutzende von Möglichkeiten durchging, wie er den Herzog eingesperrt in seine Zelle töten konnte, während ich die ganze Zeit überlegte, wie ich ihn daran hindern konnte. Er war hinter starken Eisenstangen gefangen, aber ich war derjenige, der sich gefangen und verwundbar fühlte.

Nach ein paar Augenblicken steckte ich beide Rapiere weg.

»Was soll das?«, fragte der Herzog.

»Ich will meine Hände frei haben.«

»Hast du den Verstand verloren? Er ist eingesperrt. Selbst wenn er den Schlüssel versteckt, würde er Zeit brauchen, um die Hand am Gitter vorbei zum Schloss zu führen.«

»Dieser Herzog, den du da beschützt, ist so dumm, wie er nutzlos ist«, meinte der Dashini. »Bist du dir sicher, dass er wert ist, am Leben erhalten zu werden? Ich frage mich, ob sein Sohn genauso dumm ist.«

Jillard ging auf die Gitterstäbe zu. »Wir werden ja sehen, wer dumm ist, wenn ich deine …«

Ich packte den Kragen des Herzogs in genau dem Augenblick, in dem der Dashini ohne die geringste Anstrengung aus seiner sitzenden Position in die Höhe sprang. Sein rechter Arm schoss wie ein Pfeil an den Gitterstäben vorbei, die Finger wie ein Vogelschnabel zu einem Punkt zusammengedrückt, der auf Jillards Kehle zielte.

Ich riss den Herzog weg, bevor ihn der Dashini erreichen konnte. Jillard krachte neben mir gegen die Wand. Ich schlug mit den Knöcheln der linken Hand nach dem Handgelenk des Dashinis. Er drehte die Hand und glitt unter mein Handgelenk, um es zu packen. Aber bevor er fest zugreifen konnte, riss ich den Arm zurück und schlug sofort mit der Faust wieder zu, aber da war sein Arm bereits verschwunden, und er stand wieder in der Mitte seiner Zelle, wo er mich so ruhig ansah, als hätte er dort schon den ganzen Tag gestanden.

Herzog Jillard gewann das Gleichgewicht zurück. Diesmal blieb er an der Wand stehen.

Der Dashini lächelte. »Schnell reagiert, Falcio. Ich hätte gedacht, dass du langsamer sein würdest, wenn man mal an deine gesundheitlichen Probleme in letzter Zeit denkt.«

»Du scheinst viel über mich zu wissen«, sagte ich. »Wüsste ich deinen Namen, könnten wir bessere Freunde werden.«

»Du weißt die Dinge, die wichtig sind. Ich bin Dashini, jedenfalls gewissermaßen, und ich wurde hergeschickt, um Jillard, dem Herzog von Rijou, die letzte Gnade zu erweisen.«

»Gewissermaßen?« Ich musterte sein Gesicht genauer. Seinem Erscheinungsbild nach kam er aus Tristia. Hätte ich raten müssen, hätte ich sogar gesagt aus Pertine, wo ich geboren war. Aber nicht das war auffällig. Ich rief mir wieder die Gesichter der beiden Männer ins Gedächtnis, die ich in Rijou getötet hatte. »Du bist nicht tätowiert«, sagte ich.

»Ich gehöre zu den Ungetauften, die noch kein Blut vergossen haben. Der Herzog sollte meine erste Tötung sein.« Er schenkte Jillard ein schmales Lächeln und eine angedeutete Verneigung. »Das betrachtet man als große Ehre.«

»Warum waren keine anderen Dashini bei dir, als du den Herzog angegriffen hast?«, fragte ich. »Wo ist dein *Azu?*«

»Er ist durch … kürzliche Geschehnisse verhindert.«

»Warum bist du dann in dieser Zelle?« Wenn er einen Schlüssel hatte, wenn er einen Weg hinaus hatte, hätte er Jillard und mich mittlerweile töten können. Was ging hier vor?

»Wie die meisten Dinge in dieser Welt ist die Antwort weniger interessant als die Frage erahnen lässt.« Er schaute zur Decke, dann ließ er den Blick durch die Zelle schweifen. »Ich bin hier, weil ich gefangen genommen wurde. Die Ritter warfen sich auf mich. Ich tötete drei von ihnen zu schnell. Sie stürzten nach vorn, und ich geriet einen kleinen Augenblick lang aus dem Gleichgewicht.«

»Das muss dir sehr peinlich sein«, sagte ich.

»In der Tat.«

Trotz seiner Furcht konnte sich Jillard nicht länger beherrschen. »Wo ist mein Sohn, verflucht?«

»Hier«, erwiderte der Dashini. »Irgendwo. Manchmal höre ich ihn schreien. Er weint auch, meistens nachts. Es ist faszinierend … Er ruft nie Euren Namen, Herzog. Nie schreit er: ›Vater, Vater, komm und rette mich‹. Er ruft nach jemandem namens Bal Armidor, der natürlich nicht kommt, also verstummt er nach einer Weile und weint. Ist das vielleicht der Name eines Mannes, den Ihr hier unten in der Finsternis habt töten lassen, Euer Gnaden? Ach ja, manchmal ruft er auch nach Falcio. Ist das nicht merkwürdig?«

Jillard warf mir einen hasserfüllten Blick zu, aber wenigstens war er dieses Mal nicht so dumm, auf die Taktik des Dashini hereinzufallen. »Warum haben dich deine mörderischen Kameraden in der Zelle gelassen? Welchen Plan verfolgst du?«

Der Dashini antwortete nicht. Er sah mich einfach ohne zu lächeln aufzuhören an, und doch kam er mir irgendwie beunruhigt vor. »Die anderen Meuchelmörder sind keine Dashini«, sagte ich.

»Wer sind sie dann?«

»Das weiß ich nicht. Und ich glaube, er weiß es auch nicht.«

Jillards Gesicht war eine Maske aus Verwirrung und Furcht. »Aber Sir Toujean sagte, dass die Attentäter Tommer mit dem Dashinipulver in den Wahnsinn treiben wollen.«

»Eure Ritter waren so dumm, meine Besitztümer zu konfiszieren«, sagte der Dashini. »Für ihre Sicherheit wäre es besser gewesen, sie hätten sie mir gelassen.«

»Hätten sie das getan«, entgegnete Jillard, »wärst du vermutlich bereits entkommen.«

»Seht Ihr? So denken schlichte Kreaturen. Ihr seht einen Mann in einer Zelle und geht von der Annahme aus, dass er eingesperrt ist. Ich könnte jederzeit entkommen.« Wieder blickte sich der Dashini in der kargen Zelle um. »Obwohl ich einräumen will, dass es etwas mehr Mühe kostet, als ich im Moment für angebracht halte, und es ist mit Sicherheit einfacher durchzuführen, wenn Falcio nicht versucht, mir die Finger zu brechen.«

»Warum bist du dann nicht schon längst geflohen?«, fragte Jillard.

Der Dashini lächelte. »Weil Ihr noch nicht tot seid, Euer Gnaden.«

Unwillkürlich wich der Herzog zurück und stieß sich den Kopf an der Wand.

»Wer hat dich geschickt, um Jillard zu töten?«, wollte ich wissen.

Der Dashini sah mich an und legte den Kopf schief. »Warum sollte ich so eine Frage beantworten? Man hat die Dashini schon immer damit beauftragt, die Korruption zu beseitigen. Die Zeit der Herzöge ist vorbei. Bestimmt ist Euch das mittlerweile klar.«

»Du dreckiger …«

Ich warf Jillard einen Blick zu. »Euer Gnaden, wenn Ihr leben wollt, wenn Tommer überleben soll, dann haltet den Mund. Wenn er mit Euch spricht, dann will er Euch nur leichtsinnig machen.« Ich wandte mich wieder dem Attentäter zu. »Warum tötet ihr Mädchen und Jungen, die kaum alt genug sind um zu begreifen, was es bedeutet, Kinder eines Herzogs zu sein? Sind sie auch so korrupt, dass ihr sie im Schutz der Dunkelheit in ihren Betten umbringen müsst?«

Der Dashini starrte mich durch die Gitterstäbe an. Wieder war seine Miene reglos, aber da war eine gewisse Anspannung. Zorn. »Wir sind Dashini. Wir töten die, die getötet werden müssen. Wir töten keine Kinder.«

»Und doch habt ihr Herzog Isaults Gemahlin ermordet. Ihr habt seine Söhne Lucan und Patrin ermordet. Ihr habt sein kleines Mädchen ermordet. Sie hieß Avette.«

Sie hat gern Bilder von Hunden gemalt, hatte Shuran gesagt. *Sie hatte gehofft, wenn eines davon gut genug wird, schenkt ihr ihr Vater einen Welpen zum Geburtstag.*

»Wir wurden geschickt, Herzog Isault zu töten«, sagte der Dashini. »Nicht die Frau. Nicht ihre Kinder.«

»Also was ist passiert? Ein Unfall? Einer deiner Brüder ist ausgerutscht und hat versehentlich eine ganze Familie umgebracht?«

Der Dashini verzog das Gesicht. »Wir sind die schärfsten aller Klingen, keine stumpfen Keulen.« Jetzt lag echter Zorn in seiner Stimme. »*Wir* haben Herzog Isaults Familie nicht ermordet.«

»Wer dann?«

»Vielleicht einer von euch«, schlug er vor. »Die Trattari haben gute Gründe, den Adel zu hassen.«

Er wollte mich ablenken, meine Unsicherheit schüren. Das verriet mir zumindest etwas. »Ich glaube, du weißt bereits, dass das nicht zutrifft.«

»Wie schade«, erwiderte er. »Hätte dein König einen besseren Instinkt gehabt, würde er vielleicht heute noch leben. Wie dem auch sei, der Tod von Leuten in Machtpositionen bringt immer Chaos, Falcio. Vor allem du solltest das wissen. Wenn das Chaos kommt, gibt es viele, die es sich zunutze und andere dafür verantwortlich machen.«

Bei allen Heiligen. Darum war der Dashini noch hier und am Leben, obwohl die anderen Gefangenen, die noch geistig gesund gewesen waren, dahingeschlachtet worden waren. »Bei allen Höllen.«

»Was ist?«, fragte Jillard. »Was ist los?«

Das haben sie mit Dara gemacht. Die Wunde in ihrem Oberschenkel hatte sie bei der Abwehr eines Dashini davongetragen, der geschickt worden war, um Isault zu töten. Aber jemand anderes hatte sie und die Familie des Herzogs getötet und es dann so aussehen lassen, als wäre sie dafür verantwortlich. Ein Verschwörer schickte Dashini, um die Herzöge zu ermorden, dann nutzte ein anderer das Chaos, um ihre Familien umzubringen. Aber sie arbeiteten nicht zusammen, was bedeutete, dass wir es hier mit Spielern zu tun hatten, die die Geschehnisse aus den Schatten heraus manipulierten. Der eine wollte die Macht der Herzöge schwächen und der andere sie völlig vernichten.

»Sag mir, was hier vor sich geht!«, verlangte Jillard hektisch zu wissen. »Bitte! Sag mir, was mit meinem Sohn geschieht.«

Ich zögerte, bevor ich antwortete, aber das auch nur, weil ich mir vor diesem Tag niemals vorgestellt hätte, mich diese Worte sagen zu hören. »Die verdammten Dashini werden als die Schuldigen dargestellt.«

Die Männer, die Tommer gefangen hielten, würden ihn dazu benutzen, Jillard anzulocken, um dann beide umzubringen. Dann würden sie den Dashini töten und es aussehen lassen, als wäre er dafür verantwortlich und einfach an einer Verletzung gestorben, bevor er fliehen konnte.

Ich starrte den Mann an, der in den Schatten seiner Zelle stand. *Jetzt verstehe ich dich. Ich weiß, was dich beschäftigt, ganz egal welche Mühe du dir gibst, es zu verbergen. Du weißt nicht, wer die Kinder der Herzöge tötet. Man hält dich zum Narren, dich und alle anderen Dashini. Und es gefällt dir gar nicht.*

Der Dashini nickte einmal, obwohl ich kein Wort gesagt hatte. Dann sagte er tonlos: »Wir sind verloren.« Ich hatte das seltsame Gefühl, dass er mich um etwas bat.

»Wo sind sie? Wo halten sie den Jungen fest?«, fragte ich.

»Wenn es nicht die Dashini sind, die die Erben der Herzöge töten, dann musst du die wahren Mörder auch nicht schützen.«

»Ich weiß es nicht«, erwiderte er. »Aber ich glaube nicht, dass es dir schwerfallen wird, ihn jetzt zu finden.«

»Jetzt? Warum jetzt?«, fragte Jillard.

Dazu fiel mir nur ein zu beten, dass Kest und die anderen ihn bereits gefunden hatten.

Ein seltsames, schrilles Winseln erfüllte die Luft; im ersten Moment hielt ich es für irgendein Insekt, das nah an meinem Ohr vorbeisummte. Aber der Laut veränderte sich, hallte von den Wänden und durch die Gänge des ganzen Kerkers. Er schwoll zu einem unheimlichen und lauten Stöhnen an, das in einem Schrei von solch unverfälschtem Entsetzen endete, dass ich das Gefühl hatte, gleich den Verstand verlieren zu müssen.

Im Blick des Dashinis lag ein Hauch von Mitgefühl. »Weil es Morgen ist und das der Augenblick ist, an dem sie den Jungen quälen.«

Laut brüllend rannte der Herzog von Rijou durch die verschlungenen Gänge seines eigenen Kerkers und klang fast wie einer seiner Gefangenen. Er rannte wie eine Fledermaus, die ihren Orientierungssinn verloren hatte, durch das Labyrinth, und versuchte sich verzweifelt an den Hilfeschreien seines Sohns zu orientieren.

»Halt!« Ich packte seine Schulter und stieß ihn gegen die Wand. Hielt ihn fest, obwohl er sich gegen meinen Griff wehrte.

»Lass mich verflucht noch mal los! Sie foltern meinen Sohn! Sie …«

»Seht hin!« Ich zeigte nach vorn. Schatten verbargen das Loch im Boden und die unten wartenden tödlichen Pfähle. Ein Wächter, der sich in diesen Gängen auskannte, würde die Gefahr rechtzeitig erkennen, das galt sogar für jemanden, der sich vorsichtig bewegte. Aber ein Flüchtiger, der um sein Leben rannte, würde hineinstürzen, bevor er überhaupt die Existenz der Falle bemerkte. »Ihr nutzt Tommer nichts, wenn Ihr tot seid.«

Der Herzog blickte sich hektisch um und entdeckte einen schmalen Korridor zu unserer Rechten. »Da!«, stieß er hervor. »Wir müssen da entlang!«

»Halt«, sagte ich. »Denkt nach. Seht Euch den Boden an. Das sind *unsere* Spuren. Wir gehen im Kreis.«

»Bei allen Heiligen, wir …« Er drehte den Kopf nach links und nach rechts. »Dieser Gang. Hier waren wir schon einmal. Vor wenigen Minuten. Aber ich …«

Sein Gesicht erstarrte zur Maske eines Pantomimen – so voller Verzweiflung, dass es aussah, als hätte sie ein verrückter Bildhauer geschaffen.

»Kommt schon«, sagte ich. »Ich weiß jetzt, wie wir ihn finden.«

Ich zog den Herzog den Gang entlang und schlug einen neuen Weg ein. Wenn man so oft im Kreis gegangen war, hatte das den Vorteil, dass ich jetzt wusste, welcher Weg zu meiden war. Davon abgesehen bekam ich langsam ein Gespür dafür, wie sich im Kerker Geräusche verbreiteten. Ich jagte nicht länger dem lautesten Echo hinterher, sondern folgte jenen, die klangen, als würden sie weniger oft wiederholt als die restlichen. Ich betete, dass Kest oder einer der anderen das schon vor mir herausgefunden hatten.

Als Jillard und ich uns der nächsten Abzweigung näherten, huschte ein Schatten über eine Wand, und ich hob die Hand, damit der Herzog stehen blieb.

»Warum …?«

Ich legte ihm die Hand auf den Mund. »Leise«, flüsterte ich. »Seht.« Ich zeigte auf den Korridor. Dort war Licht zu sehen, und zwar bedeutend mehr, als wir zuvor zu Gesicht bekommen hatten. Wir hatten sie gefunden.

Jetzt müssen die Attentäter nur noch mit plötzlicher Blind-

heit geschlagen werden, damit sie mich nicht kommen sehen.

Aber bevor ich einen vernünftigen Plan formulieren konnte, schrie Tommer wieder. Jillard riss sich von mir los und stürmte in den Gang, in dem wir das Licht entdeckt hatten. Lauthals brüllte er den Namen seines Sohnes, und jeder Überraschungsangriff war vergessen.

Verflucht soll deine Dummheit sein, Jillard, und meine auch, weil ich dich nicht bewusstlos schlug, als ich dazu Gelegenheit hatte.

Mit gezogenen Rapieren rannte ich hinter ihm her und gab mir alle Mühe, dass sie nicht gegen die Wände des schmalen Ganges stießen. Wir bogen um eine letzte Ecke und kamen zu einer größeren Kreuzung, von der links und rechts neue Korridore abzweigten. Uns gegenüber befand sich eine weitere Zelle, die aber größer als die übrigen war. Statt senkrechter Gitterstäbe wies sie eine Eisenwand auf, in deren Mitte sich eine große Tür befand, die offen stand. Auf dem Boden der Zelle lagen drei blutüberströmte Männer. Vermutlich Tommers Ritter. Sir Toujean erkannte ich. Er bemühte sich mit aller Kraft, wieder auf die Füße zu kommen. Neben ihm befand sich ein anderer, mir unbekannter Ritter, und in der Nähe der Tür ruhte ein dritter tot in einer Blutpfütze. In der Zellenmitte lag Tommer, Jillards Sohn. Er wirkte beinahe so, als würde er schlafen.

»Tommer!«, brüllte der Herzog. Er rannte in die Zelle.

»Euer Gnaden.« Sir Toujeans Stimme war kaum lauter als ein Flüstern. »Sir Odiard und ich hörten Schritte und beteten zum guten Gott Krieg, dass Ihr es seid.«

»Die Attentäter«, sagte ich drängend. »Wo sind sie?«

Der Ritter zeigte auf einen der schmaleren Korridore. »Als die Dashini den Herzog kommen hörten, liefen sie in diese Richtung.«

»Wie viele?«

»Fünf?«

»*Fünf* Dashini?«

Toujean erschien unsicher. »Ich bin mir nicht sicher, vielleicht ... nein, sie trugen Masken. Es müssen Dashini gewesen sein.«

Bei allen Höllen. Selbst wenn es sich bei den Meuchelmördern nicht um Dashini handelte – und meine Überzeugung festigte sich, dass sie es nicht waren –, würde ich allein keine fünf Männer aufhalten können, erst recht nicht, wenn sie sich seit Tagen mit diesen Gängen vertraut gemacht hatten.

Das Problem löste sich von selbst, als Kest und Sir Istan eintrafen. »Wir folgten den Rufen des Herzogs«, beantwortete Kest meine unausgesprochene Frage. »Wie geht es dem Jungen?«

»Das weiß ich noch nicht. Kest, Toujean sagte, es seien fünf Männer.«

Kest betrachtete den staubigen Boden. »Zu viele Spuren, die in alle Richtungen führen. Wie lange sind sie weg?«

»Seit wenigen Augenblicken«, berichtete Toujean. Seine Stimme klang schwach und ängstlich. »Als sie den Herzog kommen hörten, flohen sie.«

»Warum sollte sie das in die Flucht schlagen?«, wollte Kest wissen.

Bevor der Ritter antworten konnte, donnerten aus einem Seitengang schwere Schritte auf uns zu. Ugh kam in Sicht, gefolgt von Valiana, Parrick, Dariana und Shiballe. »Dämliche Arschlöcher. Verirren sich schnell«, sagte Ugh. »Fetter Kerl so schlau? Halten sich für harten Burschen?« Er zeigte mit dem Finger zu Boden und beschrieb Kreise.

»Shiballe hat uns im Kreis laufen lassen«, erklärte Dariana.

Valiana drängte sich an den anderen vorbei. »Wo ist Tommer?«

Ich zeigte in die Zelle. Sie eilte hinein und kniete sich gegenüber von Jillard neben den Jungen, griff nach seinem Gesicht. Jillard schlug die Hand zur Seite. »Fass ihn nicht an!«, zischte er. »Außer mir fasst ihn niemand an!«

Tommer schlug die Augen auf und schloss sie sofort wieder; wie die Flügel eines Schmetterlings im Sturm. Er wandte den Kopf seinem Vater zu, dann Valiana. »Schwester?«, fragte er. »Du trägst den Mantel eines Greatcoats. Bist du gekommen, um mich zu retten?«

Ich fand es merkwürdig, dass der Junge Valiana noch immer als seine Schwester betrachtete. Offensichtlich bereitete Jillard die Vorstellung ebenfalls Unbehagen.

»Tommer!«, sagte der Herzog. Tränen strömten ihm übers Gesicht. »Ich bin da. Dein Vater ist da. Ich habe dich. Ich habe dich.«

Tommer blickte seinen Vater an. »Ja … ja, Vater. Es tut mir sehr leid, Vater.«

Jillard beugte sich vor und nahm seinen Kopf in die Hände. »Du hast meinen Schlüssel gestohlen, du dummer, dummer Junge.«

»Ich … ich habe doch gar nicht …«

»Euer Gnaden«, sagte Sir Toujean schwach. »Die Attentäter … sie behaupteten, sie hätten einen anderen Eingang in den Kerker. Sie könnten entkommen und dann zurückkehren, um Euch und Euren Sohn zu töten, wann immer sie wollen.« Unbeholfen kam er auf die Füße, wo er schwankend stehen blieb. »Gebt mir ein Schwert, Euer Gnaden. Ich jage sie ans Ende der Welt.«

»Seid nicht albern«, erwiderte Jillard, der noch immer versuchte, seinen Sohn richtig wach zu bekommen. »Ihr und Sir Odiard könnt kaum stehen.« Er sah mich an. »Du wolltest doch dieser Verschwörung ein Ende bereiten, diesen Morden. Geh. Nimm die anderen, finde diese Männer und töte sie.«

Mein Blick fiel auf einen Stoffbeutel kaum größer als eine Babyfaust. Ich zog ein Messer aus meinem Mantel und öffnete den Beutel mit allergrößter Vorsicht. Er war ungefähr zu einem Viertel mit einem blauschwarzen Pulver gefüllt. Bei allen Heiligen. Wie viel hatte er enthalten, als alles angefangen hatte? Wie viel hatten sie bei dem Jungen benutzt?

»Der Junge braucht einen Heiler«, sagte ich.

»Shiballe!«, brüllte der Herzog. »Schafft meinen Heiler her. Holt Firensi! Sofort!«

Shiballe drehte sich um und schlurfte den Gang entlang.

»Aber nicht verirren, eh?«, rief ihm Ugh hinterher.

Herzog Jillard wandte sich dem Rest von uns zu. »Sir Istan und Sir Jairn … ich meine Parrick. Wie auch immer du verflucht noch mal heißt. Ihr bleibt hier und beschützt zusammen mit mir meinen Sohn. Die anderen finden die Attentäter, bevor sie entkommen können.«

»Komm mit«, sagte ich zu Valiana.

Sie wollte aufstehen, aber Tommer griff nach ihr. »Schwester? Bitte bleib hier … ich habe Angst …« Wieder öffneten und schlossen sich seine Augen flatternd.

»Sie ist nicht deine Schwester«, sagte der Herzog mit leiser Stimme, in der dennoch ein deutlich zu hörender Anflug von Zorn lag. »Sie ist nicht meine Tochter, sie ist nur eine …«

Die Arroganz, mit der er das Mädchen ablehnte, das er achtzehn Jahre lang für seine Tochter gehalten hatte, ließ in mir den Drang aufsteigen, ihn auf der Stelle niederzuschlagen, aber sie konzentrierte sich zu ihrer Ehre auf den Jungen. »Seit Tagen hat er nichts als wütende und gefährliche Männer gesehen, Euer Gnaden«, sagte sie sanft. »Falls er mein Gesicht tröstend findet …«

»Verflucht, also gut.« Jillard sah mich an. »Geht jetzt. Erwischt diese verfluchten Dashini.«

Wir drehten uns um und liefen zurück auf die Kreuzung. »Drei Korridore«, sagte ich. Kest rannte in den ersten, Dariana nahm den anderen und ich den dritten.

Ich war keine zwanzig Fuß weit gekommen, als ich hörte, dass Ugh mir folgte. »Ich kommen schon«, keuchte er. »Ich kommen schon. Scheißpferd sein nicht besser als ich. Bloß schneller.«

Wir kamen zum Ende des Ganges. Ich suchte auf dem Boden nach frischen Abdrücken im Staub, fand aber nichts, was ich nicht schon zuvor gesehen hätte. »Was glaubst du, welche Richtung sie genommen haben?«, fragte ich Ugh.

Er zeigte auf einen Korridor, der nach rechts abbog. »Zurück die Stufen rauf. Zurück zur ersten Etage, dann in Palast. Einziger Weg.«

»Das kann nicht der einzige Weg sein«, sagte ich. »Jillard hat dort oben zwei Dutzend Männer postiert. Die Attentäter würden dort niemals vorbeikommen. Es muss einen anderen Weg geben.«

Ugh schüttelte den Kopf. »Kein anderer Weg. Eine Tür. Schwarze Tür.«

»Hör mir zu, Sir Toujean hat uns gerade gesagt, dass die Attentäter von einem anderen Eingang in den Kerker sprachen.«

Ugh grinste hämisch. »Du wissen gar nichts, verfluchter harter Greatcoat. Ich kommen manchmal hier runter. Nie wissen, wann Herzog vielleicht wütend werden oder Miststück Patriana mich schicken, eh? Ich mir *alles* angesehen. Ich in *jeden* Gang gehen. Ich *jede* Zelle ansehen. Verfluchten Ritter wissen gar nichts. Ich wissen. Ein Weg raus. Schwarze Tür.«

Der ehemalige Folterknecht starrte mich an und forderte mich zum Widerspruch heraus. In seinen kleinen dunklen Augen lag absolute Überzeugung. Aber wie sollte das möglich sein? Wie konnten die Attentäter hoffen zu entkommen? Zum hundertsten Mal verfluchte ich Jillard und seinen furchtbaren Kerker. Und Sir Toujean und die anderen beiden Ritter verfluchte ich noch mehr, weil sie einfach zugesehen hatten, wie ein elfjähriger Junge den Schlüssel seines Vaters stahl, um sich dann von ihm in einen Kerker mit einem Dashini-Meuchelmörder zerren zu lassen. Hatten sie ihn umbringen *wollen?* Hatten sie …

»Beim heiligen Zaghev, der für Tränen singt!«, stieß ich hervor, drehte mich um und blickte in dem schwachen Licht des Korridors gerade noch rechtzeitig zurück, um zu sehen, wie zwei Gestalten vom Zellenboden aufstanden. Eine von ihnen griff nach dem blauen Beutel mit dem Dashinipulver.

Ich fluchte erneut und rannte zurück zu der Zelle, dicht gefolgt von Ugh. »Was? Was denn?«

»Tommer hat die Ritter nicht überredet, ihn nach unten zu bringen!« Ich verfluchte mich. Wie hatte ich nur so dumm sein können. »Toujean und die anderen beiden Ritter haben ihn dazu gezwungen.«

10

DIE GEISELNEHMER

Der Weg zurück zur Zelle nahm nur wenige Sekunden in Anspruch, und in der Zeit hatten wir den Kampf bereits verloren. Sir Istan lag sterbend vor der Eisentür. Blut aus seinem Hals strömte auf seinen Wappenrock, während er darum kämpfte, ein letztes Mal aufzustehen. Parrick lag am Boden und rang mit einem der Ritter, die wir neben Tommer gefunden hatten. Ein Messer ragte aus seinen Rippen, und der Ritter, mit dem er kämpfte, hieb mit der Faust auf den Knauf, was Parrick einen Schrei entlockte. Der Angreifer musste die winzige Lücke zwischen den Knochenplatten von Parricks Greatcoat gefunden haben. Dann setzte sich der Ritter rittlings auf Parrick, zog das Messer aus der Wunde und drückte es trotz verzweifelter Gegenwehr seinem Gesicht entgegen. Ugh war nahe genug, um den Ritter an seinem langen braunen Haar zu packen, von Parrick zu reißen und ihn in meine Richtung zu stoßen. Ich jagte die Spitze meines Rapiers tief in seine rechte Schulter, dann erneut in seine linke. Ich brauchte ihn noch lange genug am Leben, um herausfinden zu können, wer den Angriff befohlen hatte. Was aber nicht bedeutete, dass er keine Schmerzen erleiden sollte.

Ein Klirren ließ mich den Kopf herumreißen. Sir Toujean hatte sich ein Tuch vor Nase und Mund gebunden, schloss gerade die Zellentür und sperrte sich zusammen mit Valiana, Jillard und Tommer dort ein. Der Junge lag reglos am Boden.

Valiana und Jillard hockten zusammengekrümmt in verschiedenen Ecken und stöhnten vor Furcht.

Parrick griff nach meinem Bein und versuchte meine Aufmerksamkeit zu erregen. »Das Pulver«, flüsterte er. »Als du weg warst, schleuderte Toujean das Pulver auf uns. Es ist … bei allen Heiligen, Falcio. Es ist schlimmer, als ich in Erinnerung hatte.«

Ich ging herüber, um nach einem Weg in die Zelle zu suchen, aber wie bei der schwarzen Eisentür konnte man nur an drei Stangen vorbei durch Abstände von kaum zwei Fingern Breite in den Raum blicken. Ich zog ein Messer aus dem Mantel, obwohl ich wusste, dass es so gut wie unmöglich war, es durch die schmale Öffnung zu werfen. Und Toujean ging kein Risiko ein. Er rannte zu seinem Gefangenen und zerrte Tommer wie einen Schild in die Höhe.

»Das rate ich nicht, Trattari«, sagte der Ritter. Er legte den Arm um Tommers Hals. »Kleine Jungs sind überraschend zerbrechlich. Knack, knack.«

Ich starrte ihn an und suchte nach einer Möglichkeit, ihn aufzuhalten. Er war noch immer blutverschmiert – aber jetzt war es offensichtlich, dass es nicht sein Blut war. *So eine einfache List.* Und die vielen kleinen Dinge, die sich nie so richtig zusammengereimt hatten, ergaben plötzlich einen Sinn. Er und die anderen beiden Ritter hatten den Schlüssel des Herzogs gestohlen und Tommer in den Kerker gezerrt. In der Sicherheit des herzoglichen Steinlabyrinths hatten sie dann so viele Gefangene wie nötig getötet, dann hatten sie Toujean mit einem Seil um den Hals die Treppe hinaufgeschickt, um vorzugeben, er sei ein furchterfülltes Opfer, das nur die Forderungen der Entführer verkündete. Das Pulver der Dashini hatte Tommer ruhiggestellt.

Aber warum hatten sie den dritten Ritter umgebracht? Hatte er Widerstand geleistet, sobald er erkannt hatte, wie weit der Plan gehen sollte? Verfügten diese Männer auch nur über einen Funken Gewissen?

»Was ist los, Trattari?«, verhöhnte Toujean mich. »Nichts zu sagen? Willst du nicht wissen, wie ich hier rauskomme? Nachdem ich den Herzog getötet habe? Und natürlich den Jungen.«

Ich ignorierte ihn. Sobald Jillard, Tommer und der Rest von uns tot waren, würde Toujean den Dashini töten und den trauernden Helden spielen, der den Tod des Herzogs gerächt hatte. Das würde seinen Kameraden zweifellos gefallen, die ihren Herrn vermutlich größtenteils ohnehin verabscheut hatten. Er würde von der Ritterehre und dem Willen der Götter sprechen, und von der Gelegenheit, eine neue, glorreiche Dynastie zu errichten. Und sie würden es mit Begeisterung schlucken. Das interessierte mich alles nicht. In diesem Augenblick kam es mir nur darauf an, wie ich den Jungen retten und meine Klinge in Toujeans schwarzem Herz versenken und ihn sterben sehen konnte.

Valiana kauerte in der Ecke. Ihr mit dem vom Dashinipulver hervorgerufenen Entsetzen erfüllter Blick suchte meinen. Kurz riss sie sich zusammen und versuchte aufzustehen, nur um sofort wieder zurückzufallen. Tränen strömten ihr übers Gesicht, ein furchterfülltes Stöhnen entkam ihren Lippen. *Zu allen Höllen mit den Dashini und ihrem verfluchten Pulver.* Es ist etwas Obszönes an Leuten, die so gut kämpfen können und ihre Gegner trotzdem zuerst mit Gift schwächen.

»Komm schon, Trattari. Willst du gar nicht wissen, warum sich Sir Odiard und ich entschieden, unseren eigenen Herzog und seinen einzigen Sohn zu töten? Warum oft geehrte Ritter sich …«

»Eigentlich nicht.« Meine Gedanken rasten. »Ich gehe einfach davon aus, dass du ein Arschloch und ein Feigling bist, und belasse es dabei.«

Mein Messer konnte ich nicht werfen. Selbst wenn es mir gelungen wäre, die Hand durch den Schlitz zu quetschen, hätte der Wurf nicht genug Wucht gehabt, um Toujean zu schaden. Er hingegen musste nur einmal kräftig zudrücken, und Tommers Genick würde brechen. Wäre Brasti hier gewesen, hätte er einen Pfeil durch den Türschlitz direkt in Toujeans Auge schießen können. Aber ich war nicht einmal annähernd so gut.

Verflucht sollst du sein, Brasti, dass du uns im Stich gelassen hast, als wir dich am dringendsten brauchten.

»Wir sind Männer von Ehre!«, knurrte Toujean, den offensichtlich beleidigte, dass ich seinem Plan, ein Kind zu ermorden, nicht die nötige Wertschätzung entgegenbrachte. »Die Herzöge haben die Ritter von Tristia im Stich gelassen. Sie haben dieses Land im Stich gelassen. Sie …«

»Halt die Klappe«, sagte ich. »Ich denke nach.«

Ugh drängte mich zur Seite und warf sich immer wieder mit der Schulter gegen die Tür. Er war stärker als die meisten mir bekannten Männer, und die ganze Eisenwand erzitterte durch den Aufprall seines Körpers. In hundert Jahren würde er es vielleicht geschafft haben, das Schloss aufzubrechen.

»Du haben Plan, harter Bursche?«, sagte er schließlich keuchend.

Ich hatte einen Plan. Es war nur kein besonders guter Plan. Als ich das erste Mal mit dem Pulver in Berührung gekommen war, wäre ich um ein Haar an meiner eigenen Furcht erstickt. Quillata war etwas besser damit zurechtgekommen, genau wie ein paar der anderen Frauen. Vielleicht hatte es nicht die gleiche Wirkung bei ihnen, und es gab eine Chance.

Es tut mir leid, Valiana, man sollte niemandem so viel Mut abverlangen.

»Du glaubst, du bist da drin sicher, Toujean?«, rief ich. »Ich glaube, dass du dich gerade mit einem Greatcoat in einen Raum eingesperrt hast.«

»Sie?« Toujean lachte. »Ich sage dir, Trattari, als ich das erste Mal davon hörte, dass der König Frauen erlaubte, Magistrate zu werden, hielten meine Freunde und ich das für einen Scherz. Es gibt einen Grund, warum Frauen keine Ritter werden.«

»Und es gibt einen Grund, warum Ritter keine Greatcoats werden«, erwiderte ich. Ich versuchte Valianas Blick einzufangen, aber sie murmelte etwas vor sich hin und schüttelte ununterbrochen den Kopf. »Es ist beängstigend, nicht wahr?«, sagte ich zu ihr. »Es ist, als stünde man an einer hundert Meilen hohen Klippe und blickte über den Rand, nur um zu bemerken, dass man gerade das Gleichgewicht verloren hat.«

»Du verschwendest deine Zeit, Trattari«, unterbrach Toujean mich. »Als wir das Zeug das erste Mal bei dem Jungen benutzt haben, bekam ich ein paar Körner auf die Haut und wäre beinahe schreiend davongelaufen.«

Ugh neben mir kicherte. »Du sein doch kein so harter Bursche, eh?«

»Schweig, Hund«, sagte Toujean. »Wenn wir Rijou der rechtschaffenen Säuberung unterziehen, dann hängst du direkt neben dem Herzog am Galgen.«

»Neben Herzog hängen, das sein Beförderung, eh?«

»Valiana«, sagte ich. »Dieses Pulver, das ist, als würde man eine Hölle direkt in sein Herz atmen. Ich weiß das. Es ist fürchterlich. Die meisten Menschen ertragen das nicht. Aber die meisten Menschen wurden auch nicht von einem Heer, das ihren Tod wollte, quer durch Nordtristia gejagt – so wie du. Die meisten Menschen mussten kein Schwert nehmen und gegen doppelt so große Soldaten mit zehnfach so viel Erfahrung kämpfen – so wie du.«

»Ich breche dem Jungen das Genick!«, rief Toujean.

»Und kriegen ein Messer in die Brust, Schlaukopf?«, meinte Ugh.

Toujean fasste Tommer fester. Der Junge wachte auf. Jetzt starrte ich in drei Augenpaare, von denen jedes auf seine Weise voller Furcht war.

»Valiana«, sagte ich so beruhigend wie ich konnte, »die meisten Menschen würden sich einfach zusammenkrümmen und auf den Tod warten, statt gegen dieses Pulver anzukämpfen. Aber die meisten Menschen haben auch nicht entdeckt, dass ihr ganzes Leben eine Lüge war, dass sie gar nicht die sind, die sie zu sein glaubten, dass sie sich wie du trotzdem erhoben haben, um sich gegen die Welt zu wehren.« Verzweifelt versuchte ich eine Hand durch einen Türschlitz zu schieben. »Valiana, du hast dich mehr Angst und Schrecken gestellt als die meisten Menschen, die je auf dieser Welt gelebt haben. Ich glaube nicht, dass du dich von einem Pulver aufhalten lässt, das ein Haufen Feiglinge zusammengebraut hat, die sich so sehr vor der Welt fürchten, dass sie sich ihr nur mit Masken stellen können. So bist du nicht. So warst du nicht – und so wirst du auch niemals werden.«

Toujean wandte gerade lange genug den Kopf, um einen Blick auf sie werfen zu können. Als er sich wieder mir zuwandte, konnte ich sein hässliches Grinsen sehen, obwohl das Tuch Mund und Nase bedeckte. »Eine nette Vorstellung, dass man jemanden tapfer machen kann, indem man einfach wie ein Straßenpriester auf ihn einredet. Ich fand es wirklich schrecklich rührend, als du das bei mir an der schwarzen Tür versucht hast. ›Als Junge hast du davon geträumt, ein Held zu sein, nicht wahr?‹ Mutige Worte, Trattari, leider haben sie jetzt genauso wenig eine Wirkung wie zuvor. Aber ich fürchte, das Leben funktioniert so nicht.«

Er bückte sich und hob ein Schwert vom Boden auf. »Meine Freunde kommen bald.«

Ich ignorierte ihn. »Valiana, es ist Zeit«, sagte ich energisch. »Du hast gesagt, dein Leben soll etwas zählen. Mach es. Jetzt. Steh auf. Jetzt ist dein Augenblick gekommen. Komm auf deine Beine und töte diesen Hurensohn für mich.«

Sie starrte mich mit vor Entsetzen weit aufgerissenem Mund an, als würde ich sie um etwas bitten, das noch schlimmer als der Staub war. Aber langsam kam sie auf die Füße, so schrecklich langsam, griff dabei nach dem Schwert.

Toujean hörte das Geräusch, wie ihr Mantel an der Wand schabte, und fuhr mit der Klinge in der Hand herum. Ich warf mein Messer, aber es traf ihn nur an der Schulter. Aufbrüllend ließ er Tommer zu Boden fallen. Ich griff nach dem nächsten Messer, aber bevor ich es schleudern konnte, hatte er Valiana am Kragen gepackt und gegen die Eisenwand der Zelle geschleudert. Sie stolperte in meine Richtung, und einen kurzen Augenblick lang berührte sie meine Finger, die ich durch den Schlitz gesteckt hatte. Sie zitterte am ganzen Leib.

»Du schaffst das«, flüsterte ich. »Du brauchst nichts zu fürchten außer …«

Unsere Blicke trafen sich durch die Öffnung. »Falcio«, sagte sie, und das Wort ließ ihre Lippen beben. »Halt einfach die Klappe.« Sich mit der Hand an der Wand abstützend, fand sie ihr Gleichgewicht wieder, bevor sie sich Toujean zuwandte. »Er … ergib dich.«

Toujean lachte. »Du willst mit mir tanzen, kleines Mädchen?« Er hob die Schwertspitze und täuschte einen Angriff auf ihr Gesicht vor. Sie stolperte wieder zurück gegen die Tür, trat diesmal aber sofort in die Zellenmitte. Die Klinge schwankte, war aber vor ihren Körper gehalten. Ich wollte noch ein Messer werfen, aber der Ritter lenkte Valiana geschickt mit seiner Waffe, um dafür zu sorgen, dass sie immer zwischen uns stand.

Valiana führte einen Stoß auf seine Brust aus; ihre zitternde Hand ließ die Klinge auf beinahe schon komische Weise schwanken. Er verlagerte das Gewicht und vollzog eine halbe Drehung, dann lächelte er, als der unbeholfene Angriff ins Leere ging. Valiana griff weiter an, bahnte sich einen Weg vorbei an seiner Deckung, um nach Bauch, Hals und sogar Beinen zu stechen. Als der Ritter seinen Gegenangriff startete, vermochte sie kaum zu parieren. Stattdessen verließ sie sich darauf, dass die im Mantel eingenähten Knochenplatten sie schützten. Ich war froh, dass sie Parrick nicht gesehen hatte, wie er trotz seines Greatcoats von seinem eigenen Messer durchbohrt worden war. Aber selbst mit den Platten war Toujean ein größerer und stärkerer Gegner, und sein Schwert war schwerer. Er ließ die Schneide gegen ihre

Schultern und Rippen krachen, und jedes Mal zuckte ich zusammen.

Bei allen Höllen, das hältst du nicht lange durch. Lass ihn sich bewegen, Mädchen.

Valiana gab ihr Bestes, aber bei jedem Versuch, ihn zu umgehen, damit ich eine vernünftige Gelegenheit bekam, das Messer auf ihn zu schleudern, schwang der Ritter sein Schwert in einem großen Bogen, was sie wiederum dazu zwang, den Stand zu ändern, um seine Klinge ohne getroffen zu werden parieren zu können.

»Du wirst sterben, kleines Mädchen«, versprach Toujean. Dann schlug er ihre Klinge aus der Linie. »Wie fühlt sich dieses Wissen an?«

Sie brachte ihr Schwert zurück in die Linie. »Wie ... wie eine Erleichterung.«

Der Ritter lachte. »Das ist die Geschichte von Tristia, genau in diesem Raum. Ein kleines Mädchen, das auf den Müll geworfene Ergebnis des Treibens namenloser Bauern, hält sich für eine Kriegerin.« Er hielt inne und stellte eine Frage im Plauderton. »Hast du überhaupt einen eigenen Namen, kleines Mädchen?« Er führte das Schwert nach oben und dann in einem brutalen diagonalen Bogen auf ihren Hals zu.

Sie brachte ihre Klinge gerade noch rechtzeitig in die Höhe, um parieren zu können, aber Toujean setzte sofort nach und traf sie hart in die Rippen. »Ich weiß«, sagte er hämisch. »Ich gebe dir einen Namen! Wie wäre es mit *Miststück?* Oder *Schlampe?* Oder *Hure?* Weißt du, ich glaube, Hure gefällt mir am besten.« Er führte seine Klinge jetzt in großen, beinahe lässigen Bögen und zwang Valiana zurück gegen die Eisenwand. Er war nicht einmal ansatzweise erschöpft, aber sie verließen rasch die Kräfte.

»Weißt du«, sagte er, als hätte er ernsthaft darüber nachgedacht, »jetzt, wo ich so darüber nachdenke, ist *Hure* doch etwas kurz für einen anständigen Namen. Wie wäre es mit *tote Hure?* Das klingt doch richtig gut, findest du nicht?« Er stieß zweimal zu, diesmal nur schneller als zuvor, traf sie am Bein und in der linken Seite. Ich hörte eine Rippe brechen.

Valiana stolperte zurück. Sie würde in wenigen Augenblicken sterben.

»Hör auf«, rief ich dem Ritter zu. »Bitte. Tu das nicht.«

Toujean ignorierte mich. Sein Gesicht war zu einem Ausdruck selbstgerechter Freude erstarrt, während er sich Valiana näherte.

»Bei einer Sache hast du recht, Ritter«, sagte Valiana mit zittriger Stimme, während sie mühsam ihren Stand zurückgewann. »Das ist die Geschichte von Tristia, wie sie hier in dieser Zelle tief in den Eingeweiden dieses widerwärtigen Palastes im Herzen der verdorbensten Stadt der Welt erzählt wird. Es ist die Geschichte eines Ritters, der so ehrlos und feige ist, dass er einen kleinen Jungen ermorden würde, nur um seinen dreckigen Machthunger zu stillen.«

»Sei still, *tote Hure*. Ich bin kein Bauernsohn, den du anblöken kannst. Ich bin ein tristianischer Ritter.«

»Das bist du.« Ihre Klinge sank nach unten, während sie darum kämpfte, auf den Beinen zu bleiben. »Und ich bin … Ich bin Valiana val Mond, eine Bäuerin, eine Närrin und eine Greatcoat, alles zur selben Zeit.« Sie fasste ihre Waffe fester. »Und ich bin die tote Hure, die dich gerade getötet hat.«

Sie brachte ihr Schwert nach oben in die Linie und machte einen Ausfall auf Toujeans Bauch. Er parierte und stach nach ihrer Brust.

Schnell, dachte ich. *Er ist zu schnell. Das kann sie nicht parieren.* Aber sie versuchte es nicht einmal. Sie ließ sich von seiner Klinge einfach in die linke Brustseite treffen, und ich hätte schwören können, dass ich hörte, wie Leder zerriss, gefolgt von einem nassen Geräusch.

Toujeans Augen weiteten sich vor Überraschung und Entzücken. »Sie ist … sie ist einfach in die Klinge gelaufen.« Sein Lächeln wurde breiter. »Dumme Hure. Hebe niemals deine Waffe gegen einen wahren … Einen wahren …«

Er senkte den Blick und wurde sich erst jetzt bewusst, dass die Spitze von Valianas Schwert direkt unterhalb seiner Halsgrube ruhte. »Willkommen in Tristia«, sagte sie. Dann wuchtete sie die Klinge mit beiden Händen durch seinen Hals nach oben in seinen Schädel.

Einen Augenblick lang standen beide reglos da, die Blicke ineinander verkrallt; zwei Geschichtenerzähler, von denen jeder überzeugt war, dass seine Geschichte die einzig wahre war. Dann blinzelte Toujean heftig, und Blut lief aus seinen Augenwinkeln, als sich der Inhalt seines Schädels einen Weg nach außen bahnte. Das Blut tropfte sein Gesicht hinunter, und einen kurzen Augenblick lang sah er aus, als würde er Tränen großer Trauer vergießen. Valiana zog die Klinge heraus und stieß ihn zurück. Er stürzte zu Boden und zog dabei die Schwertspitze aus ihrer Brust. Sie ließ die Waffe fallen und sackte direkt neben dem bewusstlosen Tommer zu Boden.

Nein, bitte nicht, dachte ich und riss vergeblich an der Eisentür.

Ihre rechte Hand schob sich ganz langsam über den dreckigen Zellenboden, bis ihre Finger den Schlüssel erreichten. Ohne aufzusehen warf sie ihn in meine Richtung. Um ein Haar hätte ich ihn nicht erwischt, aber ich schaffte es. Mit zitternden Fingern schob ich ihn ins Schloss, bis Ugh ihn mir abnahm und die Zelle öffnete.

Ich rannte hinein und fiel neben ihr auf die Knie, bettete ihren Kopf auf meine Beine und zog ein Tuch aus dem Mantel, um es gegen ihre Wunde zu drücken. Ihre Lider flatterten, ihr Gesicht verlor jegliche Farbe. »Valiana!«, schrie ich. »Verlass mich nicht! Bitte …«

Sie legte die Hand auf die meine. »Mir geht es gut«, sagte sie kaum lauter als ein Flüstern. Sie wandte den Kopf und blickte zu dem noch immer in der Ecke vor Angst wimmernden Herzog Jillard. »Ich wette, jetzt wünschst du dir, ich wäre deine Tochter.«

11

DIE TAPFERE

»Wo bei allen Höllen bleibt der Heiler?«, brüllte ich, hielt Valiana mit einem Arm an mich gepresst und drückte mit der anderen Hand das Tuch aus meinem Mantel gegen ihre Brust, um den Blutfluss zu verlangsamen.

Tommer erhob sich vom Zellenboden. In seinen Augen lag ein verträumter Ausdruck, als wäre er aus einem tiefen Schlaf erwacht. Er kam zu uns. »Schwester«, sagte er. »Du siehst müde aus.«

Valiana zwang mühsam kurz die Augen auf, lächelte ihn schwach an, sagte aber nichts.

Schritte ertönten. Kest erschien zusammen mit Dariana, Shiballe und mehreren Wächtern des Herzogs.

»Der Heiler kommt«, verkündete Kest. »Er ist direkt hinter uns. Er ist in wenigen Augenblicken da.«

Shiballe rannte in die Zelle. Jillards Zittern hatte nachgelassen, und jetzt saß er einfach nur da und murmelte vor sich hin. Innerhalb einer Stunde würde er wieder der übliche Dreckskerl sein.

»Der Heiler wird sich zuerst um den Herzog kümmern«, ordnete Shiballe befehlsgewohnt wie immer an. »Dann um Tommer.« Er warf Valiana einen verächtlichen Blick zu. »Danach ziehe ich Bitten für andere in Betracht.«

»Kest«, sagte ich ganz ruhig und beherrscht. »Wenn der Heiler eintrifft, bringst du ihn sofort zu uns.«

Shiballe wandte sich an die Männer, die vor der Zelle standen. »Verhaftet die Trattari«, befahl er. »Verhaftet sie alle.«

»Ach ja, Kest. Du kannst so viele Leute töten wie nötig, damit der Heiler ungehindert zu Valiana durchkann.«

Tommer schüttelte den Kopf. »Es reicht!« Er zeigte auf die Leichen am Boden. »Es hat genug Tod gegeben.« Er wandte sich Shiballe zu. »Meinem Vater wird es wieder gut gehen. Sein Verstand braucht nur ein paar Stunden, um sich von dem Staub zu befreien. Meine Schwester ist schwer verwundet. Der Heiler wird sich zuerst um sie kümmern.«

»Sie ist nicht deine Schwester«, sagte Shiballe. »Sie ist Bäuerin. Sie ist …«

»Ich bin der Sohn von Herzog Jillard«, erwiderte Tommer. »Eines Tages, vielleicht sogar schon bald, werde ich der Herzog von Rijou sein. Ihr tätet gut daran, das nicht zu vergessen, Shiballe.«

Einen kurzen Augenblick lang war Tommer nicht länger ein verängstigter elfjähriger Junge. Er war der zukünftige Herrscher des mächtigsten Herzogtums von Tristia. Shiballes Gesicht nahm einen bemerkenswerten grauen Farbton an. »Ich … Natürlich.«

Tommer wandte sich wieder Valiana zu und betrachtete sie mit mehr Wärme, als ich es bei einem Jungen für möglich gehalten hätte, der gerade so Schreckliches durchgemacht hatte. »Wenn ich sage, sie ist meine Schwester, dann ist sie es auch.« Er setzte sich neben sie, bettete den Kopf auf ihre Schulter und schloss die Augen. »Der Heiler kümmert sich zuerst um sie.«

»Wie wäre es, wenn wir die eine Person, die zu solchen Entscheidungen qualifiziert ist, entscheiden lassen, welche ihrer Patienten in welcher Reihenfolge dran ist?«, sagte eine Männerstimme hinter der Menge. »Aus dem Weg, ihr Narren.«

Die Wächter machten einem älteren Mann mit der Ledertasche eines Heilers Platz. Er hatte silbergraues Haar, und das aufwändige Gewand in Rot und Gold identifizierte ihn als Adligen. Er warf Tommer einen Blick zu, dann Jillard. Dann kniete er nieder, um Valiana in die Augen zu blicken. Er befühlte ihre Stirn und den Hals, dann legte er den Handrücken gegen ihre Wange. »Ich heiße Firensi«, sagte er und legte den Handrücken gegen ihre Wange. »Fühlt sich das heiß oder kalt an?«

»Etwas kalt«, erwiderte Valiana.

»Die Wunde ist in ihrer Brust«, sagte ich. »Warum siehst du nicht …«

»Ich weiß bereits, wo die Wunde ist. Ich muss wissen, wie gut ihr Körper damit zurechtkommt.«

»Soll ich sie auf den Rücken legen?«

»Nur wenn du sie umbringen willst.« Der Heiler öffnete die Tasche und holte ein kleines Holzkästchen hervor. Darin befanden sich kleine weiße Pillen. »Leg die auf deine Zunge.« Er steckte Valiana eine Pille in den Mund. »Nicht herunterschlucken. Lass sie dort zergehen. Der Schmerz wird nachlassen, und du wirst spüren, wie du ruhiger wirst.«

Ich musste an Beytina und ihre Versammlung aus Narren mit Tinkturen denken, die die Schmerzen nahmen, aber nicht verhindern konnten, dass der Patient starb. »Gibt es in der Nähe einen Landheiler?«, fragte ich.

Firensi hob eine Braue, hielt die Aufmerksamkeit aber weiterhin auf Valiana gerichtet. »Hältst du mich für einen höfischen Stutzer, der reichen Adligen wohlschmeckende Tränke verabreicht, damit sie ihre Frauen im Bett erfreuen können?«

»Ich …« Den Mann zu verärgern würde sicherlich nicht hilfreich sein; dieses eine Mal hielt ich besser den Mund. »Nein, ich …«

»Denn genau das bin ich«, sagte er. Er holte Verbände und Gips, Fläschchen und Nadeln aus der Tasche und baute alles oben auf dem Kästchen auf. »Ich mag gutes Essen und guten Wein, und mein Bett sollte weich und von jemand anderem gemacht sein.« Er legte mir die Hand auf die Schulter. »Aber meine Mutter war eine Landheilerin, und wenn sie wollte, konnte sie Halbtote zurück ins Leben holen. Das Mädchen steht jetzt unter meiner Obhut, und ich tue für sie, was ich kann.« Er drückte zu und traf einen Nerv, was sich anfühlte, als würde er sechs Zoll lange Nadeln dort hineinstechen. »Und jetzt geh mir aus dem Weg und lass mich meine Arbeit machen.«

Vorsichtig nahm ich den Arm von Valianas Schultern und lehnte sie gegen die Wand. Ich wollte aufstehen, aber sie packte meinen Arm. »Ich will nicht sterben, Falcio.«

Ich hielt inne und sah sie an, das schweißfeuchte dunkle Haar, dessen Strähnen an ihrer Haut klebten, der Schmerz, der sich in ihre Stirn gegraben hatte.

»Ich weiß, dass es so aussieht, aber ich will es nicht.« Sie befeuchtete sich die Lippen. »Ich habe Angst vor dem Sterben. Schreckliche Angst. Als die Ritter ... Herzog Jillard und ich waren auf Tommer konzentriert, und Sir Istan und Parrick bewachten die Gänge, damit uns niemand angreifen konnte. Sir Toujean und der andere Mann, sie wirkten so geschunden und benebelt, aber sie standen einfach auf, und bevor ich wusste, was hier passiert, hatte der arme Sir Istan eine durchschnittene Kehle und Parrick einen Dolch im Leib.«

»Es ist alles in Ordnung«, sagte ich. »Erzähl mir das später. Du wirst nicht sterben.«

Ich warf einen Blick auf Firensi, der Lederstücke von Valianas Mantel aus der Wunde zog, die weiterhin blutete. Falls er Valianas Schicksal kannte, verriet seine Miene nichts davon.

Valiana hustete. »Toujean griff in den blauen Beutel und schleuderte dem Herzog und mir das Pulver ins Gesicht. Ich habe versucht, es nicht einzuatmen, aber ...«

»Es dringt durch die Haut«, sagte ich.

»Seltsam«, sagte Firensi, der gerade eine klebrige Salbe

auf Valianas Wunde auftrug. Sie stank wie die Leichen auf dem Boden. »Davon stand nichts in meinen Büchern zu lesen.«

Valiana zuckte zusammen, als er die Wunde abtastete. Ihre Finger schlossen sich um meinen Unterarm. »Als ich dich kennenlernte«, sagte sie, »hast du dich blindlings in die Gefahr gestürzt, um andere Menschen zu retten. Du ... ich habe dich gehasst, Falcio. Du gabst mir das Gefühl, ein verwöhntes kleines Mädchen zu sein, das Prinzessin spielte. Vermutlich war ich das auch. Als du mir sagtest, du würdest in Rijou bleiben, um Aline zu beschützen, hielt ich sie für unwichtig. Einfach nur ein Mädchen aus einer unbedeutenden Adelsfamilie. Ich dachte, wenn er im Kampf um dieses Mädchen stirbt, wenn er sich opfert, um ein einziges kleines Mädchen zu retten, was werden dann die Leute über ihn sagen?«

»Dass er ein Narr war.« Ich setzte mich neben sie. »Als Bauer geboren, als Narr groß geworden, als Idiot gestorben.«

»Das stimmt nicht, Falcio.« Valiana griff nach meiner Hand. »Darauf hättest du schon längst kommen müssen. Woran sich die Leute erinnern? Das ist *wichtig*. Was sind wir wirklich außer mutigen und feigen Taten? Großzügigkeit oder Gier? Ich will nicht sterben, Falcio. Aber wenn ich jetzt sterbe, was wird man über mich sagen?«

»Dass du eine sehr verzerrte Vorstellung von Philosophie hattest.« Ich sah zu, wie Firensi eine dicke, elastische Binde, wie ich sie noch nie zuvor gesehen hatte, an ihrer Brust anbrachte.

Sie lachte, aber nur kurz. Die Schmerzen ließen sie zusammenzucken. »Nein. Man wird sagen, dass das namenlose Bauernmädchen zum Schwert griff und das Leben des Herzogsohns rettete, obwohl sie wusste, dass er in Wirklichkeit nicht ihr Bruder ist. Man wird sagen, dass der Mut eines Waisen genauso groß wie der eines jeden Adligen oder Ritter sein kann. Man wird das nächste dumme Mädchen ansehen und sich fragen, ob auch sie vielleicht eine Heldin sein könnte.« Sie drückte meine Hand. »Das klingt nach einer guten Geschichte, findest du nicht?«

»Eine verflucht gute Geschichte.«

Sie lächelte und schloss die Augen. »Gut. Und jetzt geh und mach dem Ganzen ein Ende. Ich fühle mich etwas schläfrig.«

Ein Stich der Furcht durchfuhr mich, als ihr Atem ganz flach wurde.

»Das ist die Salbe«, sagte Firensi, erhob sich und streckte sich. »Sie wird sie eine Weile tief schlafen lassen. Ich muss ein paar Stunden warten, bevor sie bewegt werden kann. Ich lasse jemanden die Leichen hier wegschaffen und Decken bringen. Sie muss warm gehalten werden.«

Mir kam ein Gedanke. »Firensi, hier in der Nähe in Merisaw gibt es eine Frau. Ihr Name ist Ethalia.«

»Was, noch eine Landheilerin? Irgendeine dumme Apothekerin, deren Eltern Bruder und Schwester waren? Du vertraust mir noch immer nicht, was?«

»Sie ist eine Schwester des Gnädigen Lichts«, erwiderte ich. »Sie können …«

»Ich weiß, wer das ist.« Firensi blickte von mir zu Valiana. »Tatsächlich hast du bis jetzt schon dümmere Sachen gesagt. Das ist zwar größtenteils spiritueller Unsinn, aber sie scheinen eine Heilung beschleunigen zu können. Ethalia von Merisaw? Ich lasse sie in einem oder zwei Tagen holen.« Ich wollte protestieren, aber der Heiler hob die Hand. »Ganz egal, was sie macht, nichts hilft bei einer Schwertwunde, bis sich der Körper entschieden hat, ob er lebt oder stirbt. Ich schicke nach ihr, wenn der richtige Augenblick gekommen ist.«

Ein paar von Shiballes Männern drängten mich zur Seite und brachten zwei Tragen aus Segeltuchschlaufen, die an zwei acht Fuß lange Holzstäbe gebunden waren. Unter Firensis Anleitung hoben sie Tommer vorsichtig in die Höhe und legten ihn auf eine. Dann kam Jillard an die Reihe. Der

Heiler scheuchte den Rest der Männer fort. Offensichtlich wollte er bei Valiana bleiben.

Toujean und seine Mitverschwörer schleifte man aus der blutigen Kerkerzelle, damit sie anderswo verfaulen konnten.

Ich folgte der Prozession aus der Zelle, wo bereits Kest und Dariana auf mich warteten.

»Parrick ist tot«, sagte Kest. »Das Messer traf seine Leber.«

Ich bereitete mich auf die Woge aus Trauer und Bedauern vor, nur um zu entdecken, dass nichts davon kam. Parrick hatte schweigend zugesehen, wie man mich in einer Zelle eine Etage höher gefoltert hatte. Vielleicht reagierte ich kleinlich – schließlich hatte er nur den letzten Befehl des Königs ausgeführt. Aber er sollte trotzdem verflucht sein. Und der König auch, was das anging.

»Dein Freund hier hat versucht die Blutung zu stoppen.« Kest deutete mit dem Kopf auf Ugh, der sich noch immer über Parricks toten Körper beugte. »Aber es war zu spät.«

Ugh richtete sich auf. Seine Hände waren blutbesudelt, und er schaute auf sie herab, als wollte er sie abschneiden. »Verflucht nutzlos. Nur gut dafür, Schmerzen zuzufügen. Nutzlos, jemanden zu retten.«

Die schlichte, ehrliche Trauer dieses seltsamen, brutalen Mannes rührte mich: so voller Gewalt und doch irgendwo tief drinnen auf der Suche nach einer besseren Geschichte, zu der er sein Leben machen konnte.

Ich kniete mich hin und zog Parricks Mantel aus, zog einen Arm aus dem Ärmel, dann den anderen, dann rollte ich den Körper herum, bis er auf dem Rücken lag und mich mit leerem Blick anstarrte.

»Was machst du da?«, fragte Dariana.

Ich hielt Ugh den Mantel hin. »Zieh ihn an.«

Ugh riss die Augen auf. »Ich sein doch kein verfluchter …«

»Ich weiß. Du bist kein ›verfluchter harter Greatcoat‹. Zieh ihn trotzdem an.«

Der große Mann schob einen Arm in den Ärmel des Mantels und dann den anderen. Er war ein Stück zu lang, passte aber gut an Brust und Schultern. Ugh strich über das Leder und die Knöpfe an der Vorderseite. Es war, als hätte ich ihm das heilige Gewand eines Priesters gegeben.

»Hast du den Verstand verloren?«, protestierte Dariana. »Du machst ihn zum …«

»Du musst den Eid leisten«, sagte Kest zu Ugh.

Der Mann sah uns an. »Was sein Eid?«

Weder Kest noch ich antworteten. So war das immer gehandhabt worden.

»Das ist doch lächerlich«, beharrte Dariana. Sie war wütender, als ich von jemandem erwartet hätte, der nichts von den Greatcoats hielt. »Was würde dein teurer toter König sagen, wenn er wüsste, dass du einem widerwärtigen Folterknecht einen Greatcoat gibst?«

»Ich nichts von König wissen«, sagte Ugh. Er verzog das Gesicht zu einer Grimasse, und seine Stimme war von wütendem Trotz erfüllt. »Scheiß auf Könige. Scheiß auf Herzöge. Allein das Gesetz sein wichtig. Fünftes Gesetz. Keine ungerechte Bestrafung für keinen. Keine Folter. Keine Folter mehr für niemanden. Du geben mir Mantel? Ich gehen und prügeln Hölle aus jedem, der anderen foltern wollen. Du wollen Eid? Fünftes Gesetz sein mein Eid. Fickt euch, wenn euch das nicht gefallen.«

Kest sah mich an. »Es ist … originell.«

»Das reicht«, meinte ich.

Ein dünnes, näselndes Lachen drang an meine Ohren. »Seht doch nur«, rief Shiballe, der neben Herzog Jillards Trage stand. »Sie ziehen einem Schwein einen Mantel an und nennen es Magistrat. Soll er über die Streitereien von Kühen und Hühnern urteilen?«

Ugh ging auf Shiballe zu. »Wozu sein verfluchter Wurm eigentlich gut? Scheiß Herzog. Vielleicht wenn es keine Herzöge mehr geben, Leute brauchen keine harten Greatcoats, eh?«

Der Herzog, der am ganzen Leib zitternd auf dem Rücken lag, versuchte sich auf der Trage aufzurichten. Er schien etwas sagen zu wollen, aber ich sollte es nie hören. In dem ganzen Chaos und der plötzlichen Erleichterung über Toujeans Tod hatten wir alle eine Sache vergessen.

Der Dashini.

Nicht Schnelligkeit oder Stärke entscheiden einen Kampf, auch nicht Ausfälle und Paraden. Das ist alles nur Vorgeplänkel. Ein Kampf wird durch den einen Angriff entschieden, der die gegnerische Deckung überlistet oder überwältigt und ihm dann das Leben nimmt. Könnte man nur eine Bewegungsfolge entwickeln, um das zustandezubringen, bräuchte man sich mit dem Rest gar nicht aufhalten. Der Dashini führte genau das aus – einen einzigen, perfekten Angriff.

Kest bemerkte es als Erster. In seinem seltsamen Verstand besteht die Welt aus Winkeln und Klingenbahnen. Ich fühlte ihn neben mir erstarren und sah erst dann, dass der Blick des Herzogs auf etwas hinter und über uns gerichtet war.

Wir fuhren herum. Der nackte Dashini rannte auf uns zu. Seine rechte Hand war ruiniert, die Finger bluteten und der Knochen des kleinen Fingers war sichtbar. Mein erster Gedanke war die Frage, ob er damit seine Zellentür geöffnet hatte. »Dashi …«, fing ich an zu rufen. Aber noch während ich gleichzeitig nach meinem linken Rapier griff, wusste ich bereits, dass ich es nie rechtzeitig ziehen würde können.

Hätte der Dashini eine Klinge gehabt, hätte er sie mir in den Hals rammen können. Aber das tat er nicht, und ich war ja auch nicht sein Ziel. Einen Augenblick, bevor er uns erreichte, sprang er nach rechts in die Höhe. Sein Fuß fand kurz Halt auf einem winzigen Vorsprung zwei Fuß über dem Boden. Er stieß sich ab und flog über uns hinweg.

»Beschützt den …«, rief einer der Wächter zwischen uns und dem Herzog. Ich drehte mich um und sah, dass er seine Waffe hatte ziehen können und sie gerade in die Ausgangsstellung brachte, als der Dashini mit gekrümmten Knien auf seiner Brust landete.

Der Wächter flog zurück, krachte gegen einen seiner Kameraden und warf ihn um. Bevor Kest und ich ihn erreichen konnten, hatte der Attentäter den Gestürzten als Plattform für den nächsten Sprung benutzt. Das Licht eines der an der Wand hängenden Kohlenbecken funkelte auf Stahl. Der Dashini hielt das Schwert des Mannes in der Hand.

Die beiden Wächter, die Jillards Trage hielten, ließen sie zusammen mit dem Herzog vernünftigerweise zu Boden fallen. Einer versuchte das Schwert zu ziehen, während der andere einfach die Arme vors Gesicht hielt, um sich zu schützen. Witzigerweise funktionierte keine dieser Taktiken. Beide gingen durch einen einzigen Hieb zu Boden, der dem einen Mann beide Hände und dem anderen den Kopf abhackte.

Weniger als sieben Sekunden waren verstrichen, seit das alles begonnen hatte, und nun stand der Attentäter über Herzog Jillards hilflosem Körper. Das erbeutete Schwert zuckte in einem perfekten Stoß nach unten.

Der Dashini war aus seiner Zelle entkommen, hatte aus den Schatten zugesehen und eine komplizierte Bewegungsfolge ersonnen, die keiner von uns rechtzeitig verhindern konnte. Er hatte die schmalen Korridorwände genauso in Betracht gezogen wie die Dutzend Wächter. Er hatte meine Reflexe und Kests Schnelligkeit bedacht. Er hatte für jeden Gegner geplant.

Bis auf einen.

Ugh hatte neben dem Herzog gestanden. Im Gegensatz zum Rest von uns versuchte er nicht, eine Waffe zu ziehen oder sich zu schützen oder aus dem Weg zu springen. Als das Schwert, das Jillards Leben beenden sollte, in die Tiefe sauste, warf sich Ugh einfach mit seinem vollen Gewicht gegen den Attentäter. Jeder halbwegs vernünftige Mann hätte versucht, seinen Gegner zu entwaffnen oder ihn zu schlagen, aber niemand hatte je behauptet, der ehemalige Folterknecht und jetzige Greatcoat sei geistig gesund. Ugh schlang einfach die Arme um den Dashini und hielt ihn fest.

Ich hielt das Rapier in der Hand, aber jetzt standen die anderen Wächter im Weg, weil sie eine Barriere zwischen den Meuchelmörder und seinem beabsichtigten Opfer errichten wollten. Zuerst versuchte der Dashini Ugh einfach zu ignorieren und Jillard mit dem Schwert die Kehle durchzuschneiden, aber Ugh drückte ihn gegen die Korridorwand. Als ich einen Wächter aus dem Weg stieß, sah ich ein kurzes Flackern in den Augen des Dashini. Es war keine Wut, es war auch keine Frustration oder vielleicht sogar Furcht. Es war Bedauern – eine Art Entschuldigung, als er die Arme in die Höhe riss und nach unten rammte. Seine Ellbogen trafen Ughs Hals von beiden Seiten gleichzeitig. Kurz flackerte sein Blick zum Herzog, aber an den wäre jetzt nicht einmal der beste Attentäter der Welt noch herangekommen. Jeder verfügbare Wächter stand über Jillard, und Kest und ich hatten ihn fast erreicht. Während Ughs schwerer Körper zu Boden rutschte, stieß ihn der Dashini gegen die Männer und duckte sich unter dem wilden Hieb einer Klinge hinweg.

Er rannte an ihnen vorbei, passierte Tommers Trage am anderen Ende des Ganges, Valianas Zelle, und erreichte das Ende des Ganges, das ihn zur Treppe und damit zum Weg aus dem Kerker bringen würde. »Stehen bleiben!«, rief ich und versuchte noch immer an den verdammten Wächtern vorbeizukommen, die so entschlossen waren, eine Mauer um den Herzog zu bilden, dass sie es Kest und mir unmöglich machten, den Attentäter zu erreichen.

Zu meiner großen Überraschung blieb der Dashini tatsächlich stehen. Er wandte sich uns zu. »Ich habe versagt, und wir sind verloren. Komm und hol mich, Falcio val Mond, wenn du die Antworten auf deine Fragen wissen und erfahren willst, wie leer die Welt nun geworden ist.« Er verschwand lautlos im nächsten Korridor.

»Wächter!«, brüllte Shiballe von der Stelle, an der er an der Wand kauerte. »Nehmt den Mann gefangen!«

Drei Männer stürmten in den Gang, während die anderen den Herzog bewachten. Sie würden keinen Erfolg haben. Nachdem wir Tommer gefunden hatten, hatte Shiballe sämtliche Wächter mit nach unten gebracht; ich bezweifelte, dass noch noch welche oben an der Treppe stationiert waren. Shiballe kam mir nicht wie ein Mann vor, der die Dinge bis zum bitteren Ende durchdachte. Oben an der Tür würden es zu wenig sein, um jemanden aufhalten zu können, der so in der Flucht versiert war wie der Dashini.

Ich kam einfach nicht an den Männern vorbei, die fest entschlossen waren, jeden aufzuhalten, der zum Herzog wollte. Schließlich rief Jillard hinter seiner Mauer aus Fleisch: »Lasst ihn durch.«

Mürrisch gaben sie den Weg frei, und ich entdeckte Jillard und Ugh beide am Boden liegen, die Füße in gegensätzliche Richtungen gestreckt, aber die Köpfe keinen Fuß voneinander entfernt.

»Du ... du hast dich auf den Mann gestürzt, der mich töten wollte«, sagte Jillard.

»Dummer Herzog. Ich denken, er will Jungen«, erwiderte Ugh. Sein Blick war glasig, seine Augen hatten eine beinahe milchige Trübung angenommen.

Ich kniete nieder und legte ihm die Hand auf den Arm. »Fühlst du das?«

»Fühlen gar nichts.«

»Firensi!«, rief ich, aber der Heiler war bereits unterwegs. Kurz untersuchte er beide Seiten von Ughs Hals. Dann sah er mich an. Er brauchte nicht einmal den Kopf zu schütteln.

Ich drehte mich nach Kest um, aber auch er war bereits da, weil er wusste, was ich fragen würde. »Wir können nichts für ihn tun, Falcio. Man nennt es Wüstengnade. Es wird bald vorbei sein.«

würde ich das Blut dieser falschen Greatcoats neben dem meinen auf diesen kalten Boden strömen sehen, bevor ich hier fertig war.

»Halt!«, rief eine dünne Stimme.

Aline rannte hinter einem der Bäume hervor und kam stolpernd zwischen der Schneiderin und mir zum Stehen.

»Halt«, rief sie. »Tu das nicht, Falcio!« Ihr Haar lag verfilzt an ihrem Kopf an; Arme und Beine waren zu dürr, und die Haut spannte sich eng über ihre Wangen. Die Schneiderin griff nach ihr und zog sie nahe an sich heran.

»Du hast sie *mitgebracht?*«, stieß ich ungläubig hervor. »Um das hier zu sehen?«

»Sie muss bei mir bleiben.« Die Schneiderin klang traurig, aber ungerührt. »Nur ich kann für ihre Sicherheit sorgen.«

»*Sicherheit?* Rechtfertigst du das so vor dir selbst?« Ich wandte mich an die anderen, die mich mit bereit gehaltenen Schwertern umringten. »Kennt einer von euch den wahren Grund, warum sie euch befahl, Herzog Isault zu töten? Roset zu töten? Nicht, weil sie sich gegen Aline verschworen hatten, das versichere ich euch. Isault hätte Aline unterstützt.«

»Du Narr. Er hätte uns in dem Augenblick an Trin verraten, in dem sie seine Grenzen bedrohte.«

»Warum hast du mich dann zu ihm geschickt, um seine Unterstützung zu gewinnen?«

»Weil ich die Person schicken musste, von der sie erwarteten, dass sie versuchen würde, die Herzöge zu töten. Im ganzen Land erzählt man sich die Geschichte von Falsio dem Tapferen. Falsio dem Herzogtöter. Falsio dem Narren.«

»Also hast du mich nur dort hingeschickt, damit ich sterbe? Oder um mir die Morde anzuhängen?«

»Nein, du blöder Kerl. Ich sorgte dafür, dass sich die Bewohner von Carefal erhoben, weil ich wusste, dass Isault dich dazu benutzen würde, ihre Rebellion niederzuwerfen. Sobald er dich losgeschickt hatte …«

»Würde dein Attentäter ihn töten.«

»Und du würdest mit seinen Rittern unterwegs sein, was alle davon abhalten würde, die Greatcoats dafür verantwortlich zu machen. Ich hatte nicht vorhergesehen, dass du so verdammt dämlich sein würdest, die Dorfbewohner davon zu überzeugen, ihre Waffen niederzulegen.«

»Und dann hast du ihnen neue besorgt«, sagte ich. »Und für ihren Tod gesorgt.«

»Sei kein so verdammter Narr. Glaubst du, ich ließ eine *zusätzliche* Kiste Waffen nur für den Fall herumliegen, dass die Dorfbewohner die verkaufen, die ich ihnen beschaffte?«

Sie klang ehrlich, aber ich erinnerte mich an die verbrannten Leichen auf der Straße. Viele von ihnen hatten Stahlschwerter gehabt, die sich in ihre Hände eingebrannt hatten. Also log sie – aber wozu sich diese Mühe machen, wo ich bald sterben würde? Und wenn sie die Bürger von Carefal nicht erneut bewaffnet hatte, wer dann?

»Isaults Truppen hätten sie vernichtet«, sagte ich.

»Und stattdessen waren es die Schwarzen Wappenröcke. Glaubst du, die Toten von Carefal würden etwas auf den Unterschied geben?«

»Dann müssen wir wohl der Person die Schuld geben, die sie überhaupt erst in diese Position gebracht hat.«

Die Schneiderin lachte bellend. »Da sind wir einmal einer Meinung, Falcio. Glaubst du auch nur eine Sekunde, ich hätte sie ohne deine Heldentaten in Rijou überzeugen können, sich gegen ihren Herzog zu erheben?« Sie klatschte langsam Beifall. »Ich gratuliere dir. Du bist der Grund, dass das passiert ist, Falcio val Mond. Du hast das erst ermöglicht.«

Ich ignorierte sie und wandte meine Aufmerksamkeit ihren Greatcoats zu. »Seid ihr stolz auf euch? Diese Verrückte hat euch zu Meuchelmördern gemacht.«

Ein paar von ihnen lachten; die Schneiderin brachte sie mit einer Geste zum Schweigen. »Junge, du hältst dich für so schlau, aber du hast es noch immer nicht begriffen, oder?«

»Warum das alles?«, fragte ich. »Warum hast du das getan? Du stürzt das Land in einen Bürgerkrieg. Wie wird das Aline auf den Thron …«

Die Schneiderin blickte auf das Mädchen, das sich jetzt weinend an sie klammerte. Sie streichelte ihm über das verfilzte Haar. »Aline kann den Thron nicht besteigen, du Narr. Ist das nicht offensichtlich? Sie ist zu jung! Sie ist nicht bereit. Das *Land* ist nicht bereit!« Die alte Frau sah mich an. »Und die verfluchte Trin verschafft sich die Unterstützung, die sie braucht. Sobald sie auf dem Thron sitzt, Falcio, ist es für uns alle vorbei.«

»Also würdest du das Land lieber ins Verderben stürzen?«

»Aye, das würde ich. Fünf Jahre, die bekommen wir. Fünf Jahre, in denen die Adligen miteinander um die Kontrolle kämpfen, während die Städte und Dörfer sich gegen sie erheben.«

»Fünf Jahre, in denen unschuldige Menschen sterben werden.«

»Die Unschuldigen sterben bereits, Falcio. Das taten sie schon immer. Auf diese Weise sterben sie wenigstens aufrecht.«

Ein kleiner, müder Teil von mir – der Teil, der zu erschöpft war, um weiterkämpfen zu können – wollte glauben, dass Weisheit in ihren Worten lag, dass wir zu einer Art Übereinkunft kommen konnten. »Und was passiert dann?«

»Dann wird sich das Land daran erinnern, dass es allen mit einem richtigen Monarch auf dem Thron so viel besser ging. Man wird sich nach jemandem sehnen, der mit Leidenschaft herrschen und das Land zusammenhalten kann. Und in fünf Jahren wird Aline bereit sein, sie zu führen, und sie werden sich nach ihrer Führung verzehren.«

Als Argument war es völlig logisch, stützte es sich doch auf die angeborene politische Wahrheit, die die Menschen Tristias immer schon angetrieben hatte. Eine vernünftige, pragmatische Person hätte dem sofort zugestimmt. Da gab es nur ein Problem. »Das hätte der König ebenfalls tun können.« Jede Minute ließ meine Sehkraft nach. »Er hätte Tod und Chaos verbreiten können, um den Thron zu behalten. Stattdessen hat er sich für den Frieden des ganzen Landes geopfert.«

Die Stimme der Schneiderin war rau, wütend und voller Verachtung. »Der Frieden des ganzen Landes? Redest du dir das noch immer ein, Falcio? Er war im Begriff zu *sterben*, du verfluchter dummer Narr!«

Sie ließ die Worte eine Weile wirken, bevor sie fortfuhr. »Er ist sein ganzes Leben lang krank gewesen, und er lag im Sterben, so wie du jetzt. *Darum* ließ er die Greatcoats zur Seite treten. *Darum* ließ er sich von den Herzögen gefangen nehmen.« Die alte Frau trat ganz nah an mich heran und ignorierte meine Rapiere. Sie schob ihr Gesicht bis auf wenige Zoll an mich heran. »Es ist leicht, tapfer zu sein und sich selbst zu opfern, wenn einen der Tod bereits in seinen Klauen hat, Falcio. Darum bist du auch immer so verdammt edel, nicht wahr? Du bist schon vor langer Zeit gestorben, zusammen mit deiner Frau. Und seitdem streifst du durch die Welt und betest darum, dass dir jemand eine Klinge in den Bauch rammt. Mein Sohn war genauso.« Sie versetzte mir einen harten Schlag auf die Wange. »Du hast versucht, aus ihm einen Heiligen zu machen, wo er doch nur ein Mensch war.«

Tief in meinem Inneren suchte ich nach Zorn, um dem der Schneiderin zu begegnen. Ich fand nur bittere Kälte und Einsamkeit. Alles, was sie gesagt hatte, entsprach der Wahrheit. In meinem Herzen war Paelis tapfer, wagemutig und voller Leben, und doch zeigte jede meiner Erinnerungen den König mit blassem Antlitz und dünner Stimme, hustend und nach Luft schnappend. Sie hatte natürlich recht. Er war so schrecklich krank gewesen, dass man seinen Tod genauso wenig als Akt der Tapferkeit bezeichnen konnte wie zu behaupten, ein vom Baum fallendes Blatt zielte genau auf den

Boden. Ich hatte immer gewusst, dass der König ein Mann wie jeder andere war. Ich konnte nur nicht mit dieser Wahrheit leben.

»Also war alles umsonst«, sagte ich schließlich.

»Nein.« Die Schneiderin packte mein Kinn und blickte mir die Augen. »Es gibt noch immer das Mädchen. Eines Tages wird Aline dieses Königreich beherrschen. Lass das das Vermächtnis des Königs sein. Lass sie …«

»Du hast in ihrem Namen gemordet.« Meine Stimme klang hohl und müde. »Wie soll sie herrschen, wenn das Volk das herausfindet? Wie soll sie …« Ich sah zu Aline hinüber, von dem verzweifelten Verlangen erfüllt, noch einmal ihr Gesicht zu sehen.

Sie wollte meinen Blick nicht erwidern. »Falcio …«, sagte sie beinahe flehentlich.

»Du hast es *gewusst*«, flüsterte ich. »Die Schneiderin hat dich nicht hinters Licht geführt. Sie hat dich nicht angelogen. Du hast es *gewusst.*«

»Was sollte ich denn deiner Meinung nach tun?«, schluchzte sie. »Ich habe dir *gesagt,* dass ich Angst habe. Ich habe dir gesagt, dass ich nicht weiß, wie ich das schaffen soll. Ich will nicht sterben!«

»Also hast du stattdessen diese Verrückte ihre Hunde auf ganze Familien hetzen und sie umbringen lassen. Hat sie dir gesagt, dass sie auch die Söhne und Töchter der Herzöge umbringt? Hat sie dir gesagt, dass sie …« Meine Stimme stockte. »Es waren *Kinder,* Aline. Jünger als du. Sie …«

»Ich gab niemals den Befehl, diese Kinder zu töten«, behauptete die Schneiderin. »*Niemals.*«

»Warum sollte ich dir glauben?« Ich klang so wütend, dass sich Aline wieder in die Arme der Schneiderin flüchtete.

»Was habe ich denn von ihrem Tod? Der Herzograt wäre gezwungen gewesen, für die Erben der Herzöge bis zu ihrer Volljährigkeit einen Vormund zu ernennen – schwache Männer von geringer Ambition, die nie auf die Idee kommen würden, die Herzogtümer an sich reißen. Mein Plan funktioniert mit lebenden Kindern besser.«

»Und doch haben deine Hunde sie ermordet. Ich habe die Leichen von Isaults Kindern mit eigenen Augen gesehen.«

»Und ich sage dir, dass das weder meine Befehle noch meine Greatcoats waren.«

»Nenne sie nicht Greatcoats! Wage es ja nicht.«

»Schön«, erwiderte sie. »Dann sind sie eben die Klingen der Königin. Sie sind, was du, Kest und Brasti und all die anderen hätten sein sollen.«

»Sie sind *Mörder!*« Ich musterte sie. »Bevor das hier vorbei ist, sorge ich dafür, dass sie diese Mäntel ausziehen und in Ketten gelegt werden.«

Die Schneiderin lachte heiser. Ihr Sinn für Humor fing an mich zu ermüden. »So viel rechtschaffene Empörung. Wirklich seltsam, da es ohne dich keinen von ihnen geben würde.«

Ich betrachtete sie. Sie waren jung. Jünger als die meisten Greatcoats, als wir damals zusammengekommen waren. Und doch waren es tödliche Kämpfer – ich hatte sie bei der Arbeit gesehen. Die Schneiderin konnte nicht einfach wahllos Männer und Frauen um sich geschart und ausgebildet haben, die dann in nur wenigen Jahren so geschickt waren. Sie mussten bereits eine Ausbildung im Kampf gehabt haben, vermutlich hatten sie ihr ganzes Leben lang nichts anderes getan. Aber sie kämpften nicht wie Ritter, und abgesehen von Rittern und Greatcoats studierte niemand den Duellkampf auf so hohem Niveau. Ausgenommen vielleicht …

Furcht erfüllte mein Herz, Übelkeit stieg aus meinem Magen empor. »Sie sind Dashini«, stieß ich hervor.

»Aye«, erwiderte die Schneiderin. »Gewissermaßen.«

»Aber das ist unmöglich. Ich war beim Kloster. Ich habe die Leichen gesehen.«

»Du sahst die Blutgetauften Dashini – die ihr Gelübde abgelegt und ihr Ziel getötet haben.« Sie zeigte auf die Männer und Frauen hinter ihr. »Das sind die Ungetauften. Die noch in der Ausbildung sind.«

»Aber warum sind sie nicht …?«

»Tot? Weil den Ungetauften der rituelle Selbstmord verboten ist, bis die Blutgetauften vollständig mit der Erde verschmolzen sind. Kannst du dir das vorstellen? Sie sollten dort Monate herumsitzen und darauf warten, dass die Leichen ihrer Meister verfault sind, bevor sie sich selbst töten durften.«

»Aber du hast sie davon abgebracht.«

»Ich wusste, was passieren würde, sobald du die beiden in Rijou getötet hattest. Übrigens sollte ich dir dazu gratulieren. Du bist der einzige noch lebende Mann, der Dashini-Attentäter besiegt hat. Glaubst du mir jetzt? Ohne dich wäre nichts hiervon möglich gewesen.«

»Also ist es wahr? Der ganze Orden beging rituellen Selbstmord, nur weil ich Glück hatte und zwei von ihnen töten konnte?«

»Die Dashini sind nur Dashini, solange sie unbesiegt sind«, sagte sie. »Ich begab mich in dem Wissen zum Kloster, dass dort die Ungetauften sein würden, dass sie führerlos und antriebslos sein würden. Ich hatte ein besseres Angebot für sie. Ich bot ihnen die Chance auf Größe.«

»Und wie hoch war der Preis dafür?«, fragte ich.

Aber ich kannte die Antwort bereits. *Ich* war der Preis. Ich war das Gold, mit dem die Schneiderin hundert Attentäter gekauft hatte. *Die Jagd, sobald sie begonnen hat, endet nur mit Blut.* Die Illusion selbstgerechten Zorns wich von den Zügen der Schneiderin und ließ nur Trauer und Scham zurück. Ich verstand, warum sie das Bedürfnis verspürt hatte, mir das alles zu erklären, warum es ihr so wichtig war, dass ich die Gründe für ihren Plan begriff. Sie wollte meine Vergebung.

Einen Moment lang blickte sie mich an und wartete darauf, dass ich etwas dazu sagte, aber dieses eine Mal in meinem Leben fand ich keine Worte. Schließlich wandte sie sich an eine der Greatcoats. »Dariana, bring Aline weg. Es wird dunkel, und sie sollte ihr Abendessen bekommen.«

Aline trat auf mich zu und berührte meine Hand. Ihre zitterte. »Es tut mir leid«, flüsterte sie. »Es tut mir leid, dass ich nicht tapferer sein konnte.«

Ich ging auf die Knie und legte unbeholfen die Arme um sie, ohne dabei meine Klingen loszulassen. Ich spürte die kühle feuchte Haut ihrer Wange. »Es ist alles in Ordnung«, sagte ich. »Du warst so tapfer, wie sich jemand nur wünschen kann. Geh schon, mein Liebling, weine nicht. Mir wird es gut gehen, sobald wir die Dinge geklärt haben.«

Aline trat zurück und streckte langsam die kleine Hand aus, um mein Gesicht zu berühren. Sie fing an zu weinen. Im nächsten Augenblick drehte sie sich um und rannte in die dunklen Schatten der Bäume. Dariana folgte ihr.

»Das war großherzig«, sagte die Schneiderin. Dieses eine Mal lag kein Zynismus in ihrer Stimme.

»Das Mädchen trägt keine Schuld«, sagte ich. »Und sie sollte nicht wissen, was jetzt kommt.«

Ich schloss die Augen und stellte mir meine Frau Aline vor, aber nicht zu ihren Lebzeiten, sondern wie sie ausgesehen hatte, als ich sie tot auf dem Boden der Schenke gefunden hatte. Ich griff nach einem letzten Aufbäumen des Zorns, der von der Zerstörung meiner Ideale und meinem verpfuschten Leben genährt worden war. Ich beschwor jeden dunklen und schrecklichen Teil von mir, und als ich mich auf die Ungeheuer stürzte, die den Namen der Greatcoats für alle Zeiten besudelt hatten, lächelte ich.

Hätte ich nur zwei der Bastarde umbringen können, hätte ich den Göttern sämtliche ihrer Ungerechtigkeiten verziehen. Hätte ich es bis zur Schneiderin geschafft, wäre ich sogar dankbar gewesen. Aber es gab zu viele von ihnen, und sie waren jung, schnell und ausgeruht. Ich war verletzt und vergiftet, und ich war es so leid, in einer Welt leben zu müssen, die allein von Lügen und Verrat angetrieben wurde. Sie schlugen mich zu Boden, bevor ich auch nur einen Treffer anbringen konnte.

»Es tut mir leid, Falcio«, sagte die Schneiderin, während mich drei der Ungetauften hielten. »Hätte es einen anderen Weg gegeben, ich hätte ihn gewählt. Ich hoffe, du kannst mir das glauben. Was jetzt kommt, nun, ich kann wahrlich nicht behaupten, dass es besser so ist, aber es ist für jeden von uns die einzige Chance. Dich eingeschlossen.«

Ich hatte eine aufgeplatzte Lippe und war so oft in den Magen geschlagen worden, dass ich kaum Luft holen konnte. Aber meine Arme und Beine waren gefühllos, und wie ich gelernt hatte, fällt es einem überraschend leicht, mutig zu sein, wenn keine Hoffnung zu überleben besteht.

»Ich hoffe, du kannst *mir* glauben, wenn ich sage, dass es nicht vorbei ist, bevor ich das sage.«

Sie lächelte. Es war ein mitfühlendes Lächeln, das so gar nicht zu ihrem Gesicht passte. »Das habe ich immer an dir geliebt, Falcio. Seit dem Tag, an dem du fiebrig, hungrig und so gut wie tot in meine Hütte kamst und Herzog Yereds abgetrennten Kopf in einem Sack trugst. Du wusstest nie, wann man aufgeben muss.«

»Verlass dich drauf«, erwiderte ich.

Einer der Ungetauften wandte sich an die Schneiderin. »Du gehst jetzt. Was jetzt kommt, ist heilig und nicht für deine Augen bestimmt.«

Sie nickte grimmig. »Ich habe dich gewarnt, Falcio. Ich sagte, ich würde alles tun, um dieses Mädchen auf den Thron zu bringen, und das werde ich auch. *Alles.*« Dann ging sie.

Meine Häscher schleifen mich fort.

»Wo gehen wir hin?«, fragte ich. »Ich hoffe, es stört keinen, wenn ich zusehe. Ich verpasse nur ungern ein gutes heiliges Ritual.«

Die beiden, die mich schleiften, blieben kurz stehen, während ein anderer mein Kinn packte. »Da brauchst du dir keine Sorgen zu machen, Trattari. Du wirst alles von dem, was jetzt folgt, sehen, hören und fühlen.«

»Klingt nach einer schönen Feier«, sagte ich, aber die Überzeugung in seiner Stimme und der gnadenlose Hass, den er ausstrahlte, ließen mich frösteln.

»Das ist es auch.« Er bedeutete den anderen weiterzugehen. Sie schleifen mich tiefer in den Wald hinein. »Sag mir, Erster Kantor, hast du jemals von der Wehklage der Greatcoats gehört?«

15

DIE WEHKLAGE

Die Ungetauften waren offensichtlich schon eine Weile mit den Vorbereitungen beschäftigt gewesen. Sie zerrten mich auf eine Lichtung, die sich etwa hundert Meter weiter im Wald befand. Eine Eibe ragte allein aus der Mitte der Lichtung. Einen weiteren Baum hatte man in zwei drei Fuß lange Stücke geteilt, die jetzt in fünf Fuß Höhe an dem Pfahl befestigt waren. Die ganze Konstruktion erinnerte an einen Bittsteller, der von den Göttern im Himmel eine Gnade erflehte.

Vielleicht soll es auch nur so aussehen wie ein Kaktus, dachte ich. Mein kleiner Scherz ließ mich leise lachen.

Die Männer, die meine Arme hielten, stemmten mich in die Höhe, bis ich mit dem Rücken zum Pfahl stand. Ich wollte etwas unglaublich Schlagfertiges sagen, als einer von ihnen seine Faust in meinen Bauch trieb. Ich klappte zusammen, sie rissen meine Hände in die Höhe und fesselten sie an die Arme des Pfahls.

Als sie damit fertig waren, nahmen sieben von ihnen vor mir Aufstellung. Den meisten war ich während der Wochen, in denen wir Trins Streitkräften in Pulnam zugesetzt hatten, kurz begegnet. Ich glaube, mit einem oder zweien hatte ich mich sogar unterhalten, obwohl man jetzt kaum geglaubt hätte, dass wir auf der gleichen Seite gekämpft hatten, denn keiner von ihnen zeigte auch nur das geringste Gefühl. Leute einzuschüchtern war mir nicht fremd, wenn einem nur die

Wahl blieb, entweder das zu tun oder einen Kampf zu beginnen, bei dem jemand getötet werden konnte. Zu Kest und Brastis großem Vergnügen hatte ich immer versucht, kaltblütig auszusehen. Aber der Ausdruck auf den Gesichtern der Ungetauften zeigte die eisigste Kälte, die ich je gesehen hatte.

Es waren vier Männer und drei Frauen, und Dariana befand sich unter ihnen. *Tödliche Dari,* so hatte Brasti sie genannt. Was hätte er wohl gesagt, hätte er sie jetzt zu Gesicht bekommen. Ich rechnete damit, dass sie etwas sagte oder mich schlug, mir ins Gesicht spuckte oder eine Bemerkung darüber machte, wie dumm ich doch war. Oder irgendetwas anderes. Aber sie stand einfach nur mit den anderen da, und ihrem Gesicht war nicht die geringste Menschlichkeit anzumerken.

Langsam verspürte ich Furcht. Sie wogte unter meiner Haut und suchte sich einen Weg in meine Adern. Ich schwöre, ich konnte fühlen, wie sie in mein Herz kroch.

Einer der Männer trat vor. Er war nicht besonders groß, vielleicht ein Meter siebzig, mit kurzem blondem Haar, das mich an die Wüste erinnerte. Er war jung, so um die zwanzig. Wie bei den anderen war auch seine Miene ausdruckslos, bis er nahe vor mir stand. Dann verzogen sich seine Lippen zu einem Lächeln, das durchaus einen freundlichen Eindruck machte, hätte er nicht im Begriff gestanden, mich zu ermorden.

»Falcio val Mond, Erster Kantor der Greatcoats, Herz des Königs und Ehemann der ermordeten Bauersfrau Aline val Mond, Geliebter der Hure Ethalia aus Rijou, selbst ernannter Vater der Frau namens Valiana.«

»Ja«, sagte ich, während zwei Männer vortraten und auch noch meinen Oberkörper an den Pfahl banden. »Dieser Falcio val Mond bin ich. Hattest du Angst, du hättest den Falschen?«

»Mein Name ist Heryn. Ich bin … nun, es wird für dich

keinen Unterschied machen, wer ich bin. Es reicht aus zu wissen, dass ich die Wehklage vollziehen werde.«

»Das hört sich bei dir so an, als würdest du eine Harfe holen und mir etwas vorspielen. Geht es bei dieser Wehklage darum? Denn dann ist das viel schlimmer, als ich befürchtete.«

Heryn ignorierte mich. Er holte ein dickes schwarzes Lederbündel hervor und kniete sich auf den Boden. Als er es entrollte, kamen sechs Zoll lange Nadeln aus Stahl zum Vorschein, winzige Fläschchen in den verschiedensten Formen, die alle einen silbernen Verschluss aufwiesen. Neben jedem Fläschchen steckte ein kleines dunkelblaues Tuch. Heryn nahm eines davon und breitete es aus. Dann bettete er eine der schwarzen Stahlnadeln darauf. Er musterte mich kurz von Kopf bis zur Brust, dann weiter zu den Füßen. Dann nahm er ein Fläschchen aus dem Lederbehälter. Er öffnete es und hielt es vorsichtig über die Nadel. Ich hatte mit irgendeiner Flüssigkeit gerechnet, aber es rieselte irgendein Pulver heraus – getrocknete Flocken einer dunkelroten Substanz, die beim Aufprall auf die Nadel zerbröckelten. Vorsichtig ergriff Heryn die Nadel und stand auf. Er drückte meinen Kopf nach unten, bis mein Kinn die Brust berührte. »Bist du bereit?«

»Lass mich darüber nachdenken …«

Ohne das geringste Zögern schob er die Nadel tief in eine Stelle in der Nähe des Nackenansatzes. Ich hatte Schmerz erwartet. Schmerz war mir nicht unbekannt. Ich war schon zuvor gefoltert worden.

Aber das?

Ich schrie und schrie. Und schrie.

Als ich am nächsten Morgen erwachte, hatte alles um mich herum einen rötlichen Schimmer, als überzöge eine Blutschicht meine Augen. Es dauerte einen Augenblick lang, bis die Schatten Konturen annahmen und zu Gestalten wurden. Heryn und Dariana standen vor mir.

»Das hat ziemlich lange gedauert«, sagte Heryn im Plauderton. »Du hast dich nicht bewegt! Und du hast nicht reagiert, als ich die Nadel zog. Einen Augenblick lang glaubte ich, einen schrecklichen Fehler gemacht zu haben, aber Dariana versicherte mir, dass das nur ein kürzlich zugezogenes Leiden ist.«

Meine Atmung ging langsam. Die Luft fühlte sich schwer an, und es dauerte ein paar Minuten, bevor ich einen vollen Atemzug nehmen konnte. »Danke für deine Sorge.«

Er lächelte. »Also noch immer nicht zur Einsicht gebracht? Gestern hast du viel geweint und gestöhnt. Ich fürchte, heute wird es schlimmer.«

Der König hatte diesen Satz gemocht, den er in einem alten Handbuch in der königlichen Bibliothek gefunden hatte, einem Buch aus einem vergangenen Zeitalter über Spione. *Es ist kein Verbrechen, Angst zu haben, aber es ist auch keine Tugend, sie sich anmerken zu lassen.*

»Wisst ihr, etwas beschäftigt mich«, sagte ich. »Seid ihr noch immer Ungetaufte? Denn das erscheint mir ungerecht. Ihr habt Männer, Frauen und Kinder ermordet. Sie können euch ja schlecht dazu zwingen, euch weiterhin Ungetaufte zu nennen, wo ihr den Tod von so vielen Unschuldigen verursacht habt, oder? Mir ist schon klar, dass ihr keine Zeit dazu hattet, euch die Gesichter zu tätowieren, aber solltet ihr mittlerweile nicht richtige Dashini sein?«

Heryn grinste spöttisch. »Es gibt keine Dashini mehr. Du kannst uns Greatcoats nennen.«

Ohne nachzudenken riss ich an meinen Fesseln, was eine Welle aus Schmerzen und Übelkeit durch meinen Körper schickte.

»Vorsicht«, sagte Heryn. »Ich will dich nicht zu schnell erschöpfen. Bereiten wir die Bühne richtig vor, ja?«

Er gab zweien seiner Männer einen Wink, und sie verließen kurz die Lichtung. Sie kehrten mit zwei Leuten zurück, einem Mann und einer Frau. Beide hatten dunkle Ringe um die Augen und rote Wangen. Man hatte sie geschlagen, wenn auch nicht schlimm – gerade genug, um sie gefügig zu machen. Ich brauchte einen Augenblick, bis ich sie als Nehra und Colwyn erkannte, die Troubadoure, die uns gefolgt waren.

»Wenn ihr sie hergebracht habt, um sie zu foltern, sollte ich euch warnen. Der Mann singt vermutlich noch schrecklicher als ich«, unterrichtete ich Heryn hilfreich, aber meine Worte entlockten dem selbst ernannten Bardatti sofort einen Aufschrei. Er wehrte sich.

Colwyn begann sein Flehen damit, dass er sich augenblicklich von mir distanzierte. »Lasst uns gehen! Wir haben euch nichts getan. Wir haben nichts mit diesem Mann oder seinen Taten zu tun. Wir haben nichts Falsches getan.«

Ich richtete den Blick auf Dariana. Es tat noch immer weh. »Siehst du, was passiert? Da machst du dir diese viele Mühe, um jemanden zu verraten, und am Ende musst du trotzdem diesem tontauben Troubadour zuhören.«

Dariana sagte nichts. Stattdessen half sie Heryns Männern dabei, die Troubadoure gegen zwei Bäume zu stoßen, ihre Arme nach hinten zu reißen und zu fesseln. Der Schmerz ließ Nehra die Zähne zusammenbeißen. Colwyn schrie nur.

»Vorsichtig«, sagte Heryn. »Ihnen soll nichts passieren.«

Im Ernst?, dachte ich ungläubig. *Hier ziehst du eine Grenze, was Grausamkeit angeht? Hat jemand eine »Seid nett zu Troubadouren«-Woche ausgerufen, während ich nicht aufgepasst habe?*

Die Männer gaben den Seilen genug Spielraum, dass Nehra und Colwyn zwar nicht unbedingt bequem dastanden, aber zumindest keine Qualen litten.

»So ist es besser.« Heryn klatschte zustimmend. »Wir können doch ohne Publikum keine Vorstellung geben, oder?«

»Es tut mir leid«, erwiderte ich. »Aber besteht die Folter heute darin, mich zu Tode zu verwirren?«

Heryn ging zu den Troubadouren herüber. Einen Moment

blieb er vor Nehra stehen und zeichnete mit dem Finger ihren Unterkiefer nach. Sie versuchte sich ihm nicht zu entziehen, sondern starrte ihn nur finster an. »Denk darüber nach, was du hier tust, Ungetaufter. Du verrätst deine Vorfahren, und das wird nicht so bald in Vergessenheit geraten. Was die Bardatti sehen, weiß die Welt für alle Zeiten.«

»Ich verlasse mich darauf«, sagte Heryn.

Er kehrte wieder zu mir zurück und erklärte es hilfreich. »Ich ließ die beiden herbringen, damit sie die Wehklage bezeugen. Sie sollen aufzeichnen, was hier geschieht, und dafür sorgen, dass man sich für alle Ewigkeit daran erinnert.«

Mir kam ein absurder Gedanke, und ich kicherte. »Wirklich? Denn wenn du willst, dass man sich an die Tatsachen erinnert, hast du fürchte ich die falschen Troubadoure gefangen genommen.«

Heryn lächelte über meinen Scherz. »Gut gesagt. Diese Kühnheit passt zu dir, Falcio val Mond.« Er schaute zu den Troubadouren herüber. »Erinnert euch daran, wie er hier so stand. Seinen Mut. Seine Tapferkeit. Wenn ihr seine Geschichte erzählt, dann sorgt dafür, dass jedermann weiß, dass Falcio val Mond angesichts der Wehklage heldenhaft blieb.«

»Das alles, nur weil ich zwei deiner Dashini-Brüder besiegt habe? Ist es möglich, dass die größten Meuchelmörder der Welt auch die schlechtesten Verlierer der Geschichte sind?«

Heryn wandte sich mir zu. In seiner Stimme lag kein Zorn. Da lag gar kein wie auch immer geartetes Gefühl. »Du solltest dankbar sein. Die meisten Männer leben und sterben, und niemand erinnert sich an ihre Namen. Aber du? Deine Geschichte wird man hundert Jahre lang immer wieder erzählen. Man wird sie im Dunkeln flüstern, und selbst wenn die Sonne hoch am Himmel steht, wird man sie nur ängstlich raunen. Idealistische Männer und Frauen werden sich umsehen und sagen: ›Die Welt sollte ein besserer Ort sein. Ungerechtigkeit sollte beantwortet werden.‹ Sie werden über die Geschichten über die Greatcoats grübeln und sich fragen, wie man so einen Mantel wohl schneidert und wie man mit einem Schwert und einem Lied die Welt etwas gerechter machen kann.« Er legte die Hände auf meine Wangen. »Dann werden sie sich an die Geschichte von Falcio val Mond erinnern und die Qualen und die Schrecken, die er erlitt, wie sich sein Mund noch zu einem Schrei verzerrte, nachdem sein Herz aufhörte zu schlagen. Und dann? Dann werden sie sich wieder ihren traurigen kleinen Leben zuwenden und mit größtmöglicher Mühe versuchen zu vergessen, dass es jemals so etwas wie die Greatcoats gab.«

Heryn öffnete wieder seine Ledertasche und holte ein weiteres schwarzes Tuch hervor, dann ein Fläschchen aus grünem, fleckigem Glas, und schließlich eine weitere Nadel. An ihrem Ende krümmte sich ein kleiner Haken. Er richtete sich auf und sagte: »Falcio val Mond, in hundert Jahren wird dein größter Beitrag zur Welt darin bestehen, dass von diesem Augenblick an niemand je wieder davon geträumt haben wird, ein Greatcoat zu werden.« Kurz hielt er inne, dann lächelte er. »Sollen wir weitermachen?«

Tage unablässigen Schmerzes werden einem Mann schließlich das Bewusstsein rauben. Wie sich herausstellte, hatten die Dashini eine Lösung für dieses lästige Problem gefunden.

»Nein, nein, Erster Kantor, du darfst nichts davon versäumen«, sagte Heryn, während Dariana ein blaues Fläschchen unter meiner Nase schwenkte. Plötzlich war ich hellwach, und jeder Schmerz und jede Qual wurden millionenfach vergrößert.

Ich fragte mich, warum ich nicht mehr schrie, nur um mir dann vage bewusst zu werden, dass ich es noch immer tat – meine Stimme war einfach so heiser, dass ich außer einem leisen Flüstern nichts mehr hören konnte. Als streifte der Wind durch tote Blätter.

Es ist kein Verbrechen, Angst zu haben, aber es ist auch keine Tugend, sie sich anmerken zu lassen. »Mir ist langweilig«, flüsterte ich. »Warum tötet ihr mich nicht?«

»Eine Wehklage umfasst neun Tode, Falcio. Mittlerweise müsstest du begriffen haben, dass es nicht darum geht, dich zu *töten.* Es geht vielmehr darum, dich völlig zu vernichten.«

»Wie viele hatte ich bis jetzt?« Ich warf einen Blick auf die Troubadoure. Nehra beobachtete mich mit zusammengebissenen Zähnen, als wäre es ein Akt der Willenskraft, mich anzusehen. Sie weinte.

»Wir sind noch immer beim Dritten Tod«, sagte Heryn. »Sollen wir weitermachen?«

Am vierten Tag versuchte ich mich dazu zu zwingen, einfach nicht mehr zu atmen. Als das nicht funktionierte, versuchte ich mir die Zunge abzubeißen. Als ich die Augen wieder öffnen konnte, war meine Sicht verschwommen, und das Sehen fiel schwer. Die Welt hatte sich in einen Nebel aus grauen Wolken verwandelt, aus dem rote Tentakel nach mir griffen und meine Nasenlöcher und meinen Mund und sogar meine Ohren füllten.

Ich musste an die Geschichten über alte Männer denken, die ihre Frauen verloren und dann scheinbar grundlos in der Nacht verstorben waren. Sie hatten einfach … aufgehört. Da nichts außer Einsamkeit auf sie wartete, hatten ihre Herzen einfach aufgehört zu schlagen. Wie ein betrunkener Narr oder Verrückter fing ich also an, mein Herz zu beschwören. *Bleib stehen,* sagte ich zu ihm. *Hör auf zu schlagen. Deine Frau ist tot. Schon da hättest du aufhören sollen zu schlagen, aber das hast du nicht, du stures Kind. Dein König ist tot. Dein Land ist tot. Die Welt ist zu diesem winzigen Kerker geschrumpft.*

»Ah«, sagte eine Stimme. Es war Heryn. »Wie ich sehe, kommst du zu dir. Es ist nett von dir, dass du heute Morgen nicht so lange dazu brauchst. Vielleicht haben wir hier einen schrecklichen Fehler begangen, und du genießt die Schmerzen?«

Hör. Auf. Zu. Schlagen.

»Machen wir weiter?«

Wahnsinn. Wahnsinn war die Antwort. Ich hatte versucht, mich sterben zu lassen. Das war dumm. Das war die Idee eines Narren. Man kann sich nicht selbst sterben lassen.

Wahnsinn war die Antwort. Verrückte spüren keinen Schmerz. Oder falls doch, *verstehen* sie ihn nicht. Sie schreien und stöhnen und lachen und kichern und spucken und schlucken, sie tun all die Dinge, die Menschen so tun, aber sie *verstehen* sie nicht.

Wie sich herausstellte, war Verstehen mein großes Problem.

Zu wissen, welcher Tag war – es war der vierte Tag – und zu wissen, dass noch fünf weitere vor mir lagen, bevor sie mich schließlich töteten. Das war das Problem.

Also brauchte ich jetzt den Wahnsinn.

»Guten Morgen«, sagte Heryn.

Ich öffnete die Augen und sah ihn, wie er mich ansah. Bei seinem Anblick verkrampfte sich mein Magen. Nichts an ihm hatte sich verändert, weder an seinem Ausdruck noch an seiner Körperhaltung noch an seiner Frisur. Und doch brachte alles an ihm meine Glieder zum Zittern und meine Augen zum Tränen. Der dumme Teil von mir, den, den die Leute Falcio genannt hatten, versuchte seinen Blick zu erwidern. Als hätte das etwas geändert.

Du Narr.

Ich zwang meinen Kopf zur Seite und entdeckte die Bardatti-Frau, die noch immer an den Baum gefesselt war. Sie formte mit den Lippen ein Wort.

Kämpfe.

Ich brauchte eine Weile, bis ich verstanden hatte, was sie damit meinte.

Kämpfe.

Gegen was sollte ich kämpfen?

»Machen wir weiter?«

Sie riss die Augen auf. Ich fragte mich, was sie wohl an diesem einfachen Satz gestört hatte. Heryn hatte ihn seit meiner Gefangennahme jeden Tag gesagt. Dann begriff ich, warum sie so entsetzt aussah.

Nicht Heryn hatte ihn gesagt.

Sondern ich.

Da war etwas in meinem Mund. Irgendeine Metallkonstruktion, die meinen Mund aufzwang. Kleine Nadeln am Rahmen stachen in mein Zahnfleisch, in Zunge und Gaumen. Die Konstruktion schien immer größer zu werden, bis ich begriff, dass dieser Stahlrahmen die ganze Welt war. Ich war nur ein rotes und blutiges Tuch, das daran hing und verhindern sollte, dass er im Regen rostete. Es gab nur noch den Rahmen. Da war nur noch das stumpfe Silber seiner Oberfläche zu sehen. Das einzige Gefühl war der dumpfe, pulsierende Schmerz, den ich spürte, wo er mich berührte. Der einzige Geschmack war der metallische Geschmack in meinem Mund. Das einzige Geräusch war …

Etwas am Geräusch der Konstruktion war falsch. Es hätte hart und durchdringend sein müssen. Aber der Laut in meinen Ohren war warm und beruhigend, er kam einem so vor wie etwas, das einst existiert habe musste, vielleicht vor dem Rahmen …

Menschen.

Ich begriff. *Es klingt wie ein Mensch.* Nicht wie eine Person, die redete, sondern etwas anderes …

Es heißt Singen, du Narr.

Ich erkannte, dass die beiden Troubadoure sangen. Das Lied war das Prasseln eines Feuers und die Wärme guter Winterwolle. Ich verstand die Worte nicht, aber ich wusste, dass es um Fanfaren, Pferde und eine Sache ging, für die es sich zu kämpfen lohnte. Sie erzählten von einer Zeit – was auch immer *Zeit* bedeutete – *nach* einer Schlacht. Einer Zeit der Linderung. Einer Ruhepause. Frieden.

Einen kurzen Augenblick lang wurde ich wieder ein Mensch und kein rotes Tuch, das über dem Rahmen hing. Die Troubadoure sangen ein Todeslied.

Sie wollen mir sterben helfen. Die Qual wurde nicht geringer. Ich spürte noch immer jeden Schmerz und jede Verbrennung auf der Haut und in meinem Fleisch und meinen Knochen. Aber der Schmerz war einfach nur ... *Schmerz.* Schmerzen kann man fühlen, aber Schmerzen sind kein Verbrechen. Schmerzen gibt es im Körper. Im Verstand. Im Herzen. Aber da ist noch etwas anderes. Im Inneren brennt ein Feuer. Der Schmerz kann es nicht erreichen. Er weiß nichts von seiner Existenz. *Niemand* weiß von seiner Existenz. Es ist ein *Geheimnis.* Es ist nur ein auf die Hand eines Jungen geschriebenes Wort. Er hat es gerade erst gelernt, der Teil einer Geschichte über Männer und Frauen in langen Ledermänteln. Der Junge hat das Wort nicht verstanden, also bat er den Geschichtenerzähler, es ihm auf die Hand zu schreiben. »Kannst du lesen?«, fragte der Geschichtenerzähler. »Natürlich nicht«, erwiderte der Junge. »Aber ich muss nur dieses eine Wort kennen.«

Nach diesem Wort griff ich, als Heryns Stimme das Lied durchschnitt. »Erstaunlich«, sagte er. »Anscheinend ist doch mehr an der Legende der Bardatti, als ich für möglich gehalten hätte.« Die Stimme veränderte sich, als würde sie sich in eine andere Richtung bewegen. »Knebelt sie«, befahl er. Ich spürte eine Hand auf der Wange. Sie schickte ein kleines Beben durch den Rahmen, und der Schmerz wurde wieder stärker. »Das geht so nicht. Wir werden wieder von vorn anfangen müssen.«

Am siebten Tag gaben sie mir etwas. Es war eine Flüssigkeit. Ich konnte weder ihren Geschmack noch ihre Farbe erkennen. Zu solchen Dingen war ich nicht länger fähig.

Zuerst ließ mich die Flüssigkeit würgen. Sie bahnte sich einen Weg meinen Hals hinunter in meinen Magen. Von dort aus breitete sie sich in meine Arme, Beine und jeden anderen Körperteil aus. Sie kroch in meine Hände und Füße, dann in meine Finger und Zehen.

Meine Augen öffneten sich. Ich konnte die Lichtung sehen, Heryn und Dariana, die beiden Troubadoure. Es dauerte einen Augenblick lang, bis ich begriffen hatte, dass meine Sehkraft zurückgekehrt war und ich wieder wusste, was »Sehkraft« überhaupt war. Die Agonie war noch immer da, aber jetzt war sie schlimmer, weil ich sie nicht nur einfach fühlte. Ich verstand sie. Die vergangenen Tage hatte mich der Schmerz eingehüllt, und ich hatte dabei vergessen, dass noch andere Dinge existierten.

»Du wolltest entkommen«, erklärte Heryn. »Aber das kannst du nicht. Noch nicht.«

Ein Lachen entschlüpfte meiner Kehle. Mein Blick wanderte an meiner Brust vorbei nach unten auf meinen Körper. Ich sah wirklich schlimm aus. An einen Pfahl gefesselt, Nadeln ragten aus meinem Gesicht und dem nackten Oberkörper, stachen durch meine zerrissenen und beschmutzten Hosen in meine Genitalien. Es hatte nicht den Anschein, als könnte ich einen Finger rühren, geschweige denn entkommen.

Aber davon sprach Heryn nicht. Das verstand ich. Einem Teil von mir gefiel die Tatsache, dass Heryn sich sorgte, ich könnte den Verstand verlieren. Ich wäre durchaus zufrieden gewesen, auf diese Weise zu sterben – das gebrochene und sabbernde Wrack von etwas, das einst ein Mann gewesen war. Vermutlich würde es Heryn sehr wütend machen, wenn ich die Qualen nicht richtig mitbekam, die er so geduldig austeilte. Eine Darbietung ohne vernünftiges Publikum war sinnlos.

Vielleicht zum ersten Mal akzeptierte ich wirklich, dass ich sterben würde. Dabei würde ich nicht nur mein Leben verlieren; ich würde allein und von Schmerzen gepeinigt sterben, bis zum Bersten gefüllt mit den kranken Ausdünstungen eines Lebens voller Fehlschläge. *Schön. Soll es eben so sein, wie Heryn sagte. Sollen sie doch Geschichten über Falcio den Narren erzählen. Falcio, der wie ein Kind glaubte, dass sich die Welt verändern würde, nur weil man das wollte.*

Ich blinzelte. *Mach mit mir, was du willst, Dashini oder Ungetaufter oder Greatcoat oder wie immer du dich nennen willst. Denn ich habe einen Schild gefunden, den du mit deinen Nadeln nicht durchbrechen kannst.*

Akzeptanz.

Ich akzeptiere.

Was machst du jetzt, Heryn? Ich akzeptiere alles. Die Qualen, das Elend, das Bedauern. Ich will es.

Ich heiße es willkommen.

Ein kleines Fünkchen der Freude flammte in mir auf. *Sollen sie weitermachen.* Es waren sieben Tage gewesen. Sollte es noch sieben weitergehen. Oder siebzig. Oder siebenhundert.

Es wäre eine schöne Art zu sterben gewesen. Nicht unbedingt mutig, aber das brauchte es auch nicht zu sein. Es hätte ausgereicht.

Ich war gefesselt, aber ich glaubte, dass ich mich befreite.

Unglücklicherweise geschah am späten siebten Abend etwas, das mich zurückholte und mir mehr Leid brachte, als Heryns Gifte und Nadeln vermocht hätten.

Valiana versuchte mich zu retten.

Sie tat ihr Bestes, leise zu sein, aber ihr fehlte die nötige Ausbildung, und natürlich hörte man sie. Sie tat ihr Bestes, schnell zu sein, aber ihr mangelte es an der Schnelligkeit, sie zu überwinden. Sie tat ihr Bestes, um zu kämpfen, aber sie litt noch immer unter den Verletzungen, aus Rijou.

Am Ende war das Einzige, das sie wirklich gut zustandebrachte, ihre Tapferkeit. Sie überstand fünf Klingenkontakte, bevor Dariana sie umging und am Hals packte.

Heryn berührte ihr Gesicht. »Du hattest recht, Dariana.« Ungläubig schüttelte er den Kopf. »Ich sagte, wir müssten das Mädchen holen, dass sie nie so dumm sein würde, uns zu suchen. Und hier ist sie. Ein hübsches Vögelchen, das sich auf unserer Lichtung niederließ.« Er ließ sie los und kam zu mir herüber. Er nahm die Nadel, die zwischen den Knochen meines Handgelenks steckte. Ich schrie. Er entfernte die Nadel in meinem Ellbogengelenk, und plötzlich hatte ich das Gefühl, als wäre der Arm nicht länger vorhanden.

Er nahm sich eine Nadel nach der anderen vor, die er so sorgfältig an den Nervenenden meiner Gliedmaßen platziert hatte. »Herzlichen Glückwunsch, Falcio val Mond«, sagte er, während er arbeitete. »Endlich haben wir, was wir brauchen, um dir deinen Neunten und letzten Tod zu geben.«

Sie werden sie töten, dachte ich plötzlich. *So werden sie das machen. So werden sie den Schild meiner Akzeptanz durchbrechen.*

Trotzdem stimmte etwas nicht.

»Ich glaube, du hast einen Tag übersprungen«, flüsterte ich.

»Da hast du recht«, erwiderte Heryn. »Das Mädchen ist ein entscheidendes Element bei deinem letzten Tod, aber vorher wartet noch eine andere Sache.«

»Dann solltest du vielleicht damit fertig werden.« Ich war mehr bereit zu sterben, als ich je bereit zu leben gewesen war.

»Er hat recht«, sagte Dariana, die mein Gesicht gemustert hatte. »Er ist nicht mehr lange von dieser Welt.«

Heryn schüttelte den Kopf. »Wir warten. Wir haben eine Vereinbarung. Daran müssen wir uns halten.«

»Sie hätte mittlerweile hier sein müssen«, sagte Dariana und warf einen Blick in den nächtlichen Sternenhimmel.

»Wir warten«, wiederholte Heryn. Er wandte sich den

Troubadouren zu, die schlaff in ihren Fesseln an den Bäumen hingen. Colwyn war irgendwann gestorben, aber sie hatten ihn nicht abgenommen. So viel zu dem Versprechen, ihnen nichts anzutun.

»Immer schön aufmerksam bleiben, kleine Bardatti. Sie wird bald hier sein, und was dann geschieht, so etwas hat seit hundert Jahren keiner mehr gesehen.«

Als sie zu mir kam, war es noch immer die siebte Nacht, kurz vor Morgengrauen. Mein Zeitgefühl kam von der Kühle der Luft, die gegen das Brennen ankämpfte, das von den Nadeln ausging und über die Leinwand meiner Haut ausstrahlte. Ich konnte die Insekten und kleinen Tiere des Waldes lauter als gewöhnlich hören, als versuchten sie durch ihr normales und natürliches Verhalten die Gräueltaten zu überdecken, die in ihrem Revier begangen wurden.

Meine Augen waren geschlossen, aber ich konnte sie sehen.

»Es ist fast so weit, Falcio«, sagte sie. Die Nachtluft spielte mit ihrem Haar. Ich hatte ganz vergessen, wie lockig es doch war. Aber das kann man mir schlecht zum Vorwurf machen. Sie war vor mehr als fünfzehn Jahren gestorben.

»Wozu, mein Liebling?«, fragte ich, obwohl der Laut, der über meine Lippen kam, kaum mehr als ein Stöhnen darstellte.

»Du musst jetzt tapfer sein«, sagte Aline.

Unter meinen Wimpern spürte ich einen Anflug von Tränen. Das Gefühl war so flüchtig, und doch spürte ich es so stark wie die stechenden Schmerzen in meinen Knochen und meinem Fleisch.

»Ich war tapfer«, sagte ich so wehleidig wie ein Kind, das gerade einer Missetat beschuldigt worden war.

Sie hob die Hand nahe an mein Gesicht. Ich sehnte mich so sehr danach, ihre Haut zu fühlen. Ihre Gesichtszüge hatte ich vergessen, aber ich konnte mich an jede Schwiele dieser Hände erinnern, jede Krümmung der Finger. Das erste Gelenk des dritten Fingers an ihrer linken Hand wies eine leichte Krümmung auf, die es ihr immer erschwert hatte, ihren Ehering anzustecken. Es ist leichter, ihn immer zu tragen, hatte sie eines Tages zu mir gesagt. Auf immer, hatte ich zugestimmt. Für alle Ewigkeit. Aber auch wenn ich mich an jeden Teil ihres Körpers erinnerte, war es nicht mehr als eine Erinnerung, und selbst in meinen Halluzinationen konnte ich ihre Hand nicht auf meinem Gesicht spüren.

»Warum berührst du mich nicht, Aline?«, fragte ich. »Sollte eine Ehefrau nicht ihren Mann berühren, wenn sie so lange von ihm getrennt war?«

»Ich kann nicht«, sagte sie. »Das haben sie uns genommen.« Ich stellte mir vor, dass ein trauriger Ausdruck in ihren Augen lag, aber da waren keine Tränen. Aline hatte nie etwas vom Weinen gehalten.

»Das ist ungerecht«, sagte ich. »Die Folter kann ich verstehen. Der Mord ist unausweichlich. Aber ein Mann sollte doch zumindest halluzinieren können, dass ihm seine Frau das Gesicht streichelt, findest du nicht?«

Sie lachte leise. Ich hatte sie immer zum Lachen bringen können, auch wenn meine Worte nie besonders witzig gewesen waren. Was die Frage aufwarf, ob sie immer nur gelacht hatte, damit ich mich besser fühlte.

»Du musst jetzt sehr tapfer sein«, sagte sie.

»Das sagtest du bereits. Bin ich für diese Welt nicht schon tapfer genug gewesen? Habe ich nicht immer widerstanden, obwohl Ritter und Schläger und Meuchelmörder stets in der Überzahl waren? Habe ich nicht versucht, das Richtige zu tun, selbst wenn der Versuch hoffnungslos war? Habe ich meinem König nicht ein Messer in den Leib gestoßen, als er mich darum bat? Ich war tapfer, Aline. Ich fürchte mich nicht vor dem Tod.«

»Du bist so tapfer gewesen, mein Schatz. Aber jetzt musst du noch tapferer sein.«

»Aber warum?« Diesmal hörte ich den ächzenden Laut meiner Worte in meinen Ohren und nicht nur in meinem Verstand.

»*Weil sie eingetroffen ist.*«

Mühsam öffneten sich meine Lider, aber obwohl ich davon ausging, dass Aline verschwand, wechselte sich ihr Körper mit dem einer anderen ab. Die Sekunden vergingen, und meine Frau verblich, bis eine andere Frau vor mir stand, die äußerlich gesehen viel schöner als Aline war, deren schwarzes Herz aber meines erstarren ließ. Wo Alines Hand mich nicht berühren konnte, fühlte ich einen anderen Handrücken, der mir mit seiner glatten Haut und den perfekten geraden Fingern sanft über die Wange strich.

»Hallo, mein schöner Lumpenmantel«, sagte Trin. »Welch köstliche Augenblicke wir doch teilen werden.«

16
DER ACHTE TOD

Es mag seltsam klingen, aber als ich begriff, dass dort Trin stand, verspürte ich Erleichterung. Aline hatte mir gesagt, ich müsste tapfer sein, aber sie hatte nicht begriffen, wie tief ich bereits in der Verzweiflung steckte. Es war einfach nichts mehr übrig, in dem man hätte versinken können.

Es ist fast vorbei, versprach ich mir. *Sie wird mich foltern und verhöhnen, und wenn es sie dann langweilt, was unweigerlich passieren wird, wird es vorbei sein.*

»Erkläre mir, wie das funktioniert«, sagte Trin, aber sie sprach nicht zu mir.

Heryn bereitete mehr Nadeln vor, die zuerst in eine schwarze, dicke Flüssigkeit und dann in ein dunkelblaues Pulver getaucht wurden. »Da ist natürlich die *Mischung,* aber das dient nur der Übertragung der Magie. Es ruft ein uraltes Ding, das in seiner Wirkung wirklich wunderbar ist.« Er sah zu ihr hoch. »Habt Ihr Euren Teil mitgebracht?«

Trin zog einen kleinen Lederbeutel aus dem Hemd. Heryn bettete eines seiner kleinen schwarzen Tücher auf die Hand und hielt es ihr hin. Sie leerte den Beutel, etwas Kleines, Gelbes, Brüchiges fiel heraus. Ein Zahn.

»Ich habe dir doch gesagt, ich habe noch einen Zahn deiner Frau, Falcio«, sagte Trin. »Es war außerordentlich beschwerlich, den ersten zu besorgen. Den du so rüpelhaft weggeworfen hast. Glücklicherweise gab es mehr als nur einen.«

Sie wandte sich wieder an Heryn. »Reicht das? Damit er …«

Er nickte.

»Und für mich?«

»Ja, aber ihr müsst Hautkontakt haben.«

Trin fing an, sich ihrer Reitkleidung zu entledigen. Zuerst zog sie den langen braunen Mantel aus, dann öffnete sie schnell die ersten Knöpfe ihrer makellosen weißen Bluse. Sie blinzelte mir zu, machte langsamer weiter, einen Knopf nach dem anderen, hob das Kinn ein Stück und schob den Stoff langsam zur Seite, um ihre Brüste zu enthüllen, strich mit der Rückseite der Finger den Oberkörper entlang, bis sie den Bund ihrer Reithosen erreichte. Mit einstudierter Leichtigkeit schlüpfte sie heraus und legte die Unterwäsche ab, bis sie nackt vor mir stand.

»Wisst Ihr, ein kleines Stück Haut hätte gereicht«, meinte Dariana.

»Wo bliebe da der Spaß?«, erwiderte Trin.

»Wir sollten bald beginnen«, sagte Heryn. »Die Vorbereitungen sind getroffen.«

Trin trat zu mir, schob die Fetzen meines Hemdes von meinen Schultern und zog mir die Hose aus. Die Reste meiner Unterwäsche schnitt sie mit dem Messer auf, was vermutlich auch besser war, waren sie doch beschmutzt.

»Auch das ist unnötig«, sagte Dariana.

»Bist du eifersüchtig, weil dir das nicht eingefallen ist?«, fragte Trin. Ihre Hand fuhr zwischen meine Beine, und sie streichelte mich. »Könnt ihr ihn hart machen?«, wollte sie wissen. »Ich will, dass er hart ist.«

Heryn schüttelte den Kopf. »Er ist gelähmt. Wir haben die Nerven seines Körpers zerstört. Er fühlt den Schmerz, und sonst nichts. Da ist nur noch ein kleines Stück seines Verstandes, das man zerstören kann.«

»Und sein Herz«, sagte Trin. »Wir wollen doch nicht das Herz meines geliebten Lumpenmantels vergessen.« Sie legte die Arme um mich, den einen hinter mein Kreuz, den anderen um meinen Hals. Sie schob das rechte Bein um mein linkes und drückte sich fest an mich, als wäre ich der Mast eines Schiffes in einem Sturm.

»Du bist ambitioniert«, murmelte ich. Eigentlich hatte ich etwas Witzigeres sagen wollen, aber dazu fehlte mir die Kraft.

»Es ist Zeit«, verkündete Heryn. Er hielt die beiden langen Nadeln in die Höhe und trat hinter mich. »Ich muss die Instrumente ganz genau setzen, Lady Trin.« Ich fühlte, wie er Trins Hand aus meinem Kreuz schob.

Dann durchbohrte die Nadel Haut und Muskeln, um sich in mein Rückgrat zu schieben. Natürlich schmerzte es, aber auch nicht mehr als das, was ich zuvor erlebt hatte. Selbst als Heryn die zweite Nadel durch meinen Nacken in meinem Schädel trieb, verspürte ich nur Erleichterung. *Es ist fast vorbei.* Ich sah zu den Bardatti herüber. Colwyns tote Augen schienen mich zu verurteilen. In Nehras stand nur blankes Entsetzen geschrieben.

»Armer Falcio«, sagte Trin und küsste meinen Hals. »Keine Angst, du wirst nicht allein sein. Ich bin auf der ganzen Reise bei dir. Ich werde sehen, was du siehst, und fühlen, was du fühlst. Wir werden jeden kostbaren Augenblick miteinander teilen, du und ich. Oh, und *sie* natürlich auch.«

Bevor ich mich fragen konnte, wovon sie da eigentlich sprach, fielen mir die Augen zu, und meine Atmung verlangsamte sich. Da war ein Licht, aber es war nicht das Licht, das angeblich auf einen Mann im Augenblick seines Todes zukommt. Stattdessen war es das alltägliche Licht von Öllampen, die an den Holzbalken einer niedrigen Decke hingen und den Gemeinschaftsraum einer ganz gewöhnlichen Schenke erhellten. Um die Feuerstelle in der Mitte standen lange Bänke. Am anderen Ende erhob sich eine Theke, und ein Mann Anfang vierzig spülte Becher in Vorbereitung auf die Abendkundschaft. Der Raum kam mir irgendwie vertraut vor.

»Also wirklich«, hörte ich Trins Stimme tief in mir. »Es ist perfekt.«

Die Türen flogen auf, und vier Männer kamen in Sicht. Herzogliche Wächter; stämmige, raue Männer, kaum besser als gewöhnliche Schläger. Einer war größer als die anderen. Er trug eine Axt, und an dieser Axt erkannte ich ihn sofort. Sein Name war Fost. Dann sah ich, dass die anderen drei etwas mit sich zerrten, und dieses *Etwas* wehrte sich, kratzte und biss. Die Frau schrie und kämpfte, und als das Licht der Lampen auf ihr Gesicht fiel, erkannte ich es sofort.

In diesem Augenblick begriff ich endlich, was hier geschah, wessen ich Zeuge werden würde. Erst da verstand ich Alines Worte. *Du musst jetzt sehr tapfer sein, Falcio.*

Aber ich konnte nicht. *Nicht das.*

Sie drückten Aline auf den primitiven Holztisch und fetzten ihr das hellgraue Kleid vom Körper. Mit aller Kraft versuchte ich die Augen zu schließen, aber es gelang mir nicht. Meine Augen waren ja bereits geschlossen, und ich konnte alles mit perfekter Klarheit sehen, so scharf, als würde ein Messer die Bilder in jedes Auge schnitzen.

Aline wollte nach ihnen treten, aber zwei Männer hielten ihre Beine fest, während der dritte so brutal an ihren Armen zog, als wollte er sie zwei Kleidergrößen länger machen. Ich flehte mein Herz an doch zu schlagen aufzuhören, aber stattdessen fühlte ich, wie es einem Vogelherz gleich nur noch schneller schlug, und ich erkannte, dass ich Trins Herz auf meinem spürte.

Die Männer lachten jetzt. Sie sagten etwas über eine Kuh, die Milch spendete, dann schob Fost die Hose herunter bis zu den Knien. Er sagte noch etwas, das ich nicht verstehen konnte. Das Gelächter der Männer war zu laut, und Trin kicherte mir ins Ohr.

Aline schrie ihnen Schmähungen entgegen. Sie sagte, es gäbe einen Fluch, mit dem sie sie belegen könne, der sie und alle Männer wie sie vernichten würde. Sie sagte, man

könnte finsterere Dinge als die widerwärtigen Gelüste von Vergewaltigern und Mördern auf diese Welt loslassen. Sie sagte, ihr Ehemann würde sich an ihnen rächen. Die Männer lachten nur weiter, und als Fost fertig war, übernahm er den Platz eines der Männer, die ihre Beine festhielten – ein fetter Mann mit einer Halbglatze aus roten Haaren. In dem Augenblick, in dem Fost nach ihr griff, zog sie das Bein ruckartig an und trat dem Fetten mitten ins Gesicht. Blut schoss aus seiner Nase. Dafür schlug er sie. Sie nutzte die kurze Ablenkung, um eine Hand von dem Mann zu befreien, der ihre Arme hielt, schlug zu, die Fingerspitzen fest aneinandergehalten. Als hielte sie einen Schreibstift, rammte sie sie ihm ins Auge.

Während Aline kämpfte, schrie sie. Sie schrie den Wirt an, ihr zu helfen. Sie erzählte Lügen und behauptete, Männer mit Schwertern träfen gleich ein, und sie würde jeden Mann verschonen, der ihr half. Aber der Wirt half ihr nicht. Ich sah zu, wie er sich abwandte und stumm den Raum verließ.

Fost und seine Männer brachten sie wieder unter Kontrolle, aber sie spuckte dem Mann, der ihre Arme hielt, einen abgebrochenen Zahn ins Auge. Mein tapferes, wunderschönes Mädchen hatte ihn im Mund behalten, um ihn als Waffe zu benutzen. Aber Zähne sind keine Schwerter, und ein unbewaffnetes Mädchen kann nicht gegen vier starke Soldaten gewinnen, ganz egal wie mutig sie ist.

Der Fette war nun an der Reihe. Ich beobachtete, wie ihr Blick auf der Suche nach einer Waffe oder einer Möglichkeit, ihre Angreifer abzulenken – und wenn auch nur für einen Augenblick –, in alle Richtungen zuckte. Einen Moment lang glaubte ich, unsere Blicke würden sich treffen. Aber natürlich war das unmöglich.

Mein tapferes Mädchen konnte sich losreißen und schlug mit dem Ellbogen nach Fost. Sie traf ihn am Hals, und er stolperte zurück. Er bellte einen Befehl, und einer seiner Männer erwiderte etwas, aber das Rauschen meines Blutes in den Ohren übertönte jeden Laut. Die anderen drei Männer, die nun alle mit Kratzern übersät und blutig waren, packten Aline wieder.

Fost griff nach seiner Axt. »Es reicht«, sagte er. Dann fügte er ein paar letzte Worte hinzu, und die hörte ich so deutlich wie ein Gewitterdonnern in einer trockenen Nacht. »Für meine Bedürfnisse braucht sie bloß zwei Titten und eine Fotze.«

Als er die Axt hob, riss Aline voller Entsetzen und Qual die Augen weit auf, und was wie endloser Mut erschienen war, versiegte zu den letzten Tropfen in der Flasche. Da sah sie mich an, ich schwöre es. Ich hörte sie meinen Namen schreien. »Falcio! Falcio! Falcio!«

Ich betete, dass auch ich den Fall der Axt spüren würde, aber das tat ich nicht. Schließlich war sie allein gewesen.

Noch mehr Gelächter ertönte, während das Licht in der Schenke verblasste. Ich schlug die Augen auf und sah Trins schweißbedecktes Gesicht vor mir. Ihre Lippen standen einen Spalt weit geöffnet. Ihr Blick ging ins Leere, sie klammerte sich noch immer an mich. Ihr Atem ging schwer, und sie stieß ein leises Stöhnen aus. Sie erlebte ihren Höhepunkt.

»Es ist vollbracht«, sagte Heryn, und ich fühlte, wie die Nadel langsam aus meinem Schädel gezogen wurde. Dann kam die im Rücken dran. Die anderen ließ er dort, wo sie steckten.

Schließlich entfernte Trin ihr Bein, dann die eine und schließlich auch die andere Hand.

»War es zufriedenstellend?«, fragte Dariana. In ihrer Stimme lag nicht das geringste Gefühl.

Trin hielt noch immer meinen Blick fest. »Ich will es noch einmal tun.«

Heryn lachte leise. »Ich fürchte, das ist nicht möglich, Lady, es würde sein Leiden auch nicht steigern, wenn Ihr das wollt. Er ist jetzt gebrochen und fast für den Neunten Tod bereit.«

»Schade«, sagte Trin, und ich sah zu, wie sie sich wieder anzog.

Als sie fertig war, trat Heryn vor sie. »Die Vereinbarung wurde …«

»Ja, ja, mein lieber Ungetaufter, unsere Vereinbarung ist erfüllt.«

»Gut, dann …«

»Dennoch würde ich gern eine kleine Veränderung hinzufügen.« Sie zog einen Dolch aus dem Gürtel. »Und zwar, was die namenlose Schlampe betrifft, die ihr dort vorn gefesselt habt.« Trin ging um Heryn herum und auf Valiana zu. Dariana vertrat ihr den Weg.

»So lautete die Vereinbarung nicht.«

»Sie hat recht«, sagte Heryn. Als sich Trin ihm mit finsterer Miene zuwandte, schüttelte er den Kopf. »Es wäre unklug, mit uns die Treue zu brechen.«

Einen Augenblick lang standen sie alle drei reglos da, dann steckte Trin den Dolch in den Gürtel, kam zu mir zurück und lächelte. »Ich werde mich mit der Erinnerung begnügen müssen, mein schöner Lumpenmantel.« Sie gab mir einen Kuss auf die Wange. »Vielen Dank, Falcio. Dafür werde ich dich immer lieben.«

Seltsamerweise fing ich an zu weinen. *Wie kann es noch immer Raum für Elend in mir geben?* Ich sagte mir, dass es nur an den Nadeln und den Ölen und den Pulvern liegen konnte, die sie bei mir benutzten. Falcio war vermutlich schon vor Tagen gestorben, dieser dumme Mann, und diese seltsamen Dashini-Geheimnisse hielten nun die Reste seines Körpers zusammen. *Es ist vorbei,* sagte ich mir. *Hör auf zu atmen. Hör einfach auf.*

Aber ich konnte nicht. Luft drang in meinen Mund und verließ ihn auf dem gleichen Weg. Aus der Welt drang Schmerz in mich ein und wuchs in mir. Ich war nicht tot. Ich war ein Garten für Scham und Bedauern. Aber Aline hatte etwas gesagt, nicht wahr? Es konnte noch nicht besonders lange her sein. Etwas über Tapferkeit. *Du musst jetzt tapferer als je zuvor sein, Falcio.* Das hatte sie gesagt. *Aber ich kann nicht tapfer sein,* dachte ich. *Ich bin viel zu sehr damit beschäftigt, in meinem Herzen Versagen zu züchten. Es hat Wurzeln geschlagen, und es wächst und gedeiht.* Und trotzdem fielen mir ihre Worte ein. *Du musst jetzt tapfer sein. Tapferer als je zuvor.*

Ich zog in Betracht, meine Frustration herauszuschreien. Ich würde sie alle bedrohen. Ich würde ihnen jede Qual beschreiben, die mein Zorn ihnen antun würde, genau wie Aline es gemacht hatte. Ich würde eine Vergeltung versprechen, die die Götter und die Heiligen den Blick von Tristia abwenden lassen würden, und zwar aus Furcht, was sie sehen würden, wenn Falcio schließlich wieder frei war. Aber das war keine Tapferkeit, das war einfach nur Prahlerei. Was nutzten schon die Drohungen einer Leiche, selbst wenn sie den eigenen Tod noch nicht akzeptiert hatte? Aber es musste eine Antwort geben. Aline hatte mir befohlen tapfer zu sein. *Sehr* tapfer. *Tapferer als je zuvor.* Was hatte der König immer gesagt? Unsere größte Stärke ist unser Urteilsvermögen? Unsere beste Waffe ist unser Wissen über das Gesetz. Es erschien so banal, aber was war sonst noch übrig?

Schön, dachte ich bei mir. *Soll die letzte Sache, die sie von mir hören, die Sache sein, die sie am meisten schmerzt. Soll das letzte Messer in einer Hand das mit der reinsten Klinge sein.* Also fing ich an, die Gesetze des Königs zu rezitieren, eines nach dem anderen, so wie ich es in meinen stolzesten Augenblicken an der Seite meiner Kameraden, den Greatcoats, getan hatte, wie ich es im Kerker von Rijou getan hatte, als ich am Ende zu sein glaubte. Mit dem ersten Gesetz fing ich an. *Ich sage es hundertmal auf,* nahm ich mir vor. *Dann nehme ich das zweite.*

»Der Mensch muss frei sein, so lautet das Erste Gesetz«, sang ich leise. »Denn ohne die Freiheit der Entscheidung können die Menschen nicht ihrem Herzen dienen, und ohne Herz können sie nicht ihren Göttern, ihren Heiligen oder ihrem König dienen.«

Meine Stimme war so leise, dass weder Heryn noch Dariana nahe genug waren, um mich verstehen zu können. Trin schaute auf und beugte sich vor, als wollte sie versuchen zu verstehen, was ich da sagte.

»Der Mensch muss frei sein, so lautet das Erste Gesetz«, wiederholte ich etwas lauter, wie ich glaubte. Ich sagte es immer wieder. Trin kam noch näher heran, bis ihr Ohr beinahe meinen Mund berührte, also sagte ich es erneut. Ich wiederholte die Worte immer wieder, denn tief in meinem Herzen wusste ich, dass sie Magie waren, dass, wenn ich sie immer wieder sagte, sie die Fäulnis in mir und meiner Umgebung durchbrechen würden.

Schließlich trat Trin zurück. »Ich glaube, er ist für euren Neunten Tod bereit«, sagte sie. Sie ließ mich nicht aus den Augen und sah ehrlich überrascht aus.

»Wie kommt Ihr darauf?«, fragte Heryn.

»Weil er immer nur ›tötet mich, tötet mich‹ wiederholt.«

17

DIE GEDULD DES KÖNIGS

»Verratet Ihr mir, worum es geht?«, fragte ich.

Der König und ich aßen in dem Wintergarten zu Mittag, den er auf einer der großen Wiesen vor den Mauern von Schloss Aramor errichtet hatte, und besprachen einen Eigentumsdisput. Es herrschte angenehmes Wetter, am Himmel waren wenige Wolken, »gerade genug zur Dekoration«, wie meine Mutter gesagt hätte. Einer der Höflinge hatte eine Botschaft gebracht. Das Gesicht des Königs hatte sämtliche Farbe verloren, nachdem er sie geöffnet hatte, und die nächsten Minuten saß er einfach nur da und starrte sie an.

Schließlich sagte er: »Ich habe etwas getan, Falcio.« Mit zitternden Händen nahm er den silbernen Weinpokal und führte ihn an die Lippen.

»Euer Majestät?«

»Es war …« Er nahm nur einen Schluck, bevor er den Pokal wieder abstellte, als hätte er das Gefühl, kein Recht auf diesen Wein zu haben. Er stand auf und ging zu den hohen Fenstern mit den Buntglasbögen, die auf den Hof schauten, auf dem die Greatcoats gedrillt wurden. »Könige *benutzen* Menschen, Falcio.«

Ich wusste nicht, was ich darauf antworten sollte, also versuchte ich es auf die leichte Schulter zu nehmen. »Sind Könige nicht dazu da? Die, die etwas können, tun es, die anderen herrschen?«

Er schluckte den Köder nicht. »Es ist notwendig. Manchmal weiß man, dass man Leute in den Kampf und vermutlich in den Tod schicken muss. Damit kann ich leben. Aber es gibt Augenblicke, in denen man ein Leben nicht aufgrund einer Sicherheit verbraucht – nicht aufgrund gesicherter Erkenntnisse, das Richtige zu tun, sondern einer Möglichkeit. Einer Wette. Sogar einer Laune.«

Ich verstand nicht, was er meinte. Der König hasste Gewalt. Er hasste es, unsere Leben aufs Spiel zu setzen. Das wussten wir alle.

»Wir melden uns freiwillig«, sagte ich. »Kein Greatcoat ist ein Wehrpflichtiger. Das ist nicht so wie bei den Herzögen …«

»Ritter sind auch keine Wehrpflichtigen«, sagte er.

Beinahe hätte ich ausgespuckt. In jenen Tagen reichte schon das Wort Ritter aus, um mich mit Zorn zu erfüllen. »Vergebt mir, Euer Majestät, aber Ritter greifen zu den Waffen, um ihr Ego zu befriedigen, sie glauben, dass ihr Reichtum, ihre Ausbildung, ihre Rüstung und die Götter wissen was noch alles sie zu wichtig machen, um sterben zu können. Fällt ein Ritter in der Schlacht, trägt sein Gesicht immer den Ausdruck der Überraschung.«

»Und die Greatcoats?«

»Wir verbringen unser Leben im Dienst einer gerechten Nation. Einer gerechten *Welt.*«

Der König stieß ein kleines, reuevolles Lachen aus. »Falcio, wir sind ein sehr kleines Land. Eines Tages wirst du einen Fuß außerhalb unserer Grenzen setzen und entdecken, wie klein wir wirklich sind.«

»Nun, ich fange damit an, hier für Gerechtigkeit zu sorgen. Um diese anderen Länder kümmere ich mich, wenn ich mehr Zeit habe.«

Der König sah mich mit seinem schiefen Lächeln an. »Du bist ja sehr von dir überzeugt, Erster Kantor.«

»Nein. Ich bin von Euch überzeugt.«

Das Lächeln des Königs wurde zu einem traurigeren Ausdruck. Er wandte sich von mir ab. »Es gibt Tage, Falcio, an denen die drückende Last deines Vertrauens beinahe mehr ist, als ich ertragen kann.«

»Ich …«

Er winkte ab, und ich schwieg. So verharrten wir eine Weile, der König stand am Fenster, während ich ein paar Schritte entfernt saß. Der König hatte mich nicht entlassen, also entschied ich, mich auf unsere Freundschaft zu verlassen. »Was habt Ihr getan?«

»Hm?«

»Ich fragte, was habt Ihr getan?« Falls man einen Greatcoat auf eine Mission geschickt hatte, von der er nicht zurückkehren würde, wollte ich das wissen. »Ihr habt offensichtlich etwas getan, das auf Eurem Gewissen lastet. Wen habt Ihr geschickt?«

Er schüttelte den Kopf. »Niemanden, den du kennst.«

Aus irgendeinem Grund überraschte mich die Antwort. Die Greatcoats waren die fähigsten Duellkämpfer des Landes. Ich kannte jeden von ihnen mit Namen. Jemanden auszuschicken, der nicht so fähig war, erschien … rücksichtslos. »Wenn diese Mission so wichtig ist, warum dann nicht einen von uns schicken?«

»Weil ich jemanden brauchte, den man verderben kann.« Er wandte sich wieder mir zu. »Und ich musste hoffen, dass sie eine Beeinflussung überwinden, die jeden Mannes Seele vernichten würde.«

»Wie soll …«

»Es reicht«, sagte Paelis. »Ich bin deine Fragen müde, Falcio. Ich bin es leid, dass du hier sitzt und mich ansiehst wie ein …« Er zerknüllte die Botschaft und ließ sie zu Boden fallen. »Zu allen Höllen mit deinem Glauben, Falcio.« Er trat aus der Tür und ging über die Wiese zum Schloss zurück, ließ mich mit Essen, Wein und meinen Aufzeichnungen zum Eigentumsdisput zurück. Nach ein paar Minuten bückte ich mich und hob das zerknüllte Papier auf. Ich strich es glatt und las.

Dort stand nur ein von Frauenhand geschriebener Satz. *»Ich habe mich verloren.«*

Am Morgen des neunten Tages interessierte ich mich nicht länger für die Schmerzen oder mein Leben oder gar meine Seele. Zumindest darin hatten die Dashini ihre Macht über mich verloren.

Dariana, Heryn und zwei weitere Dashini blieben. Auf der einen Seite der Lichtung saß Valiana an Händen und Füßen gefesselt auf dem Boden. Auf der anderen Seite hingen die Bardatti noch immer an den Bäumen. Colwyns Leiche stank mittlerweile so schlimm, dass selbst ich sie riechen konnte. Die noch immer geknebelte Nehra ließ mich nicht aus den Augen. Unter ihrem Blick fühlte ich mich schuldig.

Sie brauchten die Troubadourin, denn sie sollte bezeugen, was man mit mir machte und die Geschichte meines Todes verbreiten. Aber Valiana würde man umbringen, denn sie hatte keinen Wert für sie. Sie war nur ein kleiner, hässlicher Teil meines Todes.

Trotz meiner quälenden Erschöpfung konnte ich die Ironie der Situation erkennen. Zuerst gab ich dem Heiler Firensi die Schuld. Warum hatte er sie gehen lassen? Sie hatte einen Schwertstich in der Brust davongetragen. Er hätte sie einen Monat lang ans Bett fesseln müssen. Also versuchte ich ihn zu verfluchen, konnte aber nicht den nötigen Willen dafür aufbringen.

Valiana hatte den Tod gesucht, seit sie diesen verdammten Mantel das erste Mal angezogen hatte. Denn sie wollte der Welt beweisen, dass man Heldentum in jedem finden konnte. *Ich bin Valiana val Mond, verdammt. Ich werde dafür sorgen, dass das etwas zählt.* Es würde etwas zählen. Man würde sie dazu benutzen, meinen Tod noch etwas schlimmer zu machen. Statt andere zu inspirieren würde ihr Beitrag zur

Geschichte dabei helfen, ein für allemal zu beweisen, dass es so etwas wie einen noblen Tod nicht gab.

Heryn war an diesem Morgen ausgezeichneter Laune. »Weißt du, Falcio, wie oft dein schwacher König versucht hat, unseren Orden zu infiltrieren?«

»Einmal zu wenig?«, schlug ich vor. Nein, das hatte ich nicht gesagt. Ich glaubte es, aber der Laut, der über meine Lippen kam, war nur ein Wimmern. »*Bitte.*«

»Zwölfmal. Zwölfmal schickte er Greatcoats, um uns zu finden, um sich in den Orden einzuschleichen.« Er zog einen kleinen Beutel aus dem Mantel. »Ich verwahre Souvenirs.« Er öffnete den Beutel und enthüllte Fingerknochen. »Zwölf Männer. Zwölf kleine Finger.«

Vermutlich wollte Heryn, dass ich in diesem Augenblick Entsetzen oder Zorn über meine gefallenen Kameraden verspürte. Aber der Anblick der Knochen ließ mich nur an ihre Familien denken. Jeder dieser toten Greatcoats musste jemanden gehabt haben, der ihm etwas bedeutete, der sich gefragt hatte, wo er geblieben war. Diese Menschen hatten nichts von ihren geliebten Angehörigen zurückbehalten.

Da ich im Moment absurderweise meine Fesseln vergessen hatte, versuchte ich die Hand auszustrecken, um Heryn die Knochen abzunehmen. Als ich endlich begriffen hatte, dass ich mich gar nicht bewegt hatte, sah ich, dass er vor seiner schwarzen Ledertasche mit ihren Nadeln und Fläschchen kniete.

Mir kam etwas Grobes und halbwegs Schlagfertiges in den Sinn, aber wieder waren die Worte, die aus meinem Mund kamen, ein Verrat. »Ja«, sagte ich. »Bitte. Bitte. Jetzt.« Ob es wohl half, wenn ich ihn Meister nannte?

Heryn schaute grinsend zu mir hoch. »Oh nein, diese Nadel ist nicht für dich bestimmt. Es wäre wohl kaum sehr elegant, wenn wir dir am Ende einfach ein Stück Stahl in den Schädel rammen, um dich zu töten. Nein. Bei der Wehklage geht es *allein* darum, dass du an Kummer stirbst, Erster Kantor. Verstehst du nicht, das sagt doch schon der *Name.*«

Er trat auf mich zu und schnippte an einer Nadel, die noch in meiner Brust steckte. Der Schmerz ließ mich verkrampfen, wodurch sich die vielen anderen Nadeln anfühlten, als würden sie in meinem Inneren abbrechen.

»Das alles soll nur deinen Körper vorbereiten, Falcio. Ist dir klar, dass du trotz der erlittenen Schmerzen weiterleben könntest? Du stehst an der Schwelle des Todes. Aber du musst sie selbst und aus eigenem Willen überschreiten.«

Er ging zu Valiana. Seine bedrohliche Gegenwart schien sie zu wecken, und sie fing an sich zu winden. Dariana hielt sie fest, während Heryn ihr die Nadel ausgesprochen vorsichtig direkt unter dem Auge in die Wange stach. Sie holte tief Luft und wollte schreien, brachte aber keinen Ton hervor. Tränen strömten aus ihren Augen, sie stöhnte. Ihre Qualen waren so intensiv, dass ich sie selbst fühlte; ein neuer Schmerz, vor dem mich weder mein zerstörter Körper noch mein gebrochenes Herz schützen konnte.

Also so sollte ich sterben, wenn es nach ihnen ging. Darum ging es bei der Wehklage der Greatcoats. Meine Gedanken kreisten nicht um zornige Worte oder gewalttätige Dinge, die ich Heryn und Dariana antun wollte. Stattdessen konnte ich nur noch daran denken, tot sein zu wollen. Ich wollte den Kopf gegen den Pfahl rammen, um mich bewusstlos zu schlagen, oder meine Zunge verschlucken, damit ich erstickte. Ich verspürte nur noch den Wunsch, über die Schwelle des Todes zu schreiten.

Macht mit ihr, was ihr wollt, aber lasst mich sterben, statt es mich sehen lassen, dachte ich. Aber nicht diese Worte kamen über meine Lippen.

»Halt«, sagte ich. Das verräterische Wort zwang sich seinen Weg vorbei an meinen zusammengebissenen Zähnen. »Hört damit auf.«

Heryns Grinsen wurde breiter. »Du hast deine Stimme

wiedergefunden? Ausgezeichnet.« Er drehte an der Nadel, und Valianas ganzer Körper verfiel in Krämpfe.

»Halt«, wiederholte ich und zerrte an meinen Fesseln, was die mit Knoten versehenen Schnüre sich nur noch tiefer in die Druckpunkte meines Fleisches graben ließ.

Dariana sah mich beunruhigt an, aber Heryn schenkte ihr keine Aufmerksamkeit. »Jetzt nicht sterben, Falcio, ich habe noch immer …«

Dariana blickte sich um. »Jemand kommt.«

Heryn war verärgert. »Ich höre nichts.«

»Ganz egal, was du hörst, da kommt jemand.«

»Also gut.« Er wandte sich an die anderen beiden Ungetauften. »Geht. Wer auch immer es ist, findet und tötet sie. Dariana und ich vollenden das Ritual.« Er sah mich an, die Hand noch immer auf der Nadel in Valianas Wange. »Stell es dir vor, Falcio. Stell dir vor, dass jemand zu deiner Rettung kommt. Lass die Hoffnung in dein Herz, nur einen Moment lang. Es wird den endgültigen Sturz umso süßer machen.«

Seine Ungetauften verschwanden. Aber trotz Heryns Drängen verspürte ich keine Hoffnung. Ich wusste, dass Kest nicht dort war. Ich wusste, dass Brasti nicht wunderbarerweise für mich zurückgekommen war. Ich war allein.

Eigentlich hätte mir der Gedanke Verzweiflung einflößen müssen. Aber irgendwie geschah genau das Gegenteil. Die Gleichung war so einfach, dass ich mich fragte, warum mir diese Klarheit an jedem Tag meines Lebens gefehlt hatte.

Ich war allein.

Valiana wurde umgebracht.

Das konnte ich nicht zulassen.

Es ist so einfach. Warum hatte ich nicht zuvor daran gedacht? Ich würde mich einfach von meinen Fesseln befreien und die Ungetauften töten, dann würde sie in Sicherheit sein.

Ganz einfach.

Ein achtjähriger Junge droht Himmel und Erde mit der Faust. *Mein Name ist Falcio val Mond. Ich werde ein Greatcoat.*

Aber der Junge besitzt nichts. Sein Vater ist weg, seine Mutter verkümmert langsam aus Einsamkeit. Er weiß weder, wie man kämpft noch wie man ein Schwert schwingt. *Trotzdem.*

Trotzdem ist da etwas in ihm.

In dir ist es auch, sagt er zu mir. *Es ist die eine Sache, die wir nie verloren haben. Es ist die eine Sache, die sie uns nicht nehmen können.*

Was ist es?, frage ich.

Der junge Falcio sieht mich an, als wäre ich ein Narr. *Du willst ein Wort dafür? Was soll es bringen, ihm einen Namen zu geben?*

Das weiß ich nicht. Irgendetwas. Namen sind von Bedeutung.

Schön, sagt er. Er schaut auf seine Hand. Dort steht etwas geschrieben. Dann blickt er zu mir hoch und grinst. *Es gibt ein Wort dafür, wer hätte das gedacht!*

Wie lautet das Wort?, frage ich.

Das weiß ich nicht. Ich kann doch noch nicht lesen, Dummkopf.

Zeig es mir, sage ich, und er denkt darüber nach, als wollte er es vielleicht als sein Geheimnis bewahren. Schließlich hebt er die Handfläche.

Kannst du es mir vorlesen?, fragt er.

Die Hand des Jungen ist verschwommen, genau wie die Welt um ihn herum. Aber das gilt nicht für das Wort. Das Wort ist klar. *Ja. Ja. Ich kann es lesen.*

Es ist das Einzige, das uns noch geblieben ist, nicht wahr? Die eine Sache, die sie uns nicht nehmen können.

Ja, stimme ich ihm zu. *Es ist die eine Sache, die sie uns nicht nehmen können. Soll ich dir das Wort sagen?*

Er schüttelt den Kopf. *Nein. Das ist nichts, was gesagt werden muss. Es ist etwas, das man* demonstrieren *muss. Du musst ihnen das Wort zeigen.*

Also gut, sage ich. *Aber ich will das Wort trotzdem verkünden.*

Wird es einen Unterschied machen?, will der Junge wissen.

Für mich schon, erwidere ich. *Worte sind* wichtig. *Ohne Worte gibt es keine Geschichten. Und ohne Geschichten hätten wir niemals von den Greatcoats gehört.*

Gut, sagt er, *dann sag mir das Wort, aber beeile dich. Es ist Zeit, ihnen zu zeigen, was unter all dem albernen Zeugs in uns steckt.*

Ich zögere kurz, denn ich habe Angst, und ich will ihn dazu bringen, mich erneut zu bitten.

Wie lautet das Wort?, fragt er.

»Mut. Das Wort lautet Mut.«

Der Junge lächelt. *Das ist ein gutes Wort*, sagt er. *Kann man ein solches Wort je vergessen?*

Ja, sage ich. *Man sollte das nicht tun, aber ich glaube, ich habe es tatsächlich eine Weile lang vergessen.*

Aber du wirst es nie wieder vergessen, richtig?

Niemals. Ich werde es niemals wieder vergessen. Sie werden uns nie wieder brechen.

Dann zeig es ihnen, drängt er mich. *Zeig ihnen, wie Mut aussieht.*

Der Junge will, dass ich mich von den Fesseln befreie und mich mit Heryn duelliere. Er denkt noch immer wie ein kleiner Junge. *So funktioniert das nicht*, will ich ihm sagen, aber ich will ihn nicht enttäuschen, also behalte ich das für mich.

»Erstaunlich«, höre ich Heryn sagen, der mit Dariana vor mich tritt. »Sieh ihn dir an. Er müsste völlig gelähmt sein. Er kann weder Arme noch Beine fühlen, auch sonst nichts außer den Schmerzen seiner zerstörten Nerven, aber sieh dir an, wie er an seinen Fesseln zerrt. Wenn man ihm Zeit lässt, könnte er sich vielleicht sogar befreien.«

Dariana sieht beunruhigt aus. »Ist das überhaupt möglich?«

Natürlich ist es das, du Närrin. Es gibt Dinge, die sind stärker als Hass und tödlicher als Furcht. Das ist eines davon. Die Welt verlangt eine Antwort auf Korruption und Verfall.

Heryn ist stumm, er kneift die Augen zusammen, aber dann lächelt er. »Ach, das Neatha. Es ist das Neatha.«

»Sollte es nicht alles schlimmer machen?«

»Das sollte man glauben, aber anscheinend erschwert es unseren Giften, seine Nerven zu fesseln. Ich vermute, die beiden Gifte bekämpfen sich in ihm. Trotzdem sollte er sich schon allein durch die Schmerzen und den Kummer nicht bewegen können. Warum macht er weiter?«

Dariana sieht mich lange an. Ihr Blick ist seltsam. Traurig. »Für sie«, sagt sie.

Heryn wirft einen Blick auf Valiana. »Das Mädchen?«

Dariana nickt, und ihre Stimme bricht kaum hörbar. »Es gibt keinen Schmerz, den er nicht erleiden würde, um uns daran zu hindern, ihr etwas anzutun.«

»Welche Torheit. Er hält sich für einen dieser Helden, wie man sie in alte Wandteppiche gestickt hat.« Er winkt ab. »Könnte er sich nur selbst sehen, was für ein erbärmliches und gebrochenes Bild er abgibt, würde ihm nicht einmal im Traum einfallen, sich zu bewegen. Er würde einfach mit dem letzten Rest Würde, den er noch hat, auf den Neunten Tod warten.«

In meinem Inneren hält der Junge die Hand hoch und zeigt das dort aufgeschriebene Wort, als könnte er die beiden zwingen, es zu sehen.

»Er hat keine Würde«, sagt Dariana. »Nur Mut. So sieht Mut aus.« Sie hält inne. »Das ist nicht einmal annähernd so wie in den Sagen.«

»Du klingst sentimental.« Heryn lacht, aber hinter seinem Spott erkenne ich Angst.

Ihre Stimmen werden laut und leise. In meinen Ohren dröhnen Blut und Feuer. Ich fühle, wie die Fesseln nachgeben, aber nur ein winziges Stück. *Noch ein Jahr oder zwei,* sage ich mir, *dann breche ich hier aus und zeige es ihnen.*

»Es reicht«, sagt Heryn schließlich. »Falcio val Mond, du enttäuschst mich. Dein Herz ist gebrochen. Dein Geist schwindet dahin. Und doch ist hier diese leere Hülle, die noch immer kämpft.« Er gibt Dariana ein Zeichen. »Aber wir haben keine Zeit mehr und werden anderswo gebraucht. Bring mir die letzte Nadel. Wir führen den Ersten Kantor mit einer simpleren Methode zu seinem letzten Tod.« Er sieht mich an. »Ziehe daraus so viel Trost, wie du willst, Falcio val Mond. Du hast unser Vorhaben vereitelt.«

Dariana zögert. Ich frage mich nach dem Grund. Sie hat einfach dagestanden und zugesehen, wie mich Heryn mit jeder Foltermethode gequält hat, die die Welt kennt. Sie hat nicht um Gnade für mich gebeten. Nicht einmal. Wären meine Hände frei, würde ich sie vermutlich zuerst töten. *Vergeltung hat nichts mit Mut zu tun,* denke ich. Oder höre ich es? Hat das Aline gesagt? Nein. Sie gab nie Erklärungen von sich. Paelis. Der König sagte das einmal. Zu mir? Nein. Es fällt mir wieder ein. *Geduld,* hatte er gesagt. *Vergeltung hat nichts mit Mut tun. Jetzt ist Geduld erforderlich. Selbst ein König braucht Geduld. Ein König braucht vor allem Geduld.* Wann habe ich ihn das sagen hören? Vor zehn, nein, zwölf Jahren – kurz nachdem Shanilla von dem Dashini ermordet worden war. Da war auch ein kleines Mädchen. Ich sah, wie es aus dem Zimmer lief.

Ich sehe Dariana tiefer in die Augen, als ihr recht sein dürfte, und in diesem Moment begreife ich endlich.

Ich habe etwas getan, Falcio.

Ein Mädchen läuft aus dem Zimmer.

Ein König braucht vor allem Geduld.

Eine zusammengeknüllte Botschaft auf dem Boden. *Ich habe mich verloren.*

Mein König, wie konntest du nur? Könige *benutzen* Menschen. Verborgene Pläne in Plänen. Männer und Frauen, die in alle Himmelsrichtungen geschickt wurden, die den letzten Befehl nicht verstanden, den du ihnen gabst. Aber all diese Befehle hatten einen tieferen Sinn, irgendeine verborgene Strategie. *Ein König braucht vor allem Geduld.*

»Es ist Zeit«, sage ich zu Dariana.

Einen Augenblick lang geschieht nichts. Sie sieht verwirrt aus. Unsicher. Als hätte sie eine Stimme gehört, wäre sich aber nicht sicher, von wem sie stammt. Wie hat man ihr das antun können? Wie hat der König das Wissen, wer sie wirklich ist, nur in ihrem Inneren einsperren können? Wie tief lag es begraben?

»Ich bin Falcio val Mond, der Erste Kantor der Greatcoats des Königs«, sage ich zu ihr. Meine Stimme ist ein heiseres Flüstern. »*Und ich bin das Herz des Königs.*«

Heryn ist ärgerlich. »Glaubst du, wir wissen nicht, wer du bist? Glaubst du, wir würden nicht den Namen eines jeden Mannes kennen, den dein kleiner schwacher König zu uns schickte? Damit wir sie gefangen nahmen? Sie töteten? Das Auge des Königs war der Erste. Die Keule des Königs litt auf prächtige Weise. Soll ich dir sagen, was wir mit dem Lachen des Königs machten? Wir schnitten ihm …«

Ich wende Heryn meine Aufmerksamkeit zu, ganz kurz. »Was sagtest du, wie viele Männer schickte der König, um die Dashini zu infiltrieren?«

»Zwölf. Möchtest du noch einmal ihre Fingerknochen zählen?«

»Zwölf Männer«, wiederholt Dariana, und ihre Stimme ist zugleich die einer erwachsenen Frau und eines jungen Mädchens.

Heryn dreht sich zu ihr um. Zu spät.

»Und dann wurde er klug«, sagt sie. »Und er schickte eine Frau.«

Sie stößt Heryn die Nadel mitten in die Stirn. Die Spitze dringt so sauber und perfekt zwischen seinen Augenbrauen ein, dass nur ein einziger Blutstropfen aus der Eintrittsstelle hervorquillt. Heryns Mund öffnet sich weit, aber es kommt nur ein leises Zischen heraus. Dann öffnet er sich noch weiter, als wäre das, was Heryn sagen will, viel zu groß, um durch eine so kleine Öffnung zu passen.

Seine Hände greifen nach seinem Gesicht, und ich sehe, wie seine Finger zucken. Er berührt seine Wangen und schiebt sie weiter nach oben, als würden sie die Nadel in seiner Stirn suchen. Erst da begreife ich, dass er blind ist. Irgendwie halten ihn seine Beine aufrecht, und er steht mit weit aufgerissenen Augen da, sterbend, aber noch nicht tot. Ein paar Augenblicke später fallen seine Hände wieder langsam nach unten, und er stößt einen langen Seufzer aus.

Bevor er nach hinten kippt, packt ihn Dariana an den Mantelschößen und hält ihn aufrecht. »Ich bin Dariana, die Tochter von Shanilla, die dreizehnte Kantorin der Greatcoats«, sagt sie. »Und ich bin die Geduld des Königs.«

18
FRAGMENTE

Zuerst besteht die Welt nur aus Staub. Winzige Flecken aus Licht und Staub. Sonnenschein spiegelt sich kurz auf der Klinge eines kleinen Messers – dünne Schnüre leisten Widerstand und geben dann nach. Das Gefühl zu fallen.

Stimmen.

»… Er braucht …«

»… Keine Zeit …«

»… Er wird sterben …«

»… Egal …«

Der Staub verschwindet langsam und wird von einem Grau ersetzt, das kein Ende kennt. Diese Abwesenheit von Ansichten, Lauten und Gefühlen hat einen Namen. *Schlaf.* Ich glaube, Schlaf gefällt mir. Ich will mich daran festklammern, schaffe es aber nicht.

Die Welt verwandelt sich in Splitter. Scharfe, hässliche Sekunden, die das friedliche Grau zerschneiden.

»Halt dich von ihm fern! Wage es ja nicht, ihn oder mich noch mal anzufassen!«

»Ich bin … kleines Vögelchen, ich schwöre, es tut mir so lei…« Die Worte gehen in ein einziges, herzzerreißendes Schluchzen über. Und dann verschwindet auch das und wird durch Stahl ersetzt. »Verflucht, wir haben keine Wahl! Wir können nicht gegen sie alle kämpfen. Wenn sie ihn erwischen …«

Kalt und nass. Etwas in meinem Nacken und Rücken. Erde. Druck auf meinen Armen und Schultern. Ich sinke, aber nicht besonders weit. Ein paar Zoll. *Ich weiß, was Zoll bedeutet.* Etwas landet auf meiner Brust, meinem Gesicht, in meinem Mund. Erde.

O ihr Götter, begrabt mich nicht.

Tut das nicht.

Grau. Schlaf.

Die Welt besteht aus Splittern, zerbrochenen Gerüchen, aus Husten und Würgen, aus Wasser, Weinen, aus etwas Weichem wie Seide. Nein, keine Seide. Haar. Haar auf meinem Gesicht. Ich glaube, es gehörte Valiana, ihr Kopf liegt auf meiner Brust. Lauscht sie nach meinem Herzschlag? Oder schläft sie?

Schlafen. Grau.

Die Welt besteht aus einer einzigen kalten und herzlosen Stimme.

»Dein Körper heilt«, sagt Dariana. »Aber er heilt nicht schnell genug, um dem Fieber in dir zu entkommen.«

Da ist eine große Hitze, ja, aber wen kümmert das? Ich schmecke etwas Feuchtes und Salziges auf den Lippen. Schweiß. Ich schwitze stark. Aber um mich herum ist alles weich, also ist mir das egal. Unter mir liegen Decken, unter meinem Kopf ein Kissen.

»Ich muss dir eine Heilerin besorgen«, sagt sie.

Wäre es nicht viel einfacher gewesen, mich nicht zu Tode foltern zu lassen? Nein. Ich höre den Laut. Die Stimme ist vertraut. Es ist *meine* Stimme.

»Es ist besser, wenn du ruhst. Wir sind in einem Wald nahe der Grenze von Aramor und in Sicherheit. Valiana und Nehra bewachen dich. Ich besorge eine Heilerin. Ruh dich aus.«

Ein guter Rat. Ein ausgezeichneter Rat. Genau das mache ich. Ausruhen. Keine Worte. Keine Fragen.

»Warum?«, fragt meine Stimme. »Er … acht Tage lang hat er … Warum hast du bis zum letzten Augenblick gewartet?«

Ich versuche die Augen zu öffnen, aber das Licht tut weh. *Schlaf einfach,* sage ich mir. *Kehre zurück ins Grau.*

Ich bin noch nie gut darin gewesen, einen Rat anzunehmen, am wenigsten meinen eigenen.

Ein Zimmer kam in Sicht, aber es war gar kein Zimmer. Die Wände waren aus Holz, aber es waren Pfähle, und jemand hatte sie in seltsamen Winkeln in den Boden gesteckt. *Das sind Bäume, Blödmann.* Die Decke bestand aus Baumwipfeln. Natürlich war ich draußen. Hinter mir brannte ein Feuer.

Ich hoffe, es brennt nicht den Rest des Zimmers nieder.

Dariana beugte sich von rechts über mich. »Jetzt ist nicht der Augenblick«, sagte sie und wollte sich abwenden.

Ich griff nach ihrem Handgelenk, überrascht, dass ich meinen Arm überhaupt bewegen konnte. »Nein«, sagte ich. »Jetzt.«

Sie schüttelte meine Hand ab. »Das Neatha ist aus deinem Körper verschwunden. Darum wachst du nicht gelähmt auf. Hätte ich Heryn früher aufgehalten, wärst du jetzt tot.«

Mein Verstand brauchte ein paar Sekunden lang, um den Worten einen Sinn abzugewinnen, denn es sind so viele. Ich trennte jedes von ihnen und betrachtete sie allein, dann setzte ich sie mit den anderen zusammen, bis sie einen Sinn ergaben. Es war logisch. Und doch … »Du lügst. Das wusstest du nicht. Das *kannst* du nicht gewusst haben.«

»Vielleicht hast du recht. Vielleicht lag es auch einfach daran, dass ich mich nicht erinnern konnte, wer ich war. Ich kannte meinen Namen, ich kannte meine Geschichte, aber nichts davon war real … nicht, bevor …«

»Du lügst schon wieder«, sagte ich. *Weiß diese Frau nicht, dass ich ein Greatcoat bin? Wir verdienen unseren Lebensunterhalt damit, Menschen zu verhören. Glaubst du etwa, ich würde nicht merken, dass das nur eine weitere Lüge ist? Ich meine, natürlich entspricht das der Wahrheit, aber das ist nicht der wahre Grund, oder?*

Darianas Blick verhärtete sich. »Schön. Du willst den Grund wissen? Ich war vierzehn Jahre alt, als mich König Paelis losschickte, um die Dashini zu infiltrieren. Ich habe in diesem Kloster fast zwölf Jahre verbracht. Ich wurde geschlagen – nein, nicht nur geschlagen, *gefoltert*. Ich wurde ausgebildet – *abgehärtet*. Ich bin ein Schwert aus Leid und Kummer, aus dem sinnlosen, dummen Zorn eines vierzehnjährigen Mädchens, das zu unschuldig war, um zu wissen, wozu es sich da freiwillig gemeldet hatte. Und dein verfluchter König Paelis schickte mich an diesen Ort. Zu diesen Männern. Du willst wissen, warum ich so lange damit gewartet habe, dich zu retten? Weil ich mich bis zu diesem Augenblick nicht entscheiden konnte, auf welcher Seite ich war.«

Sie ging.

Die Welt besteht aus Fragmenten.

Ich kann mich an drei Augenblicke im Leben erinnern, in denen ich wahre Freude erlebte – ein so starkes Gefühl, dass es jeden Schmerz oder jedes Bedauern zunichte machte.

Der Tag, an dem mich Kests Vater als Sohn bezeichnete, war einer davon. Der Tag, an dem ich Aline heiratete, ein weiterer. Der Tag, an dem ich meinen Mantel anzog, war ein dritter. Anscheinend ist Glück eine Reihe Sandkörner in einer Wüste aus Gewalt und Leid.

Als ich am nächsten Tag im Wald erwachte und das letzte Glühen des Feuers das schwache Licht begrüßte, das durch das Blätterdach über mir fiel, erlebte ich einen vierten dieser Augenblicke.

»Ethalia«, sagte ich.

Sie war da und schaute mir in die Augen. Sie weinte, was vermutlich bedeutete, dass ich nicht besonders gut aussah. Aber sie war da, was mich vervollkommnete. Ich wollte, dass der Augenblick so lange dauerte, wie ich Luft holte, aber nach ein paar Sekunden wischte sie die Tränen weg und wandte sich an jemanden, den ich nicht sehen konnte. »Bringt mir meine Tasche. Wir haben viel zu tun.«

Ich bemühte mich, den Kopf zu drehen, weil ich sehen wollte, mit wem sie gesprochen hatte. Es dauerte einen Moment, seine Züge erkennen zu können, die die hereinbrechende Morgendämmerung erhellte. Nach einer Sekunde begriff ich, dass es sich um Kest handelte.

Das war der fünfte Augenblick.

Eine Weile lag ich einfach da und schaute ihn an. Er trug einen dichten Bart, was für ihn ungewöhnlich war. Ohne nachzudenken griff ich unter meiner Decke hervor und berührte mein Gesicht. Eine dichte, kratzige Schicht aus rauem Haar begrüßte meine Finger, und ich fragte mich, wie ich wohl aussehen musste. Ich wollte einen witzigen Kommentar darüber machen, aber Kest schüttelte den Kopf, bevor ich sprechen konnte.

Er stand noch ein paar Momente über mir, dann sah er sich nach etwas um, auf dem er sitzen konnte. Er wählte einen flachen Stein, den er neben meinem Bettzeug absetzte. Er nahm Platz und starrte in die Reste des Feuers.

Ethalia hielt einen kleinen Topf in der Hand. Sie tauchte einen Finger hinein und strich dann damit sanft über meine Lippen. »Versuch nicht, das zu schlucken«, sagte sie. Dann wandte sie sich an Kest. »Ich muss Vorbereitungen treffen. Du kannst ein paar Minuten mit ihm sprechen, nicht mehr.«

Er nickte, und sie verschwand.

»Sie klingt besorgt«, sagte ich. »Du musst wirklich schlimm aussehen.«

Kest lächelte, starrte aber weiterhin ins Feuer. »Ach, Falcio«, sagte er. Seine Stimme war tief und nachhallend, und doch lag eine zerbrechliche Note darin. Da fiel mir auf, dass Tränen in seinen Augen standen.

»Hey«, sagte ich. »Mir geht es gut. Nur ein kleines Missverständnis mit …«

»Der ganzen Welt?«

»Tote mögen mich, weißt du. Sie sagen alle nette Dinge über mich.«

»Weil sie dich für einen von ihnen halten«, erwiderte er. »Was macht dein Fieber?«

Unbeholfen griff ich an meine Stirn. Sie war schweißbedeckt. »Meinem Fieber scheint es sehr gut zu gehen, danke der Nachfrage. Und deines? Denn wenn du rot glühen und mich töten willst, solltest du wissen, dass man mir nachsagt, recht geschickt mit dem Schwert umgehen zu können.«

»Das merke ich mir.«

Ich wartete eine Weile, bevor ich die Frage stellte. »Ich nehme an, du hast die Zuflucht gefunden.«

»Ja.«

»Wie war sie?«

»Friedlich. Es machte einen demütig. Nach ein paar Tagen war es außerordentlich langweilig.«

»Langweilig hört sich heutzutage besser für mich an als früher. Hat es geholfen?«

Er nickte. »Als Caveils Heiligkeit am Ende des Kampfes auf mich überging, war es, als würde … als könnte ich plötzlich alles vor mir mit perfekter Klarheit sehen. Ich konnte die Balance des Schwertes in meiner Hand auf Weisen spüren, von denen ich zuvor keine Ahnung hatte. Es war … überwältigend.« Er kicherte. »Übrigens machte es mich völlig wehrlos.«

»Was meinst du damit?«

»In diesem Augenblick? Ich war davon so gebannt, dass mich ein Sechsjähriger mit einem rostigen Küchenmesser hätte angreifen und mir die Leber herausschneiden können, bevor ich ihn überhaupt bemerkt hätte.«

»Da hätten wir aber einen wirklich überraschten Sechsjährigen gehabt, wenn er später rot glühte und entdeckte, dass er sich gerade in den Heiligen der Schwerter verwandelt hat.«

»Ich verstehe es jetzt besser, Falcio. Es ist nicht das, was ich erwartet hätte. Es ist, als … als hätte man eine Frage, die man beantworten muss, aber es fehlten einem ein paar entscheidende Teile davon, obwohl die Frage schon immer in einem brannte.«

»Und wie lautet deine Antwort?«

»Ich bin mir nicht sicher. Aber jeder, der einem begegnet, hat ein Stück davon. Manche nur einen ganz winzigen Splitter, andere wiederum …« Er sah mich an. »Andere haben mehr.«

»Das ist keine beruhigende Aussicht, die du mir da gibst. Was mich zu der Frage bringt, wie Dariana dich gefunden hat.«

»Das hat sie nicht.«

»Wie dann?«

»Ein Troubadour sagte es mir, kannst du dir das vorstellen?« Er hob die Hand. »Das ist eine lange Geschichte. Es reicht, wenn du weißt, dass hinter den Bardatti mehr steckt, als es den Anschein hat.« Er sah mich wieder an. »Anscheinend genau wie bei dir.«

»Ich? Ich bin nur ein ganz normaler Reisender Magistrat.«

»Der die Wehklage der Greatcoats überlebt hat.« Eine tiefe Traurigkeit trat in seinen Blick. »Es tut mir leid, dass ich nicht da war, als sie …«

»Hör auf.« Ich begriff, was er sagen wollte. Ich konnte es im Moment nur nicht ertragen. Noch nicht. »Wäre Brasti hier, würde er sagen: ›Hör auf, für alles zu schwärmen, was Falcio tut! Ja, es war Folter, aber weißt du, was auch eine Folter ist? Sich das anhören zu müssen, das ist Folter!‹«

Kest musste lachen, dann nickte er einmal, um mich wissen zu lassen, dass er verstanden hatte. Über manche Dinge sprechen wir nicht.

»Du hast nichts von Brasti gehört, oder?«, fragte ich.

Er lächelte. Dieses Mal war es ehrlich gemeint. »Tatsächlich habe ich auf dem Weg zwei verschiedene Geschichten über etwas gehört, das ein paar Leute schlicht als ›Die Bogenschützen‹ bezeichnen, die mehrere Gruppen Schwarze Wappenröcke besiegt haben. Er nimmt fünf oder zehn anständige Bogenschützen aus den Dörfern und überfällt Gruppen dieser Ritter aus dem Hinterhalt, bevor sie größeren Schaden anrichten können.«

Die Vorstellung von Brasti und seinen Bogenschützen ließ mich den Kopf schütteln. »Fünf oder zehn Bogenschützen? Sieht es Brasti nicht ähnlich, dass er in der Größenordnung von Wassertropfen denkt, wo dem Feind ein ganzer Ozean zur Verfügung steht?«

»Ich weiß nicht«, sagte Kest. »Wäre Brasti hier, würde er vermutlich sagen: ›Fünf Tropfen hier, fünf Tropfen da, da hat man bald einen ganzen Becher voll‹.«

Ich fing an zu lachen und ignorierte die Schmerzen, die es mit sich brachte. »Kest, das ist bei Weitem die schlechteste Brasti-Imitation, die ich je gehört habe.« Ich fühlte mich müde. »Ich könnte jetzt etwas Grau gebrauchen.«

»Ich verstehe nicht«, sagte Kest und blickte sich im Zimmer um.

»Schlaf. Ich sagte Schlaf.«

»Du sagtest Grau.«

»Wirklich? Das ist …«

Und wieder schrumpfte die Welt, von Fragmenten zu Splittern, von Splittern zu Bruchstücken, von Bruchstücken zu einem einzelnen Staubpartikel. Ich hörte eine Frauenstimme.

»Schnell … Wasser … Wärme … Falcio, hör mir zu … du musst …«

Grau.

19

TROST

Es dauerte Tage, bevor das Fieber brach. Ethalia behandelte mich mit Tränken und Salben, aber viel öfter griff sie nach simpleren Dingen wie feuchten Tüchern, um den Schweiß zu entfernen und mich abzukühlen oder die sanfte Berührung ihrer Hand auf meiner Wange. Sie flüsterte mir ins Ohr, als würde sie gar nicht mit mir reden, sondern stattdessen mein Herz überreden wollen zu schlagen und meine Lungen zu atmen – wie ein General, der seinem Heer sorgfältig geplante Befehle erteilte. Manchmal küsste sie mich. Ich glaube, das war dann allein für mich bestimmt.

Die meiste Zeit schienen wir zu reisen. Morgens lud man mich auf einen schmalen Pferdekarren und zog mich über die Hinterstraßen Aramors. Nachts verbargen sie den Karren und nahmen die Pferde mit tiefer in den Wald. Kest trug mich und legte mich dann auf dem Boden ab. Ethalia sah nach meinen Wunden und dem Fieber, während jemand anders ein Feuer machte.

Die meiste Zeit schlief ich, aber nachts wachte ich oft auf, weil ich sie streiten hörte. Kest und Dariana schienen die eine Seite zu verkörpern, Ethalia und Valiana die andere. Nehra sprach nie, spielte aber manchmal auf ihrer Gitarre. Gelegentlich glaubte ich verstehen zu können, was die Noten sagten. Es handelte sich um ein Liebeslied für jemanden, der gestorben war, aber ich konnte seinen Namen nicht verstehen. Immer, wenn ich glaubte, das Lied gleich verstehen zu können, oder wenn die Argumente zu hitzig wurden, veränderte Nehra die Melodie. Nur ein kleines bisschen, aber ich schlief dann sofort wieder ein.

In den Tagen nach meinem Fieber litt ich unter starken Schmerzen, die ich alle zu schätzen wusste. Obwohl ich schwach war, konnte ich beim Aufwachen sehen, hören und fühlen. Ich schlug die Augen auf und befahl meiner Hand, so nahe zu meinem Gesicht zu kommen, dass ich mit den Fingern wackeln konnte. Finger sind schon merkwürdige Dinger. Sie brachten mich zum Lachen.

»Hat er den Verstand verloren?«, hörte ich Dariana eines Morgens sagen. »Das macht er dauernd und kichert dann wie ein zurückgebliebenes Kind.«

Ethalia schnalzte mit der Zunge. »Geh und hol Wasser für Tee. Jemand kommt. Ich schlage vor, dass du nicht versuchst, sie zu töten. Das würde dem Heiligen der Schwerter nicht gefallen.«

Ich hörte zu, wie Dariana aufstand, das Schwert in die Scheide rammte und die Tür öffnete. Wir schienen uns in einer Hütte zu befinden, obwohl ich nicht die geringste Vorstellung davon hatte, wann wir eingetroffen waren.

»Wenn ich mich entscheide, sie zu töten, ist sie tot«, sagte Dariana. »Und schnalz nicht mit der Zunge, wenn es um mich geht, du dumme Kuh.«

Ich wandte mich von meinen wackelnden Fingern ab, weil ich wusste, dass Darianas Worte Ethalia zum Lächeln bringen würde, und ich wollte die kleinen Fältchen um ihre Augen sehen.

»Dir wird es bald besser gehen«, versprach sie.

»Wirklich? Du siehst die Welt schrecklich optimistisch.«

Sie streichelte meine Wange und schob die Finger dann ins Haar. »Das Neatha ist weg.«

»Die Gifte, die Heryn benutzte, haben sie …«

»Teilweise. Die Gifte der Dashini sollten deine Nerven überreizen und so deinen Verstand vernichten. Das Neatha funktioniert anders. Es fesselt sich an deine Nerven und hindert den Körper an der Bewegung. Oder etwas zu fühlen. Es blockierte die Gifte, obwohl die Gifte das Neatha schließlich vernichteten. In gewisser Weise rettete dich das Neatha vor den Giften der Dashini, während diese dich wiederum davor retteten, durch das Neatha zu sterben.«

Mir kam ein Gedanke, und ich musste so herzlich lachen, dass ich nicht sprechen konnte. Als ich es endlich wieder konnte, wurde ich mir bewusst, dass ich weinte. »Also sollte ich sowohl Herzogin Patriana wie auch den Dashini dafür danken, mir das Leben gerettet zu haben.«

Ethalia küsste mich. Irgendwie beruhigte mich das. »Das ist ein Teil davon, und es würde dir helfen, es auf diese Weise zu betrachten. Aber in dir brennt noch etwas anderes, und das kann kein Gift löschen.«

»Mein Sinn für Humor?«, fragte ich.

Sie lächelte und küsste mich erneut, nicht weil ich etwas besonders Witziges gesagt hatte, sondern weil sie wusste, dass ich das wollte. Etwas in mir rührte sich, und ich hob die Arme, um Ethalia auf die Decke zu ziehen. *Bei allen Heiligen, vielleicht geht es mir ja tatsächlich besser.*

»Bitte verderbe meine Anhängerin nicht mehr als nötig«, sagte eine Stimme von der Tür. »Sie ist bereits schrecklich lüstern.«

Ethalia lächelte mich an und stand auf, zog dabei den Rock zurecht, als wäre sie ein junges Mädchen, das man gerade dabei erwischt hatte, wie es im Heu mit einem der Nachbarjungs herummachte. »O je«, sagte sie. »Es tut mir so unendlich leid, verehrte Frau. Hier geschah nichts Unrechtes, wir haben bloß …«

»Machst du dich über mich lustig?«, fragte Birgid, die Heilige der Gnade, die Flüsse weinte.

»Vielleicht ein wenig«, erwiderte Ethalia. Sie rannte zur Tür, um die Frau zu umarmen.

»Aber, aber, Kind, so lange ist es doch noch gar nicht her, dass wir uns zuletzt sahen, oder?«

Ich fand es merkwürdig, wie Birgid sprach, vor allem, weil sie jünger als Ethalia aussah. Ihr weißblondes Haar umrahmte ein blasses und strahlendes Gesicht.

Ethalia trat zurück. »Das ist drei Jahre her!«

Birgids Erwiderung klang verlegen. »Nun ja, ich war beschäftigt.« Sie drückte noch einmal Ethalias Schulter und setzte sich dann neben mich. »Also.«

»Also«, wiederholte ich, denn ich war mir nicht sicher, was ich sonst hätte sagen sollen.

Sie musterte mich, und für eine Frau, die anscheinend fünfzehn Jahre jünger als ich war, erweckte sie recht gut den Anschein einer missbilligenden Großmutter. »Wie ich sehe, hatten meine Bemühungen, dich vom Weg der Gewalt abzubringen, keine große Wirkung.«

»Zu meiner Verteidigung muss ich sagen, dass man mich umbringen wollte.«

»Das ist nur eine Ausrede«, sagte sie. »Und nun? Was willst du machen?«

Ich wusste genau, was die Frage sollte – oder vielmehr was sie da anbot. Eine weitere Chance, meine dritte und vielleicht die letzte. Ich konnte mit Ethalia gehen, nach Baern reisen und ein Schiff zu den Südinseln besteigen. Dort würden wir die Gewalt hinter uns gelassen haben, genau wie die Pflicht. Dort würden wir glücklich sein. Sollte ein anderer versuchen, die Welt in Ordnung zu bringen. *Ich bin nur ein Mann – ohne Heer, Einfluss oder Macht.*

Aber dann sagte eine Stimme in mir, die Stimme eines Jungen, der sich noch immer an die Ideale seiner Kindheit klammerte: *Du brauchst nichts davon. Du bist ein Greatcoat.*

Birgid seufzte. »Hoffnungslos«, sagte sie.

»Nicht hoffnungslos«, meinte Ethalia. »Und auch nicht närrisch. Etwas anderes. Etwas Gutes.«

Birgid lächelte sie an. »Du bist genauso schlimm. Warte draußen auf mich. Hindere das wütende Mädchen daran, reinzukommen. Ach, und versuch dabei nicht mit Männern für Geld zu schlafen.«

Ethalia grinste durchtrieben und ging.

»So ein albernes Kind«, sagte Birgid.

Ich griff nach dem Arm der Heiligen. »Nicht«, sagte ich. »Nennt sie nicht so.«

Unsere Blicke trafen sich, und ich fühlte bei ihr etwas Altes und Mächtiges, das viel stärker als ich war. »Würdest du einen Heiligen herausfordern, Falcio val Mond?«

In diesem Blick lag etwas Furchteinflößendes, aber in letzter Zeit hatte ich viele Furcht einflößende Dinge gesehen. »Lady, wenn Ihr mir drohen wollt, hättet Ihr das besser getan, bevor ich neun Tage von Dashini-Meuchelmördern gefoltert wurde.«

»Es gibt schlimmere Dinge als …«

»Nein.« Ich musste wieder an den Achten Tod denken. »Gibt es nicht.«

Birgid seufzte. »Nein, ich schätze, es gibt sie wirklich nicht.« Sie schwieg einen Augenblick lang. »Nachts, wenn sie und die anderen glauben, dass du schläfst, streitet sie für dich.«

Ich hatte das wütende Geflüster in der Dunkelheit gehört, hatte aber nie verstanden, worum es dabei eigentlich ging.

»Der Herzog von Rijou hat auf Schloss Aramor den Herzogsrat einberufen«, sagte Birgid. »Er will mit den restlichen Herzögen zusammenarbeiten, um dem Morden und dem Chaos ein Ende zu bereiten, die das Land befallen haben.«

Mir entfuhr ein kleines bitteres Lachen. Als die Herzöge das letzte Mal zu einem Rat zusammengetroffen waren, hatten sie entschieden, dass das Land nur durch die Entmachtung König Paelis' zu retten war. *Bei allen Höllen.* »Die Schneiderin …«

Die heilige Birgid nickte grimmig. »In der Tat. Sie führt ihre Truppen nach Schloss Aramor. Sie weiß, dass die Herzöge den meisten ihrer Ritter nicht länger vertrauen und nur die wenigen mitnehmen, deren sie sich sicher sind.«

»Sie wird jeden Herzog töten«, sagte ich. »Sie glaubt …«

»Ich weiß bereits, was sie glaubt, Falcio.«

Das Gewicht der Welt legte sich auf meine Brust und schnürte mir die Luft ab. Ich wollte nur noch zurück in den tiefen grauen Schlaf und irgendwo anders aufwachen – an einem friedlichen Ort. *Darüber streiten sie nachts.*

»Es geht darum, wo sie mich hinbringen sollen, richtig? Dariana und Kest wollen nach Aramor. Ethalia und Valiana wollen mich an einen sicheren Ort bringen.«

Die Heilige der Gnade lachte. »Also das glaubst du? Ethalia liebt dich, also versucht sie dich gegen deinen Willen wegzubringen, damit du mit ihr zusammensein kannst?«

»Aber …«

»Kest und Dariana sind es, die dich *fortbringen* wollen. Sie glauben nicht, dass du noch mehr ertragen kannst – das könnte niemand. Valiana ist dumm und idealistisch. Sie glaubt einfach nicht, dass man dich aufhalten kann. Ethalia ist klüger, obwohl man nie darauf kommen würde, weil sie deine Sache so leidenschaftlich verteidigt. Sie weiß, dass du vermutlich scheiterst und stirbst.«

»Warum ist sie dann dafür, dass ich nach Aramor gehe?«

»Weil Liebe kein Käfig ist.« Sie fuhr über meine Wange, eine sanfte und intime Geste, die etwas verbarg.

»Du bist wütend auf mich«, sagte ich. »Warum?«

Birgid schaute zu Boden. »Sie könnte meinen Platz einnehmen, weißt du. Das hatte ich gehofft.«

Das überraschte mich, andererseits fiel es mir nicht schwer, es mir vorzustellen. Ethalia würde eine sehr gute Heilige der

Gnade abgeben. Dann dachte ich daran, was Kest durchgemacht hatte. »Es scheint keine gute Aufgabe zu sein.«

»Wie die meisten Dinge im Leben ist es das, was wir daraus machen.« Sie sah mich wieder an. »Du hast sie ruiniert, Falcio. Sie liebt dich, und diese Liebe wird sie für immer zurückhalten.«

Tief in meinem Inneren verspürte ich einen Stich. Was, wenn Birgid die Wahrheit sagte? Wenn es Ethalia bestimmt war, die Heilige der Gnade zu werden? Und was hatte ich ihr im Gegenzug schon zu bieten? Die Gelegenheit, einsam auf mich zu warten und sich ständig zu fragen, ob ich lebte oder tot war? Oder schlimmer, die Möglichkeit, dass ihr jemand etwas antat, um sich an mir zu rächen? Nein. Damit konnte ich nicht leben. Nicht noch einmal.

Plötzlich brannte meine rechte Wange, und mir wurde klar, dass Birgid mich gerade heftig geohrfeigt hatte. »Das war nicht gerade gnädig.« Ich hielt mir die Wange.

»Verglichen mit dem, was ich tun wollte, ist es gnädig. Sie *gehört* dir nicht, Falcio val Mond.«

»Ich bin doch nicht …«

»Es steht dir nicht zu, ihr vorzuschreiben, was sie werden soll oder nicht, und auch nicht, welchen Gefahren sie sich stellen kann und welchen nicht.«

Einen Augenblick lang wusste ich nicht, was ich sagen sollte, aber dann dachte ich an Aline, meine Frau, und ich wusste genau, welche Erwiderung nötig war. »Du irrst dich. Wenn ich sie nicht vor Schaden bewahren kann, welchen Sinn hat dann die Liebe?«

Birgid lachte leise. »Ich habe mich geirrt, was dich betrifft, Falcio, und bei Ethalia vermutlich auch. Ich hielt dich nur für einen Mann der Gewalt und sie für eine Schwester der Gnade. Aber ich sah nur eine Seite der Medaille. Natürlich liebt sie dich, denn sie ist das Mitgefühl, und du bist der Gestalt gewordene Mut, und Mitgefühl wird stets vom Mut angezogen.«

Birgid legte eine Hand auf meine Brust. Sie tätschelte mich zweimal, als wäre ich ein krankes Kind, dann stand sie auf und ging zur Tür. »Wenn du sie glücklich machen willst, Falcio, dann wende dich von diesem Pfad ab und lass die Welt ihre Probleme selbst regeln.«

Mühsam erhob ich mich auf wackelige Beine. »Und wenn ich das nicht kann?«

»Dann denk dran, dass du noch immer schwach bist, kein Heer hast und die Zusammenkunft der Herzöge in drei Tagen beginnt.«

20

EINE LETZTE REISE

»Du musst dich ausruhen.« Valiana zog an meinem Arm, um mich daran zu hindern, aufs Pferd zu steigen. »Wir reiten ohne Pause seit zwei Tagen. Du wirst dich noch umbringen.«

»Mir geht es gut«, erwiderte ich und versuchte nun schon zum dritten Mal, den Fuß in den Steigbügel zu bekommen.

Seit wir die kleine Hütte im Wald hinter uns gelassen hatten, waren wir hart geritten. Pferde sind nicht unermüdlich, also hatten wir sie nach dem ersten Tag in einem Dorf verkauft, das groß genug für einen Pferdehändler war, und das Ganze in aller Frühe am zweiten Tag wiederholt. Die Pferde waren nicht das Problem. Das war ich.

»Hier.« Kest hielt mir ein kleines rechteckiges Päckchen von der Größe eines Männerdaumens hin. »Du dürftest mittlerweile kein hartes Konfekt mehr haben.«

Ich griff in die Tasche und holte meinen eigenen Vorrat hervor. »Alles in Ordnung«, sagte ich, nahm das letzte Stück und schob es mir in den Mund. Beinahe sofort fühlte ich, wie mein Herz schneller schlug und alles irgendwie schärfere Konturen annahm. »Du solltest deinen Vorrat verwahren. Schließlich darfst du nicht müde werden, während du gegen all diese Männer kämpfst.«

»Und was willst du tun?«, fragte Kest.

Ich lehnte den Kopf gegen den Sattel und wartete darauf, dass der Schwindel verging. »Hauptsächlich zusehen. Vielleicht feure ich dich gelegentlich an, falls du glaubst, dass das hilft.«

Nehra trieb ihr Pferd näher an uns heran. »Was genau willst du eigentlich tun, wenn wir angekommen sind?«

»Arbeitest du an einer Geschichte?«

»Ich bin eine Bardatti, das ist meine Aufgabe.«

»Nun«, sagte ich und tat ihr den Gefallen, »sollte alles nach Plan gehen, treffen wir vor den Herzögen ein. Wenn sie dann mit den Rittern und Wächtern eintreffen, denen sie noch vertrauen, werde ich sie davor warnen, dass eine Gruppe Greatcoats kommen wird, um sie alle zu töten.«

»Werden sie nicht ihre Ritter und Wächter schicken, um euch gefangen zu nehmen? Wo ihr doch Greatcoats tragt?«

»Ich werde mein Bestes tun, um den Unterschied zu erklären.«

Nehra runzelte die Stirn. »Stürmst du immer mit dem Kopf voran in den sicheren Tod?«

»Manchmal geht er auch«, sagt Dariana. »Gelegentlich schlurft er. Ich glaube, einmal habe ich ihn auch in den sicheren Tod schlendern sehen.«

Nehra verdrehte die Augen. »Ihr riskiert eure Leben bei närrischen Chancen.«

»Wir riskieren unsere Leben, damit sie etwas zählen«, sagte Valiana. »Genau das tun wir.«

Ich hob den Kopf und lächelte sie an. Bei allen Heiligen, ich liebte ihren Mut. Was war nur aus der Prinzessin geworden, die alle anderen als Diener betrachtete? Wo war das verrückte Waisenkind geblieben, das unbedingt hatte sterben wollen, bevor jemand Gelegenheit bekam, ihm zu sagen, dass es kein Recht zu leben hatte? Jetzt sah ich nur noch einen Greatcoat vor mir. *König Paelis hätte sie bewundert.*

Dariana stieg aufs Pferd und ritt mit Valiana und den anderen los. Ich griff nach Ethalias Arm, bevor sie sich ihnen anschließen konnte. »Warte.«

Ich sah Trauer und Resignation in ihrem Blick. *Sie weiß,*

was ich jetzt tun werde. Ich zeigte zu der Weggabelung vor uns. »Diese Straße führt südlich durch Aramor und dann weiter nach Baern.«

»Und du hast dich entschieden, diesen Wahnsinn hinter dir zu lassen und mit mir zu kommen?«

»Das kann ich nicht. Ich kann mich einfach nicht zurücklehnen und zusehen, wie das Land zerstört wird. Ich kann einfach nicht zulassen, dass die letzte Erinnerung des Volkes an die Greatcoats darin bestehen soll, dass sie kamen und mordeten, um das Land in einen Bürgerkrieg zu stürzen.«

Sie wandte sich ab. »Also reitest du in die Gefahr, bittest mich aber, wie eine arme Fischersfrau zurückzubleiben, die sich an die Hoffnung klammert, dass der Sturm dein Boot nicht in die Tiefe reißt?«

»Ich werde kämpfen müssen«, sagte ich. »Ich muss ... ich kann das einfach nicht tun, wenn du dabei bist, Ethalia. Ich muss ...«

»Du musst dein Leben leichtsinnig wegwerfen. Und du hast Angst, dass meine Anwesenheit das viel schwerer machen wird.«

»Nein, verflucht.« Ich zog sie an mich. Ich hätte erwartet, dass sie mir Widerstand leistete; an ihrer Stelle hätte ich es getan. Aber Ethalia war viel weiser als ich. Sie hatte von Anfang an gewusst, dass unsere gemeinsame Zeit ein Geschenk war und Zorn ein Dieb, der ihre kostbarsten Augenblicke stahl. »Ich will nicht sterben«, sagte ich. »Nicht mehr.«

»Ein Weg führt zu Glück und Leben, der andere zu Schmerzen und Tod. Du scheinst ein schlechtes Orientierungsvermögen zu haben, Falcio.«

Ich lachte. Wir kannten uns doch erst eine so kurze Zeit. Ich hatte gar nicht gewusst, dass sie witzig sein konnte. »Da hast du recht. Andererseits war es dieses lausige Orientierungsvermögen, das mich überhaupt erst zu dir gebracht hat.«

Sie legte den Kopf in den Nacken und küsste mich. »Unsinn«, sagte sie. »So manche Liebe wird von den Sternen prophezeit und von der Welt verlangt, und nicht einmal die Götter wagen es, sich ihr in den Weg zu stellen.«

»Um die Götter mache ich mir keine Sorgen. Obwohl, so, wie die Dinge laufen, sollte ich das vielleicht nicht zu laut sagen.« Ich trat zurück und hielt sie auf Armlänge fest, um mir für immer die Erinnerung an ihr Gesicht einzuprägen. »Ich muss das tun, Ethalia. Das weißt du. Ich kann nicht einfach dasitzen und alles, wofür der König gekämpft hat, wie den Rest der Welt verderben lassen.«

»Ich habe dich nicht gebeten, nicht mehr derjenige zu sein, der du bist, Falcio. Das würde ich nie tun.«

»Dann geh nach Süden und finde dein Glück, selbst wenn es aus keinem besseren Grund geschieht, als dass ich besser kämpfe, wenn ich weiß, dass es dich auf der Welt gibt.«

»Und welche Welt bleibt mir, wenn es dich nicht mehr in ihr gibt?«

»Die, in der ich dich geliebt habe.«

Sie küsste mich auf die Wange. »Dann geh. Aber Liebe ist kein Käfig, Falcio. Daran musst du unbedingt denken, wenn der Augenblick kommt.«

Ich ging zurück zu meinem Pferd und folgte den anderen, ließ Ethalia und alles, wofür sie stand – alles, was sie *versprach* –, hinter mir zurück. Sie irrte sich, genau wie Birgid. Die Liebe *war* ein Käfig, und ich konnte das, was ich nun tun musste, nicht tun, solange ich darin eingesperrt war. *Nur noch wenige Stunden,* dachte ich, dann würden die Schneiderin und ich eine sehr lange Unterhaltung über die Richtung führen, die dieses Land einschlagen würde. Es sei denn natürlich, sie tötete mich zuerst.

Wir galoppierten über die Nebenstraßen, die durch die Mitte von Aramor führten, nutzten jede Abkürzung, die Kest und mir aus den Tagen einfiel, in denen wir das Land zusammen mit dem König erforscht hatten. Schließlich ritten wir kurz vor Einbruch der Nacht den kleinen Hügel hinauf, der sich nur wenige Hundert Meter vor Schloss Aramor erhob. Wir stiegen von den Pferden und gingen zu Fuß zu dem Aussichtspunkt an der Baumgruppe, der auf das Schloss hinabschaute.

»Nur eine kleine Pause.« Ich stützte mich mit den Händen auf den Knien ab, wobei ich mir alle Mühe gab, nicht zu Boden zu stürzen. »Dann gehen wir runter und tun, wozu wir gekommen sind.«

Kest stieg den Rest des Hügels hinauf, gefolgt von Dariana und Valiana. Nehra blieb neben mir stehen. Sie hatte den Anstand, so zu tun, als wäre sie ebenfalls erschöpft. »Ich kämpfe nicht an eurer Seite«, sagte sie.

Ich sah sie an. Seit dem Augenblick, in dem Heryns Männer sie gefangen genommen hatten, hatte sie sich nicht einmal beklagt. Colwyn war gestorben, und sie hatte nicht einmal daran gedacht, sich an Dariana zu rächen. »Um Colwyn tut es mir leid«, sagte ich. »Ich kannte ihn nicht, aber …«

»Sag jetzt bitte nichts Dummes, Falcio. Das ist nicht der Grund.«

»Du bist nicht mit dem einverstanden, was wir machen wollen? Hältst du Bürgerkrieg und Chaos für eine legitime Methode?«

»Und ein zweites Mal zeigst du deine Ignoranz, Erster Kantor der Greatcoats. Komm schon, gib uns ein drittes Mal, denn die Götter lieben Dinge, die zu dritt daherkommen.«

Ich musterte diese seltsame Frau, die so unscheinbar war und doch Musik spielen konnte, die alles um sie herum verwandelte, die wenig sagte und doch jede nur erdenkliche Geschichte kannte.

»Es geht um die Geschichte, richtig? Du musst die Geschichte bezeugen, die sich heute hier abspielt.«

Sie klopfte mir auf den Rücken. »Siehst du? Anscheinend bist du doch nicht so dumm. Ich werde dort sein, wenn das geschieht, was auch immer geschehen wird. Aber ich kann nicht Teil davon sein, nicht jetzt, nicht wenn man sich die Geschichte anhören und weitererzählen muss.«

Ich richtete mich auf, streckte meinen Rücken und ließ die Schultern kreisen. *Steif,* dachte ich. *Noch immer viel zu steif.* »Dann versuche ich mein Bestes, dir eine gute Geschichte zu liefern«, sagte ich. »Versuch nur, meinen Namen richtig auszusprechen, ja?«

Da sah sie mich ohne einen Funken Wut oder Sarkasmus an. Beugte sich vor und gab mir einen kleinen Kuss auf die Wange. »Das werde ich, Falcio val Mond von den Trattari«, sagte sie und ging den Hügel hinunter.

Ich zuckte zusammen. »Bitte hör auf, uns als Trattari zu bezeichnen.«

Schwerter wurden aus ihren Scheiden gezogen, und ich schaute nach oben und sah, dass Kest, Valiana und Dariana ihre Waffen hielten. Ich rannte auf sie zu und zog dabei meine Rapiere. »Was ist? Sind sie bereits hier?«

Valiana sah mich an; ihr schien schlecht zu sein. »Wir kommen zu spät.«

Ich ging an ihr vorbei. Vor Schloss Aramor gibt es ein großes, mit Gras bewachsenes Feld, das für Versammlungen gedacht ist. Man hat es vor über hundert Jahren geschaffen, indem man am Waldrand vor den Schlossmauern mehrere Hektar Bäume rodete. Der König hatte es immer »der grüne Fehdehandschuh« genannt, weil es aussah, als hätte ein Riese einen achthundert Meter langen Panzerhandschuh auf dem Boden liegen lassen, der auf der einen Seite vom Schloss und auf der anderen von dem dichten Wald eingerahmt wurde. Überall dort verstreut lagen Dutzende und Aberdutzende Tote, als hätte derselbe Riese sie aus großer Höhe einfach fallen lassen.

Die Toten trugen Greatcoats.

21

SCHLOSS ARAMOR

Entsetzt starrten wir auf das Blutbad, das das grüne Gras vor Schloss Aramor befleckte. Die Toten breiteten sich über das ganze Feld aus wie herrenlose Schiffe in einem Hafen nach einem Sturm; die langen Ledermäntel versteckten Teile der schrecklichen Wunden. Der auffrischende Wind ließ die Mäntel flattern und wehte uns den Gestank von Blut, Tod und großer Furcht entgegen.

Am Rand des Fehdehandschuhs entdeckte ich Reihen von Rittern auf Pferden. Man konnte sie unmöglich zählen, aber es waren bestimmt fast tausend von ihnen. Sie saßen im Sattel, als würden sie sich auf eine Parade vorbereiten, hielten Kriegsschwerter oder Lanzen. Sie alle trugen schwarze Wappenröcke.

Valiana wandte sich mir zu. »Ich verstehe nicht … sie sind alle tot. Wie konnten sie …«

»Die Dashini sind Mörder«, sagte Dariana. »Wir kämpfen in den Schatten, in dunklen Gassen und schmalen Straßen. Wir kämpfen verstohlen und schnell, nicht mit der brutalen Macht eines Kavalleriesturms auf einem offenen Schlachtfeld.«

»Warum es dann tun? Warum sollte die Schneiderin hier kämpfen wollen?«

»Weil wir keine Wahl hatten«, sagte da eine Frauenstimme.

Mit blutverschmiertem Mantel stolperte die Schneiderin zwischen den Bäumen hervor. In der einen Hand hielt sie ein zerbrochenes Schwert, die andere drückte ein dunkelrotes Tuch gegen ihre Seite. Ihr graues Haar wehte im Wind, ihr Gesicht hatte während der Schlacht Schnitte und Schläge davongetragen. Sie machte zwei Schritte auf uns zu und geriet ins Stolpern, aber Kest erreichte sie rechtzeitig und hielt sie bei den Schultern.

»Hilf mir einfach nur, mich zu setzen«, sagte sie. Dann warf sie das Schwert weg.

Kest half ihr, sich unbeholfen ins Gras zu setzen, und kniete dann nieder, um die Wunde in ihrer Seite zu untersuchen.

Sie stieß ihn von sich. »Das ist nur ein Kratzer. Der größte Teil des Blutes ist nicht von mir. Eine Lanzenspitze traf mich, als mein Pferd unter mir zusammenbrach. Das meiste Blut gehört nicht mir.« Sie schaute zu mir hoch. »Wie ich sehe, hast du die Wehklage überlebt. Du musst sehr mit dir zufrieden sein.«

Einen Augenblick lang war ich wieder dort, an diesen Pfahl gefesselt, während Heryn eine Nadel hielt. *Machen wir weiter?* Es kostete mich jeden Funken Selbstkontrolle, der Schneiderin nicht eines meiner Rapiere in den Hals zu rammen.

Sie lachte. »Ach, Falcio. Du müsstest dein Gesicht sehen können. Eine so rechtschaffene Entrüstung. Dann mach. Ich habe versagt. Meine Greatcoats liegen alle tot dort unten. Wenn du mich töten willst, wäre jetzt ein guter Augenblick.«

»Wie?«

»Das ist mir doch egal. Ein Stich ins Herz wäre human, aber jetzt in diesem Augenblick könntest du mich in Stücke schneiden und in die Suppe tun, und ich wäre dankbar.«

»Nein«, sagte ich. »Wie ist das passiert?«

»Wir wollten gegen die Herzöge, ihr Gefolge und ein paar Leibwächter kämpfen. Wir rechneten mit hundert Mann und standen vor tausend.« Schwungvoll zeigte sie auf das große offene Feld vor uns. »Stattdessen hatten wir es damit zu tun.«

»Wo ist Aline?«, fragte Valiana. »Ist sie …«

»Gefangen genommen worden«, sagte die Schneiderin.

»Wir müssen sie …«

»Lass dein Schwert in seiner Scheide, Mädchen. Du kannst nichts tun. Sie werden sie nicht töten, nicht jetzt, wo der Herzogsrat tagt. Sie werden sie dazu bringen, ihrem Thronanspruch zu entsagen. Dann ist sie keine Bedrohung mehr für sie.« Die Schneiderin sah mich an. »Jetzt kann man nur noch um Alines Leben kämpfen. Du wirst Jillard bitten, Aline fortbringen zu dürfen. Versprich ihm, sie außer Landes zu bringen. Du hast ihm das Leben gerettet. Vielleicht bringt dein Verrat ja doch noch etwas ein.«

Valiana griff nach dem Schwert, diesmal für mich. Ich hielt ihre Hand fest. »Hör auf. Es spielt keine Rolle.«

»Ich lasse nicht zu, dass sie dich des Verrats beschuldigt, nicht nach dem, was sie uns allen angetan hat!«

Ich betrachtete die alte Frau mit ihrem eisengrauen Haar und dem stahlharten Blick; ihre Haut war wie Leder, und ihre Zunge so spitz wie eine Nadel. Mir wurde bewusst, dass ich sie einst geliebt hatte, damals in jenen ersten Tagen mit König Paelis. Sie war wie einer jener Weisen aus den Märchen gewesen, die den Helden zu einer geheimen Magie lotsen, die den Tag retten wird, nur eben mit groben Flüchen und Beleidigungen. Ich wünschte, sie wäre wirklich die Weise mit dem dreckigen Mundwerk gewesen, für die ich sie gehalten hatte. Oder zumindest die abscheuliche Verräterin, die aus den Schatten die Vernichtung des Helden in die Wege leitet. Aber ich hatte lange Zeit gebraucht, um zu verstehen, dass sie nichts dergleichen war. Sie war einfach nur eine Mutter, die ihren Sohn verloren hatte, und eine Großmutter, die ihre Enkelin verlieren würde. Sie war brillant und mächtig, hinterhältig und eiskalt. Aber sie war ein Mensch – so fehlerbehaftet und kaputt wie das Land, das sie hervorgebracht hatte.

»Die Schneiderin hat recht«, sagte ich. »Jetzt können wir nur noch Alines Leben retten, falls uns das gelingt.«

»Wie sieht der Plan aus?«, fragte Kest.

»Kein Plan«, erwiderte ich. »Du nimmst die anderen und verschwindest hier. Ich sehe zu, was ich aushandeln kann.«

»Sie haben Aline. Was kannst du anbieten?«

Ich bückte mich und hob das Schwert auf, das die Schneiderin weggeworfen hatte. »Was auch immer sie haben wollen.« Ich starrte die breite Stahlklinge an, die weniger als einen Fuß vom Griff entfernt abgebrochen war. Ein so einfacher Gegenstand, und doch zu so großer Zerstörung fähig. Zusammengerollter, im Feuer gehärteter Stahl, der so lange mit dem Hammer geschlagen worden war, bis er die ganze Gewalt seiner Geburt in sich aufgenommen hatte und darauf wartete, sie an menschlichem Fleisch zu entfesseln. Ich fragte mich, ob Waffenschmiede jemals Bedauern empfanden, wenn sie ihre Arbeit fertigstellten und ihr Zeichen ins Schwert stempelten. Ich sah mir die Waffe genauer an. Das Zeichen ihres Schöpfers bestand aus einem einfachen Kreis mit einem Kreuz darin und drei Punkten darüber, wie eine Krone. Hatte der Mann, der dieses Schwert geschmiedet hatte, auch nur eine Ahnung, welches Chaos er in die Welt gebracht hatte?

Ich sah mir das Zeichen noch einmal an. Irgendwie kam es mir bekannt vor.

Bei allen Höllen!

Ich trat so schnell zurück, dass ich beinahe Kest angerempelt hätte.

»Was ist?«, fragte er.

»Die Schwerter«, sagte ich. »Die Stahlwaffen in Carefal.« Ich ging zur Schneiderin. »Du hast den Dörflern diese Waffen gegeben.«

»Natürlich, und du kennst den Grund dafür bereits, also komm mir nicht damit.«

»Nein, ich meine, *nachdem* wir sie konfiszierten. Hast du

ihnen neue besorgt, nachdem Herzog Isaults Männer sie ihnen abkauften? Bist du wieder hingegangen und hast ihnen mehr gegeben?«

»Ich habe dir bereits gesagt, dass ich das nicht tat. Wie hätte ich das machen sollen, du Narr? Ich bin doch nicht aus Gold gemacht. Ich musste meine Mittel auf neun Herzogtümer verteilen.«

Ich wandte mich an Valiana. »Gib mir das Schwert, das du nach dem Massaker in Carefal dort an dich genommen hast.«

»Warum?«

»Gib es mir einfach.«

Sie zog die Klinge und gab sie mir. Ich hielt sie neben das zerbrochene Schwert der Schneiderin.

»Was ist damit?«, wollte Kest wissen.

Ich drehte die Klingen und zeigte sie ihm.

Er beugte sich vor und untersuchte die Schwerter, wo sie mit dem Griff verbunden waren. Beide trugen dasselbe Waffenschmiedzeichen – ein Kreuz in einem Kreis, über dem sich drei kleine Punkte befanden.

»Sie haben das gleiche Waffenschmiedzeichen – aber das bedeutet, dass die Schwerter, die die Dorfbewohner beim zweiten Mal besaßen …«

»Es waren dieselben, die wir konfisziert haben«, vollendete ich den Satz.

»Aber hieße das nicht …«

»Shuran«, sagte ich. »Der Ritteroberst von Aramor hat den Dorfbewohnern von Carefal dieselben Waffen zurückgegeben.«

»Aber warum?«

»Damit er unter den Adligen Furcht säen konnte. Denk nach. Die Herzöge, die Bauern … was ist das Einzige, das sie im Augenblick gemeinsam haben?«

»Sie haben Angst«, sagte Dariana.

»Es ist mehr als das. Sie sind außer sich. Herzogsfamilien werden in ihren Betten ermordet, Bauern rebellieren, Ritter in schwarzen Wappenröcken ziehen durch die Gegend und massakrieren ganze Dörfer. Was will jeder, der Angst hat?«

»Einen Beschützer. Jemand, der für ihre Sicherheit sorgt«, erwiderte sie.

»Und gäbe es einen besseren Beschützer als einen loyalen Ritter von Tristia?«, sagte eine Stimme hinter uns. Ich drehte mich um. Shuran erklomm den Hügel von der Stelle aus, an der wir die Pferde zurückgelassen hatten. »Ich habe meinen Männern gesagt, dass bei den Meuchelmördern eine alte Frau ist. Sie wollten mir nicht glauben. Und doch finde ich dich hier oben auf dem Hügel, als würdest du ein Picknick veranstalten.«

Die Schneiderin stand mühsam auf und griff nach Darianas Arm. »Töte ihn«, sagte sie. »Töte ihn auf der Stelle.«

»Das wäre eine schreckliche Idee«, sagte der Ritter. »Zum einen habe ich Freunde für mein eigenes kleines Picknick mitgebracht, wie ihr sehen könnt, wenn ihr nach unten blickt.«

Zwanzig Männer lenkten ihre Pferde auf den Pfad, den Shuran benutzt hatte.

»Außerdem haben wir ein kleines Mädchen im Schloss, das im Augenblick schreckliche Angst hat und sich vermutlich über ein paar freundliche Gesichter freuen würde. Gehen wir doch alle nach unten, damit wir uns besser kennenlernen können. Wollen wir?«

»Ich begleite dich«, sagte ich. »Die anderen können gehen.« Ich rechnete nicht mit seiner Einwilligung, aber ich wollte ihn am Reden halten, während ich eine Möglichkeit fand, an ihm und seinen Männern vorbeizukommen.

»Ich glaube nicht, dass die Herzöge es schätzen würden, wenn ich sie gehen lasse, Falcio.« Shuran lächelte. »Andererseits, was kümmern mich die Herzöge und ihre Wünsche?«

Ich war verblüfft. »Du würdest die anderen unbeschadet ziehen lassen?«

Shuran legte mir die Hand auf die Schulter. »Ich habe nichts gegen dich, Falcio.« Er sah die anderen an. »Oder gegen euch. Allerdings kann ich die alte Frau schlecht gehen lassen. Es tut mir leid, meine Dame, aber Herzogsfamilien ermorden zu lassen betrachtet man mit Missfallen. Wir finden eine hübsche, bequeme Zelle für dich, während wir die Dinge klären.«

»Nimm den Handel an«, sagte die Schneiderin zu mir.

»Geht«, befahl ich den anderen. »Nehmt die Pferde und verschwindet.«

Valiana wollte protestieren. »Wir können nicht gehen.«

»Könntest du bitte einmal das tun, was ich dir sage, und einfach gehen?«

Shurans Finger gruben sich in meine Schulter. »Als Gegenleistung muss ich um einen Gefallen bitten.«

»Was denn?«

»Oh, nicht von dir, Falcio.« Er ließ mich los und wandte sich Kest zu. »Ich will, dass der Heilige der Schwerter mir endlich diesen Kampf gewährt.«

Shuran und seine Männer eskortierten Kest, die Schneiderin und mich den Hang hinunter und ließen uns auf dem Fehdehandschuh an Dutzenden toter ungetaufter Dashini in ihren zerrissenen Ledermänteln vorbeimarschieren. Nach dem Tod des Königs war Schloss Aramor auf Befehl des Herzogsrates verschlossen worden. Es hatte länger als fünf Jahre leer gestanden. Das Gras war gewuchert, Unkraut hatte sich ausgebreitet, aber jemand hatte sich die Zeit genommen, einen Platz vor dem Schloss zu mähen und einen großen weißen Tisch und Stühle aufzustellen. Die Herzöge standen vor der schlimmsten Krise, die Tristia seit hundert Jahren heimgesucht hatte, trotzdem hatte es jemand für unumgänglich befunden, dafür zu sorgen, dass ihre Beratung auch ja in angenehmer Umgebung stattfinden konnte. Mehrere von ihnen saßen an dem Tisch und tranken Wein aus kostbaren, mit goldenen Schwänen verzierten Gläsern, die aus König Paelis' Privatsammlung stammten, wie ich sofort erkannte.

Drei Adlige standen auf, als sie uns näher kommen sahen; ohne jeden Zweifel bereitete ihnen der Anblick neuer Greatcoats Unbehagen.

Herzog Jillard trat vor. »Seit unserer letzten Begegnung siehst du etwas mitgenommen aus, Falcio.«

»Das Ergebnis eines unglücklichen Missverständnisses, Euer Gnaden. Ihr andererseits seht viel besser aus als seit meinem letzten Besuch in Rijou.«

»Das stimmt. Dieses Dashinipulver ist wirklich schrecklich.« Er musterte mich und dann zwei von Shurans Rittern hinter uns. »Ich hoffe, du bist nicht gekommen, um mich umbringen zu wollen, Falcio. Wenn man bedenkt, welche Mühe du dir gegeben hast, mich am Leben zu halten, wäre das wirklich nicht angebracht.«

»Ich hatte gehofft, dass Ihr den Gefallen erwidert.«

Jillard lächelte. »Das dachte ich mir. Also gut. Shuran? Schickt die beiden Männer weg. Die Frauen bleiben natürlich.« Er drehte sich um, als wäre die Unterhaltung zu Ende.

»Ich will Aline«, sagte ich. »Lebendig und unversehrt. Ich will, dass Ihr und die anderen Herzöge den Schwur leistet, sie in Frieden leben zu lassen.«

Er streckte sein Glas aus, als erwartete er, dass Wein vom Himmel fiel. Seltsamerweise geschah es auch – nun gut, ein Diener eilte herbei, um nachzuschenken, aber das Ergebnis war das Gleiche. »Im Ernst, Falcio? Ich habe dir dein Leben gegeben. Unsere Schuld ist beglichen. Also warum sollte ich dir das Mädchen überlassen?«

»Ich bringe sie dazu, ihrem Thronanspruch zu entsagen.«

»Das wird sie sowieso. Gib mir etwas anderes.«

Die anderen Herzöge betrachteten uns, als wären wir hässliches Unkraut in ihrem Garten. Das Letzte, das ich wollte, war ihnen das Leben zu retten. Sie hatten Tristia vor Jahren auf diesen Weg geschickt, als sie den König ermordet hatten. Jetzt wollten sie, dass ich um das Leben seiner Tochter schacherte. Ethalia hatte unrecht. Die Liebe *ist* ein Käfig.

»Ich gebe euch euer Leben«, sagte ich schließlich. »Oder ich versuche es zumindest nach besten Kräften.«

Jillard hob eine Braue. »Drohst du, uns zu töten, Falcio? Denn ich nehme an, dass Sir Shuran und seine tausend Ritter uns bestimmt beschützen können. Ich fühle mich in ihrer Gegenwart recht sicher.«

»Dann seid Ihr kurzsichtig, Euer Gnaden. Sir Shuran ist derjenige, der den Plan verfolgt, Euch zu töten.«

Das ließ die versammelten Herzöge und ihre Gefolgsleute herzlich lachen.

Jillard stellte sein Glas auf den Tisch. »Dir ist schon klar, dass du den Ritteroberst von Aramor beschuldigst? Den Mann, dessen Truppen uns erst vor Stunden davor bewahrt haben, ermordet zu werden?«

»Ja, und den Mann, den euer Rat, und ich spekuliere hier einfach mal wild drauflos, in den Rang des Reichsverwesers erheben werdet.«

Jillards Augen weiteten sich, und er wollte etwas sagen, aber ich ließ ihn nicht zu Wort kommen. »Ihr werdet den Rest der herzoglichen Heere unter sein Kommando stellen und ihn nach Norden schicken, um Trins Streitkräfte zu vernichten. Er ist ein fähiger Befehlshaber und der am meisten respektierte Ritter des Landes. Er wird ihre Soldaten in Stücke reißen, falls sie sie bei seinem Anblick nicht einfach im Stich lassen.«

»Und wenn er das erledigt hat«, sagte Jillard den Blick auf Shuran gerichtet, »wird er uns dabei helfen, im Rest des Landes wieder Ordnung herzustellen. Dann wird er von seinem Posten zurücktreten.«

»Das bezweifle ich«, sagte ich. »Shuran ist derjenige, der Dörfer gegen eure Herzogtümer bewaffnete und dann die Schwarzen Wappenröcke aussandte, um sie zu massakrieren. Er hat die Furcht vor Rebellion geschürt, damit sich die Herzöge an die Ritter wenden, von denen er viele mit nicht unbeträchtlichen Summen gekauft hat, während der Rest –

und vergebt mir, Euer Gnaden, ich würde gern behaupten, dass es mich wirklich schmerzt, Euch das sagen zu müssen –, während der Rest ihn sowieso bedeutend mehr respektiert als Euch. Übrigens hat Shuran Herzog Isaults Kinder ermorden lassen und dafür gesorgt, dass auch die Familien der anderen Herzöge sterben.«

»Warum?«, fragte Jillard. »Welchen Grund könnte er haben, so etwas zu tun?«

»Ein Ritter wird niemals den Herzogsthron besteigen, nicht einmal ein Ritteroberst«, erwiderte die Schneiderin. Sie starrte mich an, denn sie hatte endlich begriffen, dass man auch sie zum Narren gehalten hatte. »Das würde man niemals zulassen. Aber wenn sämtliche herzogliche Blutlinien vernichtet würden, wenn man die Familien ausrottet? Wenn die Menschen genug Angst hätten? Wenn die anderen Adligen befürchten müssten, im Schlaf umgebracht zu werden? Sie wären alle bereit, einen Ritter die Kontrolle übernehmen zu lassen, zumindest für eine Weile.«

Der Herzog schüttelte den Kopf. »Was du da beschreibst, die Bauern zu bewaffnen, Ritter zu bestechen, Morde zu arrangieren, das würde riesige Summen beanspruchen. Wo sollte ein normaler Ritter, selbst ein Ritteroberst, jemals solche Mittel herbekommen?«

Ich blickte Shuran an. »Willst du es ihnen sagen, oder soll ich?«

»Ganz, wie du es für richtig hältst«, erwiderte er lächelnd. »Es ist deine Geschichte.«

»Wird bald eine Hochzeit angekündigt?«, fragte ich. »Nein, spar dir die Mühe, darauf zu antworten.« Ich wandte mich wieder Jillard zu. »Ihr hattet die ganze Zeit recht, Euer Gnaden. Trin hätte sich niemals auf dem Thron halten können. Sicher, sie könnte Aline töten, was meiner Meinung nach keinen von euch gestört hätte. Sie könnte mit ihren Armeen einfallen und vielleicht sogar einen Krieg mit dem Süden gewinnen, falls ihr euch nicht einigen könntet. Aber am Ende hättet ihr eine Möglichkeit gefunden, sie umbringen zu lassen. Das wusste sie. Das wusste auch ihre Mutter, Herzogin Patriana. Darum verbrachten sie auch so viele Jahre mit dem Aufbau einer einer wirklich beeindruckenden Infrastruktur in euren Herzogtümern. Ihr macht Shuran zum Reichsverweser, er bringt den Rest von euch um, dann schließen er und Trin einen Pakt oder heiraten, und plötzlich gibt es einen ganz neuen Adel, der in Tristia die Macht ergreift. Bei allen Höllen, der dürfte vielleicht nicht einmal schlimmer sein als der, der uns jetzt im Nacken sitzt.«

»Das ist ... Bei den Göttern.« Der Herzog blickte Shuran mit morbider Neugier an. »Alles ergibt jetzt einen Sinn ... der Mord an den Kindern, Euer Aufbau der ... aber wie konnte ein Ritter nur so ehrlos handeln? Und nicht nur ein Ritter, sondern ein Ritteroberst? Wie konntet Ihr Eurem Herrn so etwas antun?«

Sir Shurans Miene blieb ausdruckslos, als er Jillard den Handrücken des Panzerhandschuhs ins Gesicht schlug. Der Herzog von Rijou stürzte zu Boden.

»Sie hat gesagt, dass du schlau bist, Falcio«, sagte Shuran. »Aber ich bin auch schlau. Ich habe hier tausend Männer, und es werden noch mehr kommen, sobald Jillard tot ist und sein ehemaliger Ritteroberst nach Rijou zurückkehrt, um die Kontrolle über das Heer zu übernehmen.« Er warf einen Blick auf seine Ritter, die geduldig am Feldrand warteten. »Sie sind wunderbar, nicht wahr? Heutzutage sind die meisten Soldaten undiszipliniert und aufsässig. Diese Männer sind *engagiert.* Es sind wahre Ritter.« Er wandte sich wieder mir zu. »Ich habe ihnen den strikten Befehl gegeben, erst anzugreifen, wenn das letzte Licht der Sonne am Horizont stirbt. Bis zu genau diesem Augenblick werden sie dort auf ihren Pferden warten, Falcio, in perfekter Formation. Sie werden dort sitzen, selbst wenn die Berge selbst über ihnen einstürzen sollten. Danach verzehrt sich Tristia. Disziplin. Ordnung. Das werden Trin und ich ihm bringen.«

»Du hast die Kinder ermordet, die du zu beschützen geschworen hast, Shuran«, sagte ich. »Du hast dem Land Chaos und Blutvergießen gebracht. Wenn es eine Sache gibt, die mir Trost spendet, dann die Tatsache, dass jeder Mann, der sein Schicksal an Trin bindet, bereits tot ist und es einfach noch nicht weiß.«

»Spricht man so etwa über seine Königin?«

Trins Stimme erkannte ich sofort, aber als ich mich danach umdrehte, sah ich Aline uns entgegenstolpern. Ein ovaler Holzrahmen umgab ihren Kopf, gehalten von dicken Schrauben. Im Rahmen erblickte ich Trins Gesicht.

»Siehst du, welche wunderbare Lösung ich gefunden habe, Falcio? Du wolltest, dass Aline Königin ist, ich wollte Königin sein, jetzt können wir beide Königin sein. Gewissermaßen.«

»Nein!«, schrie die Schneiderin und griff nach dem Mädchen, aber ich packte sie und zerrte sie zurück.

»Halt! Sie kann Aline aus dem Inneren ihres eigenen Körpers töten, wenn sie will, und wir können nichts tun, um das zu verhindern.«

»Es ist nicht meine Absicht, dem Mädchen permanent zu schaden«, sagte Shuran.

»Das Mädchen stirbt heute Abend«, sagte Trin, den Blick auf Shuran gerichtet.

Einen kurzen Augenblick lang hielten alle inne, dann schenkte mir Shuran ein bedauerndes Lächeln. »Wie du siehst, liegt das nicht mehr in meiner Hand. Aber ich hätte sie dir zu gern gegeben, sobald wir fertig sind.«

»Tu das nicht, Shuran«, bat ich ihn.

»Schon gut, Falcio«, sagte Kest. »Er tut das nicht wegen Aline. Ich glaube nicht einmal, dass er es tut, weil er Tristia beherrschen will. Oder das ist zumindest nur ein Teil davon.«

»Was dann?«

»Er will etwas, dass allein ich ihm geben kann.« Er wandte sich Shuran zu. »Wollen wir den Kampf austragen?«

22

DER SCHWARZE WAPPENROCK

Der Heilige der Schwerter und der Ritteroberst von Aramor starrten einander von den gegenüberliegenden Rändern eines nur spärlich mit Gras bewachsenen Fleckens Erde an. Der Abstand zwischen ihnen betrug kaum mehr als Mannslänge. Hätte ein Mann das Schwert gezogen und angegriffen und der andere nur für die Spanne eines Blinzelns gezögert, wäre ein Kopf zu Boden gefallen.

»Ich scheine mich zu erinnern«, sagte Shuran zwanglos, »dass du bei unserer ersten Begegnung die genaue Zahl der Klingenkontakte erwähntest, die nötig sein würde, um mich zu besiegen.«

»Zehn«, sagte Kest.

»Und du bleibst bei dieser Einschätzung?«

Keiner der Männer bewegte sich auch nur um Haaresbreite, aber Kests Blick glitt kurz über Shurans Schultern zu den Spuren im Staub, die er bei seinem Weg hinterlassen hatte. »Deine Schritte sind nun gleichmäßig. Zuvor hast du mehr Gewicht auf deinen linken Fuß verlagert. Bei unserer ersten Begegnung hast du deine rechte Seite entlastet. War daran eine Verletzung schuld, oder hast du nur so getan?«

Shuran lächelte. »Und wenn ich dir sagen würde, dass das durch eine Wunde kam, die ich davontrug, als mein Pferd von einem Pfeil getroffen wurde, wie würdest du unseren Kampf dann einschätzen?«

»Siebzehn Klingenkontakte«, sagte Kest ohne zu zögern.

»Tatsächlich? Da habe ich ja sieben Klingenkontakte gewonnen, die ich das Leben länger genießen kann. Und wie viele wären es, wenn ich dir sagen würde, dass ich mich selbst damals verstellt habe, um dich über meine Fähigkeiten im Unklaren zu lassen?«

Nichts an Kest rührte sich, aber ich sah, wie sein Verstand arbeitete. »Zweiundzwanzig«, sagte er schließlich.

»Erstaunlich«, sagte der Ritter. »Da du bis jetzt so nachsichtig mit mir warst, muss ich deine Geduld noch weiter strapazieren.«

Shuran fuhr anmutig mit der linken Hand durch die Luft, bemühte sich aber, es nicht bedrohlich oder überraschend aussehen zu lassen. Er wirkte wie ein Mann, der wunderbarer Musik lauschte, und die Bewegung seiner Hand entsprach dem Rhythmus der Instrumente, während seine Finger vorgaben, die Melodie zu spielen. Einen Augenblick lang befürchtete ich, es könnte sich um einen Trick oder einen Zauber handeln. Erst als ich zusah, wie Kest die Bewegungen verfolgte, begriff ich, dass Shuran sein Talent enthüllte.

»Einunddreißig«, sagte Kest. »Nein. Neununddreißig.«

Shurans Hand bewegte sich weiter sanft durch die Luft und veränderte Richtung und Tempo. Es sah nach gar nichts aus, aber ich wusste, dass ich niemals dazu fähig sein würde, mich so anmutig und akkurat zu bewegen, mit so perfekter Kontrolle.

»Vierundfünfzig«, sagte Kest.

»Wirklich? Ist das alles?«

Kest starrte Shurans Lächeln an, das nicht die geringste Auswirkung auf die Perfektion seiner Bewegungen hatte.

»Siebzig«, sagte Kest.

Shuran lachte. Es war ein überraschend schöner Laut, erneut perfekt kontrolliert hatte er nicht den geringsten Einfluss auf den Rest seines Körpers.

»Vierundneunzig.«

»Vorsichtig. Wenn wir damit weitermachen, wirst du mir gleich erzählen, dass du mich nicht besiegen kannst.«

»Vierundneunzig«, wiederholte Kest.

»Wer hat dir Fechten beigebracht?«, fragte der Ritter.

»Mein Vater. Meine Freunde. Meine Feinde.«

»Elegant ausgedrückt. Ich halte es für wichtig, von den Besten zu lernen, findest du nicht?«

Etwas an Shurans Lächeln störte mich. Es war nicht verrückt oder gar bedrohlich, aber es kam mir bekannt vor – nicht dass ich glaubte, es bereits zuvor gesehen zu haben, aber ich hatte den Eindruck, sein Gegenstück schon einmal irgendwo gesehen zu haben. Es war, als würde man eine schöne Frau sehen und völlig überzeugt sein, ihr bereits zuvor begegnet zu sein, nur um erfahren zu müssen, dass das nicht stimmte – dass man nur einem Mann begegnet war, der in einer Schenke während einer wilden Geschichte die Liebe seines Lebens beschrieben hatte. Und nun erkannte man, dass man der Beschriebenen gegenüberstand.

»Kest, etwas stimmt hier nicht«, sagte ich.

»Komm schon«, sagte der Ritter. »Sind wir immer noch bei vierundneunzig? Besser bin ich nicht?«

»Wer hat dich unterrichtet?«, fragte Kest.

»Hm?«

»Du hast mich gefragt, wer meine Lehrer waren. Wer waren deine?«

»Eigentlich war nur einer von Bedeutung«, antwortete Shuran. »Mein Vater. Er war allerdings ganz gut, zumindest hat man mir das erzählt. Ehrlich gesagt hat es mich überrascht, dass er sich bereit erklärte, mich zu unterrichten, denn er hatte nicht viel für Kinder übrig. Von seinem Blickpunkt aus war ich für ihn so etwas wie eine Peinlichkeit. Die ersten sieben Male, die ich ihn anflehte, mich zu unterrichten, verprügelte er mich ziemlich schlimm mit der flachen Seite seiner Klinge.«

»Und schließlich hatte er ein Einsehen?«

»Ein Einsehen? Vermutlich schon. Ich glaube, zuerst fand er es unterhaltsam. Er war ein wirklich kalter Mann. Es gefiel ihm, mich bluten zu sehen. Es brachte meine Mutter immer auf.«

Die Bewegung von Shurans Hand, der Ton seiner Stimme, sein Lächeln. Die Puzzlestücke fielen an Ort und Stelle. »Bei den Göttern, Kest, ich weiß, wer ihn unterrichtet hat. Ich weiß, wer sein Vater war. Es war …«

»Bei allen Heiligen«, sagte Shuran. Sein Lächeln wurde breiter, und seine Hand stoppte. »Die korrekte Verwünschung lautet in diesem Fall ›bei den Heiligen‹.«

Bei unserer einzigen Begegnung war mir nie in den Sinn gekommen, dass er Familie haben könnte. Ich war so sicher gewesen, dass unser Leben gleich enden würde. Darum hatte mich nur beschäftigt, dass mein bester Freund auf der ganzen Welt sein Leben wegwerfen wollte, um Aline, Valiana, Brasti und mir ein paar kurze Minuten für einen Fluchtversuch zu verschaffen. Wer hätte gedacht, dass sich so eine Kreatur, die sich nur dafür interessierte, die Kunst des Schwertkampfes zu perfektionieren, jemals mit so banalen Dingen wie mit einer Frau zu schlafen und einen Sohn zu zeugen abgeben würde?

»Caveil«, sagte ich laut, denn ich hatte das Gefühl, es sagen zu müssen, um zu beweisen, dass mich der Name nicht mit Furcht erfüllte. »Dein Vater war Caveil, dessen Schwert Wasser schneidet.«

Shurans Blick glitt zu mir. »Ich ziehe es vor, an ihn als meinen Lehrer zu denken. Als Vater er war nie besonders gut.«

»Aber wie …?« Selbst in den eigenen Ohren klang meine Stimme schwach und mühsam.

»Selbst ein Heiliger, der, sagen wir, so begrenzte Interessen hatte? Selbst jemand wie Caveil geht gelegentlich mit einer Frau ins Bett.«

»Aber ich glaubte immer, die Heiligen könnten keinen Nachwuchs produzieren.«

Shuran lachte. »Wirklich? Falcio, du musst lernen, etwas kritischer darin zu sein, welche der alten Geschichten du glaubst und welche nicht. Obwohl das möglicherweise sogar stimmt, wenn sie normale Menschen vögeln. Glücklicherweise war das in meinem Fall kein Thema. Anscheinend haben zwei Heilige kein Problem damit, was Kinder angeht.«

Birgid. Seine Mutter war die heilige Birgid, die für die Welt weint. *Gnade und Gewalt miteinander zu vermählen bringt nur noch mehr Gewalt hervor.* Sie hatte versucht, Caveils Gewalttätigkeit mit ihrer Gnade zu dämpfen, und stattdessen war ihr Spross Shuran ein Wesen aus reiner Gewalt. Sein ganzes Leben lang hatte er darauf hingearbeitet, der Heilige der Schwerter zu werden, und das wäre ihm auch gelungen, hätte es Kest nicht gegen jede Wahrscheinlichkeit geschafft, Caveil zu besiegen, um unser Leben zu retten.

Aber Shuran war dafür geboren worden.

Shuran richtete die Aufmerksamkeit wieder auf Kest. »Was glaubst du nun, wie viele Klinkenkontakte wirst du brauchen, um mich zu besiegen?«

Ich bin Schwertkämpfer, seit ich ein Kind war. Seit ich zum ersten Mal ein Rapier ergriff, habe ich fast jeden Tag damit geübt. Ich habe jedes Buch über das Fechten gelesen, das je geschrieben wurde, ganz egal wie alt, obskur oder esoterisch es auch war. Ich habe mit Schwertern gekämpft, wurde von ihnen aufgeschlitzt und wäre bei vielen Gelegenheiten beinahe durch sie gestorben. Verbringt man sein Leben auf diese Weise, gewöhnt man sich an die Tatsache, dass man die Bewegungen der Klinge eines erfahrenen Gegners unmöglich sehen kann; sie ist einfach zu schnell für das menschliche Auge. Also hält man nach anderen Dingen Ausschau: die Haltung des Ellbogens, die Platzierung des Füße, die Anspannung in den Schultern – diese Dinge verraten einem die nächste Bewegung. Mit ausreichender Erfahrung kann man dann auf diese Dinge verzichten und sich einfach auf die Augen des Gegners konzentrieren. Genau das taten Kest und Shuran.

Ihre Klingen blitzten kurz durch die Luft, um dann wieder in ihre Ausgangspositionen zurückgekehrt zu sein, bevor meine Ohren das Klirren wahrnahmen. Wie eine nach einer roten Beere pickenden Spottdrossel versuchten sie ihr Gegenüber zu verwunden – keine große Verletzung, nur ein winziger Schnitt, ein paar Tropfen Blut; genug, um den anderen langsamer zu machen, wenn auch nur um eine Kleinigkeit.

»Glaubst du, sie macht dich schneller?«, fragte Shuran, als sich ihre Klingen laut meiner Zählung nach fünf Kontakten wieder senkten, obwohl es genauso gut auch fünfzig hätten sein können.

»Was soll mich schneller machen?«, fragte Kest.

»Deine Heiligkeit. Du scheinst rot zu glühen. Verleiht dir das größere Schnelligkeit?«

»Nicht, dass ich mir dessen bewusst wäre.«

Shuran wackelte nur ganz kurz mit dem Kopf – eine ganz natürliche Bewegung, wenn auch keine kluge. Kests Klinge schoss vor, auf den Hals des großen Ritters zu. Shuran ließ seine Waffe kreiseln, um sie abzuwehren, aber da war sie schon lange nicht mehr an diesem Ort.

»Macht es dich stärker?«, fragte Shuran, als wäre nichts geschehen.

»Mir ist nicht aufgefallen, dass mein Schwertarm stärker geworden wäre.«

»Nun dann …«

»Um ehrlich zu sein, vermag ich nicht zu sagen, dass die Heiligkeit auch nur den geringsten Unterschied machen würde. Vielleicht liegt das daran, dass das alles noch so neu ist. Andererseits scheint sie auch Caveil nicht viel genutzt zu haben.«

Ein Hauch von Ärger verdüsterte Shurans Miene, und er griff an, führte einen Schlaghagel aus, der trotz der dahintersteckenden Kraft anmutig und überraschend war. Scheinbar mühelos wechselte der Ritter zwischen einem waagerechten Hieb, der Kest den Unterkiefer vom Kopf abgetrennt hätte, und einem Stoß auf seine Kniescheibe. Die Klinge zuckte nach oben und nach unten, im einen Moment züngelte sie vor, um einen kleinen Schnitt auszuteilen, im nächsten fuhr sie mit genug Wucht in die Tiefe, um den Körper des Gegners in zwei Teile zu spalten. Kest entzog sich jedem Angriff, parierte manchmal oder wich dem Stoß einfach nur anmutig aus, ließ ihn um Haaresbreite an seinem Gesicht vorbeipfeifen.

»Weißt du, das wird nicht funktionieren«, sagte Kest.

Shurans Erwiderung verriet nicht die geringste Anstrengung, ganz zu schweigen die Erschöpfung, die die meisten Männer nach einer derartigen Anstrengung verspüren würden. »Was denn?«

»Mich dazu zu verleiten, dir die zwei zusätzlichen Zoll an Boden zu geben, die du haben willst.«

Obwohl beide Männer mit Breitschwertern kämpften, war Shurans Klinge einen Zoll länger. Konnte er den Abstand zwischen den beiden Männern nur ein kleines Stück verringern, war er im Vorteil.

Der Ritter lächelte. »Nun, dann müssen wir wohl etwas anderes versuchen.« Er fintierte nach Kests entblößter linker Seite. Ich wusste, dass es sich um eine Finte handelte, weil es für einen Angriff einfach zu offensichtlich war. Kest parierte den Angriff trotzdem, denn ein erfahrener Kämpfer kann eine Finte in einen richtigen Angriff umwandeln, wenn er im letzten Augenblick spürt, dass sein Gegner den Stoß nicht blockieren wird. Kest stieß im Gegenzug nach Shurans rechter Hüfte und zwang den Ritter einen Schritt zurück. Shuran brachte seine Klinge etwas zu steif zurück in Ausgangsstellung, verstärkte seinen Griff und entblößte seine linke Seite ein kleines bisschen. Kest brauchte nur einen halben Schritt vorzurücken und ihn zu treffen.

»Auch das wird nicht funktionieren«, meinte Kest. Er blieb genau dort, wo er war.

»Was denn jetzt?«, fragte Shuran unschuldig.

»Am Boden liegt ein Steinchen auf einem anderen. Du willst, dass ich dort drauftrete und aus dem Gleichgewicht komme.«

»Ich scheine heute ja voller hinterhältiger Pläne zu stecken.«

Kest setzte zu einer eigenen Reihe von Angriffen an, von denen jeder nicht nur in Ziel und Tempo variierte, sondern auch im Stil. Nahtlos wechselte er von klassischen Fechtstilen zu den gröberen Bewegungen von Kriegern auf dem Schlachtfeld. Manchmal warf er eine dieser Straßenkämpfertaktiken ins Spiel, die nicht wegen ihrer Effizienz funktionieren, sondern wegen ihrer plötzlichen Wildheit. Shuran wich aus und parierte, ahnte voraus und erwiderte den Angriff. Alles in allem nahm der Austausch weniger als zwanzig Sekunden in Anspruch, dabei bewegten sie sich weniger als einen Fuß weit.

Als beide in die Ausgangsposition zurückkehrten, war direkt über Shurans Stirn ein winziger Blutstropfen zu sehen. »Bravo«, sagte er.

Ganz langsam setzte sich das Blut nach unten in Bewegung. In wenigen Augenblicken würde es ihm ins rechte Auge tropfen, dann musste er gezwungenermaßen blinzeln. In diesem Augenblick würde er sterben.

»Diesmal war ich nahe dran«, sagte der Ritter im Plauderton. »Bei dem vierten Kontakt hatte ich dich fast. Dein Gewicht hatte sich nur für eine Sekunde verlagert.«

»Da war eine Stelle am Boden, wo der Untergrund nachgiebig war. Ich gehe davon aus, dass du das wusstest.«

»Und doch hast du es bemerkt und es ausgeglichen. Du bist erstaunlich.«

»Du bist auch gut«, gestand Kest ein. »Aber du bist kein Heiliger.«

Shuran lächelte. »Das sicher nicht. Ich könnte dich nie in einem fairen Kampf besiegen. Das weiß ich jetzt.«

Das Wort fair ließ mich stutzen. Unwillkürlich hielt ich

nach einer Falle Ausschau, ob sich einer von Shurans Männern außer Sichtweite versteckte und seine Armbrust bereit machte, aber da war nichts zu entdecken. Vielleicht war das auch einfach nur das letzte, großmütige Eingeständnis eines Mannes, der tatsächlich seinem Meister begegnet war.

Ein Blutstropfen sammelte sich am Rand seiner rechten Augenbraue. Gleich würde es vorbei sein.

Das ganze Gerede von Steinchen und loser Erde zog meinen Blick an, um zu sehen, ob es dort vielleicht noch etwas anderes gab, das Kest daran hindern konnte, Shuran zu erledigen. Ich konnte nichts entdecken. Trotz Shurans Manipulationen bewegte sich Kest stets vorsichtig, um sicherzugehen, immer festen Untergrund unter den Füßen zu haben. Bei jedem Versuch des Ritters, seinen Stand zu schwächen, hatte Kest eine Möglichkeit gefunden, um die Bedrohung herumzuarbeiten. Aber warum hatte Shuran dann eine gescheiterte Strategie weiterverfolgt? Und woher hatte er überhaupt so gut gewusst, wo jedes Steinchen liegen würde? Es war, als hätte er …

Natürlich, er hatte sie dort platziert! Der hinterhältige Bastard hatte vor dem Duell jedes Staubkorn und jedes am Boden liegende Steinchen untersucht, damit er wusste, wie er sich bewegen musste. Aber Kest war dafür zu schlau und aufmerksam. Er hatte jedes von Shurans Hindernissen umgangen und stand jetzt auf …

Oh, bei allen Höllen!

»Kest«, sagte ich. »Geh zurück.«

»Zu spät«, sagte Shuran. Er schüttelte den Kopf, nur eine kleine Bewegung, und die Blutstropfen lösten sich von seiner Stirn. Kest brachte die Waffe in die Höhe, um ihm den Kopf vom Hals zu trennen. Das Blut landete am Boden, und Kests Klinge verharrte plötzlich mitten in der Luft.

Er wollte sich bewegen, konnte es aber nicht. Seine Beine zitterten, als würde eine große Hand versuchen, ihn in die Erde zu drücken.

»Ich ließ den Boden von einem Kleriker segnen.« Der Ritteroberst fuhr mit dem Fuß durch den Staub und enthüllte einen sorgfältig gezogenen Kreis. Kest stand genau in seiner Mitte. »Die Magie benötigte nur einen Tropfen Blut. Natürlich hätte ich vorgezogen, dass es dein Blut ist, aber meins funktioniert genauso gut. Du solltest dich besser verneigen. Das erwarten die Götter von einem Heiligen, der auf geweihtem Boden steht.«

Ich stürzte mich auf sie, um Kest aus dem Kreis zu stoßen. Shurans Schwert fuhr zu schnell in die Höhe, und ich konnte gerade noch verhindern, mich darauf aufzuspießen.

»Das glaube ich nicht«, sagte Shuran, der seine Aufmerksamkeit noch immer auf Kest konzentrierte. »Falls dir das ein Trost sein sollte, während du in dem geweihten Kreis bist, kann ich dich nicht töten.« Lässig schlug er nach Kests Kopf. Die Klinge federte zurück, als hätte sie eine Schlossmauer getroffen. »Diese Religion ist so lästig, findest du nicht?«

Kest sackte auf die Knie, senkte automatisch den Kopf. »Was auch immer du tust, ich werde dich töten. Du wirst nie der Heilige der Schwerter werden.«

»Natürlich werde ich das.« Shuran ließ das Schwert in meine Richtung schnellen. Ich fuhr zurück, spürte aber ein leichtes Brennen an der Wange. Ich tastete danach und entdeckte Blut.

Mühsam sah Kest in meine Richtung, und ich las Furcht und Sorge in seinem Blick.

»Du bist so kontrolliert, Kest«, sagte der Ritteroberst. »So logisch. Du denkst *alles* durch, jede Bewegung. Ich glaube, wenn du dich auf das Spiel konzentrierst, kann dich niemand schlagen.« Er richtete den Blick auf mich. »Darum werde ich deinen Freund Falcio hier töten, vor deinen Augen, und zwar auf ziemlich schreckliche Weise.«

»Wenn du Kest damit schockieren willst, hättest du diesen Plan besser versucht, bevor mich die Dashini neun Tage lang folterten«, meinte ich.

Shuran ignorierte mich. Das passierte mir in letzter Zeit häufig. »Danach lasse ich die anderen von meinen Männern holen. Valiana töte ich zuerst. Sie scheint ein so nettes Mädchen zu sein, also ist das eine echte Schande. Ich bin mir nicht sicher, ob dir etwas an Dariana liegt, sie scheint nicht besonders liebenswert zu sein, oder? Aber ich töte sie trotzdem.«

Shuran trat vor und blickte an seiner Klinge entlang, die noch immer auf mich zielte. »Dann bringe ich die kleine Aline her, und Trin und ich werden ihr Dinge antun … Um ehrlich zu sein, ist sie nur ein kleines Mädchen, und ich würde das lieber nicht tun müssen, aber ich werde es falls nötig trotzdem tun.«

»Du würdest sinnlose Grausamkeiten begehen.« Kest bäumte sich gegen die unsichtbare Last auf, die ihn nach unten drückte. »Und nichts davon wird dich zu einem Heiligen machen.«

Shuran lächelte. »Und genau da irrst du dich, denn nachdem ich deine Freunde getötet habe und Trin die unschuldige kleine Aline direkt vor deinen Augen schänden ließ, wird mein Kleriker den Kreis entweihen. Und weißt du, was dann passieren wird, Kest? Du wirst dich rasend vor Zorn auf mich stürzen. Aber du bist nicht daran gewöhnt, vom Zorn beherrscht zu kämpfen, oder, Kest? So werde ich dich schlagen, so werde ich dich töten. So werde ich zum Heiligen der Schwerter.«

23

DAS DUELL

Es gibt ein altes Sprichwort, das bequemerweise auf das Vorsatzblatt eines der vielen Bücher über die Fechtkunst in König Paelis persönlicher Bibliothek geschrieben steht. Es lautet: *Die entscheidendsten Kämpfe gewinnt man nicht durch Geschick*. Die meisten Meisterfechter halten das für eine missverständliche Übersetzung, da es beim lebenslangen Studium des Fechtens schließlich genau darum geht: sein Geschick zu entwickeln, bis man unbesiegbar wird.

Es gibt die Ansicht, dass bei dem Zitat lediglich das Wort »*allein*« fehlt, es also heißen müsste »*Die entscheidendsten Kämpfe gewinnt man nicht durch Geschick allein*«. Zweifellos wäre das für sämtliche Schwertmeister auf der Welt eine Beruhigung, aber ich fürchte, dass es einfach nicht stimmt.

Kest und ich hatten das Zitat oft angestarrt und zu ergründen versucht, was es in Wirklichkeit bedeutete. War der Verfasser wirklich der Ansicht, dass eine Kombination aus größerer Kraft, Schnelligkeit und größerer Reichweite – alles offensichtlich außerordentlich wichtige Faktoren beim Fechten –, das Geschick überwinden konnten? Falls dem so war, würde mir das nicht helfen, denn Shuran war stärker und schneller, darüber hinaus war seine Reichweite um mehrere Zoll größer als die meine.

Als er mit erhobenem Schwert vor mir stand und darauf wartete, mir den Kopf abzuschlagen, konnte ich nicht umhin, immer wieder an das Zitat zu denken. Er warf einen Blick auf Kest, der noch immer am Boden kniete. »Nun, Heiliger der Schwerter. Wie viele Klingenkontakte brauche ich, um deinen Freund köpfen zu können?«

Kest versuchte aufzustehen, sackte aber wieder wie ein alter, betrunkener Mann zu Boden. Er sah Shuran an, dann mich. »Sieben«, sagte er.

»Sieben Kontake«, wiederholte der Ritter. »Welch eine Schande, dass eure Schneiderin dich an diese Dashini verraten hat. Sie müssen wirklich Schaden angerichtet haben. Komm schon, Falcio, mein Freund. Welchen Wert haben diese sieben Kontakte wirklich für dich? Wäre es nicht besser, wenn du es dir dieses eine Mal einfacher machst? Vielleicht könntest du dich hinsetzen und mit deinen Göttern Frieden schließen? Falls dir das lieber ist, kann ich auch die Schneiderin herbringen lassen, damit du sie für ihren Verrat tötest. Wie dem auch sei, ist es nicht besser, diese letzten Augenblicke zu genießen, einfach den Tod auf sich zukommen zu lassen?«

»Nein«, sagte ich.

Shuran sah ehrlich verwirrt aus. »Warum nicht?«

Dieses eine Mal fiel mir keine Antwort ein. Selbst wenn durch ein Wunder ein sehr großer Baum vom Himmel stürzte und Shuran auf der Stelle zerschmetterte, würde ich trotzdem verlieren. Wenige hundert Meter entfernt warteten tausend Ritter auf uns. Die Schlacht war bereits verloren.

Die entscheidendsten Kämpfe gewinnt man nicht durch Geschick.

Wie bei allen Höllen wurden sie dann gewonnen?

Hinter mir ertönten Schritte. »Bleibt zurück«, sagte ich in der Annahme, dass es Valiana oder Dariana waren.

»Und wer könnte das jetzt sein?«, fragte Shuran.

Ich schaute mich um, um zu sehen, wen er meinte, und mir brach das Herz. Sie sah genauso aus wie bei unserer ersten Begegnung, langes dunkles Haar umrahmte blasse Haut, eine überirdische Schönheit in einem langen Gewand aus durchsichtigem Material, das die letzten Strahlen Sonnenlicht einfing und wie tausend kleine Sterne reflektierte.

Ethalia.

Ich griff nach ihr, aber sie wich mir aus und ging an mir vorbei. Sie ignorierte auch Shurans Schwert und blieb mit vor dem Körper verschränkten Händen ein paar Schritte vor ihm stehen.

»Und wer bist du?«, wollte der Ritteroberst wissen.

»Ich bin der Freund in der dunklen Stunde«, sagte Ethalia. »Ich bin der Windhauch in der brennenden Sonne. Ich bin das freiwillig gegebene Wasser und der liebevoll geteilte Wein. Ich bin die Ruhe nach der Schlacht und die Heilung nach der geschlagenen Wunde. Ich bin der Freund in der dunklen Stunde«, wiederholte sie, »und ich bin für dich gekommen, Shuran, Sohn von Caveil.«

Trin, deren schwarzes Herz tief in Alines Seele steckte, kam angerannt. Sie legte den Kopf schief, und der grausame Holzrahmen um Alines Kopf bewegte sich mit ihr. »Das ist seine Hure«, erklärte sie hilfreich. »Eine dieser Schwestern des gnädigen Fickens, wie sie glaube ich heißen.«

Shuran lächelte. »Bist du gekommen, um dich mir anzubieten? Bist du gekommen, um mich um Falcios Leben zu bitten?«

Natürlich ist sie das, du Bastard. Sie ist Liebe und Barmherzigkeit und Aufopferung, und sie hat nicht die geringste Ahnung, was sie da tut! »Ethalia, komm ganz langsam zu mir zurück«, rief ich leise.

Ethalia ignorierte mich und konzentrierte sich auf Shuran. »Ich bin in der Tat gekommen, um mich dir anzubieten, aber nicht, um Falcios Leben zu erbitten.«

Shuran sah sie einen Moment lang ungläubig an, dann legte er den Kopf in den Nacken und lachte so laut, dass man es auf dem ganzen Fehdehandschuh hören konnte. »Ach, du schöne Frau. Dein Angebot ist beinahe überwältigend, aber nicht einmal ich kann das Falcio antun. Hat er nicht genug gelitten?«

»Nein.« Ethalias Stimme war so ruhig und friedlich wie stilles Wasser. »Ich wünschte, es wäre nicht so, aber er muss noch etwas mehr leiden.«

»Du dumme Schlampe«, fauchte Dariana. Sie wollte Ethalia packen. Schnell wie ein Blitz hob Shuran die Klinge und schlug sie Dariana mit der breiten Seite rechts und links ins Gesicht. Sie stolperte zurück, zu gleichen Teilen durch Überraschung wie Schmerz.

»So redet man nicht mit einer Dame«, wies der Ritter sie zurecht.

Trin starrte Ethalia noch immer an. »Ich will wissen, was die Hure will.«

»Ich komme mit einem einfachen Angebot«, verkündete Ethalia und wandte sich Trin zu. »Du hast mit den Dashini ein Ritual durchgeführt, damit er den Tod seiner Frau noch einmal durchlebt. Du warst doch in diesen Augenblicken bei ihm?«

»Das war ich«, entgegnete Trin. Ihre Lippen verzogen sich zu einem Lächeln, das für mich schrecklich anzusehen war. »Es war ... *belebend.* Ich erinnere mich an jede Sekunde, an jeden Schlag, den sie davontrug. Noch immer kann ich jeden Knochen brechen sehen, wie ihr Fleisch aufplatzt, ihr die Zähne aus dem Mund fallen. Ich erinnere mich an die Männer, an das Gefühl ihrer ...«

»Du brauchst nicht fortzufahren«, unterbrach sie Ethalia. »Du hast meinen Standpunkt deutlich gemacht.«

»Ach? Und welcher Standpunkt wäre das?«, fragte Shuran interessiert. »Du sagtest etwas von einem Angebot?«

»Das habe ich.« Ethalia sah mir in die Augen, während sie zu dem Ritter sprach. »Wenn Ihr Falcio im Kampf besiegt, dürft Ihr mir all die schrecklichen Dinge antun, die Herzogin Trin gefühlt hat. Jeden Knochen brechen spüren, wie das Fleisch aufplatzt.«

»Hast du den *Verstand* verloren?«, rief ich. »Verschwinde hier! *Lauf!*«

»Wir sind einverstanden!«, sagte Trin. Aufregung und Begeisterung lagen in ihrer Stimme, als hätte man ihr gerade ein ganz besonderes Schauspiel versprochen. »Wie köstlich!«

»Nun gut«, sagte Shuran. »Mit dieser Dummheit hast du dein Schicksal besiegelt, Frau.«

»Das habe ich.« Eine Art trotzige Trauer lag in Ethalias Stimme. Ihr Blick richtete sich auf den großen Ritter. »Bis zum heutigen Tag beschritt ich den Weg der Gnade, mir war das Schicksal bestimmt … Aber ich nehme an, dass jetzt nichts davon mehr eine Rolle spielt.«

Er lächelte. »Gräm dich nicht. Ich verspreche dir …«

Ethalia unterbrach ihn. »Ihr könnt nichts mehr für mich tun, Shuran, Sohn von Caveil. Ihr seid bereits tot. Ich habe Euch getötet.«

Sie ließ ihn dort mit offenem Mund stehen. Als sie mich passierte, sagte sie: »Wenn du kannst, sei gnädig, und wenn der Augenblick gekommen ist, mach es schnell.«

Meine Brust schmerzte. Ich bekam keine Luft. Ich konnte den Achten Tod zurückkehren fühlen. Jeder Anblick, jeden Laut, den Geschmack von Blut im Mund und das Gefühl von …

Nein. Nein. Bitte.

Ich öffnete die Augen und sah Kest an. *Rette mich,* dachte ich. *Durchbreche den verdammten Kreis und rette mich. Ich schaffe das nicht, Kest. Ohne dich schaffe ich das nicht.* Ich beobachtete, wie er gegen eine unsichtbare Last kämpfte, die schwerer wog als die Schuld in seinem Herzen. Er stemmte sich unablässig dagegen, aber ganz egal, wie sehr er kämpfte, er scheiterte trotzdem.

Du musst jetzt tapfer sein, Falcio.

Als ich die Augen schloss, war Aline da. Meine tote Frau. Aber ich konnte noch immer nicht begreifen, warum sie mir das erneut antun sollte. *Zwing mich nicht, mir das ansehen zu müssen,* flehte ich, *nicht noch einmal. Warum nur?*

Weil es Zeit ist, mit dem Weglaufen Schluss zu machen.

Wann? Wann bin ich weggelaufen? Seit du gestorben bist, kämpfe ich ohne eine Pause, und es wird nicht besser. Ich laufe nicht weg, Aline.

Du läufst vor meinem Tod weg, und du musst um meinetwillen endlich loslassen. Du musst es noch einmal sehen. Du musst es durch dich hindurchfließen lassen. Weil die entscheidendsten Kämpfe nicht durch Geschick gewonnen werden.

Ich schlug die Augen wieder auf und sah Ethalia an, und plötzlich verstand ich. Ich richtete den Blick auf Kest, und aus einem unerfindlichen Grund verstand er ebenfalls, was jetzt passieren musste. Shuran war besser als ich. Er war der zweitbeste Fechter auf der ganzen Welt, und ganz egal, was ich auch tat, er würde siegen.

»Du tust mir ehrlich leid, Falcio«, sagte Shuran, als er anfing, mich langsam zu umkreisen. »Du hast nichts Falsches getan, wenn man davon absieht, einem Traum zu folgen, der nicht der deine war, einer Reihe von Idealen, die du nicht verstanden hast und die am Ende nie sein sollten.«

Ich stieß mit beiden Rapieren zugleich zu, die Klinge in meiner rechten Hand fintierte in der Hoffnung, dass er instinktiv parieren würde, auf Shurans rechtes Auge zu, während sich die linke Klinge bereit hielt, seinem gepanzerten linken Bein einen Hieb zu versetzen. Ich wusste, dass Shuran nicht auf den Stoß gegen sein Auge hereinfallen und der Hieb kaum mehr als ein paar Funken produzieren würde, aber manchmal ziehen sie den Blick des Gegners auf sich, was eine Öffnung für einen Stich ins Gesicht herbeiführt.

Shuran tat nichts dergleichen. Seine Bewegungen erfolgten so schnell, dass er mir mit seinem Breitschwert zuerst das linke Rapier und dann das rechte aus den Händen schlug, bevor ich wusste, wie mir geschah. Sie flogen ein paar Fuß weit weg. Es war ein meisterhafter Trick – wie man ihn nie riskieren würde, wenn man sich wegen des Geschicks des Gegners auch nur die geringsten Sorgen machte. Bot ich wirklich einen so erbärmlichen Anblick?

»Das ist der erste Klingenkontakt«, sagte er zu Kest. Er trat mir aus dem Weg und bedeutete mir, an ihm vorbeizugehen. »Du solltest sie besser aufheben.«

Da sich mir keine bessere Möglichkeit bot, begab ich mich zu meinen Waffen. Ich wartete, um zu sehen, ob er sie mich aufheben ließ.

Einen Moment lang stand er reglos da. »Bei allen Heiligen, Falcio. Du weißt es doch, oder nicht? Du *musst* es wissen.«

»Was denn?«

»Dass du mich nicht einmal an deinem besten, deinem allerbesten Tag schlagen könntest.«

»Das weiß ich. Und danke, dass du mich daran erinnerst.«

»Warum dann dieses ganze Gehabe? Wozu so tun?« Die Antwort schien ihn wirklich zu interessieren.

»Weil du …« Ich suchte nach der schlimmsten Beleidigung, die ich kannte, aber mir fiel nichts Vernünftiges ein. »Du dummer Sohn eines Heiligen. Ich wurde geschlagen und gefoltert und achtmal getötet. Ich bin müde und schwach. Mein bester Freund sitzt in diesem albernen Kreis gefangen und verabscheut sich selbst. Die Tochter meines Königs wird von Trin durch Magie besessen, die ich übrigens verabscheue, und die Frau, die ich liebe, hat sich gerade in die Lage gebracht, auf eine schreckliche Weise zu sterben, die unablässig vor meinem inneren Auge vorbeizieht.«

»Ich verstehe nicht, worauf du hinauswillst.«

»Was ich damit sagen will, du verfluchter Schläger, das ist nicht mein *bester* Tag. Es ist mein *schlimmster.* Also werde ich das dazu nutzen, dich zu töten.«

Ich hob ein Rapier auf und griff nach dem zweiten. In dem Augenblick, in dem meine Finger es berührten, schleuderte ich es dem Ritter entgegen, damit er gezwungen wurde, sich entweder zu ducken oder es mit der Klinge zur Seite zu schlagen, was mir eine Öffnung verschaffte, um ihm das andere Rapier in den Unterleib zu stoßen. Er bewegte sich kaum einen Zoll. Er fing das Rapier mit der gepanzerten linken Hand, während er mit dem Schwert auf den Griffkorb des anderen Rapiers einschlug und es erneut zu Boden schickte. Dann betrachtete er einen Moment lang die Klinge in seiner linken Hand, warf sie in die Luft und fing sie am Griff wieder auf.

»Hier«, sagte er und gab sie mir. »Ich bin mir absolut sicher, dass du sie haben willst.«

Ich trat einen Schritt zurück und schloss die Augen, nur ganz kurz.

Es ist so weit, sagte Aline.

Ich weiß.

Du kannst dich nicht davor verstecken.

Das werde ich auch nicht. Ich bin hier. Vor meinem inneren Auge erschien das Licht der Laterne, die von der Decke hing; primitive Holztische auf einem verdreckten Boden. Männer mit groben Händen und schwarzen Herzen. Männer in Rüstungen, die lächelten.

Die Klingen kaum richtig in Fechtstellung gebracht, stürzte ich mich auf Shuran. Er lenkte sie zur Seite und versetzte mir einen Schlag mit der Breitseite an den Kopf. Ich sah Sterne und fluchte wie ein Verrückter, verfluchte ihn. Er versuchte mich zurück zu einem vernünftigen Fechtabstand zu stoßen, aber ich rannte einfach weiter auf ihn zu. Als er mich wieder von sich stieß, versetzte ich ihm einen wilden Tritt. Mein Fuß traf etwas Weiches, und er schrie auf. Seine Klinge zuckte durch die Luft, und ich verspürte einen scharfen Schmerz an der Wange.

»Was hat er?«, rief Trin. »Warum verhält er sich so?«

»Ich weiß es nicht«, erwiderte Shuran und stieß mich zurück. »Vielleicht hat er den Verstand verloren.«

Ich schleuderte ihm mein rechtes Rapier entgegen. Er schlug es mit dem Schwert aus der Luft, und während er damit beschäftigt war, stürzte ich mich wieder auf ihn. Er führte seine Klinge in einem anmutigen Bogen und traf mich am Bauch. Die Knochenplatten in meinem Mantel hielten stand, aber der Hieb raubte mir die Luft.

»Bei den Göttern der Liebe und des Todes«, sagte Trin. »Ich weiß jetzt, was er tut.«

»Was denn? Ist das irgendeine Art von Magie?«, fragte Shuran, während er meine Klingenspitze zu Boden zwang. Mit dem Ellbogen des anderen Arms schlug ich wiederholt nach seinem Gesicht. Ich landete zwei Treffer. Er revanchierte sich, indem er mir den Schwertknauf gegen die Wange hieb. Ich fühlte einen Zahn abbrechen.

Trins Stimme war eine Mischung aus Entsetzen und Faszination. »Nein, das ist keine Magie. Er … er kämpft wie *sie*. Wie seine Frau. Er durchlebt ihren Tod erneut.«

Das hast du richtig verstanden, du verfluchte Irre. Ich spuckte Shuran den Zahn so fest ich konnte ins Gesicht. Er traf ihn ins Auge, und der Ritter schrie auf – mehr aus Zorn als aus Schmerz. Ich blieb zu nahe an ihm dran, dass er fechten konnte. Unablässig hämmerte er mir den Schwertknauf in die Seite, und ich hörte eine Rippe brechen. Dafür rammte ich ihm die Stirn ins Gesicht. Dabei muss ich die Zähne seines Unterkiefers getroffen haben, denn etwas Scharfes schnitt in meine Haut.

Ich ließ das Rapier zu Boden fallen und rang mit ihm. Ich schlug mit jedem Teil von mir auf ihn ein. Ich trat, ich boxte, ich biss. Shuran kämpfte mit beträchtlichem Geschick. Ich kämpfte wie ein Tier. Er wollte siegen. Ich nicht. Ich musste alle nur noch eine Weile ablenken.

Unablässig schrie ich dabei, wusste nicht einmal, ob überhaupt Worte aus meinem Mund kamen. Es spielte auch keine Rolle. Ich war da, zusammen mit ihr, in dieser verdammten Schenke mit diesen verdammten Männern, und ja, sie würden mich umbringen, aber ich würde jedes Stück von ihnen mitnehmen, das ich konnte.

Du musst jetzt tapfer sein, mein Liebling. Die entscheidendsten Kämpfe gewinnt man nicht durch Geschick.

Auch Shuran brüllte jetzt, denn plötzlich kämpfte er trotz seiner überlegenen Kraft, seiner Schnelligkeit und seines Geschicks um sein Leben.

Ihr Bastarde habt Aline zurückgebracht. Es ist Zeit, dass ihr sie richtig kennenlernt.

Shuran türmte über mir, sein Gesicht war rot vor Schweiß, Blut und Zorn. Er hob eines meiner Rapiere auf und warf es mir zu. »Nimm es. Ich will, dass du mit einer Klinge in der Hand stirbst.« Zuvor hatte er versucht, auf elegante Weise zu siegen, das war sein Fehler gewesen. Aber damit war jetzt Schluss. Jetzt ging es um schiere Kraft und Schnelligkeit. Shuran würde mich töten.

Aber die entscheidendsten Kämpfe gewinnt man nicht durch Geschick, und ich hatte alle Blicke lange genug auf mich konzentriert.

»Kest«, rief ich. »Jetzt.«

Und Shuran blickte an mir vorbei zu Kest, der in seinem Kreis auf den Knien lag und und seit Beginn meines Kampfes mit Shuran mit der rechten Hand gegen die unsichtbare Mauer drückte, die uns voneinander trennte. Der Ritteroberst fing an zu lachen. »Darum ging es also? Das Gebrüll und die Tritte? Hast du geglaubt, Kest damit irgendwie befreien zu können? Ich fürchte, so funktioniert die Welt nicht.«

Noch immer auf den Knien stemmte sich Kest unentwegt mit der rechten Hand gegen die Barriere und versuchte uns zu erreichen. »Du bist ein Meisterfechter, Shuran«, stellte er fest.

Der Ritter hob eine Braue. »Wirklich? Das musst du unbedingt loswerden? ›Du bist gut?‹«

»Besser als gut. Besser als Falcio.«

»Ich glaube, das können alle Beteiligten deutlich sehen.«

Musste er wirklich so höhnisch klingen?

Kest schwitzte aus allen Poren; seine Fingerspitzen zitterten. Es hatte den Anschein, als würden sie sich nicht bewegen, und doch wusste ich, dass sie es taten. »Weißt du«, stieß Kest hervor, »in dem Augenblick, in dem ich Caveil tötete, ging seine Heiligkeit einfach auf den nächsten besten Schwertkämpfer auf der Welt über. Auf mich.«

»Ja«, entgegnete Shuran. »Das wusste ich bereits.«

Kests Blick schien sich in weiter Ferne zu verlieren. Ein berstender Laut ertönte, und ich fragte mich, ob die Knochen seiner rechten Hand brachen. »Es fühlte sich an … als würde die Macht eines reißenden Flusses in mich strömen. Das Gefühl war … berauschend … überwältigend …« Seine Hand schien nun näher bei uns zu sein, dann konnte ich sehen, dass sie die Kreislinie fast passiert hatte.

Ich spannte mich an. Shuran entging das nicht, und er lächelte mich an. »Aha, bereit für unseren siebten Klingenkontakt? Ich glaube, das wird der letzte sein.«

Kest schüttelte den Kopf; er stemmte sich immer noch mit seiner ganzen Kraft dagegen. Blut tropfte von seiner rechten Hand. »Zwei. Es sind noch zwei Kontakte.«

Shuran sah verwirrt aus.

Mit einer letzten, seelenzerstörenden Kraftanstrengung streckte Kest den rechten Arm aus und schob das Handgelenk über die Kreislinie, die ihn festhielt. Nur einen Moment lang sah ich ihm in die Augen und entdeckte Tränen der Trauer und der Furcht. Seine Lippen bewegten sich kaum, als er das Wort hauchte. »Jetzt.«

Ich hob das Rapier und ließ es auf sein ausgestrecktes Handgelenk niedersausen. Die Klinge schnitt durch Haut, Muskeln und Knochen, dann fiel Kests rechte Hand zu Boden.

»Was … Warum hast du das getan? Wieso?« Shurans Augen flammten in einer unnatürlichen Farbe auf. Rot.

»Das war die eine«, knurrte Kest. Mit der ihm noch verbliebenen Hand hielt er das Gelenk fest umklammert.

Shuran schaute an sich herab. Er fing an, blutrot zu glühen.

»Ich gratuliere, Sir Shuran«, sagte ich. »Du bist der neue Heilige der Schwerter.«

»Ich … Diese Empfindungen. Bei den Göttern, ich *bin der Heilige der Schwerter.* Ich sehe … ich sehe …« Der Ritter lächelte, ein strahlendes Lächeln, das sein ganzes Gesicht leuchten ließ. »Das habe ich gespürt. Ich habe deine Bewegung gespürt, bevor du sie gemacht hast. Ich fühlte sie. Ich sehe jede Bewegung der Luft. Kest, du hattest recht. Das Gefühl ist unvergleichlich. Ich …«

Erst da machte sich Sir Shuran, der Ritteroberst von Aramor, die Mühe zu registrieren, dass mein Rapier tief in seinen Bauch steckte.

»Das ist die zweite«, sagte Kest und fiel zu Boden.

Shuran sah zuerst mich und dann ihn an. »Er hat … er gab es einfach auf. Für dich. Warum?«

»Weil man die entscheidendsten Kämpfe nicht durch Geschick gewinnt«, erwiderte ich.

Man gewinnt sie durch Opfer.

24

DER KRIEG

Die Welt verstummte, bevor sie verrückt wurde.

Es fängt damit an, dass Shuran mich mit weit aufgerissenen Augen anstarrt und sein Mund wortlos bettelt. Gestank hängt in der Luft, und mir wird klar, dass ich mit meiner Klinge seinen Darm aufgeschnitten haben muss. Ganz langsam rutscht er zu Boden und nimmt mein Rapier mit.

Meine nun leeren Hände fangen an zu zittern. Zuerst schreibe ich das Erschöpfung und Angst zu, aber dann sehe ich das schwache rote Glühen über meine Haut wogen. Ich schaue auf und sehe die Welt vor mir voller Farben und Einzelheiten, einen niemals endenden Kreislauf von Herausfordern, die ich besiegen muss. Ich betrachte die Ritter, die zweihundert Meter vor mir stehen, und ich kann in ihnen ihre Fehler sehen. Hinter mir fühle ich meine Freunde mit ihren Stärken und Schwächen. Die Möglichkeit, sie auf die Probe zu stellen, sie zu besiegen, ihr Blut die ganze Länge meiner Klinge hinunterlaufen und dann weiter auf meine bereits roten Hände tropfen zu sehen erfüllt mich kurz mit Aufregung.

Er gehört nicht dir, *sagt eine Stimme in mir. Es ist Aline, meine Frau. Sie steht vor mir und hält das Rot zurück.*

Er wird gerufen, *erwidert die rote Stimme.*

Sie antwortet nicht. Stattdessen nimmt sie meine Hände und hält sie in die Höhe. Dort ist ein Wort eingraviert. Ich kann die

Buchstaben nicht erkennen, aber zwischen den Schleifen und Bögen sehe ich Teile von mir selbst und jenen, die ich liebe.

Stell dir doch nur vor, was du mit mir erreichen könntest, *ruft die rote Stimme.*

Ich glaube es. Ich kann es sehen. *Wie viel besser wäre die Welt, wenn ich einfach losmarschieren und meine Feinde töten könnte? Wie viel schneller und leichter wäre mein Leben ohne diese albernen Ideen von Gerechtigkeit und Gesetzen – Ausreden, die schwache Männer erfinden, um ihre Angst zu verbergen, wenn es darum geht, das zu tun, das getan werden muss.*

Ich will der roten Stimme zuhören. Ich will, dass ihr Flüstern mein Herz erfüllt.

Aline hat nicht einmal auch nur einen Anflug von Sorge in ihrer Miene. Sie zeigt mir dieses verfluchte, bösartige Wort immer wieder, und ich weiß mit absoluter Klarheit, warum ich niemals der Heilige der Schwerter werden werde, obwohl ich einst der drittbeste Fechter von Tristia war. Geh, *sage ich zu der roten Stimme.* Geh und finde einen anderen Narren. Ich bin bereits versprochen.

Ich schaue wieder auf meine Hände herunter, und es sind wieder meine Hände – blass und weiß zittern sie nicht vor Erwartung, sondern vor Erschöpfung.

Das dumpfe Dröhnen, als Shuran auf dem Boden aufschlägt, dringt an meine Ohren, und die Kombination aus Verzweiflung und blanker Not, die mich bis zu diesem Augenblick auf den Beinen gehalten hat, verschwindet. Ich falle auf die Knie. Da ist nur mein Atem; das Herz schlägt schneller, als es sollte. Nach einem Moment verblasst langsam auch das. Die letzten Ausläufer von Shurans Aufprall auf dem schmutzigen Boden verklingen, und die Zeit verlangt das ihr zustehende Tempo zurück.

Einen Augenblick lang herrschte völlige Stille.

Dann schrie Trin.

Noch immer in Kontrolle von Alines Körper rannte sie zu Shurans Leiche. Sie trommelte mit Alines Fäusten auf seine

Brust und weinte Alines Tränen, aber der Zorn und der Hass in diesen Augen gehörte Trin. Ganz langsam verzogen sich ihre Mundwinkel, als sie lächelte.

»Deines für meines.«

Verflucht. Selbst als ich hilflos nach ihr griff, wusste ich, dass ich sie niemals rechtzeitig erreichen würde. Trin würde Aline umbringen, und ich konnte nichts daran ändern.

Hinter mir rief eine Stimme »Jetzt!«, und aus den Augenwinkeln verfolgte ich, wie jemand an mir vorbeistürzte. Bevor ich es überhaupt begriffen hatte, hatten Valiana und Dariana jeweils einen von Alines Armen gepackt, bevor Trin sie zwingen konnte, nach oben zu reichen und die Holzflügel zu drehen, die die Eisenschrauben in ihren Schädel treiben würden. Sie rangen Aline zu Boden, während Ethalia vor ihr niederkniete. Trin spuckte ihr ins Gesicht und schrie zusammenhangloses Zeug, kämpfte wild darum, eine Hand befreien zu können. Aber sie hockten jetzt auf ihrem Körper, und Trin konnte nichts erreichen.

Ethalia beugte sich vor und löste vorsichtig die Schrauben, die die Konstruktion um Alines Kopf hielten, damit sie sie entfernen konnte. Dann zerbrach sie den Holzrahmen mit einer plötzlichen, wütenden Bewegung über dem Knie, und sofort war Aline wieder sie selbst.

Es war alles so schnell gegangen. Irgendwie hatten sich die drei darauf vorbereitet, während ich gegen Shuran kämpfte – bevor auch nur die geringste Hoffnung bestanden hatte.

Verflucht, ich habe wirklich ein paar kluge Frauen kennengelernt.

Mühsam öffneten sich Alines Augen und füllten sich fast sofort mit Tränen, aber Valiana hielt sie im Arm, während Ethalia auf die Beine sprang und zu Kest rannte, dicht gefolgt von Dariana.

»Schnell jetzt«, stieß Ethalia hervor. Unter den Umständen war ihre Stimme erstaunlich beherrscht. »Wir müssen die Blutung stoppen.« Sie zog einen kleinen Krug Salbe aus einer Tasche, während Dariana Streifen aus Kests Hemd riss.

Ich wollte helfen, aber ich musste entdecken, dass mir die Kraft zum Aufstehen fehlte. Stattdessen kniete ich nutzlos am Boden und versuchte verzweifelt, nicht nach vorn zu kippen. In meinem ganzen Leben war ich noch nie zuvor so müde gewesen, nicht einmal als das Neatha in meinem Inneren sein Werk verrichtet hatte. Einen Augenblick lang schloss ich die Augen.

Meine Frau starrte mich an.

Ich glaube, diese Ethalia gefällt mir, Falcio. Sie scheint kompetent zu sein. Und vernünftig.

Ich sage es ihr, erwiderte ich.

Sie lachte. *Ich entnehme dem also, dass du noch immer nicht mehr über Frauen weißt als zu der Zeit, in der ich lebte?*

Vielleicht könntest du mich ja unterrichten. Ich streckte die Hand nach ihrer Wange aus.

Sie schüttelte den Kopf. *Nein. Jetzt reicht es. Schluss damit, mit Erinnerungen und Schuld zu leben. Zeit, mich gehen zu lassen, Falcio. Und lass auch deinen albernen König endlich gehen. Hör auf, mit den Toten die Lebenden rechtfertigen zu wollen.*

Ihre Worte schmerzten mich, andererseits hatte sie stets gesagt, was gesagt werden musste und nicht das, was ich hören wollte. Die Welt um mich herum verwandelte sich in jede vorstellbare Hölle, aber ich wollte nur noch ein paar weitere Momente mit einer pragmatischen, wunderschönen, tapferen und …

Nein, sie hatte recht. Es reichte wirklich.

Dann sprich es aus, Falcio.

Ich warf einen letzten Blick auf meine Frau Aline, die meine erste Liebe gewesen war und mich zu dem Mann gemacht hatte, der ich war. Es war lange überfällig, dass ich der Mann wurde, der ich *sein* sollte.

»Leb wohl«, sagte ich.

Ich schlug die Augen auf, und mein Blick fiel auf Kest. Aber etwas stimmte nicht, denn der Boden sah verdächtig wie der Himmel aus.

»Wie kann es sein, dass der Mann, der gerade seine Hand verloren hat, auf den eigenen Beinen steht, und der andere flach auf dem Rücken liegt?«, fragte Dariana.

»Du solltest jetzt aufstehen«, sagte Kest. Er war schrecklich blass, aber sein Blick war klar. Wie viel hartes Konfekt hatte er genommen, um nicht das Bewusstsein zu verlieren?

»Kest, du musst …«

»Falcio, tausend Ritter stehen im Begriff, uns zu überrennen.« Der provisorische Verband an dem Stumpf, wo seine rechte Hand hätte sein sollen, war bereits durchgeblutet.

Dariana half mir auf die Beine, und ich musterte das vor uns liegende Feld. Ein kleiner, dummer Teil von mir hatte gehofft, dass Shurans Tod die Schwarzen Wappenröcke veranlassen würde, ihre Position zu überdenken.

Jede Minute tritt jetzt einer vor, um sich mir bedingungslos zu ergeben.

Zumindest hätte es sich so in den alten Märchen zugetragen.

Enttäuschenderweise – und ich gebe das wirklich nur ungern zu, aber das geschieht mir ständig – dachte das Leben nicht daran, meine Erwartungen zu erfüllen.

Statt auf die Knie zu fallen und um ihr erbärmliches Leben zu flehen, rückten die Ritter näher aneinander, um die Formation zu stärken. Ich schaute zur Sonne. Sie hatte den Horizont fast erreicht. Wieviel Zeit blieb uns noch, bevor sie uns alle töteten? Eine Stunde? Ein paar Minuten? Ein Teil von mir fragte sich, warum sie sich überhaupt so viel Mühe gaben. Würden tausend Ritter wirklich über ein Feld galoppieren, nur um uns sechs niederzureiten? Es schien den Aufwand nicht wert.

Ich warf einen Blick zurück zu Schloss Aramor. Die Herzöge standen umgeben von ihren Leibwächtern direkt im

Eingang. Wenn die Schlacht begann, würden sie dieses Tor schließen und sich im Inneren des Schlosses verbergen, um auf den späteren Tod zu warten. Mir fiel auf, dass sie alle – die Herzöge, ihre Leibwächter und diejenigen ihrer Familienangehörigen, die sie idiotischerweise mitgebracht hatten – nicht die Schwarzen Wappenröcke anstarrten, sondern uns.

»Was machen sie da?«, wollte Dariana wissen.

»Sie hoffen«, sagte ich.

»Worauf?«

Ich sah sie an. An ihren scharf geschnittenen raubvogelartigen Zügen und ihrer stolzen Haltung war etwas höllisch Verlockendes. Sie hatte die Arme verschränkt und eine Braue erhoben, als würde sie gleich eine genaue Liste der Gründe herunterrattern, warum jeder außer ihr ein Narr war. Es ließ mich lächeln.

Ich konzentrierte mich wieder auf ihre Frage. »Sie hoffen, dass die alten Sagen stimmen.«

»Und die wären?«

»Die, in denen wir sie retten.«

»Dann sollten wir das vielleicht auch tun«, meinte Valiana. Eine kleine rote Narbe auf ihrem Gesicht erregte meine Aufmerksamkeit. Sie befand sich oben auf ihrer Wange, wo Heryn die Nadel reingestochen hatte. Aber diese Narbe war nur die neueste. Mir wurde zum ersten Mal bewusst, wie viele Schnitte und Verletzungen Valiana in den vergangenen Monaten davongetragen hatte. Sie war noch immer wunderschön, aber diese Schönheit wurde von den Beweisen ihres Mutes und ihrer Entschlossenheit ruiniert …

Aber nein, ich irrte mich. Die Beweise ihres Mutes und ihrer Entschlossenheit *akzentuierten* ihre Schönheit.

Aber es war nicht nur sie allein. Es waren sie alle. Kest hatte seine Hand geopfert. Ethalia hatte ihre Gelegenheit auf Frieden und Glück aufgegeben. Aline kam langsam zu uns und klammerte sich an Ethalia fest. Der widerwärtige Holzrahmen hatte ihr Haar durcheinandergebracht, auf ihrer

Haut waren noch die Spuren der Tränen zu sehen. Verrat, Gewalt und Angst hatten ihre Unschuld geraubt. Sie noch mehr als alle anderen von uns hatte etwas Besseres verdient. Ich hatte so lange über die Toten und Sterbenden gebrütet, dass ich nie begriffen hatte, wie sehr ich die Menschen liebte, die da genau vor mir standen. Sie alle verdienten ein besseres Ende, als von Feiglingen in Masken und schwarzen Wappenröcken niedergeritten zu werden.

Und jetzt blickten mich alle an. Meine Freunde, meine Feinde, selbst die feigen Herzöge, die sich im Schlosseingang verbargen. Einen kurzen Augenblick lang warf mich das Gewicht ihrer Blicke beinahe wieder auf die Knie.

Ich ertrage diese Last nicht, mein König. Sag mir, was ich tun soll. Trotz des Versprechens an meine Frau schloss ich die Augen in der Hoffnung, ihn dort zu sehen, sein freches Grinsen und seine funkelnden Augen; zu hören, wie er mir einen letzten Befehl gab oder mir zumindest noch eine dieser Geschichten erzählte, die er so sehr liebte – die über Mut, Ehre und Tugenden, die alle irgendwie mit einem schmutzigen Witz endeten.

Aber Paelis war nicht da, und ich wusste, dass ich an der Reihe war, die Geschichte zu erzählen.

In diesem Augenblick verstand ich endlich wenigstens zum Teil, warum König Paelis die Greatcoats erschaffen hatte. Es ging nicht allein darum, nichtsnutzigen Herzögen seine Gesetze aufzuzwingen oder skrupellose Schurken in Duellen zu besiegen. Es war nicht einmal darum gegangen, seine Tochter auf den Thron zu bringen. Mein König hatte gewollt, dass wir als *Beispiel* dienten – darum hatte jeder Greatcoat seinen Auftrag erhalten. Dara, Nile und Parrick waren losgeschickt worden, um die Herzöge zu beschützen, die ihn ermordet hatten, damit die Welt sehen konnte, dass wir für etwas standen, das über den König hinausging. Darum wollten Trin und all die anderen uns vernichtet sehen, obwohl wir so wenige zählten. Darum hatten die Dashini die Wehklage erschaffen – um die Erinnerung an das zu zerstören, wofür die Greatcoats standen. Sie alle wollten die *Geschichte* der Greatcoats in eine Geschichte der Verzweiflung verdrehen.

Nein. Ihr könnt uns alles andere wegnehmen, aber nicht das.

Ich zwang mich dazu, so normal wie möglich auf die Ritter zuzugehen, die sich am anderen Ende des Feldes versammelt hatten. Ich holte tief Luft, versuchte mir nicht anmerken zu lassen, wie sehr das mit den gebrochenen Rippen schmerzte, und strengte meine heisere Stimme an in der Hoffnung, laut genug zu sein, um verstanden zu werden. »Seht euch doch an! Eintausend Männer zu Pferde, in Eisen gekleidet und von den Lügen beschützt, die ihr euch selbst erzählt. Ihr glaubt, ihr seid hergekommen, um die Welt zu verändern, aber in Wahrheit seid ihr nur hier, um zu morden.«

Das Wort Mord ärgerte ein paar von ihnen. Ihre Nervosität machte Pferde unruhig, aber die Hauptmänner stellten schnell die Ordnung wieder her.

Ich ließ ihnen keine Zeit, sie zu genießen. »Ich sagte: *seht euch doch an!* Ihr tragt schwarze Wappenröcke, um eure Herkunft zu verbergen. Ihr tragt Helme, um eure Gesichter zu verbergen. Ihr nennt keine Namen, damit sich keiner nach dem Ende dieses finsteren blutigen Werkes erinnern wird, wer ihr wart und was ihr ihr getan habt.«

Ich hielt kurz inne. Verflucht, ich hatte ganz vergessen, wie sehr gebrochene Rippen schmerzen konnten.

»Ihr wollt euch hinter euren Masken verstecken? Ihr wollt, dass man eure Namen vergisst? Dann sage ich: *seid vergessen!*«

Ich drehte mich kurz um, um einen Blick auf das Schlosstor zu werfen, wo die Herzöge und Familien mit ihren Wächtern in ihrer flüchtigen Sicherheit standen.

»Um diesen Tag werden Geschichten in Umlauf kommen. Geschichten über namenlose Männer in schwarzer Kleidung, die zum morden kamen. Und es wird Geschichten über die

Menschen geben, die sich ihnen stellten und beim Kampf gegen sie starben – *die sich ihnen widersetzten.* Hundert Jahre lang wird man darüber sprechen, was vor Schloss Aramor geschehen ist.«

Ich wandte mich wieder dem Feld und den Rittern zu. »Eure eigenen Kinder werden diese Geschichten hören, wenn sie aufwachsen. Also machen wir es so, wie ihr es wollt. Soll die Welt eure Namen vergessen.« Ich trat einen Schritt vor. »Aber an unsere Namen wird man sich erinnern. Jedes eurer Kinder, eurer Enkel und Urenkel wird von dem Tag hören, an dem tausend Männer in Rüstungen und schwarzen Wappenröcken gegen vier Greatcoats, eine unbewaffnete Frau und ein kleines Mädchen antraten, und man wird unsere Namen bis zu dem Tag, an dem ihr auf eurem Totenbett liegt und auf den letzten Schatten wartet, der sich auf euer Gesicht senken wird, wiederholen. Und eure letzten, stotternden Worte? *Es werden unsere Namen sein.*«

Ich dachte darüber nach, was ich als Nächstes sagen sollte, und für einen kurzen Moment musste ich über mich selbst lachen. *Sei verflucht, du dürrer, kränklicher Mistkerl. Hättest du mir das gesagt, hätte ich mich niemals freiwillig gemeldet.*

Ich hob mein Rapier, so hoch ich konnte, und verkündete: »Ich bin Falcio val Mond, der Erste Kantor der Greatcoats, und ich bin das Herz des Königs. Ich habe vor Aramor gekämpft.«

Kest trat an meine Seite, das Schwert in der linken Hand. »Ich bin Kest, Sohn von Murrow. Ich bin die Klinge des Königs, und ich stand vor Aramor.«

Dariana überraschte mich, weil sie mit erhobenem Schwert an meiner anderen Seite erschien. Die Tränen in ihren Augen schockierten mich noch mehr. »Ich bin Dariana, Tochter von Shanilla. Ich bin die Geduld des Königs, und seid alle verflucht, ich stand hier, vor Aramor.«

Valiana, die mehr als jeder von uns das Versprechen verkörperte, was die Greatcoats sein konnten, nahm ihren rechtmäßigen Platz an unserer Seite ein. »Ich bin Valiana val Mond«, rief sie. »Und ich bin die Antwort des Herzens. Ich stand vor Aramor.«

»Ich bin der Freund in der dunklen Stunde«, sagte Ethalia. Ihre Stimme war kaum lauter als ein Flüstern, und doch schien sie über das Feld zu hallen. »Und ich stand mit der Liebe meines Lebens vor Aramor.«

Eine kleine Hand griff nach mir. Ich blickte nach unten in Alines Gesicht. Sie hatte schreckliche Angst.

»Es tut mir so leid, Falcio. Es tut mir leid wegen den Greatcoats der Schneiderin und den Dashini und allem anderen. Ich war so …«

»Schon in Ordnung«, erwiderte ich und drückte ihre Hand.

Valiana nahm die andere. »Sag ihnen, wer du bist.«

Aline schüttelte den Kopf. »Ich kann nicht. Ich kann einfach nicht mehr. Ich will nicht zusehen, wie du bei dem Versuch stirbst, mich zu beschützen, Falcio. Wenn ich schon sterben muss …« Sie riss sich von mir los und lief auf die Ritter zu.

»Aline, nein!« Ich rannte ihr hinterher, während sie direkt in den Tod lief. Meine Beine wollten mich kaum tragen, aber ihre größere Länge ließ sie mich einholen, bevor sie auch nur ein Dutzend Meter zurückgelegt hatte.

»Lass mich gehen, Falcio!«, schrie sie. »Lass mich …«

Plötzlich war da eine andere Gestalt in meinem Augenwinkel. Tommer, der elfjährige Sohn Herzog Jillards, lief vom Schloss auf uns zu. Er blieb vor Aline stehen und machte eine kleine, seltsam förmliche Verbeugung. »Es ist besser, Ihr stellt Euch hinter mich, meine Lady.«

»Tommer! Tommer, komm sofort zurück!«, brüllte Jillard vom Schlosstor. Aber der Junge ignorierte den Ruf seines Vaters. Stattdessen starrte er die Ritter am Feldrand an. »Ich bin Tommer«, rief er. Seine schrille Jungenstimme trieb über das Feld wie ein kleines Boot über einen großen Ozean. »Ich bin der Erbe von Rijou und der letzte Schüler von Bal Armidor. Ich bin die Stimme des Musikanten. Solange ich lebe, rührt ihr sie nicht an.«

Ich schaute wieder zu den Rittern. Sie rührten sich nicht, dabei hätten sie längst ihren Sturm beginnen müssen.

»Was machen sie?«, fragte Kest und gesellte sich zu mir.

»Sie warten. Warten auf die festgesetzte Stunde, genau wie Shuran sagte.«

Ein Mann kam vom Schloss heran, ein großer Mann mit schwarzen, grau durchsetzten Haaren, der einen langen Speer und das Rot und Gold Rijous trug. »Euer Vater befahl mir, Euch zurückzubringen«, sagte er zu Tommer.

»Und ich befehle dir, mich hierzulassen«, erwiderte Tommer.

Der Wächter lächelte. »Das dachte ich mir schon. Nun, zu den Höllen mit euch beiden.« Er wandte sich den Rittern zu. »Ich bin Voras von Chantille. Ich bin …« Er blickte sich um, als hätte er etwas verloren. Dann grinste er. »Ich bin der verfluchte Speer, der sich in euren Arsch rammen wird, ihr Bastarde. Wie ist das als Name? Ha!«

Vom Schloss gesellte sich eine Frau zu uns. Sie trug die Kleidung einer Dienstmagd. Sie hielt nur einen Stein in der Hand. »Ich bin Kemma«, rief sie den Rittern entgegen. »Mein Vater war Schmied in einem kleinen Dorf, das es nicht mehr gibt. Ihr könnt mich den Hammer von Carefal nennen. Ich war nicht dort, als ihr mein Zuhause zerstört habt, aber ich stand vor Aramor, als ihr eurem Schicksal begegnet seid.«

Ein weiterer kam zu uns, dann noch einer. Ein jeder rief seinen Namen und den seines Dorfes; jeder war bereit zu sterben, wenn das Gemetzel begann.

Nach ein paar Minuten kam einer der Herzöge, ein großer Mann, den ich als Meillard, den Herzog von Pertine, erkannte. Er wandte sich mit einem verzagten Grinsen an mich. »Nun, mein Junge, zumindest hast du unser Herzogtum bekannt gemacht.« Er drehte sich um und stieß einen so lauten Schrei aus, dass ich glaubte, die Erde selbst würde gleich erbeben. »Ich bin Meillard, und ich bin der gottverdammte Herzog von Pertine. Einen besseren Namen brauche ich nicht, und ich schwöre beim heiligen Shiulla, der mit Bestien badet, dass ich jedem Ritter im schwarzen Wappenrock, der aus meinem Herzogtum kommt, den Kopf abreißen werde!«

Nun standen fast fünfzig von uns eintausend Rittern gegenüber, die sich weder bewegten noch sprachen. Falls unsere Kühnheit sie beeindruckte, ließen sie es sich nicht anmerken. Ich schaute zum Himmel. Der Sonnenuntergang war fast da.

Da erscholl eine Stimme. »*Das* ist euer toller Plan? Einfach dazustehen und einem Haufen hartherziger Bastarde in Rüstungen eure Namen in der Hoffnung entgegenzurufen, dass sie vor Lachen über euch umkippen?«

Ich versuchte zu erkennen, wer das gerufen hatte, aber erst als ich Kests Hand auf der Schulter spürte, wurde mir klar, dass die Stimme von hinter uns kam. Ich drehte mich um. Auf einem grauen Pferd ritt lässig ein Mann heran, der einen braunen Greatcoat mit einem fehlenden Ärmel trug. »Was seid ihr doch für ein trauriger Haufen halbherziger Helden«, sagte Brasti und rutschte aus dem Sattel. »Und was bei allen Höllen habt ihr mit Kests Hand gemacht?«

Sein Anblick löste bei mir eine seltsame Freude aus. Wenn ich schon sterben musste, dann hier und jetzt, im Kreis der Menschen, die ich liebte. »Ich hatte geglaubt, du wärst fertig mit uns«, sagte ich. »›Du gehst und rettest die Welt, ich rette die Menschen in ihr‹, waren das nicht genau deine Worte?«

»Ich habe es mir anders überlegt«, sagte er grinsend.

»Aus irgendeinem besonderen Grund?«

Er schaute in den Himmel. »Ich liebe den Herbst in Aramor, du nicht?«

Ich riss ihn in eine Umarmung. »Komm schon, Brasti, gib es zu. Wir werden sowieso alle sterben. Tief in deinem Herzen hast du genauso an den Traum des Königs geglaubt wie ich.«

Unvermittelt ernst geworden löste er sich von mir. »Das hast du nie begriffen, Falcio. Ich bin nie dem König gefolgt. Bei allen Höllen, ich bin nicht einmal den Greatcoats gefolgt. In meinem Herzen bin ich ein einfacher Mann. Ich folge weder Herzögen noch Göttern oder Heiligen. Kest tut das auch nicht, was das angeht, oder sonst jemand.«

»Warum …?«

»Du, Falcio. Ich bin *dir* gefolgt. Das sind wir alle.«

Ich blickte Kest, Dariana, Valiana und Ethalia an. Jeder von ihnen nickte mir zu. Warum?, wollte ich fragen. Sie alle hatten mich an diesen Ort begleitet, um heute hier zu sterben. Aber ich verstand den Grund dafür nicht. Ich hatte nie etwas anderes getan, als dem Traum des Mannes zu folgen, der, soweit es mich betraf, als Einziger auf der Welt geglaubt hatte, dass die Dinge anders sein konnten. Dass die Dinge besser sein konnten. *Vielleicht folge ich dir,* hatte der König an diesem Tag zu mir gesagt.

»Das ist dein ganzer Plan?«, fragte Brasti erneut. »Hier zu stehen und zu sterben, während diese Scheißkerle im schwarzen Wappenrock kommen und uns töten? Denn dann muss ich wirklich sagen, dass das genau wie deine früheren Pläne klingt.«

»Eines musst du aber zugeben«, sagte ich. »Das wird eine großartige Geschichte abgeben. Irgendwo in der Nähe haben wir sogar eine richtige Bardatti, die dafür sorgen wird, dass die Welt sie auch hört.«

Er grinste. »Nun, wir könnten es auf deine Weise versuchen. Zugegeben, das klingt alles sehr edel, und bestimmt wird die Geschichte von *Falsio und die Schlacht von Aramor* schrecklich romantisch und tragisch zugleich klingen. Doch ich habe einen anderen Plan.«

»Tatsächlich?«, sagte Dariana. »Brasti Gutbogen hat einen *Plan?* Gleich stürzen die Sterne vom Himmel.«

Brasti ignorierte sie, setzte sich in Bewegung und blieb auf dem Feld zwischen den Rittern und uns stehen. »Ich habe euch nie erzählt, was mir der König an jenem Tag vor fünf Jahren befahl, oder, Falcio?«

Ich betrachtete die knapp zweihundert Meter, die uns von den Reihen der gepanzerten Reiter trennten. Die Sonne schickte ihr letztes Licht über den Horizont, und sie bereiteten sich auf den Angriff vor.

»Ich würde es nur zu gern erfahren, aber ich glaube kaum, dass dafür jetzt der richtige Augenblick ist, Brasti.«

Auch er musterte die Ritter. »Findest du? Ich glaube, einen besseren Augenblick finden wir nie wieder.«

»Guter Einwand. Also schön. Was hat er dir gesagt?«

Brasti lächelte. »Mich rief er als einer der Letzten, weißt du noch? Ich glaube, da war er schon müde und gereizt, denn beim Eintreten machte ich einen Witz, und er sagte: ›Weißt du was, Brasti? Du bist ein richtiger Bastard. Du glaubst, dass dein Bogen dich zu etwas Besonderem macht, als wäre er eine magische Waffe, ein Sturmbogen. Aber ich weiß, dass das nur deine Art ist, der Welt deinen Finger in den Arsch zu stecken‹.«

Brasti lachte. Kest auch. Der König hatte selten geflucht, und niemand konnte ihn so gut dazu verleiten wie Brasti.

Aber etwas störte mich. »Und?«, fragte ich.

»Und was?«

»Wie lautete sein letzter Befehl an dich?«

»Ach, das. Also, er hatte ganz offensichtlich schlechte Laune, was kaum überrascht, da die Herzöge im Begriff standen, ihn umzubringen. Ich wollte mich einfach umdrehen und gehen, aber dann ärgerte mich, dass er mir keinen letzten Befehl erteilt hatte. Er tat immer so, als wäre ich weniger wert als der Rest von euch, nur weil ich ihn nicht so verträumt ansah, als wäre er das Licht der Sonne.«

»Ich glaube, wir haben keine Zeit mehr.« Kest zeigte auf die Ritter. Die erste Reihe trieb die Pferde an.

»Stimmt. Also, ich drehe mich wieder um und frage: ›Was? Keinen göttlichen Befehl für mich, Euer Majestät? Keine großartige Mission?‹ Da sieht er mich mit diesem hässlichen Grinsen an und sagt: ›Du? Du warst immer ein Bastard, und ausgerechnet an diesem von allen Tagen hast du mich davon überzeugt, dass du von heute bis zum Tag deines Todes ein Bastard bleiben wirst, Brasti. Du und dein blöder Sturmbogen. Aber weißt du was? Die Welt braucht mehr Bastarde. Da. Das ist mein Befehl. Und jetzt raus hier.‹«

»Das ist alles?«, fragte ich. »›Die Welt braucht mehr Bastarde?‹«

Brasti nickte.

»Also in den vergangenen fünf Jahren, in denen du mir auf die Eier gegangen bist, hast du … was?«

Er lächelte. »Einfach den Befehl des Königs befolgt.«

Der König hatte einen Sinn für Humor gehabt. Er hatte sich nur nie im richtigen Augenblick gezeigt.

Aber Brasti war noch nicht fertig. »Ich muss etwas gestehen. Wie sich herausstellte, habe ich mich darin geirrt, was der König meinte.«

»Wie das?«, fragte Kest.

Brasti nahm seinen Langbogen *Ausschweifung* und hakte einen schwarzen Pfeil ein. Er wandte sich uns kurz zu. »Eintausend gepanzerte Ritter wollen uns töten«, sagte er. Dann zielte er in den Himmel und zog die Sehne durch. Er schoss.

Wir verfolgten, wie der Pfeil nach oben raste, als wollte er die Sonne treffen. Langsam schlug er eine elliptische Bahn ein und schlug den unweigerlichen Pfad zum Boden ein, fünfhundert Meter weit weg.

Die Ritter erkannten zu spät, was dort geschah, und ein paar beeilten sich aus dem Weg zu kommen, als der zwei Fuß lange Pfeil auf sie herabschoss. Die Männer standen zu dicht beieinander, und als der Pfeil sie schließlich erreichte, schlug er in einen Helm ein und tötete seinen Träger auf der Stelle.

Brasti wandte sich wieder uns zu. »Einer ist tot. Noch neunhundertneunundneunzig zu erledigen.«

Einer der Hauptmänner bellte einen Befehl, und die Ritter trieben die Pferde an. In wenigen Augenblicken würden sie über uns sein.

»Wenn wir schon sterben müssen, ist es nett, dass wir Stellung bezogen haben«, sagte Kest. Mit der linken Hand hob er das Kriegsschwert.

Brasti schnaubte. »Noch immer das Schwert? Habe ich dir die Überlegenheit des Bogens nicht bewiesen?«

»Das spielt wohl jetzt keine Rolle mehr«, erwiderte Kest, »falls du das nicht neunhundertneunundneunzig Mal wiederholen kannst, oder?«

Brasti lächelte. Für einen Mann, der gleich sterben würde, sah er viel zu überheblich aus. »Sieh zu.«

Die Ritter hatten die Hälfte der Distanz zurückgelegt und passierten die dichten Hecken, die zu beiden Seiten des Fehdehandschuhs wuchsen. Plötzlich flogen Pfeile aus diesen Hecken und schnitten in die erste Reihe des Rittersturms. Schreiend gingen Männer und Pferde zu Boden, brachten die hinter ihnen galoppierenden Pferde ins Stolpern. Es mussten hundert Pfeile gewesen sein, die zuerst auf sie niederregneten, und ein paar Sekunden später flogen hundert weitere.

Ich hatte keine Ahnung gehabt, dass sich Männer hinter den Bäumen und Hecken versteckten. Geschweige denn, dass es genug waren, um eine Salve mit stählernen Spitzen nach der anderen auf die Ritter abzuschießen.

»Wie?«, fragte ich. Noch nie zuvor in meinem Leben war ich so sprachlos gewesen.

Brasti hatte immer zu gut ausgesehen, als ihm guttat, war viel zu sehr darin vernarrt gewesen, clever zu erscheinen und begehrt zu werden. In den Jahren, in denen ich ihn gekannt hatte, hatte er nie weiter als zur Zecherei am nächsten Abend oder dem nächsten hübschen Mädchen gedacht. Jetzt blickte er mich mit einem Lächeln an, wie ich es noch nie zuvor bei ihm gesehen hatte, und in seinen Augen lag ein anderer Ausdruck.

»Ich nenne sie ›Brastis Bastarde‹«, sagte er stolz.

»Die Welt braucht mehr Bastarde«, stellte Kest fest.

Brasti stieg auf sein Pferd.

»Was hast du vor?«, fragte ich.

Er steckte *Ausschweifung* in seine Halterung unter dem Sattel und zog *Beleidigung*, seinen Reiterbogen. »Die Schmach vollkommen zu machen, was sonst.«

Damit ritt er los und schoss dabei auf die paar Ritter, die dem Kreuzfeuer seiner Männer entkommen waren. Valiana und Dariana jagten mit Schlachtrufen hinter ihm her.

Ethalia nahm Alines Hand und fing an, Verbandszeug aus ihrer Tasche zu holen.

Kest und ich stützten uns nur gegenseitig.

»Bei allen Göttern, was hat er getan?«, fragte ich.

»Er hat sie gebrochen«, sagte Kest. »Er hat die Ritterschaft gebrochen. Sie werden nie wieder die Gleichen sein.«

Schluss mit den Rittern.

25

DER RAT DER HERZÖGE

»Weißt du, was ich amüsant finde?«, fragte Brasti.

Ich schlug die Augen auf und fand nur Dunkelheit. Panik erfasste mich. *Ich bin gelähmt. Ihr Götter, nein, nicht jetzt. Das könnt ihr mir nicht antun, nicht schon wieder. Nicht nach allem, was ich durchmachte …*

»Schon gut«, hörte ich Ethalia sanft sagen. »Es ist nur dunkel.«

Ich war auf einer der langen Bänke in dem breiten Korridor vor dem Thronsaal von Aramor mit dem Kopf auf Ethalias Schoß eingeschlafen. Ich fühlte ihre warme Hand auf meiner Wange und holte tief und langsam Luft. Erst da fiel mir das leise Gitarrenspiel auf, das sanft von den Wänden hallte.

»Nehra?«, fragte ich.

»Hier drüben, Trattari«, sagte sie. »Du hast mir den Anfang einer schönen Geschichte geliefert, aber sie braucht die richtige Melodie zur Begleitung.«

»Wie spät ist es?«, fragte ich.

»Spät«, erwiderte Dariana. Sie saß auf dem Boden und bearbeitete ihr Schwert mit einem Schleifstein. »Vermutlich sind es noch zwei Stunden bis Sonnenaufgang. Niemand hat sich die Mühe gemacht, für uns Fackeln zu entzünden. Anscheinend sind du und deine Greatcoats noch genauso beliebt wie zuvor.«

Ich versuchte Kest in der Dunkelheit zu entdecken und

fand die Umrisse seiner Gestalt auf der gegenüberliegenden Korridorseite. Plötzlich flackerte er rot auf, nur für den Bruchteil eines Augenblicks, als stünde er vor einem Kaminfeuer. Im nächsten Moment war alles wieder dunkel.

»Würdest du bitte damit aufhören«, bat Brasti von seinem Sitz ein paar Fuß zu meiner rechten. »Sei der Heilige der Schwerter oder auch nicht, aber entscheide dich endlich.«

»Das kann ich nicht kontrollieren«, erwiderte Kest schwermütig.

»Deine Hand!«, stieß ich hervor. Ich hob den Kopf aus Ethalias Schoß und bereute es sofort. »Ist sie …?«

Kests Schatten nickte. »Eine Heilerin hat die Verletzung mit irgendeiner Säure behandelt, um eine Entzündung zu verhindern, dann hat sie mich verbunden, damit ich nicht verblute. Die Schmerzen sind … *beträchtlich.*«

Wieder flackerte er, ein kurzes rotes Aufblitzen in der Finsternis des nicht beleuchteten Raumes.

Brasti hustete. »Wie ich bereits sagte, wisst ihr, was ich amüsant finde?«

»Warte kurz«, sagte ich. »Wie lange warten wir hier schon?«

»Mehrere Stunden«, antwortete Kest. »Die Herzöge beraten sich seit dem Ende der Schlacht ohne Pause. Vor einer Stunde kam ein Gefolgsmann, um uns daran zu ›erinnern‹, hierzubleiben.«

»Der Herzogsrat folgt einem sehr strengen Protokoll«, sagte Valiana. Ihre Stimme kam aus der Tiefe der Schatten auf der anderen Seite.

»Wo ist Aline?«

»Sie ist bei ihnen.«

Ich wollte aufstehen, aber Kest trat aus den Schatten und hinderte mich daran. »Man hat mir versichert, dass man ihr nichts antun wird, unabhängig vom Ergebnis der Beratung. Ich habe mir Mühe gegeben, ihnen genau zu erklären, was passieren wird, falls sie es doch tun.«

»Wir sollten bei ihr sein«, sagte ich.

Ich hörte Valianas leise Schritte. Sie gesellte sich zu uns auf den Bänken. »Sie werden ihr nichts tun, Falcio. Man hat mich im Ratsprotokoll ausgebildet; die Regeln sind eindeutig und die Sicherheit der Teilnehmer ist unantastbar. Der Prozess ist langwierig und kompliziert. Ich bezweifle, dass du verstehen würdest, was dort vor sich geht.«

Ich ließ es ihr durchgehen, dass sie mir gerade gesagt hatte, ich wäre zu blöd, um Staatsgeschäfte zu verstehen. »Dann solltest du dort drinnen sein. Du weißt, wie das alles funktioniert. Du könntest ihre Interessen vertreten.«

»Ich bin keine Herzogin. Ich bin nicht einmal eine Adlige. Ich bin völlig unwichtig.«

»Du bist so gut wie jeder von denen, mein hübsches Vögelchen. Sogar besser, soweit ich gesehen habe«, meinte Dariana, und dieses eine Mal stimmte ich ihr zu.

»Unwichtig? Du könntest die einzig edle Person in dieser traurigen Geschichte sein.«

»Also hört mal«, rief Brasti, »will mich denn keiner fragen, was ich amüsant finde?«

Ich seufzte und wandte mich in ungefähr die Richtung, in der er auf der anderen Seite des Ganges saß. »Also schön, Brasti, was findest du denn so ungeheuer amüsant?«

»Dieses Schloss.«

»Du findest das Schloss amüsant?«, fragte Kest.

»Nicht das Schloss an sich sondern die Tatsache, dass überall Spinnweben hängen.«

»Kapiere ich nicht«, sagte ich. Dabei versuchte ich ihn nicht einmal bei Laune zu halten; ich kapierte es wirklich nicht.

Brasti stand auf und breitete die Arme aus. »Seht euch diesen Ort an. Das ist Schloss Aramor, bei allen Heiligen. Der Sitz der Macht von Tristia, und doch steht es seit über fünf Jahren völlig leer. Die Herzöge nahmen es dem König ab und ließen es einfach leer stehen. Seitdem hat es bis heute niemand mehr betreten.«

»Es musste leer stehen«, sagte Valiana, als wäre der Grund völlig offensichtlich. »Wäre einer der Herzöge eingezogen, hätte man das als kriegerischen Akt gegen die anderen betrachtet.«

»Das weiß ich, aber es geht um Folgendes. Von allen Festungen Tristias lässt sich Schloss Aramor am besten verteidigen. Vermutlich könnte man den Bau mit, was meinst du, Kest …?«

»Fünfzig Soldaten halten«, sagte Kest.

»Fünfzig Soldaten. Fünfzig Soldaten und genügend Material, und man könnte das Schloss ein ganzes Jahr lang halten.«

»Worauf willst du hinaus?«, wollte ich wissen.

»Ich meine nur, all diese Intrigen, dabei hätte es Trin mit ihren Rittern nur besetzen und sich zur Königin krönen müssen, um das Land zu übernehmen. Das wär die einfachste Methode gewesen. Es überrascht mich, dass kein Schafhirte mit neunundvierzig Freunden eingezogen ist und sich zum Kaiser ausgerufen hat!«

Ich fing an, unkontrolliert zu lachen.

»Ich weiß nicht, ob das wirklich so witzig ist«, meinte Kest.

»Darum geht es nicht.« Ich hielt mir die Rippen und versuchte mit dem Lachen aufzuhören, weil es so schmerzte. »Aber wenn uns wieder mal ein Herrscher fehlt, gehe ich einfach in das nächste Dorf, und der erste Mann oder die erste Frau, die ihren Namen schreiben können, können dann in dieses Schloss ziehen und zu Monarchen gekrönt werden.«

Das ließ auch die anderen lachen. Die nächste Stunde verbrachten wir damit, die Vorzüge auszuschmücken, einen König durch einen zufälligen Auswahlprozess zu wählen, bis sich schließlich die große Flügeltür des Thronsaals öffnete und einer der herzoglichen Gefolgsleute herauskam. Er zeigte auf Kest, Brasti und mich.

»Die Herzöge sind jetzt für euch drei bereit«, sagte er hochnäsig. »Die anderen müssen hier warten.«

Ich drückte ein letztes Mal Ethalias Hand, bevor ich aufstand. »Dann mal los«, sagte ich zu den anderen. Valiana stand nicht auf, also nahm ich ihre Hand und zog sie mit mir.

»Die Anwesenheit des Mädchens ist nicht erforderlich«, sagte der Gefolgsmann.

»Sie ist für mich erforderlich«, erwiderte ich, und wir gingen an ihm vorbei in den Thronsaal.

Die Herzöge saßen an einem großen Esstisch, den jemand sich die Mühe gemacht hatte zu finden und in einem diskreten Abstand zum Thron aufzustellen. Es war über fünf Jahre her, dass ich das letzte Mal im Thronsaal von Schloss Aramor gewesen war. Seltsamerweise kam er mir kleiner als in meiner Erinnerung vor, und der Sitz der Macht Tristias selbst schien nicht annähernd so prächtig zu sein wie die Throne der Herzöge in ihren eigenen Schlössern.

Eine Mahlzeit war serviert worden, und vor den meisten Personen am Tisch standen Teller mit zur Hälfte verspeistem Fleisch. Eine Vielzahl Diener in den verschiedenen Livreen der diversen Herzogtümer schenkte fleißig Wein nach.

Sie haben mehr Diener mitgebracht als Leibwächter. Eigentlich hätte mich das nicht schockieren dürfen, aber irgendwie tat es das trotzdem.

Aline saß ein Stück vom Tisch entfernt auf einem Stuhl, die Hände auf die Knie gelegt, auf dem Schoß ein kleiner Teller mit Essen, das kaum angerührt war. Die Herzöge selbst waren mit Essen und Trinken beschäftigt; sie schenkten uns vieren nicht die geringste Aufmerksamkeit.

»Ist für uns noch etwas übrig?«, fragte Brasti lässig.

Valiana neben mir spannte sich an. Zweifellos rechnete sie wie ich mit einer erzürnten Erwiderung von einem der Herzöge oder Gefolgsleute, die um sie herumstanden. Schließlich essen Herzöge nicht zusammen mit dem gemeinen Volk. Zu meiner Überraschung grunzte Herzog Meillard von Pertine in meine Richtung: »Da hinten ist noch etwas Huhn. Es ist trocken, und ich kann mich nicht für seine Herkunft verbürgen, aber ihr könnt genauso gut essen wie dort rumzustehen und wie Narren auszusehen.«

Einige in seiner Umgebung sahen schockiert aus, was mich irgendwie tröstete. Am Ende gab Herzog Jillard einem der Diener ein Zeichen, der Teller holte und sie am anderen Ende des Tisches vor ein paar leere Stühle stellte. Da ich nicht wusste, was ich sonst hätte tun sollen, setzte ich mich einfach, und die anderen gesellten sich zu mir.

Als man mir ein Hühnerbein auf den Teller servierte, hätte mir der Geruch beinahe das Bewusstsein geraubt. Wie lange war es her, dass ich etwas gegessen hatte, ganz zu schweigen davon, an einem Tisch eine richtige Mahlzeit zu mir zu nehmen? Ganz egal, wie trocken oder enttäuschend Herzog Meillard das Huhn auch gefunden hatte, für mich war es das köstlichste Gericht, das ich je zu mir genommen hatte. Ein Silberpokal wurde neben meinen Teller gestellt; man schenkte Wein ein.

»Könnte ich dich um etwas Wasser bitten?«, sagte ich zu dem Diener. Ich durfte jetzt nichts trinken, wo ich müde war und es eine gefährliche Sache zu regeln galt.

Brasti hatte damit kein Problem. »Also das ist wirklich nett«, sagte er, stellte den bereits geleerten Pokal wieder auf den Tisch und winkte den Diener mit dem Weinkrug wieder heran. »Wisst ihr, das sollten wir viel öfters machen, gemütlich zusammen essen und unsere Probleme wie Ehrenmänner regeln.«

»Halt den Mund, Brasti«, sagte Kest.

Herzog Meillard stand auf. »Also gut, fahren wir mit der öffentlichen Sitzung der herzoglichen Zusammenkunft fort. Halten wir fest, dass wir übereingekommen sind, trotz der fehlenden Repräsentanten der Herzogtümer Orison, Luth und Aramor und nicht zu vergessen natürlich der Herzogin von Hervor fortzufahren.«

Die Herzogin von Hervor?

»Äh, Entschuldigung«, sagte ich, »aber …«

Meillard hielt die Hand hoch. »Erstens, Trattari, du wirst sprechen, wenn dir der Vorsitzende des Rates, also ich, das Wort erteilt. Und um zweitens deine Frage zu beantworten, Trin ist trotz unserer derzeitigen Meinungsverschiedenheiten noch immer die rechtmäßige Herzogin von Hervor.«

»Darf ich dann das Wort ergreifen?«, fragte ich.

»Bei allen Höllen. Schön. Was hast du vorzubringen?«

Ich stand auf. »Nun, zuerst einmal möchte ich sagen, dass das ein ausgezeichnetes Huhn ist.«

»Zur Kenntnis genommen. Kümmern wir uns jetzt …«

»Zweitens scheint mein Freund Brasti schon wieder einen leeren Pokal zu haben.«

Hadiermo, der Herzog von Domaris, schlug mit der Faust auf den Tisch. »Das hier ist der Herzogsrat, keine Dorfhochzeit. Hältst du das für einen Witz, Trattari?«

»Offensichtlich ja. Noch vor wenigen Stunden habt ihr euch in einen Toreingang gekauert und darauf gewartet, von euren eigenen Männern erschlagen zu werden, während Shuran die letzten Vorbereitungen traf, das ganze Königreich an sich zu reißen. Herzog Hadiermo, Ihr selbst habt den Kampf gegen Trins Streitkräfte wie schnell aufgegeben? Nach einer Woche Gegenwehr?«

»Sie waren …«

»Ruhe!«, sagte Brasti mit spöttischer Herrschsucht. »Man hat Euch nicht das Wort erteilt!«

»Dir ist schon klar, dass wir hier eindeutig in der Unterzahl sind und obendrein noch verletzt?«, fragte Kest mich.

Ich ignorierte ihn und konzentrierte mich weiter auf die Herzöge. »Das Land steht immer noch am Rande des Bürgerkriegs, weil ihr alle die Bevölkerung zur Rebellion getrieben habt, während ihr zuließet, dass eure Ritter zu Renegaten wurden.«

»Und du glaubst, du bist der Richtige, uns unsere Fehler vorzuhalten?«, knurrte Meillard.

»Wer sonst? Wir vier haben zusammen mit anderen, die

ihr Leben gaben – wobei ich anmerken muss, das alles trotz der Bemühungen von vielen von euch, uns in den vergangenen fünf Jahren umzubringen – wo war ich? Ach ja, wir haben es geschafft, eure Feinde zu besiegen und euch am Leben zu halten. Und jetzt scheint ihr alle zu glauben, ihr könntet das Land in jede euch beliebige Richtung lenken, während die Erbin des Königs wie ein gerügtes Schulmädchen in der Ecke sitzt. Also ja, Eure Gnaden, ich halte das hier wirklich für einen Witz.«

Einen Augenblick lang trat Stille ein, dann klatschte jemand Beifall. Unglücklicherweise war es Jillard, der Herzog von Rijou. »Das klingt nach einer beträchtlichen Menge Aufruhr.«

»Das ist es auch«, sagte Brasti und legte beide Stiefel auf den Tisch. »Und da wir euer wertloses Leben gerettet haben, erwarten wir das entsprechende Maß an Reue.«

»Fällt Wasser noch immer nach unten, wenn man es aus der Kanne gießt?«, fragte Jillard.

»Tut was was?«, erwiderte Brasti.

»Wasser. Wenn man es ausschüttet, fließt es noch immer nach unten?«

»Bis jetzt habe ich nur Wein getrunken, Euer Gnaden, aber ich vermute, dass Wasser noch immer nach unten fließt, wenn man es ausschüttet.«

Der Herzog lächelte und nickte. »Gut. Also funktioniert die Welt noch immer den Gesetzen der Natur und der Götter zufolge. Hast du verstanden?«

»Eigentlich nicht«, erwiderte Brasti. »Andererseits habe ich in verhältnismäßig kurzer Zeit viel getrunken.«

»Er will damit sagen«, sagte Kest, »dass die Herzöge trotz aller Ereignisse der Ansicht sind, dass sich an der natürlichen Ordnung nichts verändert hat, dass sie die Herren dieses Landes und wir ihre Diener oder ihre Feinde sind.«

»Für einen Trattari beweist du einen außerordentlich klaren Verstand«, lobte Jillard ihn.

»Vielen Dank, Euer Gnaden«, sagte ich. »Und jetzt sollten wir vier gehen. Aline nehmen wir mit.«

»Was soll das bedeuten?«, wollte Meillard wissen.

»Das wüsste ich auch gern«, meinte Kest leise.

Ich hielt den Blick auf die Herzöge gerichtet. »Wir gehen. Wir bringen Brastis Streitkräfte …«

»Brastis Bastarde!«, rief Brasti und kicherte.

»Wir ziehen in den Krieg«, rief ich so laut, dass meine Stimme durch den Saal hallte. Dann sagte ich zu Kest im Plauderton: »Das ist das Einzige, das sie verstehen.«

»Das kann nicht dein Ernst sein!«, stieß Hadiermo hervor. »Ihr habt was? Hundert Landeier mit Langbögen?«

»Hundert Landeier, die gerade tausend herzogliche Ritter vernichtet haben«, erwiderte ich. »*Eure* Ritter. Stellt Euch vor, was passiert, wenn sich diese Geschichte herumspricht.«

Ossia, die Herzogin von Baern, eine Frau in den Sechzigern, die dem König und den Greatcoats stets eine gewisse Anständigkeit entgegengebracht hatte, hüstelte leise. »Ich glaube, wir alle haben anstrengende Augenblicke hinter uns. Vielleicht sollten wir uns zurückziehen und die Angelegenheit in den kommenden Monaten in Ruhe weiterverfolgen. Wir können uns doch sicher auf einen Waffenstillstand einigen, bis wir unsere Häuser in Ordnung gebracht haben?«

Ich dachte darüber nach, was das bedeuten würde. Noch mehr Angst, noch mehr Unsicherheit, noch mehr Intrigen der Herzöge.

»Nein«, sagte ich. »Das sind nicht die Bedingungen.«

»Bedingungen?«, fragte Herzog Hadiermo. »Glaubst du ernsthaft, du bist hier, um mit uns über *Bedingungen* zu verhandeln?«

»Nein, Euer Gnaden«, sagte ich. »Es tut mir leid, habe ich mich nicht klar ausgedrückt? Ich bin hier, um sie zu *diktieren.*«

Mehrere Herzöge wollten aufstehen, aber jetzt war ich an der Reihe, mit der Faust auf den Tisch zu schlagen. Das hatte ich schon seit Ewigkeiten tun wollen; blöderweise war mir nicht klar gewesen, dass das so wehtun würde. Nun ja. »Ihr habt lange genug mit diesem Land gemacht, was ihr wolltet. Seit dem Tod des Königs habt ihr das Volk in die Armut besteuert. Ihr habt zugelassen, dass die Handelsstraßen verfallen, bis die Banditen reicher als die Kaufleute geworden sind. Ihr habt eure Intrigen und Ränke geschmiedet und alles vergiftet, was der König aufbauen wollte.«

»So siehst du das«, sagte Jillard.

»Nein«, erwiderte ich. »*Ihr* seht das genauso. Ihr alle. Ihr wisst, dass meine Worte der Wahrheit entsprechen. Der König mag ja mit seinen Gesetzen eure Selbstgerechtigkeit beleidigt haben, aber er gab euch auch Sicherheit. Er gab euch einen verlässlichen Handel und sichere Grenzen.«

»Er gab uns auch die Greatcoats, die einfach kamen und sich in unsere inneren Angelegenheiten einmischten«, sagte Meillard.

»Ja, das tat er. Wir haben fast zehn Jahre lang die Straßen des Landes bereist und in jeder Stadt Streitfälle angehört. Und jetzt sagt mir eines!« Ich warf einen Blick in die Runde. »Wie viele Aufstände gab es in diesen Jahren? Wie oft hat das gemeine Volk versucht, euch durch Attentate zu töten?«

»Also darum geht es?«, fragte Jillard. »Du willst, dass wir die Greatcoats wieder einsetzen?«

»Gebt uns ein Jahr«, sagte ich. »Ein Jahr, um dem Recht in diesem Land wieder Geltung zu verschaffen. Ein Jahr, um den Menschen zu zeigen, dass es auf der Welt noch immer etwas Gerechtigkeit und Fairness gibt.«

»Und dann?«, wollte Jillard wissen.

»Dann könnt ihr wieder planen, wie ihr euch gegenseitig umbringen könnt, wenn ihr wollt. Dann könnt ihr uns den Zugang zu euren Herzogtümern verweigern. Ihr könnt wieder versuchen uns umzubringen. Aber ich glaube nicht, dass ihr das tun werdet. Ich glaube, dass ihr und eure Familien und vor allem eure Untertanen es satt haben, erleben zu müssen, wie Tristia vom Verfall beherrscht wird. Gebt mir ein Jahr. Ich gebe euch dafür ein Land.«

Ein paar Minuten lang herrschte Stille. Dann schüttelte Meillard den Kopf. »Ich wüsste nicht, wie das ohne Monarchen auf dem Thron funktionieren sollte. Ich stelle weder dein Geschick noch deinen Mut infrage, aber es sind nur noch sehr wenige Trattari übrig. Wir können nicht so weitermachen. Wir brauchen einen Monarchen.«

Jillard wandte sich an Meillard. »Seid Ihr verrückt? Ihr wollt dieses Kind auf den Thron setzen?«

Meillard zuckte mit den Schultern. »Sie ist die Tochter des Königs. Ich wüsste nicht, wie wir das umgehen könnten.«

»Sie weiß *nichts!*«, rief Jillard. »Sie ist ein Kind, das nie Unterricht erhalten hat, das nicht die geringste Erfahrung im regieren hat. Und Ihr wollt sie jetzt zur Königin machen? Während wir versuchen, das Land wieder aufzubauen? Was passiert, wenn ihr das alles zu viel wird? Wer sollen ihre Berater sein? Was passiert, wenn ihr jemand vorschlägt, uns alle ermorden zu lassen? Soweit wir wissen, hat sie den Plan uns töten zu lassen abgesegnet. Da hätte Rijou lieber keinen Monarchen auf dem Thron sitzen.«

»Ihr habt ihre Familie umbringen lassen«, meinte Brasti.

»Und Ihr habt Euch viel Mühe gegeben, auch sie ermorden zu lassen«, stellte Kest fest.

Meillard sah müde aus. »Ich … der Herzog von Rijou hat da ein gutes Argument vorgebracht. Ich wüsste nicht, wie dieses unerfahrene Kind den Thron eine Woche lang halten sollte, geschweige denn ein ganzes Jahr. Um ein Königreich zu regieren braucht man Entschlossenheit. Dazu braucht man die entsprechende Herkunft und Erfahrung.«

Seine Worte klangen entschieden und endgültig, aber in diesem Augenblick verriet mir sein Blick etwas. Ich musterte die anderen Herzöge und entdeckte es bei allen. Furcht. Und ein Verlangen.

Sie brauchen die Greatcoats!, wurde mir klar. *Wenn ich ih-*

nen sage, dass Aline den Thron besteigen muss, dann werden sie das tun. Sie werden drohen und schmeicheln, aber am Ende wird selbst Jillard zustimmen, weil die Herzöge uns brauchen und weil Aline sehr wohl die entsprechende Herkunft *hat, die ihnen so wichtig ist.*

Das Wort *Herkunft* legte sich mir im Magen quer. *Nur darum geht es in diesem Land – in welche Familie du hineingeboren wurdest.* Ich verabscheute jede der um diesen Tisch versammelten Personen, denn sie alle glaubten, dass das Leben vom Blut diktiert werden sollte – ganz egal ob bei Freund oder Feind. Und war der König anders gewesen? Schließlich hatte er von mir erwartet, dass ich seine Tochter auf den Thron brachte.

Aline ließ mich nicht aus den Augen, und auch wenn sie reglos und brav auf ihrem Stuhl saß, lag stummes Entsetzen ihrem Blick – wie seit dem Augenblick, an dem das alles angefangen hatte. Meillard hatte recht. Sie würde keine Woche auf dem Thron überstehen. Sie hatte sich alle Mühe gegeben, tapfer zu sein, aber der Versuch reichte nicht. Nicht für Tristia.

»Und?«, fragte Meillard und unterbrach meine Gedanken. »Verlangst du noch immer, dass wir dieses Kind auf den Thron setzen?«

Ich dachte zurück an alle diese Augenblicke, wie ich in der Lähmung des Neathas gefangen lag, wie mein König vor mir gestanden hatte. *Du wirst mich verraten.* Erst jetzt wurde mir klar, dass er es nie wütend gesagt hatte, sondern immer nur voller Überzeugung.

»Nein«, sagte ich schließlich. »Aline kann den Thron heute nicht besteigen.«

Das löste ein kleines Chaos aus. Mehrere der Herzöge nahmen sofort an, dass ich den Thron selbst an mich reißen wollte. Selbst Valiana neben mir legte die Hand auf den Schwertgriff, dazu bereit, bis zum Tode zu kämpfen, um Aline zu beschützen. Ich lächelte, weil sie mir bewiesen hatte, dass ich recht hatte. Ich sah Aline an und entdeckte Tränen der Verwirrung in ihren Augen. *Es tut mir leid, mein Liebling. Vielleicht wirst du mir dafür danken, vielleicht wirst du mich auch verfluchen.*

Ich hob die Hand, um für Ruhe zu sorgen. »Ihr behauptet, dass es auf Herkunft und Erziehung ankommt, um ein Land zu beherrschen. Ich behaupte, man braucht dazu Mut und Mitgefühl und Opferbereitschaft. Euer Gnaden, ihr wolltet einen Reichsverweser ernennen – jemand, der das Königreich regiert und so allen die nötige Zeit verschafft, um einen neuen Monarchen zu wählen. Dann tut das doch. Ernennt einen Reichsverweser, während Aline lernt, was ein Monarch zu tun hat, und ihr habt die nötige Zeit, um euch davon zu überzeugen, dass sie sich nicht an euch rächen will.«

Das ließ sie ein paar Sekunden lang verstummen. Meillard ergriff als Erster das Wort. »Das ist nicht die schlechteste Idee, die ich je gehört habe. So machen wir es auch in den Herzogtümern, wenn der Erbe zu jung ist, um zu herrschen.«

»Und wer sollte dieser Reichsverweser bitteschön sein?«, fragte Jillard. »Etwa du, Falcio val Mond? Zeigst du jetzt deine wahren Absichten? Betrachtest du dich als …«

»Nicht ich.«

»Den Heiligen sei Dank«, murmelte Brasti.

Ich zeigte auf Valiana. »Sie.«

Sofort protestierten einige Herzöge lautstark.

Seltsamerweise schwieg Jillard.

Meillard forderte Ruhe ein. »Die *Bäuerin?* Du willst einer Bäuerin den Befehl über das Land die Hände geben?«

»Vor gar nicht so langer Zeit wolltet ihr alle sie zur Königin machen«, hielt ich dagegen.

»Wir waren der Ansicht, sie sei von adligem Blut«, sagte Meillard von selbstgerechtem Zorn erfüllt. »Das Miststück Patriana hat uns angelogen.«

»Aber natürlich hat sie das«, erwiderte ich. »Und das muss

euch alle ja so überrascht haben! Aber das ändert nichts an der Tatsache, dass Valiana achtzehn Jahre lang zur Herrschaft erzogen wurde. Sie hat die Gesetze gelernt, sowohl die Gesetze des Königs wie auch der Herzöge, sie hat das Protokoll erlernt und die höfischen Verhaltensregeln. Das hat sie von euch allen gelernt.«

Beinahe sofort brüllten alle im Raum Anwesenden ihre Einwände heraus; nicht nur die Herzöge, sondern auch ihre adligen Gefolgsleute belegten Valiana und mich mit unschönen Namen. Hadiermo ging sogar so weit vorzuschlagen, die nördlichen Herzogtümer unter seiner Führung von Tristia abzuspalten. Was er aber schnell wieder zurücknahm, als die Herzogin von Baern darauf hinwies, dass Trin dazu vermutlich etwas zu sagen haben würde.

Schließlich bat Jillard um Ruhe. Er musterte Valiana. »Sollten wir tun, was der Trattari da vorschlägt, sollten wir dich für das nächste Jahr zur Reichsverweserin machen, würdest du dich an die hier getroffenen Vereinbarungen halten und schwören, dass es keine Vergeltung gegen den Herzogsrat gibt? Würdest du sämtliche … Meinungsverschiedenheiten der Vergangenheit zur Seite legen?«

Ein paar der anderen Herzöge wiederholten ihre Einwände, aber Jillard brüllte so laut »Ruhe!«, dass die Teller und Pokale erbeten. Sobald es leiser geworden war, fuhr er fort. »Hören wir auf, weiter Spielchen zu spielen. Wir alle wissen, dass wir jemanden auf dem Thron brauchen, und es kann keiner von uns sein. Wer wäre besser als sie geeignet? Als das Leben meines Sohnes in Gefahr war, hat sie …«

Einen Augenblick lang hielt er inne, und nur für einen Moment sah ich wieder den Mann vor mir, der in dem finsteren Loch von Rijous Kerker von Entsetzen erfüllt nach Tommers Leben geschrien hatte.

»Dieses Mädchen hielt stand und kämpfte für ihn. Hätte einer von euch das für mich getan? Hättet ihr …«

»Also seid Ihr jetzt weich geworden, weil jemand Euren

Sohn bedrohte? Rijou führt den Rat nicht an«, rief Hadiermo.

Meillard erhob sich. »Aber ich.« Angewidert schüttelte er den Kopf. »Ich hielt nie etwas von dem Unsinn, den der Rest von euch ausgeheckt hat, eine Marionette auf den Thron zu setzen, aber ihr musstet es trotzdem tun. Jetzt brauchen wir jemanden, der weiß, wie dieses Land funktioniert und das alles versteht – das Gute *und* das Schlechte.« Er wandte sich Valiana zu. »Komm schon, Mädchen. Sag etwas. Willst du die Reichsverweserin sein oder nicht?«

Valiana stand unsicher da. »Ich … nein, Euer Gnaden. Ich will weder herrschen noch irgendwie auf dem Thron sitzen.«

»Gut«, erwiderte Meillard brüsk. »Dann bist du perfekt für diese Aufgabe geeignet.«

Die anderen Herzöge hielten dagegen und brüllten, und es überraschte mich, wie schnell doch ihr schönes Protokoll in Vergessenheit geraten war. Aber am Ende setzten sich Meillard und Jillard durch.

Valiana trat vor Aline und kniete nieder. »Ich habe dir einen Eid geschworen«, sagte sie. »Ich habe geschworen, dich zu beschützen, ganz egal, was geschieht.«

Aline nickte. Die Tränen liefen nicht mehr, jetzt erschien sie einfach nur noch müde. Viel zu müde für eine so junge Seele.

»Ich … falls ich das tue, werden die Dinge anders sein«, fuhr Valiana fort. »Ich nehme diese Stellung nur an, wenn du damit einverstanden bist. Aber solltest du das tun, wird sich unser Verhältnis ändern. Ich werde die Bedürfnisse des Landes vor deine stellen müssen.«

Aline schwieg weiterhin.

Valiana nahm ihre Hand. »Du musst es laut sagen. Du musst mich von meinem Eid entbinden, sonst mache ich es nicht.«

»Das ist doch albern«, beschwerte sich Herzog Hadiermo.

»Es gibt schlimmere Dinge als einen Herrscher, der sich an seine Eide hält«, erwiderte Meillard.

Aline erhob sich von ihrem Stuhl und legte Valiana die Hand auf den Kopf. »Ich bin Aline, Tochter von Paelis. Ich bin die Erbin des Thrones von Tristia. Und ich entbinde dich von deinem Eid, Valiana val Mond, von den Greatcoats.«

Und so hatte ich den letzten Befehl des Königs verraten, den ich mehr liebte als die Welt selbst.

EPILOG

Durch die Gitterstäbe starrte ich die Schneiderin an, die genau in der Mitte ihrer Zelle auf einem Hocker saß. »Du hast darum gebeten, mich sehen zu können. Hier bin ich.«

Der König hatte Gefängnisse nie besonders gemocht, hatte er doch den größten Teil seines Lebens darin eingesperrt verbracht. Also hatte er dafür gesorgt, dass die Zellen von Schloss Aramor nur teilweise unter dem Boden lagen und Licht durch kleine Fenster fiel, die der Gefangene zwar nicht erreichen, durch die er aber am Tag den Himmel sehen konnte.

»Wie ich sehe, hast du eine dir angemessene Unterkunft gefunden«, sagte ich.

»Sie passt mir gut«, erwiderte sie. Dann lächelte sie. »Außerdem ist sie nicht für lange Zeit gedacht.«

»Ich bezweifle, dass du eine Möglichkeit finden wirst, hier herauszukommen. Deinetwegen sind schrecklich viele Menschen gestorben.«

»Diese Menschen wären sowieso gestorben. Ich finde, alles hat sich so entwickelt, wie wir nur hoffen konnten. Sie hätten niemals eine Königin auf dem Thron akzeptiert, falls sie nicht dazu gezwungen gewesen wären. Sie hätten dir und deinen Greatcoats niemals die Kontrolle überlassen, falls sie sich nicht vor einer viel gefährlicheren Bedrohung gefürchtet hätten. Die habe ich ihnen gegeben, Falcio. Ich schenkte ihnen einen Ausblick auf Chaos und Bürgerkrieg. Ich zeigte ihnen ein Heer aus Meuchelmördern, das ihre schlimmsten Ängste vor den Greatcoats wie einen leichten Regen in einer warmen Sommernacht erschienen ließ.«

»Du hast dich in ein Ungeheuer verwandelt, das genauso schlimm wie Patriana ist, wenn nicht sogar schlimmer.«

»Nein. Ich wurde genau das, was ich für die Welt sein musste. Nicht mehr und nicht weniger.« Sie streckte die Hand aus und ergriff mein Kinn. »Genau wie du, Falcio.«

Ich stieß ihre Finger weg. »Ich bin meinen Eiden treu geblieben.«

»Eide!« Sie spuckte das Wort förmlich aus. »Und wo kam dieser großartige Eid her? Er entstammte deiner Frau und einer langen, finsteren Reise, die mit Blut begann und mit Stahl endete. Dein *Eid,* Falcio val Mond, Erster Kantor der Greatcoats, entstammte jeder bösen Tat, die dir jemals zugefügt wurde. Die Welt brauchte einen Mann mit Mut, also gab sie dir Elend und Qualen, um dich in das zu verwandeln, was sie brauchte.« Da lächelte sie und griff wieder nach mir, aber ich trat zurück. »Und sie brauchte Anstand und Tapferkeit. Die Welt brauchte einen Helden, und du warst der Ton, den sie für diesen Zweck modellierte.«

»Zu schade, dass Nehra nicht da ist«, meinte ich. »Sie würde bestimmt das richtige Wort kennen, um das zu bezeichnen, was aus dir geworden ist. Du und ich sind fertig miteinander.« Ich setzte mich in Bewegung.

»Du lagst im Sterben.«

Ich blieb stehen. Ich hatte gewusst, dass sie sagen würde, was sie nun sagen würde. Und ich hatte mir fest vorgenommen zu gehen, bevor sie dazu Gelegenheit hatte. Und doch blieb ich – vermutlich nur, weil tiefe Ironie ein Publikum verdient.

»Das Neatha brachte dich um«, fuhr die Schneiderin fort. »Egal was ich oder eine Heilerin hätten tun können, es hätte das Gift nicht daran gehindert, dein Herz zu erreichen. Was dir die Dashini antaten, brannte das Gift heraus. Das rettete dir das Leben.«

Ich drehte mich wieder um und tat mein Bestes, überrascht auszusehen. »Und du hast das gewusst?«

Ich weiß nicht, ob sie auf meine Vorstellung hereinfiel oder sie nur tolerierte, weil sie von ihrem eigenen Selbstbetrug so überzeugt war.

»Ich nahm es an. Ich habe es dir schon einmal gesagt, mein Junge. Das Leben ist Schmerz. Was die Ungetauften mit dir gemacht haben … ich kann es mir nur vorstellen. Aber ohne das alles wärst du mit Sicherheit tot.«

Ich lächelte grimmig, denn ich konnte die Täuschung nicht länger aufrechterhalten. »Also hast du mich eigentlich nur an die Dashini verraten, um mir das Leben zu retten.«

Ihr Ausdruck blieb so hart und unbewegt wie immer.

»In diesem Fall würde ich es als gewaltigen Gefallen betrachten, wenn du mich das nächste Mal sterben lässt, Schneiderin.«

Sie schnaubte. »Wirklich? Glaubst du immer noch, dass ich mich für deinen Stolz oder deine Qualen interessiere? Ich habe es dir gesagt. Ich habe es dir immer wieder gesagt. Es gibt *nichts,* das ich nicht tun würde, um Aline zu beschützen. *Nichts.* Alles, was ich tat, tat ich, um sie auf den Thron zu bringen.«

»Du hast Chaos und Mord in unser Leben gebracht.«

»Aye. Das habe ich. Und falls nötig würde ich es wieder tun. Ich würde falls nötig dafür sorgen, dass sich dieses Land in einen Strom aus Blut verwandelt. Aline wird Königin sein.«

Ich wusste, was ich erwidern wollte, aber ich zögerte. Ich stellte mir die heilige Birgid vor, die mir ins Ohr flüsterte. *Immer rief ich nach dir, wenn der Sieg feststand, aber bevor der Todesstoß geführt wurde.* Ich glaubte an Gnade, an Mitgefühl. Mehr als je zuvor glaubte ich daran, dass sie von entscheidender Bedeutung waren.

Aber es gibt auch Gerechtigkeit, *Birgid. Und darüber hinaus bin ich kein verfluchter Heiliger.*

»Dein Sohn würde dich für das hassen, was aus dir geworden ist«, sagte ich.

Zuerst glaubte ich, die Schneiderin würde zornig werden und mich wütend beschimpfen, vielleicht sogar zusammenbrechen und weinen. Das tat sie nicht. Sie sagte nur: »Natürlich würde er mich für das hassen, was ich getan habe, Falcio. Das könnte er mir nicht in tausend Jahren verzeihen, nicht einmal im Angesicht der Thronbesteigung seiner Tochter. Genau aus diesem Grund haben du und ich ihn ja auch so geliebt, nicht wahr?«

Später an diesem Abend standen sechs von uns oben auf den Wehrgängen von Schloss Aramor. Das Sternenlicht war so hell, dass ich mir selbst einreden konnte, auf dem weichen Gras und Sand einer der Südinseln zu liegen. Seltsamerweise waren die beiden Leute, die am ehesten verstanden hätten, was ich fühlte, nicht bei uns. Aline war in Sicherheit in einem der Zimmer des Schlosses, wenn auch nicht sicher vor ihrer eigenen Furcht. *Noch nicht, aber bald,* versprach ich ihr. Ethalia hatte angeboten bei ihr zu bleiben, bis sie eingeschlafen war. Aline konnte mich noch immer nicht ansehen – ich war mir nicht sicher, ob aus Schuldgefühl, weil sie bei dem Plan der Schneiderin mitgemacht hatte, oder wegen des tiefsitzenden Gefühls, verraten worden zu sein, da ich es nicht geschafft hatte, sie auf den Thron zu bringen.

»Wisst ihr, ich hätte nichts dagegen, König zu sein«, sagte Brasti, einen Fuß auf die niedrige Brustwehr gestellt. Er schaute aufs Land hinaus, als gehörte es ihm.

»Du würdest einen schrecklichen König abgeben«, sagte Kest. Sein Arm war an der Stelle, an der ich ihm die Hand abgeschnitten hatte, frisch verbunden. Es blutete nicht mehr.

»Tut das eigentlich nicht weh?«, fragte Brasti.

»Es ist eine Qual«, erwiderte Kest. »Es fühlt sich an, als würde der Arm noch immer ganz langsam durchgesägt.«

»Warum bist du dann nicht … du weißt schon …«

»Was?«

»Am Schreien!«, rief Brasti. »Oder am Heulen. Oder am

Stöhnen oder … Na eben eines der Dinge, die menschliche Wesen halt machen, wenn man ihnen die Hand abschneidet!«

Kest sah ihn einen Augenblick lang an, und sein schmales Lächeln lag irgendwo zwischen amüsiert und ehrlicher Neugier. »Würde das helfen?«

Brasti warf die Hände in die Luft. »Du bist hoffnungslos.«

Valiana fing an zu lachen, und Nehra, die ihre Gitarre mitgebracht hatte, schloss sich ihr an. Dann fing sie an, eine leise Melodie zu spielen, die gut zur warmen Nachtluft und den Sternen passte. Dariana stand ein kleines Stück von uns entfernt.

»Warum stehst du da drüben?«, wollte ich wissen.

»Was?«, fragte sie. »Nehra sagte, ich müsste herkommen. Hier bin ich.«

»Würdest du noch weiter von uns weg stehen, würdest du vom Schloss fallen«, sagte ich.

»Ich bin keiner von euch«, erwiderte sie. »Das war ich nie.«

»Und wie hat das für dich funktioniert?«, erkundigte sich Brasti.

Sie sah ihn an, und einen Augenblick lang wurden ihre Augen ganz schmal, aber dann erschien ein spöttisches Lächeln auf ihren Lippen. »Dir ist schon klar, dass ich nur mit dir geschlafen habe, weil ich dir danach die Eier abschneiden und als Trophäe behalten wollte?«

»Dariana, wenn du mir wirklich etwas antun willst, musst du nur noch einmal mit mir schlafen. Ehrlich gesagt wäre es gnädiger, mir nur die Eier abzuschneiden.«

»Es reicht«, sagte ich. »Einige von uns sind derartigen Dingen kürzlich auf schmerzliche Weise viel zu nahe gekommen.«

Brasti sah entsetzt aus. »Bei allen Höllen, Falcio. Es tut mir leid, ich wollte nicht …«

»Es ist Zeit«, unterbrach Nehra.

»Zeit wofür?«, fragte ich. »Verrätst du uns jetzt, warum wir alle hier raufkommen mussten? Es ist verdammt kalt.«

»Vielleicht hättest du deinen Mantel anziehen sollen«, sagte Kest, und auch wenn es keiner der anderen bemerkte, lagen Trauer und Resignation in seiner Stimme.

Ich trug meinen Mantel nicht, denn früher am Abend hatte ich die alte Holzkiste gefunden, in der der König unsere Mäntel an dem Tag aufbewahrt hatte, an dem er sie uns überreicht hatte. Meiner lag nun darin, und der Deckel war geschlossen. Ich war damit fertig. Ich hatte meinem König so gut gedient, wie man das von einem Bauernjungen aus Pertine nur erwarten konnte, und wenn ich diese Mauer gleich verließ, würde ich nach unten in mein Gemach gehen, wo Ethalia auf mich wartete. Sie würde vor mich treten, ihr ganz besonderes Lächeln lächeln und mich ein letztes Mal darum bitten, diesen Ort hinter mir zu lassen. Sie würde mir wieder von der kleinen Insel an der Küste von Baern erzählen, auf der es weder Herzöge noch Ritter und auch keine Greatcoats geben würde. Sie würde mich bitten, sie zu begleiten.

Und ich würde Ja sagen.

Nehras Stimme holte mich aus meinen Gedanken. »In den kommenden Tagen und Jahren wird man eine Geschichte erzählen. Ich will sie richtig hinbekommen.«

Brasti grinste. »Nun, alles fing mit einem jungen Wilderer an. Einer tapferen Seele aus schlichten Verhältnissen, die dazu bestimmt war …«

»Ich meine nicht die Ereignisse«, sagte Nehra. »Und erst recht nicht deine Version. Ich spreche von der Geschichte, die danach kommt.«

»Ich habe nicht …«

Valiana meldete sich zu Wort. »Ich glaube, ich verstehe.«

Nehra lächelte, dann wandte sie mir den Kopf zu. »Siehst du, Falcio? Zumindest eine Sache auf der Welt hast du richtig gemacht.«

»Ich bin mir nicht sicher, dass ich damit viel zu tun hatte.«

»Also bist du noch immer ein Narr.« Sie wandte sich wieder an Valiana. »Reichsverweserin, du kannst genauso gut anfangen.«

Valiana nickte einmal, dann nahm sie die Schultern zurück.

Bei allen Heiligen, dachte ich. *Ich fand immer, dass sie wie eine dieser Prinzessinnen aussieht, die vom Helden gerettet werden und dann auf Wandteppichen verewigt werden. Aber das tut sie nicht mehr. Sie ist die Heldin.*

»Die Herzöge sind mit ihren Intrigen noch lange nicht fertig«, sagte Valiana. »Sie haben ein Jahr, in dem sie sich neuen Verrat ausdenken können, um an die Macht zu kommen. Jillard, Hadiermo, sie alle. Sie haben noch immer Geld und Einfluss. Und dann ist da Trin. Sie wird nicht aufhören. Niemals. Sie wird abwarten und eine Weile ihre Wunden lecken, dann wird sie langsam neue Pläne schmieden. Sie glaubt mich zu kennen. Das tun sie alle. Sie halten mich noch immer für das gleiche eitle, dumme Kind, das im richtigen Augenblick nett lächelte und einen Knicks machte, um ihre Gunst zu gewinnen. Sie alle werden glauben, Aline vernichten zu können, weil sie sich für so viel durchtriebener halten als mich.« Sie wandte sich dem Rest von uns zu. »*Sie* kennen mich nicht im Mindesten.«

Ich glaubte, als Nächster etwas sagen zu müssen, aber bevor ich das Wort ergreifen konnte, sprang Brasti auf die Zinnen. »Dort draußen gibt es noch Ritter«, sagte er. »Männer in Rüstungen, die der Ansicht sind, ihr krankes Ehrgefühl würde bedeuten, dass die Götter und die Heiligen auf ihrer Seite stehen, dass sie das über das Gesetz stellt. Ich will ihnen zeigen, dass sie sich irren.«

»Die Götter *sind* auf ihrer Seite«, sagte Kest. »Oder zumindest scheinen sie es zu sein.«

Ich lächelte. »Willst du dich mit noch mehr Heiligen duellieren? Hast du schon vergessen, wie es das letzte Mal geendet hat?«

»Nein«, sagte Kest. »Ich dachte mir, ich versuche es nächstes Mal bei einem Gott.«

Und dann sah ich, dass auch er lächelte.

»Nein!«, sagte Brasti. »Auf gar keinen Fall.«

»Was hast du?«, fragte Kest unschuldig.

Brasti sprang von den Zinnen und streckte einen anklagenden Finger aus. »Auf gar keinen Fall wirst du zu einem Gott, bevor ich es zum Heiligen geschafft habe! Ich habe es satt, die ganze Drecksarbeit zu erledigen, während ihr beide zu Legenden werdet. Ist einem von euch zufällig aufgefallen, dass ich es war, der tausend angreifende Ritter getötet hat? Beim heiligen Zaghev, der für Tränen singt. Es gibt einfach keine verdammte Gerechtigkeit auf dieser Welt.«

Kest, Valiana und ich fingen an zu lachen, und einen Moment später konnte nicht einmal Brasti seine selbstgerechte Empörung aufrechterhalten und fiel ein. Zuerst genoss ich das Gefühl, bei diesen seltsamen, tapferen Männern und Frauen zu sein, aber ich wusste auch, dass ich es ihnen sagen musste.

»Ich muss etwas sagen«, sagte Dariana. »Ich meine, wenn das in Ordnung ist.«

Wir warteten darauf, aber sie blieb stumm. Nehra blickte mich an und formte lautlos das Wort »Idiot«.

Also gut, dachte ich. »Du warst dazu bestimmt, hier zu sein. Ich weiß nicht, ob ich je verstehen werde, wie und warum, aber ich weiß, dass du hierher gehörst. Zu uns.«

Valiana trat auf sie zu und umarmte sie. »Sag, was du zu sagen hast.«

Dari holte tief Luft, bevor sie Valiana sanft von sich schob. »Ich habe die Dashini gehasst. Sie waren widerwärtige, sadistische Ungeheuer. Sie … nun, ich hasste sie so sehr, dass ich wie sie wurde.«

»Jetzt bist du frei.«

»Das weiß ich. Aber da war etwas, ich kann es nicht richtig beschreiben. Der alte Mann, dem ihr beim Kloster begegnet seid, er sprach von einer Zeit, in der die Dashini … ich weiß nicht. Nicht unbedingt *gut* waren, aber doch nötig. Dass es Zeiten gab, in denen Verbrecher zu mächtig waren, um auf andere Weise aufgehalten zu werden. Einst gab es an den Dashini etwas, das richtig war, das korrumpiert wurde.« Sie wandte sich an den Rest von uns. »Ich meine, was geschieht, wenn ein Lord oder ein Herzog oder vielleicht sogar ein König so mächtig werden, dass man sie nicht aufhalten kann? Bei allen Heiligen, selbst Trin gebietet über eine Magie, der keiner von uns je zuvor begegnet ist.«

»Willst du damit wirklich sagen …«

»Ja, ich glaube, das tue ich. Jemand muss herausfinden, was die Dashini einst waren. Was sie sein *sollten,* und vielleicht, nur vielleicht kann man das wieder erreichen. Es tut mir leid. Euch allen wäre lieber, ich würde ein hübsches Kleid anziehen und anfangen, mich wie eine ehrbare Jungfer zu benehmen, das weiß ich, aber …«

Das ließ Brasti laut auflachen. »Bei allen Göttern«, flehte er, »zieh bloß kein hübsches Kleid an, um dich dann wie eine ehrbare Jungfer zu benehmen. *Bitte.* Es gibt bereits genug Chaos auf der Welt.«

Sie lächelte, und es zum ersten Mal in meiner Erinnerung lagen weder Häme noch Spott darin. »Was das angeht, brauchst du dir keine Sorgen zu machen, Brasti Gutbogen.«

Ich wünschte mir, dass dieser Augenblick niemals endete, aber Nehras Gitarrenmelodie, die sie immer wiederholte, sagte mir, dass sie auf meine Worte wartete.

Mir wurde erst langsam klar, wie sehr ich sie liebte, und was ich zu sagen hatte, würde diesen verrückten und idealistischen Narren das Herz brechen. Jetzt würde ich den letzten Faden zerreißen, der uns alle miteinander verband. *Ich werde Ethalia nicht aufgeben. Ich kann mich ihr nicht noch einmal verweigern.*

»Ich bin nicht … Ich muss … Bei allen Höllen. Ich habe etwas zu sagen, verflucht. Ich glaube nicht, dass es euch …«

»Versprich mir, dass du diese Geschichte anders erzählen wirst als Falcio«, flehte Brasti die Troubadourin an.

»Halt den Mund«, sagte sie. »Das ist der Augenblick, in dem alles anfängt.«

Etwas berührte meinen Arm. Ich war so in meine Gedanken versunken gewesen, dass ich niemanden kommen gehört hatte. Ich drehte mich um, und da stand Ethalia. Ihr Gesicht war ganz nahe. *Sie ist für das Mondlicht geschaffen,* dachte ich. Leider sagte ich aber: »Du siehst gut im Dunklen aus.«

Brasti und Dariana schnaubten in perfekter Übereinkunft. Ethalia lächelte und ignorierte meine Blödheit, was sie wie ich vermutete schon eine ganze Weile tat. Wahrscheinlich seit dem Tag unseres Kennenlernens, wenn ich ehrlich war.

»Ich habe dir das gebracht.« Sie drückte mir ein Bündel in die Hand.

Ich betrachtete das dicke Leder mit seinen Schnallen und Riemen, den Flecken und Schrammen, die ich so gut wie meine eigene Haut kannte.

»Ich verstehe nicht.«

Ethalia wartete stumm darauf, dass ich den Mantel anzog. Als ich fertig war, zog sie mich an den Mantelaufschlägen zu sich heran und küsste mich leidenschaftlich. Als sie damit fertig war, strich sie imaginären Staub von meinen Schultern.

»So ist das besser«, sagte sie schließlich. »Die Nacht ist kalt, und das Wissen, dass dir warm ist, tröstet mich.« Sie ließ mich los und ging zurück zur Treppe. Bevor sie die erste Stufe betrat, drehte sie sich noch einmal zu mir um und sagte: »Bleib nicht zu lange auf. Dort unten ist es ebenfalls kalt, und ich habe es auch verdient gewärmt zu werden.«

Ich lauschte ihren Schritten, während sie die Treppe hinunterstieg.

»Will mir jemand verraten, was das sollte?«, fragte Brasti.

Es bedeutet, dass Liebe kein *Käfig ist,* dachte ich. Ich wandte mich den anderen zu, und dieses eine Mal wusste ich genau, was ich zu sagen hatte.

»Was ist mit seinem Gesicht?«, fragte Dariana.

»Er lächelt«, erwiderte Brasti. »Das ist ein seltener und ausgesprochen Furcht einflößender …«

»Halt den Mund, Brasti«, sagte Kest.

Nehra spielte nicht lauter, doch die Melodie ihrer Gitarre erfüllte meine Ohren. Ich hatte das Gefühl, schreien zu müssen, um sie zu übertönen. *Nein, ich* muss *nicht schreien. Ich will es. Sollen sie es alle hören. Soll es die ganze Welt hören.* »Wenn du erzählst, was hier geschehen ist, erzähle es, wie du willst«, sagte ich zu ihr. »Wenn du willst, kannst du mich auf einem Berg stehen und die Wolken zur Seite schieben lassen. Aber wenn du zum Ende kommst, will ich, dass du ihnen allen etwas verkündest.«

Nehra hörte auf zu spielen und ließ die letzte Note im Nachthimmel verklingen. »Und was soll ich ihnen sagen?«

»Sag ihnen, die Greatcoats kommen.«

DANKSAGUNGEN

Die Greatcoats von Sturmbogen

Ich saß 2012 mit meiner neuen Verlegerin Jo Fletcher in einer Bar in Toronto. Gerade hatte ich einen Vertrag über mehrere Bände der Greatcoats-Serie unterschrieben, als ich ihr gestand, dass ich mich davor fürchtete, die Fortsetzung zu *Blutrecht* zu schreiben. Sie hatte viel Verständnis und sagte viele beruhigende Dinge, an die ich mich nicht mehr erinnere, weil ich viel zu sehr damit beschäftigt war, mir einzureden, dass ich völlig im Arsch war.

Wenn man sich in einer solchen Situation wiederfindet, hilft es, ein Heer von Greatcoats hinter sich zu haben …

Das Trio

Falcio, Kest und Brasti sind die Stars der Serie, aber wenn ich meine Bücher schreibe, wende ich mich an ganz andere Helden.

Christina de Castell – meine wunderbare Frau ist nicht nur eine ständige Quelle der Inspiration, sondern half mir auch, diverse schwierige Sackgassen zu durchbrechen, in die ich bei der Niederschrift von *Sturmbogen* geriet.

Eric Torin – mein häufiger Schreibpartner und ein wahrer Freund, der mich stets herausfordert, bei meiner Arbeit eine tiefere Ebene zu finden. Ich kann es kaum erwarten, dass ihr eines Tages eines der Bücher lesen könnt, die Eric und ich zusammen geschrieben haben.

Heather Adams – sucht euch ein Buch über Agenten, lest die Kapitel, in denen steht, dass man seinem Agenten nicht auf die Nerven fallen soll, von ihm keine Hilfe bei Problemen mit der Handlung erwarten soll und er sich auf gar keinen Fall dein Gejammer anhören wird. Heather ist genau das Gegenteil.

Die Heiligen

Wenn Falcio ernsthaft in der Klemme steckt, ruft er oft die Heiligen an (manchmal auch nur, wenn er die Welt verflucht). Im Gegensatz zu seinen Heiligen antworten meine immer auf meinen E-Mails.

Jo Fletcher, die Klischees vernichtet, die Heilige des Lektorats.

Adrienne Kerr, die den Ozeanen gegenübersitzt, die Heilige der Unterstützung von Autoren.

Nathaniel Marunas, der alle Märkte kennt, der Heilige des Navigierens in unbekannten Gewässern.

Andrew Turner, der der Welt tweetet, der Heilige der Öffentlichkeitsarbeit.

Nicola Budd, die die Details in Form bringt, die Heilige, die die Dinge erledigt.

Die geheimen Greatcoats

Dann sind da natürlich die Leute, die ich eigentlich so gut wie nie zu Gesicht bekomme, die aber unermüdlich daran arbeiten, dieses Buch und viele andere erst möglich zu machen.

Ich danke Patrick Carpenter, Keith Bambury, Melanie Thompson und den Teams vom Verkauf, Marketing und Rechten, sowie buerosued.de für das Cover Design und die Illustrationen.

Meine Freunde, die Fechter

Die Leute in meiner Kritikergruppe sind mehr als nur Kollegen – sie sind Fechtpartner, die (glücklicherweise) bereit sind, mich jedes Mal zu durchbohren, wenn meine Kapitel nicht scharf genug sind. Will Arndt, Brad Dehnert (@DradDehnert),

Sarah Figueroa, Claire Ryan (www.raynfall.com) und Kim Tough.

Kat Zeller, Mike Church und Sam Chandola waren so freundlich, diesen Roman in den verschiedenen Stadien seiner Entstehung zu lesen und auf dieses und jenes hinzuweisen, um die Geschichte besser zu machen.

Die Bardatti

Bücher und Geschichten brauchen Champions, die Menschen dabei helfen, sie zu finden. Die Helden der Verlagswelt im einundzwanzigsten Jahrhundert sind die Blogger, Buchhändler, Bibliothekare und Leser, die sich außerordentliche Mühe geben, die von ihnen entdeckten Bücher mit der Welt zu teilen. Ich könnte unmöglich all die wunderbaren Leute nennen, die dabei geholfen haben, dass man den Greatcoats Aufmerksamkeit schenkt, aber ich danke allen und möchte ein paar Geschichten teilen.

Buch-Blogger sind diese erstaunlichen Leute, die ihre Freizeit nicht nur dafür opfern, Bücher zu finden, die sie lieben, sondern auch mit Leidenschaft und Wortgewalt darüber schreiben, damit auch andere neue Geschichten und Abenteuer entdecken können. Es sind Leute wie Marc Alpin von fantasy-faction.com, Stefan Fergus von civilian-reader.blogspot.co.uk, Tabitha Jensen von NotYetRead.com.

Das sind nur einige der wunderbaren Menschen, die ich kürzlich kennengelernt habe. Ich hoffe sehr, in den nächsten Jahren noch viel mehr von ihnen kennenzulernen.

Goldsboro Books ist mit *Blutrecht* ein Risiko eingegangen und hat eine besondere Erstausgabe herausgebracht, die dem Buch viel Aufmerksamkeit brachte, bevor es überhaupt erschien. Ich hatte das Vergnügen, Harry Illingworth kennenzulernen, der vermutlich die Hälfte der Auflage persönlich verkauft hat. Danke, Harry!

Einige der fleißigsten Helfer waren die Menschen, die in Buchhandlungen arbeiten, wie zum Beispiel Nazia Khatun von Waterstones in London, die ich das Vergnügen hatte persönlich kennenzulernen.

Walter und Jill von White Dwarf Books in Vancouver haben uns ebenfalls außerordentlich unterstützt, so wie sie es bei vielen Autoren von Fantasy und Science Fiction im Laufe der Zeit taten. Sollten Sie jemals nach Vancouver kommen, dann sind Sie es sich schuldig, in ihren Laden reinzusehen und sie kennenzulernen.

Und schließlich einen Dank an alle, die die Greatcoats lesen und es zu so einem Vergnügen machen, über sie zu schreiben. Ich danke euch sehr für eure E-Mails, Tweets und anderen guten Schwingungen, die die Arbeit eines Schriftstellers zu alles anderem als einer einsamen Beschäftigung machen.

Euch allen vielen Dank.
Sebastien de Castell

Twitter: @decastell
Web: www.decastell.com
Vancouver, Kanada
November 2014

PS.
Wenn Sie bis zu dieser Stelle gelesen haben, dann gehören Sie zu den echten Büchernarren und denjenigen, die andere dazu machen. Für Sie allein verrate ich das folgende Geheimnis der Greatcoats. Ughs richtiger Name, der nirgendwo in der Serie verraten wurde, ist Vadren Graff. Als junger Mann wollte er Philosophie studieren, aber seine Größe und seine Körperkraft führten dazu, dass man ihn zum Dienst bei der herzoglichen Wache zwang. Sein Hauptmann nannte ihn Hund und hielt ihn für zu dumm (und Furcht einflößend), um ihn bei dem Rest der Männer unterzubringen, also

schickte man Vadren zur Arbeit in den Kerker von Rijou und zwang ihn später Folterknecht zu werden. Niemand fragte ihn je nach seinem Namen – sie nannten ihn einfach ›den Hund‹, was Vadren durchaus passend fand. Vor seiner Begegnung mit Falcio hatte er sich selbst davon überzeugt, dass er mit dieser Rolle leben konnte, da nicht einmal der schlimmste Folterknecht jemals so viele Unschuldige umbringen kann wie ein Soldat. Vadren hätte einen anständigen, wenn auch sicherlich kontroversen Philosophen abgegeben.